आख़िरी बाज़ी

आख़िरी बाज़ी

एस. हुसैन जैदी

प्रभात
पेपरबैक्स
www.prabhatbooks.com

प्रकाशक

प्रभात पेपरबैक्स

प्रभात प्रकाशन प्रा. लि. का उपक्रम

4/19 आसफ अली रोड, नई दिल्ली–110002

फोन : 23289777 • हेल्पलाइन नं. : 7827007777

इ–मेल : prabhatbooks@gmail.com ❖ वेब ठिकाना : www.prabhatbooks.com

संस्करण

2021

मूल्य

दो सौ पचास रुपए

मुद्रक

नरुला प्रिंटर्स, दिल्ली

———— ★ ————

AAKHIRI BAAZEE

by Shri S. Hussain Zaidi

(Hindi translation of 'ELEVENTH HOUR')

Published by **PRABHAT PAPERBACKS**

An imprint of Prabhat Prakashan Pvt. Ltd.

4/19 Asaf Ali Road, New Delhi-110002

by arrangement with HarperCollins Publishers India

ISBN 978-93-5322-758-6

₹ 250.00

मेरे मित्र और छात्र

गौतम मेंगले

को

समर्पित

आभार

'आख़िरी बाज़ी' भले ही एक उपन्यास है, लेकिन यह असल जिंदगी की घटनाओं से प्रेरित है और उनसे ही वजूद में आया है—आर.डी.एक्स. का बड़ा जखीरा, जो 1993 के सीरियल बम धमाकों के बाद से ही गुम था और भारतीय एजेंसियों के पास उसका सुराग तक नहीं था, भोपाल में एक ही मकसद के लिए जेल तोड़कर पाँच लोगों के भागने की घटना, भारतीय जहाज और एक कारोबारी जहाज को सोमालियाई लुटेरों द्वारा अगवा किया जाना और फिर स्पष्ट रूप से, पाकिस्तान की ओर से भारत में आतंक फैलाने की साजिश तथा सन् 1947 में लक्षद्वीप को हड़प लेने की उसकी मंशा।

बचपन से ही वरदी में जवानों को देखकर मैं आकर्षित हो जाया करता था। उस समय मैं यही सोचता था कि हम अगर चैन से सो पाते हैं तो उन नायकों की वजह से, जिनके बारे में मैं पढ़ा करता था और जो शाहवाज अली मिर्जा और विक्रांत सिंह जैसे लोग थे।

यह कहानी मेरे दिमाग में लंबे समय से थी, लेकिन प्रकाशकों या दोस्तों के सामने मैं इसे तब तक नहीं रख सकता था, जब तक कि यह पहली अग्निपरीक्षा को पास न कर ले। मेरी पत्नी वेल्ली और दोनों बेटे—अली अम्मार और अली जेन को पिछले साल एक दिन मैं अचानक ही अंधेरी के अपने पसंदीदा रेस्टोरेंट में शाही डिनर के लिए ले गया तो सब हैरान रह गए। उन सभी को न केवल मेरा आइडिया पसंद आया, बल्कि खाने का लुत्फ उठाते हुए वे कहानी के दिलचस्प मोड़ और रोमांचक पलों पर चर्चा भी करने लगे। सम्मानित महोदया वेल्ली थेव्र, जो मेरी सबसे कटु आलोचक हैं, उन्होंने इस कहानी पर अपनी मुहर लगाते हुए कहा, "निकल पड़ेगी, निकल पड़ेगी।" असल में, उसने तो इस पर फिल्म बनाने के लिए निर्देशक और मुख्य किरदारों पर भी चर्चा शुरू कर दी!

फिर मैंने पुलिस फोर्स में अपने कई दोस्तों और खुफिया बिरादरी के करीबी सहयोगियों को इसे सुनाने की प्रक्रिया शुरू की। प्लॉट में नए-नए मोड़ भी डालने लगा। अपने दो युवा साथियों और शिष्यों—बिलाल सिद्दीकी और गौतम मेंगले के सुझावों से कहानी का खाका और दमदार बनाया गया। बिलाल उस समय अपनी किताब 'द स्टारडस्ट अफेयर' के लेखन में काफी व्यस्त था और अपनी पहली किताब 'द बार्ड ऑफ ब्लड' के नेटफ्लिक्स पर रूपांतरण की पटकथा लिख रहा था। हालाँकि गौतम, जो एक बेहतरीन पत्रकार है, वह इस कहानी से जुड़े विचारों को विस्तार देने और सह-साजिशकर्ता की भूमिका में आ गया। यह किताब उसके अथक प्रयासों के बिना संभव नहीं हो पाती।

मेरा झुकाव वास्तविक कहानियों की ओर है और मैं उसे अपनी मूल दक्षता मानता हूँ। इस कारण उपन्यास लिखने के दौरान मुझे अपने मन में उठनेवाली शंकाएँ घेर लेती हैं। मैं जब भी शिथिल पड़ता, तब अनंत पद्मनाभन हौले से मुझे अपनी किताब पूरी करने की याद दिला देते। इस किताब को लेकर मैं दीया कार के योगदान की सराहना करता हूँ। मैं अपनी एजेंट और मित्र कनिष्का गुप्ता को भी धन्यवाद दूँगा, जिनकी दोस्ती मेरे लिए अनमोल है।

और आखिर में, मैं एक बार फिर से कहना चाहूँगा कि इस किताब में मेरे हीरो, मिर्जा और विक्रांत, मेरी कल्पना की उपज भर नहीं हैं। वे उन गुमनाम पुलिसकर्मियों और खुफिया विभाग के अधिकारियों का सार हैं, जिन्हें मैं व्यक्तिगत रूप से जानता हूँ।

1

गुरुवार सुबह, नई दिल्ली

राजू कनौजिया सुखी आदमी था। उसकी पत्नी मायके गई हुई थी। दोनों के दो बेटे थे। राजू का पड़ोसी तीन महीने के लिए शहर से बाहर गया हुआ था और उसकी पत्नी राजू पर डोरे डाल रही थी और मामला दिन-ब-दिन जोर पकड़ता जा रहा था। उसने तय किया कि वह उसे एक-दो दिन और रिझाने देगा और फिर 'थोड़ा दूध मिलेगा क्या' के बहाने उसके घर जाएगा।

विदेश मंत्रालय परिसर में वॉशरूमों की सफ़ाई के अपने काम को निपटाते हुए मन-ही-मन उसने हिसाब लगाया कि उसके पास कितने पैसे बचे थे। सोच रहा था, आजकल महँगाई कितनी बढ़ गई है, यहाँ तक कि दूसरे के साथ चक्कर चलानेवाली घरवाली भी कुछ-न-कुछ माँग ही लेगी। अगर वह उसके साथ रँगरेलियाँ मनाना चाहता है तो उस मौके पर एक तोहफा तो बनता ही है।

अपने ही खयालों में खोए होने की वजह से उसका ध्यान बाहर मची अफरा-तफरी पर जाने से करीब-करीब रह गया। उस समय वह दूसरी मंजिल के सामान्य शौचालय से बाहर निकल रहा था। उसे बस, एक झलक भर मिली। शौचालय के दरवाजे पर खड़ा होकर कनौजिया उत्सुकता से उस नाटे व मोटे आदमी को देख रहा था, जो शेरवानी एवं रोएँदार टोपी लगाए हुए था और लड़खड़ाता हुआ कॉन्फ्रेंस रूम से बाहर निकला था। उसका एक हाथ अपने चेहरे पर था, जबकि कई सुरक्षाकर्मियों और राजनयिकों ने उसके चारों ओर घेरा बना रखा था। उसे पहचानने में एक या दो मिनट लग गए। वह शख्स कोई और नहीं, उस दिन के कार्यक्रम का खास मेहमान था!

अधिकांश स्मार्टफोन वालों की तरह ही कनौजिया के भीतर पहले तसवीर खींचने और फिर पूछताछ करने की आदत थी। वह झटपट सामान्य शौचालय के भीतर गया, दरवाजे को जरा सा ही खुला रहने दिया और अपने सेलफोन को बाहर

निकाला ही था कि कुछ लोग उसके करीब से गुजरे। अधिकारियोंवाले शौचालय की ओर जाने के लिए जैसे ही उन लोगों का समूह दरवाजे के पास से गुजरा, कनौजिया ने पाकिस्तानी उच्चायुक्त की एकदम शानदार तसवीर खींच ली। उसकी नाक से खून बह रहा था और वह इस तरह रो रहा था, जैसे स्कूल में किसी दबंग लड़के ने उसकी पिटाई कर दी हो।

□

कनौजिया जो कुछ देख रहा था, वह 26 नवंबर, 2008 को होनेवाली सिलसिलेवार घटनाओं का नतीजा था, जब दस आतंकवादियों ने मुंबई शहर पर हमला बोला था और उसके चैन-सुकून को छीन लिया था। साठ घंटे तक भारतीय सुरक्षा बलों के जवान बहादुरी से लड़ते रहे और बाकी सब असहाय होकर देखते रहे।

पुलिस अधीक्षक विक्रांत सिंह, जो महाराष्ट्र कैडर के भारतीय पुलिस सेवा के अधिकारी थे, वे भी उनमें से एक थे। उस समय आतंकवाद निरोधी दस्ते के डिप्टी कमिश्नर विक्रांत अपने नागपाड़ा के दफ्तर में इंडियन मुजाहिदीन के एक मॉड्यूल से जुड़े कागजी काम निपटा रहे थे, जिसका पर्दाफाश उन्होंने दो हफ्ते पहले महीनों की कड़ी मेहनत के बाद किया था। तभी उनका फोन बजा और उनका वायरलेस पागलों की तरह शोर करने लगा। अगले दस मिनट तक उन्होंने जो कुछ सुना, उस पर उन्हें यकीन नहीं हो रहा था। आखिरी वक्त पर वे अपने दफ्तर से बाहर भागे, चमड़े के खोल में पिस्तौल डाली और एक हाथ में दूसरी मैगजीन ली, वहीं दूसरे हाथ से अपनी कार की चाबी निकाली।

पुलिस अधीक्षक विक्रांत सिंह, जो महाराष्ट्र कैडर के भारतीय पुलिस सेवा के अधिकारी थे, वे भी उनमें से एक थे। उस समय आतंकवाद निरोधी दस्ते के डिप्टी कमिश्नर विक्रांत अपने नागपाड़ा के दफ्तर में इंडियन मुजाहिदीन के एक मॉड्यूल से जुड़े कागजी काम निपटा रहे थे, जिसका पर्दाफाश उन्होंने दो हफ्ते पहले महीनों की कड़ी मेहनत के बाद किया था।

अगले दो दिनों तक ओबेरॉय-ट्राइडेंट होटल में विक्रांत उन आतंकियों से गोलीबारी करते रहे, जो उस शहर को तबाह करने पर तुले थे। वही शहर, जिसे वे बेहद चाहते थे। उन्होंने अपने कई साथियों को, जिनमें सीनियर भी थे और जूनियर भी, उस गोलीबारी में शहीद होते देखा

था। राष्ट्रीय सुरक्षा गार्ड ने जब होटल पर धावा बोला और संघर्ष को अंजाम तक पहुँचाया, तब खरोंच खाए, मैले-कुचैले और गुस्से से पागल विक्रांत ने पुलिस की पहली गाड़ी देखते ही उसे रोका, उसमें सवार हुए और कोलाबा पुलिस स्टेशन निकल गए, जो पास में ही था। उन्होंने जाँच-पड़ताल के कमरे में खुद को बंद कर लिया। पुलिस स्टेशन में तैनात चार सिपाहियों में से एक ने कमरे के पास से गुजरते हुए भीतर से कई बार आई धम-धम की आवाज सुनी।

अभी वह सोच ही रहा था कि शोर मचाए या नहीं, तब तक दरवाजा खुला और विक्रांत बाहर निकले। उनके चेहरे पर किसी तरह का कोई भाव नहीं था। हाँ, दाहिने हाथ के मुक्के से खून बह रहा था। सिपाही की तरफ देखे बिना ही वे बाहर निकल गए, जबकि सिपाही भागकर कमरे के अंदर गया। दूर की दीवार पर उसने ताजा-ताजा बने गड्ढे को देखा, जिस पर खून के धब्बे थे।

□

शौचालय के एक कोने में जाकर कनौजिया उस फोटो को देखने लगा, जिसे उसने खींचा था। यह जरूर कोई बड़ा आदमी है। कनौजिया ने देखा था कि उसे भारी सुरक्षा के बीच बिल्डिंग में लाया गया था और कई बेहद महत्त्वपूर्ण लोग उसके स्वागत के लिए भागकर गए थे। उसने अपने दिमाग के घोड़े दौड़ाए और आखिर में उसे याद आया कि कैंटीनवाले ने उस दिन शाम को होनेवाले एक सांस्कृतिक कार्यक्रम के बारे में बताया था। भारत और पाकिस्तान के बीच दोस्ताना संबंधों को बेहतर बनाने के लिए गजल का कार्यक्रम था।

उसने फोटो को एक बार फिर गौर से देखा। उस आदमी के चेहरे का बायाँ हिस्सा, जो उसके हाथ से ढका नहीं था, साफतौर पर सूजा हुआ था और बैंगनी होने लगा था। 13 मेगापिक्सेल कैमरे का और गलियारे में पर्याप्त रोशनी का कमाल था कि तसवीर आश्चर्यजनक रूप से साफ खिंच गई थी। पर यह था कौन? शायद गूगल कुछ बता सके।

□

इंडियन मुजाहिदीन मॉड्यूल के पर्दाफाश

> ***इंडियन मुजाहिदीन मॉड्यूल के पर्दाफाश की वजह से 26/11 के कुछ ही समय बाद विक्रांत का ट्रांसफर डेपुटेशन पर इंटेलिजेंस ब्यूरो में हो गया, जैसा कि वह हमेशा से ही चाहता था। उसने निगरानी और जाँच की दुनिया में खुद को ऐसे झोंक दिया, जैसे उस पर कोई भूत सवार हो।***

की वजह से 26/11 के कुछ ही समय बाद विक्रांत का ट्रांसफर डेपुटेशन पर इंटेलिजेंस ब्यूरो में हो गया, जैसा कि वह हमेशा से ही चाहता था। उसने निगरानी और जाँच की दुनिया में खुद को ऐसे झोंक दिया, जैसे उस पर कोई भूत सवार हो। उसने मुखबिर बनाने और जाँच के अपने कौशल का इस्तेमाल एक ही मकसद के लिए किया कि फिर कोई 26/11 न हो। पुलिस महानिरीक्षक शाहवाज अली मिर्जा, जो उसके बॉस थे, उनमें उसे एक गुरु मिल गया। वे न केवल खुफिया जानकारी के मामले में माहिर थे, बल्कि इस बात की गहरी समझ रखते थे कि कट्टर बनाए गए मुसलिम युवाओं का दिमाग कैसे काम करता है।

आई.बी. के साथ चार साल बिताने के बाद विक्रांत का तबादला राष्ट्रीय जाँच एजेंसी के दिल्ली ब्यूरो में हो गया, जो 26/11 के ही नतीजे के तौर पर बनी थी। दो साल बाद मिर्जा का ट्रांसफर भी उसी ब्यूरो में विक्रांत के बॉस के तौर पर हो गया। दोनों ही आतंक से जुड़ी घटनाओं की जाँच और आतंक के आरोपियों के खिलाफ पुख्ता सुबूत जुटाने में भिड़ गए।

लेकिन 26/11 के जख्म कभी नहीं भरे। नौ साल तक विक्रांत बेबसी और गुस्से के साथ देख रहा था कि कैसे भारत की सरकार पाकिस्तान को सुबूत भेज रही है और पाकिस्तान उन फाइलों पर थूकता रहा; साथ-ही-साथ दोनों सरकारें दोस्ताना संबंधों को बढ़ाने, सौहार्द कायम करने और वैसी ही बकवास चीजों पर बातें करती रहीं।

यही वजह है कि जैसे ही उसे पता चला कि पाकिस्तान का उच्चायुक्त अब्दुल रऊफ खान विदेश मंत्रालय की ओर से भारत-पाकिस्तान के बीच दोस्ताना संबंधों को बढ़ाने के लिए संगीत समारोह में सम्मानित अतिथि होगा, विक्रांत ने तुरंत मिर्जा से कहा कि वे उस राजनयिक के साथ उसकी एक निजी मुलाकात का इंतजाम कर दें।

"प्लीज, सर!" विक्रांत ने कहा, "मैं बस, उससे बात करना चाहता हूँ।"
"हाँ, और मैं ईरान का शाह हूँ।"
"चलिए, मैंने मान लिया।" विक्रांत ने मुँह बिचकाते हुए कहा।
मिर्जा को हँसी आ गई। उन्होंने अपनी न जाने कितनी पहचान बदली थी, जब वे रिसर्च एंड एनालिसिस विंग (RAW) के लिए जासूसी का काम करते थे।
एक मिनट की चुप्पी के बाद मिर्जा ने अपने जूनियर को कुछ सोचते हुए देखा।

"बिल्कुल नहीं!" मिर्जा ने गरजते हुए कहा, "मैं पागल नहीं हूँ, जो तुम्हें उस पाकिस्तानी उच्चायुक्त के आसपास फटकने दूँ, जबकि तुम्हारे अंदर 26/11 की आग अब भी धधक रही है!"

"प्लीज, सर!" विक्रांत ने कहा, "मैं बस, उससे बात करना चाहता हूँ।"

"हाँ, और मैं ईरान का शाह हूँ।"

"चलिए, मैंने मान लिया।" विक्रांत ने मुँह बिचकाते हुए कहा।

मिर्जा को हँसी आ गई। उन्होंने अपनी न जाने कितनी पहचान बदली थी, जब वे रिसर्च एंड एनालिसिस विंग (RAW) के लिए जासूसी का काम करते थे।

एक मिनट की चुप्पी के बाद मिर्जा ने अपने जूनियर को कुछ सोचते हुए देखा।

"ऐसा करना जरूरी है, बेटा?" मिर्जा ने प्यार से पूछा।

"हाँ, है।" विक्रांत ने कहा।

"देखता हूँ, क्या हो सकता है; लेकिन मैं भी साथ चलूँगा। ठीक है?"

और इस तरह कंसर्ट से आधे घंटे पहले विक्रांत और मिर्जा उस कॉन्फ्रेंस रूम में घुसे, जहाँ खान दूसरे मेहमानों से गुफ्तगू कर रहा था। मिर्जा ने विक्रांत का परिचय "वही काबिल लड़का, जिसने उन सारे मामलों का पर्दाफाश किया था।" के तौर पर कराया और खान के चेहरे पर चौड़ी सी मुसकान आ गई।

"माशाअल्लाह!" उसने कहा और अपने दोनों हाथ विक्रांत के पुष्ट कंधों पर रख दिए, "हमें तुम्हारे ही जैसे लोग चाहिए, बेटा। इस दुनिया में तुम्हारे जैसे ईमानदार और समर्पित लोग बहुत कम हैं।"

"थैंक यू, सर!" विक्रांत ने कहा, "मुझे उम्मीद है कि अकेला मैं ही नहीं, जो ऐसे सपने देखता है कि एक दिन आएगा, जब उस काम की जरूरत नहीं रह जाएगी, जो मैं कर रहा हूँ।"

"हाँ बेटा, लेकिन तुम देखो कि तुम्हारे और मेरे जैसे लोगों के खिलाफ काम करने वाली कितनी सारी बुरी ताकतें हैं!" खान ने दुःखी होते हुए कहा।

"जब तक हम एक-दूसरे के साथ हैं, है न, जनाब?" विक्रांत ने मुसकराते हुए कहा। केवल मिर्जा ही जानते थे कि विक्रांत शायद ही कभी मुसकराता है। वे थोड़ा तनाव में आ गए।

खान ने पलटकर मुसकान बिखेर दी, "अल्हमदुलिल्लाह!"

"तो हम उम्मीद करें कि 26/11 के मामले में बात थोड़ी आगे बढ़ेगी, सर?" विक्रांत ने पूछा।

"लड़के···!" मिर्जा ने चेताया। लेकिन खान को पता नहीं था कि वह कहाँ जा रहा है और उसने धाकड़ जासूस को टोक दिया।

"नहीं-नहीं, ठीक है। वह जाँच करने वाला है और उसका इस सवाल को पूछना लाजिमी है। देखो बेटा, लोकतंत्र के साथ एक बात है कि वह अपना ही वक्त लेता है।"

"नौ, उन्नीस, नब्बे—जितना जरूरी हो। फैसले सबूत पर होने चाहिए, भावना पर नहीं। नहीं तो तुम्हारा और हमारा देश उस सैनिक शासन से अलग कैसे होगा, जिसकी हम निंदा करते हैं? मानते हो कि नहीं?" "तो आप उस पर अड़े रहेंगे, सर?"

"अपना ही वक्त, जैसे—नौ साल?" विक्रांत ने तंज करते हुए कहा।

"नौ, उन्नीस, नब्बे—जितना जरूरी हो। फैसले सबूत पर होने चाहिए, भावना पर नहीं। नहीं तो तुम्हारा और हमारा देश उस सैनिक शासन से अलग कैसे होगा, जिसकी हम निंदा करते हैं? मानते हो कि नहीं?"

"तो आप उस पर अड़े रहेंगे, सर?"

"यह मेरे देश का रुख है, बेटा और इसलिए, मेरा भी है। जब तक कि हमें ठोस सबूत नहीं दिया जाता, तब तक हमारा रुख यही रहेगा।" खान ने कहा और उसे नीचा दिखाने की नीयत से मुसकरा दिया।

विक्रांत दबी हँसी हँसने लगा। मिर्जा को उसका शरीर अंदर से काँपता दिखा।

"यह तुम्हें हँसने की बात लगती है, बरखुरदार?" खान ने पूछा।

"बस, यही बात कि मैं यहाँ आपके जमीर से कुछ माँगने की उम्मीद लेकर आया था, उन सारे लोगों के लिए इनसाफ की गुहार लगाने, जो मारे गए और उस रात तड़प रहे थे। और कुछ नहीं तो उन्हें केस को अंजाम तक पहुँचते देखने का हक है।"

"और तुम्हें यह हँसने की बात लगती है?"

"क्या अब मैं जान गया हूँ कि तुम जैसे लोगों के साथ निपटने का एक ही तरीका है?"

खान मिर्जा को देखने लगा, जो मन-ही-मन उस राजनयिक से कह रहे थे कि इससे पहले कि देर हो जाए, इस खतरनाक खेल को बंद कर दे।

"मिर्जा साहब, आपका जवान दोस्त अब भी उस उम्र में है, जहाँ उसके

जज्बात उस पर हावी हो जाते हैं। हम इसे माफ कर देते हैं, क्योंकि जिंदगी जल्दी ही इसे सिखा देगी।"

कमरे में मौजूद दूसरे लोगों को पता भी नहीं चला कि जिंदगी विक्रांत को क्या सिखाने जा रही है, क्योंकि ठीक उसी पल विक्रांत ने अपना दाहिना हाथ पीछे खींचा और जितनी ताकत वह जुटा सकता था, उस ताकत से खान के बाएँ गाल पर मुक्का जड़ दिया। गठे हुए हाथ की पूरी ताकत, उस पर आठ साल से भरे गुस्से ने उस नाटे व मोटे राजनयिक को उस टेबल पर झुका दिया, जो सैंडविच और कुकीज से भरी थी। वह उस पर चेहरे के बल गिरा, जिससे उसकी नाक टूट गई।

कमरे में मौजूद दूसरे लोगों को पता भी नहीं चला कि जिंदगी विक्रांत को क्या सिखाने जा रही है, क्योंकि ठीक उसी पल विक्रांत ने अपना दाहिना हाथ पीछे खींचा और जितनी ताकत वह जुटा सकता था, उस ताकत से खान के बाएँ गाल पर मुक्का जड़ दिया।

□

एक घंटे बाद कनौजिया उस स्थानीय हिंदी अखबार को फोन मिला रहा था, जिसे वह नियमित रूप से पढ़ता था।

"मेरे पास एक बड़ी खबर है!" उसने उधर से फोन उठानेवाले थके-माँदे रिपोर्टर से कहा, "मैं जानना चाहता हूँ कि तुम उसके लिए मुझे कितने पैसे दो?"

□

2

गुरुवार सुबह, भोपाल

उस्मान कुरैशी भोपाल सेंट्रल जेल की अपनी कोठरी से निकला तो मन-ही-मन मुसकरा रहा था। बाहर गरमी थी, लेकिन गरमी से उसे खास फर्क नहीं पड़ा। उसका दिमाग कहीं और था।

जेल के सिपाही ने जब उसकी हथकड़ियाँ खोलीं तो उसकी नजर उन चार लोगों पर गड़ गई, जो पहले से ही अहाते में मौजूद थे। एक पुश-अप्स कर रहा था, जबकि बाकी के तीन तेजी से टहल रहे थे। उन्हें देखकर मुसकराते हुए वह एक घंटे की कसरत का मजा लेने आगे बढ़ गया, जिसके लिए कैदियों को उनकी काल कोठरी से निकालकर राहत दी जाती थी। वह अपनी कलाइयों को घुमाते हुए कंधे की मांसपेशियों को खींचने लगा।

कुरैशी मजहर खान के थोड़ा करीब आकर रुका, जो पुश-अप्स कर रहा था और स्ट्रेचिंग करने लगा। खान की नजर कुरैशी से टकराई और उसने आँख मार दी।

कुरैशी अपने अन्य तीन साथियों की तरफ मुड़ गया। शौकत असद अब फर्श पर बैठकर योग कर रहा था। इससे पहले कि जेल का सिपाही देख पाता, उसने जल्दी से अपने दाएँ हाथ की तीन उँगलियों को हलका सा उठाया और फिर उन्हें अपने घुटने पर गिरा दिया। केवल कुरैशी ने इस इशारे को देखा और पलटकर धीरे से सिर हिलाकर जवाब दिया।

मुस्तफा और इब्राहीम कादिर, जो आपस में भाई थे, अहाते के एक कोने में साथ-साथ उठक-बैठक कर रहे थे। उन्होंने जब अपने धड़ को ऊपर उठाया तो दोनों ने ही कुरैशी को जल्दी से थम्सअप का संकेत दिया और फिर नीचे बैठ गए। कुरैशी मुसकराने लगा।

"माशाअल्लाह!" उसने कहा।

जेल का सिपाही उसे देखने लगा।

"कितना सुहाना दिन है, है न, साहेब?" उसने सिपाही से कहा, जो उसे शक की नजर से घूर रहा था।

□

सोमालिया के तट से लगभग 20 नॉटिकल मील की दूरी पर तीन छोटे मोटरबोट, जिन्होंने एक-दूसरे से कुछ मीटर की दूरी पर लंगर डाल रखे थे, धैर्य के साथ इंतजार कर रहे थे। हर बोट पर पाँच गठे शरीरवाले सोमालियाई पुरुष सवार थे। रात के 1 बजे से अधिक का वक्त हो चुका था और उन्हें इंतजार करते हुए दो घंटे गुजर चुके थे।

उनमें से किसी में भी धैर्य खोने या बेचैन होने का संकेत नहीं था। उन्हें पहले ही बता दिया गया था कि उन्हें कुछ देर इंतजार करना होगा। उन्हें निर्देश मिले थे, "हो सकता है, हम न भी आएँ। यह बेहद जोखिम भरा है। सुबह के 2 बजे तक इंतजार करना और कुछ नहीं होता तो लौट जाना। चौबीस घंटे बाद फिर से आना।"

सब अपने साथी की दिखाई दिशा में देखने लगे। वे सभी कुछ दूरी पर रोशनियों को देख रहे थे, जिनकी चमक बढ़ती जा रही थी। मालवाहक जहाज जैसे-जैसे करीब आया, बोट पर सवार लोग खड़े होने लगे। चिप्स के पैकेट मोड़कर जेब में रखे जाने लगे, बियर के कैन बाहर फेंक दिए गए और सिगरेटें या तो बुझा दी गईं या फिर अपने-अपने होंठों में दबा ली गईं, जिसके साथ-साथ सभी अपने बैग उठाने लगे।

और इसलिए, पंद्रह सोमालियाई, जो शर्ट व जींस-जूते में थे, नावों पर पसरे थे और चिप्स खाते हुए कैन से बियर की चुस्की ले रहे थे तथा सिगरेट पी रहे थे।

"तुम्हें लगता है, आज रात हो पाएगा?" उनमें से एक ने पूछा।

"हमें रुकना होगा और देखना होगा, यार।" उसके साथी ने कहा।

"देखो!" दूसरे बोट से तीसरे ने कहा, "उस तरफ।"

सब अपने साथी की दिखाई दिशा में देखने लगे। वे सभी कुछ दूरी पर रोशनियों को देख रहे थे, जिनकी चमक बढ़ती जा रही थी। मालवाहक जहाज जैसे-जैसे करीब आया, बोट पर सवार लोग खड़े होने लगे। चिप्स के पैकेट मोड़कर जेब में रखे जाने लगे, बियर के कैन बाहर फेंक दिए गए और सिगरेटें या तो बुझा दी गईं या फिर अपने-अपने होंठों में दबा ली गईं, जिसके साथ-साथ सभी अपने बैग उठाने लगे।

तीन नावों के करीब आ रहे मालवाहक के किनारे से रस्सी की सीढ़ियाँ पहले ही लटका दी गई थीं। हर नाव से चार-चार लोग जहाज पर चढ़ने लगे, जबकि बाकी तीन ने अपनी-अपनी नाव को मोड़ा और रात के अँधेरे में गुम हो गए।

जहाज पर चढ़नेवाले बारह लोगों की मुलाकात एक भाव-शून्य व्यक्ति से हुई, जो काले रंग की जंगी वरदी में था और कुछ बोले बिना उन चार लोगों की तरफ चलता हुआ आया, जिनके मुँह में अब भी सुलगती सिगरेट थीं। आहिस्ते से उसने उनके होंठों में दबी सिगरेट को एक-एक कर निकाला और नीचे फेंक दिया। सब एक-दूसरे को देखने लगे, लेकिन किसी ने विरोध नहीं किया।

□

3

सोमवार दोपहर, नई दिल्ली

विक्रांत का थप्पड़ का असर केवल खान के मोटे-ताजे गाल पर ही नहीं, बल्कि आनेवाले कुछ दिनों में कई दूसरी जगहों पर भी महसूस किया गया था।

तत्काल प्रभाव से विदेश मंत्रालय के लिए वह कूटनीतिक संकट था, जिसका उसे सामना करना पड़ा था। उस घटना के आधे घंटे के भीतर पाकिस्तान के प्रधानमंत्री अपने भारतीय समकक्ष से फोन पर बात कर रहे थे और दोनों के बीच जबरदस्त बहस हुई। भारत के प्रधानमंत्री ने अपना फोन इतनी जोर से पटका कि वह लगभग टूट गया और उन्हें शांत होने में मिनट भर का समय लग गया। फिर उन्होंने केंद्रीय गृहमंत्री से बात की।

गृहमंत्री ने भी दस मिनट बाद अपना फोन पटका और तुरंत विक्रांत सिंह के खिलाफ केंद्र सरकार की एक जाँच का आदेश दिया।

देश की राजधानी के दूसरे कोने में, 'दैनिक आवाज', एक स्थानीय हिंदी अखबार का पेज बनानेवाला खुश होकर पाकिस्तान के उच्चायुक्त जाकिर अब्दुल रऊफ खान की तसवीर लगा रहा था, जो रुआँसा दिख रहा था और उसकी नाक से खून बह रहा था। उसे सुरक्षा घेरे में विदेश मंत्रालय की बिल्डिंग के कॉन्फ्रेंस रूम से बाहर ले जाया जा रहा था, जबकि राजू कनौजिया उन पैसों को खुशी-खुशी गिन रहा था, जो उस रिपोर्टर ने दिए थे।

रिपोर्टर ने उससे कहा, "अच्छा होगा कि तुम अब कुछ दिनों के लिए गायब हो जाओ।"

अखबार का अगले दिन का संस्करण एक घंटे के भीतर ही बिक गया। उसके पहले पन्ने की तसवीरें सोशल मीडिया पर फैलने लगीं और दोपहर से पहले कई राष्ट्रीय चैनल उन तसवीरों की बोली लगा चुके थे। 'दैनिक आवाज' के संपादक धैर्य साधे थे कि कौन किससे अधिक बोली लगाता है और आखिर में उस तसवीर

विक्रांत, जो अपने चारों ओर उठते तूफान से घिर चुका था, विदेश मंत्रालय की बिल्डिंग के छोटे से केबिन में शांति से बैठा था। वह चुइंगगम चबाते हुए पीटर जेम्स की रॉय ग्रेस सीरीज का एक उपन्यास पढ़ रहा था। विक्रांत ने जब खान को मुक्का जड़ा, तब गुस्से से पागल शाहवाज अली मिर्जा उस पर टूट पड़े, उसे कॉन्फ्रेंस रूम से उस केबिन तक इतनी ताकत और उग्रता के साथ खींच लाए कि उनका जूनियर खुद भी हैरान रह गया।

को एक प्रमुख न्यूज चैनल को बेच दिया।

एक घंटे बाद विक्रांत के खिलाफ जब जाँच चल ही रही थी कि फोटो इस हेडलाइन के साथ उस चैनल पर चलने लगी, जिसमें दावा किया गया—'अंदर की खबर'। उसमें बताया गया कि किस वजह से गजल का कार्यक्रम रद्द कर दिया गया। पाकिस्तान से भारत को अंधाधुंध की जानेवाली फोन कॉल्स का एक और दौर चला और जाँच के शुरू होने से पहले ही विक्रांत पर फैसला तय कर लिया गया।

सूचना एवं प्रसारण मंत्रालय ने उस न्यूज चैनल को फोटो हटा देने के लिए डराने का प्रयास किया, जो लगातार स्क्रीन के आधे हिस्से में लगा था और न्यूज एंकर उस पर चीख-चीखकर खबर दे रहा था। उसी एंकर ने लाइव टेलीविजन पर बताया कि कैसे सरकार उनके चैनल पर दबाव बनाने का प्रयास कर रही है और यह दावा किया कि "वे उस सरकार की मरजी के आगे घुटने नहीं टेकेंगे, जो जितनी गैर-जिम्मेदार है, उतनी ही तानाशाही दिखा रही है।"

विक्रांत, जो अपने चारों ओर उठते तूफान से घिर चुका था, विदेश मंत्रालय की बिल्डिंग के छोटे से केबिन में शांति से बैठा था। वह चुइंगगम चबाते हुए पीटर जेम्स की रॉय ग्रेस सीरीज का एक उपन्यास पढ़ रहा था। विक्रांत ने जब खान को मुक्का जड़ा, तब गुस्से से पागल शाहवाज अली मिर्जा उस पर टूट पड़े, उसे कॉन्फ्रेंस रूम से उस केबिन तक इतनी ताकत और उग्रता के साथ खींच लाए कि उनका जूनियर खुद भी हैरान रह गया।

"बैठो चुपचाप अब यहाँ पर!" मिर्जा ने बरसते हुए कहा और फिर बाहर निकलते समय दरवाजा बंद कर दिया।

दो घंटे बाद मिर्जा जब स्पेशल प्रोटेक्शन ग्रुप (एस.पी.जी.) के दो जवानों के

साथ विक्रांत को हिरासत में लेने के लिए लौटे तो देखा कि वह सोफे पर पसरा था और ऊँघ रहा था।

उसने जो किया था, उस पर मचा बवाल बढ़ता जा रहा था। विक्रांत को अगले तीन दिन नजरबंदी में बिताने पड़े, जबकि उसकी किस्मत का फैसला देश के आला नौकरशाह कर रहे थे।

चौथे दिन विक्रांत उसी केबिन में बैठा था, इस इंतजार में कि जाँच के लिए कब बुलाया जाएगा और उसी सीरीज का चौथा उपन्यास पढ़ रहा था।

दरवाजा खुला और उसने देखा कि मिर्जा कमरे में दाखिल हो रहे हैं। उन्होंने दरवाजा बंद कर दिया और धम्म से कुरसी पर बैठ गए।

इससे पहले कि उसके गुरु कुछ कहते, विक्रांत ने कहा, "मुझे अफसोस है, सर।"

"बिल्कुल होना चाहिए।" मिर्जा तपाक से बोले।

विक्रांत ने इनकार में सिर हिलाया।

"उसके लिए नहीं, जो मैंने किया।" उसने कहा, "मैंने आपको परेशानी में डाला, उसके लिए। अगर मैं आपको जानता हूँ और मुझे लगता है कि मैं जानता हूँ, तो पिछले तीन दिनों में आपने मेरे लिए जमीन-आसमान एक कर दिया होगा। मुझे उसका दु:ख है।"

वह जाँच, जिसके बारे में सब जानते थे कि एक औपचारिकता थी, उसकी अध्यक्षता विदेश मंत्रालय के प्रधान सचिव अनिंद दास कर रहे थे। केंद्रीय गृह मंत्रालय और महाराष्ट्र गृह विभाग के प्रतिनिधि के रूप में रिटायर्ड पुलिस महानिदेशक भी मौजूद थे।

मिर्जा ने गहरी साँस छोड़ी—"क्यों लड़के, इस बात पर अपना कॅरियर क्यों दावँ पर लगा रहे हो?"

विक्रांत ने कंधे उचकाए—"कुछ चीजें इसके काबिल होती हैं।"

अब मिर्जा ने इनकार में सिर हिलाया।

दरवाजा खुला और एस.पी.जी. का एक अधिकारी अंदर झाँकने लगा।

"इन्हें अंदर बुलाया जा रहा है।" उसने संक्षेप में कहा।

वह जाँच, जिसके बारे में सब जानते थे कि एक औपचारिकता थी, उसकी अध्यक्षता विदेश मंत्रालय के प्रधान सचिव अनिंद दास कर रहे थे। केंद्रीय गृह मंत्रालय और महाराष्ट्र गृह विभाग के प्रतिनिधि के रूप में रिटायर्ड पुलिस महानिदेशक भी मौजूद थे।

"विक्रांत सिंह!" दास ने अपने चश्मे के ऊपर से पुलिस अधिकारी को देखते हुए कहा। विक्रांत का जी चाहा कि जीभ दिखाकर मुँह चिढ़ा दे।

"आपके खिलाफ पाकिस्तान के उच्चायुक्त पर उस वक्त हमला करने के लिए जाँच की जा रही है, जब वह भारत दौरे पर आए थे; और इस काम से आपने दोनों देशों के बीच पहले से तनावपूर्ण संबंधों को और बिगाड़ दिया है। हमने पिछले कुछ दिनों में कई गवाहों के बयान लिये हैं और उन सबका यह मानना है कि आपने माननीय जाकिर अब्दुल खान को बिना किसी उकसावे के मारा है। आपको अब इस वजह से बुलाया गया है कि आप अपने बचाव में अपना पक्ष रख सकें।"

कुछ कहने से पहले विक्रांत ने गहरी साँस ली और मिर्जा खामोशी से अल्लाह से दुआ कर रहे थे कि यह नौजवान अपने लिए हालात और मुश्किल न बना ले।

"पूरे सम्मान के साथ कहना चाहूँगा, सर, कि मैंने जो किया, उसके लिए बचाव की जरूरत नहीं है।" विक्रांत ने कहा।

एक मिनट की चुप्पी के बाद दास ने पूछा, "तुम इसे विस्तार से बताओगे?"

"मेरी बाँह पर जख्म का एक निशान है, सर। यह जख्म तब हुआ था, जब 26 नवंबर, 2008 को अपने शहर और अपने देश की रक्षा करते हुए धातु का एक उड़ता टुकड़ा मुझे लगा था। मैं हर सुबह अपनी बाँह को देखकर उस रात को याद करता हूँ और मेरी तरह ही न जाने कितने लोग उस रात को हर दिन जीते हैं। वहीं ऐसे भी लोग हैं, जिन्हें लगता है कि जब भी कोई इनसाफ माँगे, तब 'विधिवत् प्रक्रिया' और 'लोकतंत्र' जैसे शब्द उछालकर मजा ले लो।"

दास की आँखें बड़ी-बड़ी हो गईं। "नौजवान, हम उन तीन दिनों के खौफ को अच्छी तरह समझते हैं। यह हम सभी के लिए बड़े शर्म की बात है। लेकिन इसका मतलब यह नहीं कि तुम्हें राजनयिकों से मार-पीट का लाइसेंस मिल गया है। न ही इस पैनल को तुम्हारी भावनात्मक भाषणबाजी में कोई दिलचस्पी है।"

और तभी दरवाजा धड़ से खुला और दो लोग दौड़ते, हाँफते, पसीने से तर-बतर अंदर आए। उनमें से एक सीधे दास के पास गया और उनके कान में जल्दी-जल्दी कुछ बताने लगा। दास ने चेहरा घुमाकर उस आदमी को देखा, फिर उसकी ओर से दी गई जानकारी को दिमाग में बिठाने के लिए कई बार पलकें झपकाईं। फिर उन्होंने मिर्जा की तरफ हाथ से इशारा किया।

"मैं समझता हूँ, सर। मैं अपनी गलती स्वीकार करता हूँ।"

विक्रांत ने यह बात इतनी आसानी से कह दी कि कमरे में मौजूद हर कोई उसे एक मिनट तक घूरता रह गया।

"आपने मेरी बात सुन ली, सर?" विक्रांत ने कहा।

दास ने 'हाँ' में सिर हिलाया।

"तो ठीक है। एस.पी. विक्रांत सिंह, हमने तय किया है कि आपको…"

और तभी दरवाजा धड़ से खुला और दो लोग दौड़ते, हाँफते, पसीने से तर-बतर अंदर आए। उनमें से एक सीधे दास के पास गया और उनके कान में जल्दी-जल्दी कुछ बताने लगा। दास ने चेहरा घुमाकर उस आदमी को देखा, फिर उसकी ओर से दी गई जानकारी को दिमाग में बिठाने के लिए कई बार पलकें झपकाईं। फिर उन्होंने मिर्जा की तरफ हाथ से इशारा किया।

विक्रांत जिज्ञासा से देख रहा था और दास अब मिर्जा के कान में कुछ कह रहे थे, जबकि मिर्जा के चेहरे पर मुसकान थी। उनकी बात जब खत्म हुई, तब दास ने अपने चश्मे के ऊपर से दिग्गज जासूस को गौर से देखा।

"मिस्टर मिर्जा, आपको ये मजाक लगता है?" उन्होंने पूछा।

"नहीं, सर!" मिर्जा ने झट से कहा और मुसकराते हुए विक्रांत की तरफ बढ़े।

इससे पहले कि विक्रांत उनसे कुछ कहता, दास ने कहा, "मिस्टर सिंह, अगले नोटिस तक आपको सस्पेंड किया जाता है। मिस्टर मिर्जा आपको बाकी बातें बता देंगे।"

विक्रांत देखता रहा और सब एक-एक कर तब तक कमरे से बाहर निकलते गए, जब तक कि अंदर मिर्जा और वह अकेले नहीं बच गए।

"क्या बात है?" विक्रांत ने पूछा।

"अगर मैं इससे ज्यादा नहीं जानता तो इतना शक तुम पर है कि यह बंदोबस्त तुमने ही किया है।" मिर्जा दबी हँसी हँसने लगे।

"बात क्या है?" विक्रांत ने सवाल दोहराया।

"उस इंडियन मुजाहिदीन के जिस गुट का भंडाफोड़ तुमने कुछ दिनों पहले किया था, जब तुम ए.टी.एस. में थे, सारे आतंकी आज सुबह भोपाल सेंट्रल जेल से भाग निकले हैं। पी.एम.ओ. तुम्हें उस केस के लिए 'सिर्फ एक सलाहकार के तौर पर' तुरंत बुला रहा है।"

□

4

सोमवार सुबह, मुंबई एवं लक्षद्वीप के बीच किसी जगह

क्रूज लाइनर के डेक पर चढ़ते उस बुजुर्ग के सफेद रेशमी बालों से हवा के झोंके टकरा रहे थे। अपने चेहरे पर सूरज की गरमी को महसूस करते हुए वह मुसकराने लगा। आधे घंटे पहले क्रूज लाइनर ने मुंबई को छोड़ा था और लक्षद्वीप के सभी द्वीपों की पूरी सैर पर था। अब्दुल जब्बार हाकिमी अब उस उम्र को बहुत पीछे छोड़ चुका था, जिसमें बच्चे की तरह खुश हुआ जाए; लेकिन उस ट्रिप को लेकर वह बेशक काफी उत्साहित था।

वह जब सबसे ऊपर की छत से नीचे उतर रहा था, तब उसकी नजर अपने साथ के यात्रियों पर पड़ी। तीस साल की एक महिला से उसकी जान-पहचान पहले ही हो चुकी थी, जो अकेले ही सफर कर रही थी।

"ध्यान से!" हाकिमी ने उन दो बच्चों को सावधान किया, जो जोर से हँसते हुए उनके पास से दौड़कर गुजरे। क्रूज लाइनर पर कुल मिलाकर 30 यात्री थे। यह एक मिला-जुला समूह था, जिसमें बच्चों से लेकर उनकी उम्र तक के लोग थे और जश्न का माहौल था।

हाकिमी उस रेलिंग के पास आकर रुका, जहाँ एक आदमी खड़ा होकर सिगरेट पीते हुए समंदर को देख रहा था। वह कार्गो और टी-शर्ट की आरामदेह पोशाक में था।

"इतने गौर से नहीं देखिए, भाई साहब!" हाकिमी ने मुसकराते हुए कहा, "समंदर को नजर न लग जाए।"

उस आदमी ने हाकिमी को घूमकर देखा और एकटक उसे कई सेकंड तक घूरता रहा, फिर धीरे से अपने दोनों नथनों से उसने धुएँ को बाहर छोड़ दिया। हाकिमी ने दोनों हाथ इस हाव-भाव के साथ उठाए, मानो कह रहा हो—'अरे, मैं तो मजाक कर रहा था।' और फिर वहाँ से तुरंत दूर चले गए। जाते-जाते एक बार

घूमे और एक नजर उस आदमी पर दौड़ाई। उसके हिंसक रुख के साथ-साथ गोदने गुदी मांसल बाँहों को देखा।

हाकिमी जब कोने पर पहुँचा और खुले आसमान के नीचे लाउंज में पहुँचा तो उनका आमना-सामना वैशाली से हुआ—वही महिला, जिससे उनकी जान-पहचान हुई थी। वह डेक पर लगी कुरसी पर पीठ टिकाकर कोई किताब पढ़ रही थी। उसने टी-शर्ट और स्लैक्स पहन रखा था। वह उसकी तरफ देखकर मुसकराने लगी। हाकिमी उसकी बगलवाली कुरसी पर बैठ गया।

हाकिमी ने इनकार में सिर हिलाया, "ठेठ बुजुर्ग, जो छुट्टी पर निकला है।" उन्होंने कहा, "पोते-पोतियों को सँभालो और आपके बच्चे ऐश करें।" वैशाली की दिलचस्पी और बढ़ गई—"आपका मतलब है, ऐसा करने में कोई बुराई है!" वह बोली। हाकिमी ने इनकार किया, "मैंने बस, थोड़ी अलग जिंदगी चुनी।" "क्या आप अकेले ही रहते हैं?"

"आप इन पर कुछ हद तक लेट भी सकते हैं, जानते हैं न!" इतना कहकर वह हँसने लगी।

"उम्र बेटा, उम्र भी तो देखो।" हाकिमी मुसकराने लगा, "मैं जहाँ पैदा हुआ, वहाँ ऐसी कुरसियाँ नहीं थीं और अब मैं बैठने के नए-नए तौर-तरीके इस उम्र में तो नहीं सीख सकता।"

वैशाली फिर से हँस पड़ी।

"क्या आप यहाँ अकेले ही आए हैं?" उसने उत्सुकता से पूछा, "मेरा मतलब है—न बच्चे, न नाती-पोते···"

हाकिमी ने इनकार में सिर हिलाया, "ठेठ बुजुर्ग, जो छुट्टी पर निकला है।" उन्होंने कहा, "पोते-पोतियों को सँभालो और आपके बच्चे ऐश करें।"

वैशाली की दिलचस्पी और बढ़ गई—"आपका मतलब है, ऐसा करने में कोई बुराई है!" वह बोली।

हाकिमी ने इनकार किया, "मैंने बस, थोड़ी अलग जिंदगी चुनी।"

"क्या आप अकेले ही रहते हैं?"

"हम हमेशा अकेले ही होते हैं, बेटा!" वह बोला।

उसे हैरत हो रही थी।

"अब आप ठेठ बुद्धिमान बुजुर्ग की तरह बात कर रहे हैं।" वह चिढ़ाती हुई बोली।

हाकिमी मुसकराने लगा।

"मैंने शादी नहीं की, न ही किसी बच्चे को गोद लिया।" उसने कहा।

"आप बुरा तो नहीं मानेंगे, अगर मैं पूछूँ कि…"

"बुरा क्यों मानूँगा?" हाकिमी ने कहा, "कभी-कभी कुछ चीजों का आप पर लंबे समय तक असर रह जाता है और उन्हें भुलाकर आगे बढ़ने की सलाह काम नहीं आती। अपनी बात करूँ तो मैंने अपने माँ-बाप को बचपन में ही खो दिया। मैं अकेले ही बड़ा हुआ और जब तक होश सँभाला, तब तक मुझे वही अच्छा लगने लगा।"

"आपका मतलब है, आपको यह सुरक्षित लगने लगा?" वैशाली ने कहा।

हाकिमी उसे गौर से देखने लगा। वैशाली उदासी भरी मुसकान मुसकराने लगी।

"मैं भी अकेले ही पली-बढ़ी।" उसने कहा।

हाकिमी उसे सुनता रहा और वह कहती गई।

"मेरे पिता मेरे पास नहीं थे और मेरी माँ के पास इतनी फुरसत नहीं थी कि मेरी जरूरतों को पूरा कर सकें। हमारे बीच बातचीत भी न के बराबर होती थी। बरसों बाद हम थोड़ा करीब आने लगे।"

"वह अब इस दुनिया में नहीं हैं?" हाकिमी ने प्यार से पूछा।

समंदर पर नजरें गड़ाए वैशाली ने इशारों में जवाब दिया।

कुछ देर तक दोनों चुप्पी साधे रहे। फिर वह बोली, "पिछले साल उनकी मौत के बाद मैं पहली बार छुट्टियों पर निकली हूँ। शायद मेरे जख्म भर जाएँ।"

लेकिन हाकिमी का ध्यान बँट गया था। वही तगड़ा आदमी फिर से दिख गया और हाकिमी ने गौर किया कि वह उसे तथा वैशाली को काफी देर तक देखता रहा और फिर वहाँ से चला गया।

□

5

सोमवार दोपहर, भोपाल

"क्या उनमें से किसी ने बीते दो महीने में कोई नया टूथब्रश माँगा था?" विक्रांत ने भोपाल सेंट्रल जेल के सुपरिंटेंडेंट से पूछा।

"मुझे...पता करना होगा!" घबराया हुआ एस.पी. हकलाने लगा और अपने डिप्टी की तरफ देखा, जिसे खुद भी कुछ पता नहीं था।

"पता कीजिए।" विक्रांत ने उससे कहा, "मुझे लगता है, आपको पता चलेगा कि कम-से-कम एक नया टूथब्रश माँगा गया था और वह भी दो महीने के भीतर।"

विक्रांत और मिर्जा एस.पी. देवेंद्र कुमार और डी.एस.पी. समीर खरे के साथ उस खाली पड़ी कोठरी के ब्लॉक में खड़े थे, जहाँ इंडियन मुजाहिदीन के उन पाँच सदस्यों को रखा गया था, जो चौबीस घंटे पहले फरार हुए थे। कोठरियाँ बाईं तरफ थीं, जिसके साथ सँकरा गलियारा था, ताकि सिपाही चहलकदमी करता हुआ नजर रख सके। कोठरियों के ब्लॉक में प्रवेश के स्थान पर एक कुरसी रखी थी और हर कोठरी के सामने खिड़की थी।

मिर्जा से जेल तोड़कर भागने की घटना के बारे में जैसे ही पता चला, विक्रांत ने जल्दबाजी में बैग पैक किया और इंतजार कर रही एस.यू.वी. में फटाफट सवार हुआ, जो एयरपोर्ट की तरफ दौड़ पड़ी थी। उसके और मिर्जा के लिए भोपाल जानेवाली पहली ही फ्लाइट के टिकट पहले ही बुक कर दिए गए थे और दोपहर में विमान के उतरते ही एन.आई.ए. के स्थानीय अधिकारियों ने उनका स्वागत किया। जेल तक उन्हें ले जाने के लिए बाहर एस.यू.वी. खड़ी थी। जेल के गेट से जब उनकी गाड़ी अंदर दाखिल हो रही थी, तब प्रेस के कैमरे से बचने के लिए विक्रांत को नीचे छिपना पड़ा। पी.एम.ओ. ने एकदम साफ कर दिया था कि जहाँ तक संभव हो, उसे परदे के पीछे रहकर काम करना है।

विक्रांत अब सेल ब्लॉक की लंबाई-चौड़ाई नाप रहा था और उन पाँच

कोठरियों को अपनी पैनी नजर से खँगाल रहा था। वह आखिरी कोठरी पर जाकर रुका और अंदर दाखिल हुआ। बाकी तीन लोग उसके पीछे-पीछे आए।

"तुम भी वही सोच रहे हो, जो मैं सोच रहा हूँ?" मिर्जा ने पूछा।

विक्रांत ने कहा, "हाँ।"

"टूथब्रश का इस्तेमाल चाबी की तरह किया जा सकता है।" उसने पूरी कोठरी पर नजर दौड़ाते हुए कहा, "यह काम बड़ा मुश्किल होता है। सही आकार में उसे धीरे-धीरे रगड़कर लाना। करीब महीने भर का वक्त लग सकता है। उनके नहाने का क्या इंतजाम था?"

"कतार में बने बाथरूम हैं, जहाँ केवल कड़ी सुरक्षावाले कैदी ही जाते हैं। हर सुबह एक-एक कर सुरक्षाकर्मी उन्हें ले जाते हैं और फिर अलग-अलग ही उन्हें वापस लाया जाता है। शौचालय का भी यही नियम है। सुबह में एक बार और उसके बाद जरूरत पड़ने पर।" डी.एस.पी. खरे ने कहा।

विक्रांत समझ गया। "उन्होंने बाथरूमों से साबुन चुराया। उन्हें बस, छोटा सा टुकड़ा चाहिए होता है, जिसे ताले में घुसाकर लीवरों का आकार हासिल कर लेते हैं। साबुन गीला हो तो मोड़ना आसान हो जाता है। उसके इस्तेमाल से शौचालय का प्रयोग करते समय वे टूथब्रश को रगड़कर चाबी की शक्ल देते हैं।"

"किसी चीज से?" कुमार ने पूछा।

विक्रांत ने कहा, "नल की किनारी से भी किया जा सकता है।"

एस.पी. ने खरे को गुस्से से देखा और इशारा समझते ही वह आगे की कारवाई के लिए वहाँ से निकल गया।

विक्रांत ने एक-एक कर सारी कोठरियों का पूरे ध्यान से मुआयना किया। "उन्हें बस, एक कोठरी का दरवाजा खोलना पड़ा। मेरा अंदाजा है, यह काम मजहर खान ने किया। वही सबसे हट्ठा-कट्टा और सबसे शातिर भी है।"

मिर्जा समझ गए और उन्होंने कहा,

एस.पी. ने खरे को गुस्से से देखा और इशारा समझते ही वह आगे की कारवाई के लिए वहाँ से निकल गया।
विक्रांत ने एक-एक कर सारी कोठरियों का पूरे ध्यान से मुआयना किया। "उन्हें बस, एक कोठरी का दरवाजा खोलना पड़ा। मेरा अंदाजा है, यह काम मजहर खान ने किया। वही सबसे हट्ठा-कट्टा और सबसे शातिर भी है।"

"अच्छा, तो उस दुष्ट ने संतरी के अपनी कोठरी से आगे जाने का इंतजार किया, दरवाजा खोला और उस पर टूट पड़ा। उसमें मिनट भर भी नहीं लगा होगा, खासतौर पर अगर उसने ताला खोलने की प्रैक्टिस कर ली होगी।"

"संतरी की गरदन तोड़ दी गई थी।" कुमार ने बताया। दोनों दिग्गजों ने जैसे एक इशारे से सारे खेल को समझ लिया।

"और संतरी के पास सभी कोठरियों की चाबियाँ थीं?" मिर्जा ने पूछा।

कुमार ने 'हाँ' में जवाब दिया।

"इस सेल ब्लॉक में पेट्रोलिंग के लिए केवल एक ही संतरी क्यों था?" विक्रांत ने पूछा।

कुमार घबरा गया—"लोगों की कमी। फिर छोटा सा ब्लॉक है, जिसमें आने का रास्ता अलग है और दो संतरी बाहर के गलियारे में टहलते रहते हैं।" उसने कहा और इशारे से उस गलियारे को दिखाया, जो सेल ब्लॉक से बाहर जाता है।

"और सेल ब्लॉक के संतरी के पास उस प्रवेश द्वार की भी चाबियाँ थीं?"

कुमार का चेहरा लाल हो गया—"हाँ।"

"फिर तो सेल ब्लॉक के संतरी पर काबू पाते ही काम आसान हो गया होगा। उससे चाबियाँ निकाली होंगी, दूसरों को छुड़ाया होगा, बाहर निकलने का दरवाजा खोल लिया होगा···" मिर्जा ने कहा।

अपने बयानों में बाहर के गलियारे में तैनात संतरियों ने कहा था कि कैदियों ने उनमें से एक को बंदूक के दम पर पकड़ लिया था और दूसरे को हथियार गिराने पर मजबूर कर दिया था। बाहरी गलियारा सीधे उस अहाते तक पहुँचता था, जहाँ कैदियों को हर दिन एक घंटे की कसरत के लिए ले जाया जाता था। एक बार वे अहाते में पहुँचे तो दोनों संतरियों को मारकर बेहोश कर दिया।

"और उनके पास संतरी की बंदूक भी आ गई होगी।" विक्रांत ने बाहरी गलियारे की तरफ बढ़ते हुए बात पूरी कर दी।

अपने बयानों में बाहर के गलियारे में तैनात संतरियों ने कहा था कि कैदियों ने उनमें से एक को बंदूक के दम पर पकड़ लिया था और दूसरे को हथियार गिराने पर मजबूर कर दिया था। बाहरी गलियारा सीधे उस अहाते तक पहुँचता था, जहाँ कैदियों को हर दिन एक घंटे की कसरत के लिए ले जाया जाता था। एक बार वे

अहाते में पहुँचे तो दोनों संतरियों को मारकर बेहोश कर दिया।

"दीवार पर चढ़ने के लिए मानवीय पिरामिड बनाया?" मिर्जा ने पूछा।

तब तक तीनों अधिकारी अहाते तक पहुँच गए थे।

"हाँ, ऐसा ही किया होगा। उनमें से एक सबसे ऊपर पहुँचा और चादरों को सलाखों से बाँध दिया। वे ऊपर तक पहुँचे और दूसरी तरफ से चादरों का इस्तेमाल करते हुए ही सरककर उतर गए।" विक्रांत ने उन चादरों की तरफ देखते हुए कहा, जो अब भी सलाखों से बँधी थी।

उन्हें अपने पीछे किसी के आने की आहट सुनाई पड़ी और पीछे मुड़े तो डी.एस.पी. खरे को देखा, जिनके चेहरे पर हैरानी भी थी और तारीफ भी।

"मजहर खान को दो महीने पहले एक नया टूथब्रश दिया गया था।" उन्होंने कहा, "उसने संतरी को बताया था कि पुरानावाला बाथरूम के खुले नाले में गिर गया।"

"यहाँ हमारा काम हो गया।" विक्रांत ने कहा।

□

6

सोमवार की रात, भोपाल

"आप जानते थे, है न?"

मिर्जा ने उस रिपोर्ट से नजर उठाते हुए देखा, जिसे वे पढ़ रहे थे। विक्रांत उनके सामने बैठा था, जिसके चेहरे पर खुशी थी।

"लड़के, तुम क्या कह रहे हो, मुझे बिल्कुल समझ नहीं आ रहा।" मिर्जा ने कहा।

दोनों अधिकारी भोपाल के एन.आई.ए. ऑफिस में थे और अपनी जाँच के अगले कदम की योजना बना रहे थे। दोनों कैदियों के पिछले छह महीने के व्यवहार की रिपोर्ट पढ़ रहे थे, जिसे उनके माँगने पर जेल के अधिकारियों ने जल्दबाजी में तैयार किया था।

विक्रांत को कुछ शक हो रहा था।

"जेल से भागने की घटना सुबह होने से पहले हुई। आपको किसी-न-किसी ने इसके घंटे भर के भीतर फोन किया होगा। इसका मतलब है, मैं जब उस केबिन में बैठकर उपन्यास पढ़ रहा था और जाँच के शुरू होने का इंतजार कर रहा था, उससे कई घंटे पहले ही आपको उसकी जानकारी मिल गई थी।" उसने कहा।

मिर्जा ने कोई जवाब नहीं दिया।

"और फिर, मुझे यकीन है कि जिसने भी इस टीम में मुझे 'सलाहकार' के तौर पर भेजने का फैसला किया," विक्रांत कहता गया, "उसके दिमाग में यह अपने आप नहीं आया होगा। तो, वास्तव में हुआ क्या?"

मिर्जा बस, मुसकराते रहे। विक्रांत ने इस चुनौती को स्वीकार किया। अब तो इस खेल को खेलते हुए उन्हें बरसों हो गए थे।

"मैं तो यही कहूँगा कि आपने देखा कि यही मौका है, जब आप मुझे मेरा रैंक छिनने और जेल जाने से बचा सकते हैं और आपने गृह मंत्रालय में किसी से बात

की। शायद पी.एम.ओ. में भी की होगी, इसमें मुझे कोई हैरानी नहीं। बस, मैं यह नहीं जानता कि आपने उन्हें मनाया कैसे, जबकि दबाव पड़ रहा होगा वहाँ से···"

"उस देश से, जो नौ साल से आतंकी हमलों के साजिशकर्ताओं को खुला घूमने दे रहा है?" मिर्जा ने कड़वाहट के साथ पूछा।

तभी ऑफिस का दरवाजा खुला और दो डी.एस.पी. अंदर आए।

समर गोयल और अखिल जायसवाल उस विशेष जाँच दल के सदस्य थे, जिसे गृह मंत्रालय ने जेल से भागने की घटना की जाँच के लिए बनाया था। विक्रांत अच्छी तरह जानता था कि मिर्जा ने अपने नेतृत्ववाली टीम में खुद को सबसे ऊपर रखा होगा। उस टीम के पास अधिकारी, उपकरण और धन समेत पर्याप्त संसाधन थे, साथ ही लालफीताशाही से निपटने के लिए पूरी आजादी थी।

"क्या हो रहा है, नौजवानो?" मिर्जा ने पूछा।

"हमने रेलवे पुलिस को स्टेशनों पर नजर रखने के साथ ही पिछले बारह घंटे का सी.सी. टी.वी. फुटेज खँगालने को कहा है। हाईवे पर सारे टोल प्लाजाओं को सूचित कर दिया गया है और पुलिस राज्य से बाहर जानेवाली सभी बसों की तलाशी ले रही है।" जायसवाल ने बताया।

"हमने रेलवे पुलिस को स्टेशनों पर नजर रखने के साथ ही पिछले बारह घंटे का सी.सी.टी.वी. फुटेज खँगालने को कहा है। हाईवे पर सारे टोल प्लाजाओं को सूचित कर दिया गया है और पुलिस राज्य से बाहर जानेवाली सभी बसों की तलाशी ले रही है।" जायसवाल ने बताया।

"बसों में जाने का जोखिम तो वे नहीं उठाएँगे।" विक्रांत ने कहा, "वे अभी छिपे रहेंगे और मुमकिन है कि अलग-अलग दिशाओं में फैलने के बाद पूर्व निर्धारित जगह पर मिलेंगे। मैं दावे के साथ कह सकता हूँ कि वे अब तक शहर से बाहर जा चुके होंगे, क्योंकि उन्हें भी पता होगा कि हम चप्पे-चप्पे की तलाशी लेंगे।"

गोयल ने हामी भरी। "मैं शहर के लगभग सारे थानों के अधिकारियों से संपर्क में हूँ, जो अपने तलाशी अभियान की मुझे हर घंटे जानकारी दे रहे हैं। इसके साथ ही, हर जगह नाकाबंदी और अचानक तलाशी लेने का काम चल रहा है।"

विक्रांत और मिर्जा एक-दूसरे को देखने लगे। विक्रांत ने गोयल का रुख किया, "भोपाल पुलिस कमिश्नर से बात करो और उनसे पता करो कि बीते बारह

घंटे में किसी गाड़ी के चोरी होने या जबरन कब्जा जमाने की कोई घटना सामने आई है क्या? अगर उन्हें गाड़ी तुरंत मिल गई होगी तो वे शहर से बाहर निकल चुके होंगे।"

इसके बाद विक्रांत ने जायसवाल को ब्रीफ किया, "मैं तुम्हें उन पाँचों के ज्ञात रिश्तेदारों और दोस्तों की लिस्ट दे रहा हूँ। हमारे स्थानीय अधिकारियों को साथ लो और पता करो कि उनमें से कोई उन पाँचों के संपर्क में है या नहीं। अगर उन्हें बाहर से मदद नहीं मिली है तो जल्दी ही वे किसी-न-किसी से पैसों के लिए या किसी और चीज के लिए संपर्क जरूर करेंगे।"

जायसवाल ने आदेश मान लिया।

"क्या हम आई.एम. के जाने-पहचाने सदस्यों और उनके मददगारों की बातचीत सुन रहे हैं?" विक्रांत ने मिर्जा से भारत में उन संदिग्धों के बारे में जानना चाहा, जिनके फोन आई.बी. टेप क़र रहा था।

मिर्जा ने 'हाँ' में सिर हिला दिया।

"ठीक है, मैं अपने कुछ स्रोतों से बात करने जा रहा हूँ।" विक्रांत ने कहा।

जब सभी अपने-अपने काम के लिए निकल रहे थे, तभी मिर्जा के सेलफोन पर बीप सुनाई पड़ी। यह सी.आई.ए. में तैनात किसी दोस्त का भेजा इ-मेल था। अमेरिकी उपग्रहों ने एक कारोबारी मालवाहक जहाज को पकड़ा था, जो सोमालिया के समुद्री क्षेत्र से गुजरने के दौरान उन तीन मोटरबोट्स के पास आकर रुका था, लेकिन रुकने का कारण समझ नहीं आ रहा था। मिर्जा ने अपने अमेरिकी दोस्त से इस बारे में बात करने को दिमाग में बिठा लिया।

□

7

सोमवार रात-मंगलवार सुबह के बीच, भोपाल

नतीजा निकलने में छह घंटे लग गए, लेकिन जाँच के काम में अकसर काफी धैर्य और मजबूत इरादा रखना पड़ता है। मिर्जा ने इसे इस तरह बताया कि "अहाते के हर पेड़ को झकझोर डालो, क्योंकि बिल्लियाँ छिपेंगी भी तो कहाँ!"

पहली बिल्ली मुंबई में एक पेड़ से नीचे गिरी, जो विक्रांत का पुराना ठिकाना था, जहाँ दिल्ली से उसकी तैनाती की गई थी और जहाँ उसने बरसों की कड़ी मेहनत के बाद अपने स्रोत बनाए थे। मिर्जा जहाँ केंद्रीय एजेंसियों के साथ समन्वय कर रहे थे और गोयल तथा जायसवाल स्थानीय पुलिस के साथ काम कर रहे थे, वहीं विक्रांत ने अपने पुराने मुखबिर को फोन किया, जो ट्रॉम्बे के चीता कैंप में रहता था, जो ईस्ट मुंबई के स्लम का विशाल विस्तार था, जहाँ इंडियन मुजाहिदीन के उन पाँच आतंकियों में से एक शौकत असद पला-बढ़ा था। उसके बूढ़े माँ-बाप एवं छोटा भाई अब भी वहीं रहते थे और विक्रांत का मुखबिर कामरान शेख उनसे तीन मकान बाद रहता था। यह कोई संयोग या किस्मत की बात नहीं थी।

नौ साल पहले असद के परिवार से पूछताछ करने के दौरान विक्रांत ने चुपके से उस इलाके के कुछ सबसे ज्यादा उत्सुकता से देख रहे लोगों की पहचान की थी। उसने अपनी टीम से कहा था कि वह उनसे बात करे और उनकी शख्सियत के बारे में जाने, ताकि उनमें से किसी को मुखबिर के तौर पर तैयार किया जा सके। कामरान शेख में कोई हिचक नहीं थी। हवा में उड़ती बातों को सूँघने का उसमें हुनर था और पैसा उसे अपनी ओर खींचता था। बड़ी आसानी से उसे चुन लिया गया और विक्रांत ने उसे मुखबिर बनाने में अपने तीन महीने लगाए।

विक्रांत ने जब शेख से फोन पर बात की, तब उसे खबरें देखकर जेल तोड़कर भागने की जानकारी पहले ही मिल चुकी थी।

"टेंशन नहीं, साहेब। मेरी आँख और कान खुले रहते हैं।" उसने विक्रांत से कहा।

छह घंटे बाद शेख ने मुंबई के कुर्ला से एक पे-फोन बूथ से फोन किया। करीब आधी रात का वक्त होने वाला था, लेकिन पूरी जाँच टीम अब तक एन.आई.ए. दफ्तर में थी।

"कहीं असद चीता कैंप तो नहीं पहुँच गया?" विक्रांत ने कुछ हद तक मजाक में पूछा।

"नहीं, सर!" असद ने कहा, "लेकिन असद का एक दूर का चाचा शकील खान, जो भिवंडी में रहता है, आधी रात को इतनी दूर से असद के पिता से मिलने आया था और दस मिनट बाद चला गया।"

विक्रांत उठकर बैठ गया।

"अच्छा, और बताओ, क्या जानकारी है इस बारे में तुम्हारे पास?"

"मैं उसके चाचा का पीछा कर रहा हूँ।"

"वेरी गुड!" विक्रांत खुशी से चीख उठा और ऑफिस में सभी उसे घूरने लगे। उसने उन सभी को थम्सअप का इशारा कर शांत किया और अपने फोन की तरफ दिखाया।

"वेरी गुड!" विक्रांत खुशी से चीख उठा और ऑफिस में सभी उसे घूरने लगे। उसने उन सभी को थम्सअप का इशारा कर शांत किया और अपने फोन की तरफ दिखाया। "वह अपनी बाइक से आया था और अब वापस लौट रहा है।" शेख बताता जा रहा था। "मैं अपनी बाइक पर हूँ। वह सिगरेट पीने के लिए रुका, इसलिए मैं पे-फोन बूथ ढूँढ़ता आया था।"

"वह अपनी बाइक से आया था और अब वापस लौट रहा है।" शेख बताता जा रहा था।

"मैं अपनी बाइक पर हूँ। वह सिगरेट पीने के लिए रुका, इसलिए मैं पे-फोन बूथ ढूँढ़ता आया था।"

"तुरंत उसके पीछे जाओ! उसे नजरों से ओझल मत होने देना!"

"टेंशन नहीं, बॉस। मेरे पास उसकी बाइक का नंबर है और मैं उसका नाम जानता हूँ।"

विक्रांत ने हड़बड़ी में पास पड़े पेन और पेपर को उठाने के लिए हाथ मारा।

आधे घंटे बाद विक्रांत ने शकील खान का नाम और लाइसेंस प्लेट के नंबर

की मदद से उसके सेलफोन का नंबर हासिल कर लिया और उसे सर्विलांस पर डाल दिया। लोकेशन ट्रैकिंग ने बताया कि चाचा भिवंडी पहुँच रहा था और शेख ने इसकी पुष्टि कर दी। विक्रांत ने उसे लौट जाने को कहा और कहा कि अब अपने आप को और ज्यादा खतरे में न डाले।

इसके बाद विक्रांत ने पिछले बारह घंटे का शकील खान का कॉल रिकॉर्ड निकलवाया। इसके बाद दूसरी बिल्ली नीचे गिरी। देर शाम असद के चाचा को नाशिक के एक पे-फोन से किसी का फोन आया था। वह बातचीत पाँच मिनट से कुछ ज्यादा देर तक चली और विक्रांत ने उसके पिछले एक हफ्ते के सारे कॉल रिकॉर्ड्स खँगाले और यह पुष्टि कर ली कि उसे वहाँ से कोई और फोन नहीं आया था, जो इस बात का अकाट्य संकेत नहीं तो पुख्ता सबूत था कि वह कोई ऐसा था, जो उससे आमतौर पर बातचीत नहीं करता था।

डी.सी.पी., जो एक मेहनती अफसर था, आतंक से जुड़े मामलों (साथ ही यह भी कि उसने देरी की तो इसका असर उसके कॅरियर पर पड़ेगा) पर तुरंत काररवाई के महत्त्व को समझता था। उसने अपने सबसे अच्छे अधिकारियों को सुबह के 2 बजे नींद से जगाया और उस पे-फोन पर भेजा, जहाँ से वह फोन किया गया था। पे-फोन बूथ ऐसे बाजार के बीच था, जहाँ अकसर भीड़भाड़ रहती है और कोई बड़ी आसानी से गायब हो सकता है।

गोयल अब तक भोपाल से मुंबई के रूट का नक्शा ऑनलाइन खींच चुका था। "सर, नाशिक भी एक शहर है, जो रास्ते में पड़ता है।" उसने विक्रांत को बताया, जिसने 'हाँ' में सिर हिला दिया।

"नाशिक में अपना कोई है?" उसने पूछा, जबकि उसकी नजरें अब भी कॉल रिकॉर्ड को खँगाल रही थीं।

"वहाँ के डी.सी.पी. क्राइम ब्रांच हैं, जिनके साथ हमने पहले काम किया है।" जायसवाल ने मदद करते हुए कहा।

"उसे फोन मिलाओ।" मिर्जा ने कहा।

डी.सी.पी., जो एक मेहनती अफसर था, आतंक से जुड़े मामलों (साथ ही यह भी कि उसने देरी की तो इसका असर उसके कॅरियर पर पड़ेगा) पर तुरंत काररवाई के महत्त्व को समझता था। उसने अपने सबसे अच्छे अधिकारियों को

सुबह के 2 बजे नींद से जगाया और उस पे-फोन पर भेजा, जहाँ से वह फोन किया गया था। पे-फोन बूथ ऐसे बाजार के बीच था, जहाँ अकसर भीड़भाड़ रहती है और कोई बड़ी आसानी से गायब हो सकता है।

वार्षिक गोपनीय रिपोर्ट (ए.सी.आर.) में अच्छी टिप्पणी पाने की उम्मीद में सारे अधिकारियों ने उस इलाके के उन सभी दुकानदारों को जगाया, जिनकी दुकानों के अंदर आने-जाने के रास्ते के ऊपर सी.सी.टी.वी. कैमरे लगे थे, साथ ही उस पे-फोन चलानेवाले को भी जगाया और सभी की दुकान खुलवाई। अब तक उन सभी के फोन पर आई.एम. के उन पाँच सदस्यों की तसवीरें आ चुकी थीं।

उम्मीद के मुताबिक पे-फोन ऑपरेटर को याद नहीं था कि किसने फोन किया था और उसने कोई रिकॉर्ड भी नहीं रखा था। लेकिन पे-फोन बूथ के उस पार गली के दूसरी तरफ एक सी.सी.टी.वी. कैमरा लगा था, जिसकी मदद से पेड़ पर से तीसरी बिल्ली गिरी। उसमें एक टाटा इंडिका के पे-फोन बूथ के पास रुकने, उसमें से शौकत असद के उतरने, फोन करने और फिर से कार में बैठकर मुंबई की ओर जानेवाले हाईवे पर निकलने की तसवीरें कैद हुई थीं।

घंटे भर के भीतर उस फुटेज को मिर्जा को मेल द्वारा भेजा जा चुका था।

"क्या मैं मुंबई की फ्लाइट टिकट बुक करा लूँ, सर?" जायसवाल ने पूछा।

"तो तुमने अब तक क्यों नहीं किया?" मिर्जा ने पलटकर पूछा।

□

8

मंगलवार की दोपहर, समंदर में किसी जगह पर

बारह सोमालियाई सामान्य गलियारे में रात का खाना खा रहे थे, तभी काली वरदीवाला व्यक्ति एक बैग लेकर आया। उसने उसे उनके करीब फर्श पर रख दिया और चला गया।

सभी उस बैग को दिलचस्पी के साथ देखने लगे। मार्को, जो उनका लीडर था, उसने बैग को खोला और सावधानी से अपना हाथ अंदर डाला, जबकि बाकी सब एक-दूसरे से चिपककर खड़े हो गए। उसने जब अपना हाथ बाहर निकाला तो मुसकराने लगा। अंदर से एक चमचमाती उजी सब-मशीन गन बाहर आई। कमरे में एक के बाद एक कई सीटियाँ बज रही थीं। बारह उजी गन सबके बीच बाँट दी गईं।

इसके बाद मार्को ने गोलियों से भरी क्लिप्स निकालीं। हर बंदूक के लिए पाँच-पाँच क्लिप्स। वह जब उन्हें क्लिप्स बाँट रहा था, तभी जहाज पर किसी की परछाईं पड़ी और उन्होंने देखा कि काली वरदीवाला आदमी एक छोटे बैग के साथ फिर से हाजिर हुआ था।

"पिस्तौल एवं उजी बंदूकों के लिए और कारतूस।" उसने बेसुरी आवाज में कहा।

"बहुत अच्छा!" मार्को ने मुसकराते हुए कहा। उस आदमी के चेहरे पर अब भी कोई भाव नहीं था।

मालवाहक पर चार दिन बीत चुके थे और सोमालियाई आराम की दिनचर्या में बड़ी आसानी से ढल गए थे। वे तड़के उठ जाते थे और जहाज की छत पर थका देनेवाली कसरत किया करते थे। इसके बाद नाश्ता और फिर जो चाहें, उसे करने की उन्हें छूट थी। काली वरदीवाले ने उन्हें एक छोटी सी जगह दिखाई थी, जहाँ वे सिगरेट पी सकते थे; लेकिन जहाज पर शराब पीना मना था। सिगरेट पीनेवाला ठिकाना जल्दी ही उनकी पसंदीदा जगह बन गया, जहाँ वे अपने दिन सिगरेट पीने

और सॉफ्ट ड्रिंक की चुस्की लेने या तरह-तरह की नमकीन खाने में गुजारते थे, जिनकी वहाँ कोई कमी नहीं थी।

काली वरदीवाले से उनकी बातचीत इस दौरान केवल एक वायरलेस के जरिए हुआ करती थी, जब वह उन्हें खाने के समय को लेकर या फिर किसी आधिकारिक नाव के पास से गुजरने पर सख्त संदेश देता था।

"हमें यहाँ आए चार दिन हो गए हैं और हमें तुम्हारा नाम तक नहीं पता। तुम हमारे साथ ऐसा सलूक कर रहे हो, जैसे हम कीड़े-मकोड़े हैं। हम पर दादागीरी दिखा रहे हो कि ये करो, वो करो। मैं बता दूँ कि अपने साथ ऐसा सलूक मैं पसंद नहीं करता।" मार्को ने उस उजी बंदूक को, जिसमें उसने कारतूस भर रखा था, वैसे ही अपने कंधे पर उठाकर रख लिया।

सोमालियाई जब दूसरे बैग में रखी ग्लॉक पिस्तौल आपस में बाँट रहे थे, तब उस आदमी ने कहा, "कल रात तुम्हें बाहर जाना है। मैं तुम्हारे लिए और साजो-सामान का इंतजाम कर दूँगा। तैयार रहना।"

"बाहर जाना कैसे है ?" मार्को ने पूछा।

"तुम्हें बता दिया जाएगा।" उस आदमी ने तपाक से कहा।

"अरे रुको, भाई।" मार्को ने उसकी तरफ हाथ में उजी लिये बढ़ते हुए पूछा।

वह आदमी उत्सुकता से उसे देखने लगा।

"हमें यहाँ आए चार दिन हो गए हैं और हमें तुम्हारा नाम तक नहीं पता। तुम हमारे साथ ऐसा सलूक कर रहे हो, जैसे हम कीड़े-मकोड़े हैं। हम पर दादागीरी दिखा रहे हो कि ये करो, वो करो। मैं बता दूँ कि अपने साथ ऐसा सलूक मैं पसंद नहीं करता।" मार्को ने उस उजी बंदूक को, जिसमें उसने कारतूस भर रखा था, वैसे ही अपने कंधे पर उठाकर रख लिया।

"इसलिए, मेरा कहना है कि तुम हमारे साथ थोड़े अदब से पेश आओ, क्योंकि तुम्हारा मिशन हम सबके भरोसे ही है और तुम हमारे हाथों में बंदूकें भी थमा दो और हमारे साथ ऐसा सलूक करो, जैसे हम गंदगी हैं, ये नहीं होगा। तुम समझे, मैं क्या कह रहा हूँ ?" मार्को ने अपने दाँत निपोरते हुए कहा।

उस आदमी ने जवाब देने से पहले अपना गला साफ किया, "तो यह बात है। ऐसा लगता है, तुमने मुझसे कोई सवाल किया है। असल में, कई सवाल किए हैं।

सबसे अहम ये कि जब तुम सभी सब–मशीन गन और पिस्तौल से लैस हो तो मुझे मार क्यों नहीं सकते? मैंने सही कहा न?"

मार्को ने 'हाँ' में सिर हिलाया।

"क्या तुम मेरी शर्ट की बाईं जेब तक हाथ बढ़ा सकते हो, मार्को?" उस आदमी ने पूछा।

मार्को की मुसकान थोड़ी फीकी पड़ गई; लेकिन उसने बताए मुताबिक काम किया और उसकी जेब से मोड़े गए कागज का मोटा टुकड़ा निकाला।

"इसे पढ़ो।" उस आदमी ने कहा।

"हाँ, मार्को। इसमें तुम्हारे और बाकी लोगों के ज्ञात परिवार के सदस्यों और उनकी मौजूदा जगह की लिस्ट है। हम उनके बारे में हर चौबीस घंटे में ताजा जानकारी जुटाते रहते हैं। जहाँ तक तुम्हारा पहला सवाल है, तो अगर तुमने इस तरह मेरी तरफ साँस भी छोड़ी, जिसे मैं पसंद नहीं करता तो उन्हें कष्ट होगा। अब जरा इस कागज को पलटो।" उस आदमी ने प्यार से कहा।

मार्को ने अपने एक सैनिक की ओर इशारा किया, जो आगे आया और उसने अपनी उजी उस काली वरदीवाले की ओर घुमा दी, जबकि मार्को ने उस कागज को खोला और उसमें लिखे शब्दों को पढ़ा। जब उसने नजर उठाई तो उसके चेहरे के हाव–भाव बदल चुके थे।

"हाँ, मार्को। इसमें तुम्हारे और बाकी लोगों के ज्ञात परिवार के सदस्यों और उनकी मौजूदा जगह की लिस्ट है। हम उनके बारे में हर चौबीस घंटे में ताजा जानकारी जुटाते रहते हैं। जहाँ तक तुम्हारा पहला सवाल है, तो अगर तुमने इस तरह मेरी तरफ साँस भी छोड़ी, जिसे मैं पसंद नहीं करता तो उन्हें कष्ट होगा। अब जरा इस कागज को पलटो।" उस आदमी ने प्यार से कहा।

मार्को ने उसके कहे मुताबिक ही कागज को पलटा और एक बार फिर ऊपर से नीचे तक उसे पढ़ा।

"जैसा कि तुम्हें अंदाजा होगा या शायद नहीं भी होगा, यह तुम्हारे अपने देश के 60 लोगों की लिस्ट है, जो तुम्हारी ही तरह युद्ध लड़ने में माहिर हैं और पैसे देने पर मिल जाएँगे। इसलिए तुम्हारे दूसरे सवाल का जवाब दूँ, तो नहीं, हमारा मिशन तुम्हारे भरोसे नहीं है।" उस आदमी ने कहा और मार्को के हाथ से उस पन्ने को

लेकर मोड़ा और आराम से अपनी जेब में वापस रख दिया।

"अब जहाँ तक बात..." उसने कहा, "तुम्हारे बाकी सवालों की है तो तुम सोच रहे थे कि मेरा नाम क्या है? तो मैं समझता हूँ, इससे तुम्हें कोई फर्क नहीं पड़ता कि तुम उसे जानो या न जानो।"

मार्को ने कुछ नहीं कहा।

"मेरा नाम मार्वन है।" उस आदमी ने कहा और फिर पलटते हुए वहाँ से चला गया।

□

9

मंगलवार दोपहर, मुंबई

"और कितने लोग हमारे साथ शामिल हो रहे हैं?" विक्रांत ने पूछा।

"रास्ते में स्थानीय पुलिस के पाँच लोग हमारे साथ हो जाएँगे, जिससे कुल बारह लोग हो जाएँगे। काफी होना चाहिए।" गोयल ने कहा।

"उम्मीद तो यही है।" मिर्जा ने गंभीर मुद्रा में कहा।

मिर्जा, विक्रांत, गोयल और जायसवाल तेजी से बिना किसी पहचानवाली एस.यू.वी. में पालघर की ओर बढ़ रहे थे। मुंबई क्राइम ब्रांच का एक अनुभवी सिपाही, जो हाईवे को अपनी हथेली की तरह जानता था, गाड़ी चला रहा था, जबकि जायसवाल की नजर अपने स्मार्टफोन पर चिपकी थी और वह एन.आई.ए. के अधिकारियों से मिली जानकारी के मुताबिक शकील खान के मूवमेंट की जानकारी देता जा रहा था। पिछली सीट पर मिर्जा ने छोटे बैग में से पिस्तौल निकाली, वहीं गोयल फोन पर इस अभियान में शामिल विभिन्न एजेंसियों से तालमेल बिठा रहा था। विक्रांत तो खिड़की की तरफ बैठा था, सिगरेट के कश लगा रहा था, जिससे मिर्जा को चिढ़ हो रही थी।

"दो हफ्ते से मैंने सिगरेट को हाथ तक नहीं लगाया और इस गाड़ी में तुम्हारे पास बैठकर मुझे भी सिगरेट पीने की तलब लगने लगी!" मिर्जा ने भौंहें सिकोड़ते हुए कहा।

विक्रांत ने कोई जवाब नहीं दिया।

चारों अधिकारी एकदम सुबह-सुबह विमान से मुंबई पहुँचे थे। आगमन के हिस्से में पहुँचने से पहले मिर्जा को मुंबई पुलिस कमिश्नर, क्राइम ब्रांच के चीफ और उन तमाम अधिकारियों के इस काम में मदद के लिए टेक्स्ट मेसेज मिले थे, जिनके साथ वे पहले काम कर चुके थे। शकील खान पर नजर रखने के लिए उन्होंने जिस निगरानी का बंदोबस्त किया था, उसकी ताजा जानकारी, सेलफोन से

उसकी ताजा लोकेशन भी पता चली थी। वह अपने घर पर था। नाशिक की क्राइम ब्रांच के डी.सी.पी. की रिपोर्ट भी थी।

एयरपोर्ट के बाहर चार जाँच अधिकारियों के स्वागत के लिए मुंबई क्राइम ब्रांच का डी.सी.पी. मौजूद था। सारे अधिकारी क्राइम ब्रांच के मुख्यालय की दिशा में जा रहे थे और डी.सी.पी. गाड़ी चला रहा था। तभी मिर्जा के फोन पर बीप की आवाज आई। असद का चाचा फोन पर किसी से बात कर रहा था।

"गाड़ी घुमा लो।" मिर्जा ने डी.सी.पी. से कहा, जिसने आदेश का पालन किया और सभी पाँच अधिकारी चुपचाप बैठे रहे।

पाँच मिनट बाद एन.आई.ए. मुख्यालय में निगरानी के तकनीशियन ने मिर्जा को एक वॉयस क्लिप भेजी। यह उस बातचीत की रिकॉर्डिंग थी, जिसे कुछ ही देर पहले शकील खान ने पूरी की थी। मिर्जा ने उसे डाउनलोड किया और आवाज को पूरी तरह बढ़ाकर सुना।

"सलाम आलैकुम!" खान ने कहा।

"मैं बोल रहा हूँ।"

"बोलो।"

"पालघर में सातिवली गाँव जानते हैं?"

"पता कर लूँगा।"

"साईं मौली होटल से बाएँ ले लो। अभी निकल जाओ।"

"सलाम आलैकुम!" खान ने कहा।
"मैं बोल रहा हूँ।"
"बोलो।"
"पालघर में सातिवली गाँव जानते हैं?"
"पता कर लूँगा।"
"साईं मौली होटल से बाएँ ले लो। अभी निकल जाओ।"

इस निर्देश को देते ही फोन करने वाले ने अचानक फोन काट दिया। जायसवाल ने अपने फोन पर धड़ाधड़ टाइप करना शुरू कर दिया। आधे मिनट बाद उसने ऊपर देखा और कहा, "पता कर लिया। सातिवली, पालघर जिला। यह मुंबई-अहमदाबाद नेशनल हाईवे पर है।"

मिर्जा अब डी.सी.पी. अशोक मनकामे की तरफ मुड़े।

"हमें हथियार, बंदे और जो सबसे तेज गाड़ी तुम्हारे पास हो, वह चाहिए, साथ में कोई ऐसा, जो यहाँ के रास्ते जानता हो और हमें जितनी जल्दी संभव हो, सातिवली तक ले जा सके।" मिर्जा ने कहा।

मनकामे ने अपना सायरन चालू कर दिया, हाईवे के बीच से ही यू-टर्न लिया और सबसे करीब की क्राइम ब्रांच की इकाई की तरफ गाड़ी को दौड़ा दिया। रास्ते

से ही अधिकारियों को फोन पर निर्देश दे दिया। उसने जब यूनिट VIII के दफ्तर के बाहर गाड़ी रोकी, तब तक एक बैग, दो एस.यू.वी. और छह सबसे अनुभवी जवान प्रवेश द्वार पर इंतजार कर रहे थे। उस समय तक मिर्जा की निगरानी टीम उन्हें बता चुकी थी कि शकील खान भिवंडी से निकल चुका है और रास्ते में है। क्राइम ब्रांच के लोगों ने तुरंत अंदाजा लगा लिया कि उसे सातिवली पहुँचने में एक घंटा लगेगा, जबकि उन्हें एक घंटे से ऊपर लग जाएगा। मिर्जा ने उससे पहले पहुँचने का इरादा किया।

अब तक सभी सातिवली की तरफ तेजी से बढ़ रहे थे। पालघर पुलिस के पाँच लोग भी रास्ते में उनके साथ हो लिये। मिर्जा ने सभी को चुपचाप पिस्तौल थमा दी, सिवाय विक्रांत के।

"उसे जाने दो। उसका पीछा करो, लेकिन उससे दूरी बनाए रखना और केवल पीछा करना, कुछ करना मत। तुम्हारे पास हथियार हैं?"
"हम सभी के पास हैं, सर।"
"पुलिस की गाड़ी में तो नहीं हो?"
"नहीं, सर।"
"वरदी भी नहीं है?"

"तुम्हें केवल सलाहकार के तौर पर रखा गया है, याद है न?" मिर्जा ने मुसकराते हुआ कहा।

विक्रांत खीज गया, अपने सिगरेट का आखिरी कश लगाया और उसे खिड़की से बाहर फेंक दिया। उनके गुरु की हँसी छूटी और उन्होंने उसे भी एक पिस्तौल पकड़ा दी। तभी मिर्जा का फोन बज उठा।

"ए.पी.आई. रेकुनद्वार, पालघर क्राइम ब्रांच, सर। मैं साईं मौली होटल के सामने की सड़क की दूसरी तरफ हूँ।" स्थानीय पुलिस टीम का नेतृत्व कर रहे असिस्टेंट पुलिस इंस्पेक्टर ने कहा।

"मैंने जिस आदमी की जानकारी तुम्हें भेजी थी, वह मिल गई?" मिर्जा ने पूछा।

"जी, सर। अगर वह आपसे पहले यहाँ आता है तो मुझे क्या करना है?"

"उसे जाने दो। उसका पीछा करो, लेकिन उससे दूरी बनाए रखना और केवल पीछा करना, कुछ करना मत। तुम्हारे पास हथियार हैं?"

"हम सभी के पास हैं, सर।"

"पुलिस की गाड़ी में तो नहीं हो?"

"नहीं, सर।"

"वरदी भी नहीं है?"

"नहीं, सर।"

"सावधान रहना।" मिर्जा ने फोन काटने से पहले कहा।

"और कितना वक्त लगेगा?" उन्होंने ड्राइवर से अधीर होते हुए पूछा।

"ज्यादा-से-ज्यादा आधा घंटा, सर।"

"चाचा कहाँ है?" मिर्जा ने पूछा।

"वह...वह अभी-अभी सातिवली से थोड़ा पहले रुका है, सर।" जायसवाल ने पहली बार अपने फोन से नजर ऊपर करते हुए कहा।

□

शकील खान ने अपनी जेब में डरते-डरते हाथ डाला और काँपते हाथों से सेलफोन को बाहर निकाला।

"जी?" वह इतना ही कह पाया।

"वहीं रुको।" फोन करने वाले ने फोन काटने से पहले बस, इतना ही कहा।

□

यही बातचीत कुछ सेकंड बाद एस.यू.वी. में सुनी गई।

"रफ्तार बढ़ाओ।" मिर्जा ने ड्राइवर से कहा और ए.पी.आई. रेकुनद्वार को फोन मिलाया।

□

शकील खान ने काँपते हाथों से अभी एक सिगरेट जलाई ही थी कि सड़क के उस पार काले शीशेवाली एक वैन आकर रुकी। आरामदेह कपड़े, चश्मा और टोपी पहने एक आदमी उसमें से उतरा और सीधा उसकी तरफ आया। उसने जब अपनी टोपी व चश्मा उतारा और करीब आया, तब खान ने अपने भतीजे को पहचान लिया।

"सब ठीक, बेटा?"

असद ने हाथ बढ़ाया। खान ने अपनी

असद ने हाथ बढ़ाया। खान ने अपनी बाइक के पिछले बॉक्स को खोला और उस पाउच को निकाला, जिसे असद के पिता ने उसे दिया था। असद ने उसे उनके हाथों से झट से लिया और उसे खोलना शुरू कर दिया। तभी ए.पी.आई. रेकुनद्वार की गाड़ी अचानक ब्रेक लगाते हुए उस वैन के पीछे रुकी। पिस्तौल निकाली, सादी वरदी में चार और जवान उसके साथ थे।

बाइक के पिछले बॉक्स को खोला और उस पाउच को निकाला, जिसे असद के पिता ने उसे दिया था। असद ने उसे उनके हाथों से झट से लिया और उसे खोलना शुरू कर दिया। तभी ए.पी.आई. रेकुनद्वार की गाड़ी अचानक ब्रेक लगाते हुए उस वैन के पीछे रुकी। पिस्तौल निकाली, सादी वरदी में चार और जवान उसके साथ थे। इस बात से अनजान थे कि असद उनके सामने ही वैन से निकलकर जा चुका है, पुलिस के सभी पाँच जवान सड़क के उस पार दौड़े और असद तथा खान को बंदूकों के निशाने पर ले लिया।

"हिलना मत!" रेकुनद्वार जोर से चीखा।

ठीक उस पल वैन के स्लाइड करने वाले दरवाजे आहिस्ता से खुले और चार लोग नीचे उतरे, जिनमें से हर एक एके-56 असॉल्ट राइफल से लैस था।

□

मिर्जा की टीम ने मौके पर पहुँचने से बहुत पहले ही अंदाजा लगा लिया था कि कुछ गड़बड़ है। गाड़ी चला रहे सिपाही ने मोटर व्हीकल के हर ऐक्ट की धज्जियाँ उड़ा दीं, ताकि जितनी जल्दी संभव हो, खान की जगह तक पहुँचा जा सके। वह पाँच मिनट दूर ही था कि उन सभी ने गाड़ियों को तेजी से विपरीत दिशा में भागते और लोगों को सड़क पर दौड़ते देख अपने आप ही चौकन्ना होते हुए एस.यू.वी. में मौजूद हर किसी ने अपनी पिस्तौल का घोड़ा खींच लिया।

अगले ही पल उन्हें गोली चलने की आवाजें सुनाई पड़ीं। कुछ पिस्तौल से एक-एक गोली चलने की आवाज थी तो बाकी असॉल्ट राइफल से ताबड़तोड़ निकली गोलियों की आवाजें। दूसरी एस.यू.वी. चला रहे मनकामे रफ्तार पर सवार हो गए और मिर्जा की गाड़ी का पीछा किया। पुलिस अधिकारियों को पूरी तरह लग रहा था कि कुछ गड़बड़ हो चुकी है।

□

किस्मत अच्छी थी कि जैसे ही वैन से हथियारबंद आतंकवादी बाहर निकले, तभी सोलह चक्केवाला एक ट्रेलर तेजी से मुंबई की ओर बढ़ता हुआ आया। ट्रेलर के ड्राइवर ने अत्याधुनिक राइफल से लैस लोगों को देखा तो पूरी ताकत से ब्रेक लगाया; लेकिन तेज रफ्तार के कारण वह वैन के बिल्कुल करीब तक चला गया, जिससे आतंकवादी रास्ते से हट गए।

उन चंद सेकंड के बीच असद ट्रेलर के पीछे से दौड़कर वैन की तरफ भागा, जबकि पुलिसवालों ने सड़क के दूसरी तरफ पार्क कारों के पीछे मोर्चा सँभाला।

रेकुनद्वार ने इतनी समझदारी दिखाई कि अपने साथ शकील खान को खींचकर ले गया।

"हिले नहीं कि भेजे में गोली उतार दूँगा!" उसने अपनी पिस्तौल उसके चेहरे के सामने सटाते हुए कहा और फिर उसका ध्यान आतंकवादियों की तरफ गया, जो अब तक सोलह चक्केवाली गाड़ी के पीछे पोजीशन ले चुके थे, जबकि उसका ड्राइवर अपनी सीट के नीचे बैठ गया और जान बचाने के लिए रोने-चीखने लगा।

उन चंद सेकंड के बीच असद ट्रेलर के पीछे से दौड़कर वैन की तरफ भागा, जबकि पुलिसवालों ने सड़क के दूसरी तरफ पार्क कारों के पीछे मोर्चा सँभाला। रेकुनद्वार ने इतनी समझदारी दिखाई कि अपने साथ शकील खान को खींचकर ले गया। "हिले नहीं कि भेजे में गोली उतार दूँगा!"

दोनों ही तरफ से फायरिंग बिल्कुल एक साथ हुई। रेकुनद्वार के दो सिपाही, जो एकदम खुले में थे, गोलियों की बौछार के बीच जमीन पर गिरे, जबकि एक गोली उनके अधिकारी की बाँह को छूकर निकल गई। दर्द को दबाने के लिए उसने दाँत भींच लिये और आतंकवादियों पर अपनी सारी गोलियाँ दागते हुए एक कार के पीछे बैठ गया, ताकि पिस्तौल में फिर से गोलियाँ भर सके। तभी डी.सी.पी. मनकामे ने अपनी एस.यू.वी. ठीक उसके सामने आकर रोकी, जिससे उसे थोड़ी और आड़ मिल गई। मिर्जा और उनके आदमियों को लेकर आई दूसरी एस.यू.वी. रेकुनद्वार के जवानों के सामने रुकी। अलग-अलग गाड़ियों से दस जवान सुरक्षित दिशा से बाहर निकले, जबकि दूसरों पर गोलियों की बौछार कर दी गई।

बेहतरीन तालमेल के साथ मिर्जा और विक्रांत ने अपनी एस.यू.वी. के दोनों तरफ पोजीशन ले ली और ट्रेलर की दिशा में निशाना साधकर गोलियाँ चलाने लगे। गोयल और जायसवाल ने भी उनकी ही तरह मोर्चा सँभाल लिया। बाकी के जवानों ने जल्दी ही फायरिंग शुरू कर दी, जिससे आतंकवादियों के लिए एक भी गोली अपने आप को जोखिम में डाले बिना फायर करना संभव नहीं था।

"फायरिंग बंद करो!" विक्रांत अचानक चीखा, "बंद करो! बंद करो फायरिंग!"

जवानों ने गोलियाँ चलाना बंद कर दिया और तुरंत अपने हथियारों को फिर से लोड किया, जिसके बाद शांति छा गई। विक्रांत का अंदाजा सही निकला और

> *जवानों ने गोलियाँ चलाना बंद कर दिया और तुरंत अपने हथियारों को फिर से लोड किया, जिसके बाद शांति छा गई। विक्रांत का अंदाजा सही निकला और उसने वैन के दरवाजों को धड़ाम से बंद होते और इग्निशन को स्टार्ट होते सुना। "गोयल, जायसवाल, पीछे से जाओ! मनकामे, मेरे साथ आओ!" उसने विशालकाय ट्रेलर के सामने से दौड़ते हुए ऊँची आवाज में कहा।*

उसने वैन के दरवाजों को धड़ाम से बंद होते और इग्निशन को स्टार्ट होते सुना।

"गोयल, जायसवाल, पीछे से जाओ! मनकामे, मेरे साथ आओ!" उसने विशालकाय ट्रेलर के सामने से दौड़ते हुए ऊँची आवाज में कहा।

गोयल और जायसवाल ट्रेलर के पीछे से घूमकर आ ही रहे थे कि तेजी से पीछे आ रही वैन ने उन्हें लगभग रौंद ही दिया था। रबड़ के जलने की गंध के साथ घिसटते पहियों की चीख के बीच वह मुड़ी और तेजी से आगे बढ़ गई। गोयल, जायसवाल और मनकामे ने कारतूसों की सारी क्लिप्स उस पर खाली कर दीं, जबकि मिर्जा सबसे करीब की एस.यू.वी. की तरफ अंधाधुंध भागे। केवल विक्रांत ने ही उन देरी से फटनेवाले ग्रेनेड को देखा, जिन्हें आतंकवादियों ने भागने से पहले ट्रेलर के नीचे छोड़ दिया था।

"नीचे हो जाओऽऽऽऽऽ!" मनकामे की तरफ छलाँग लगाते हुए वह चीखा, जो ट्रेलर के सबसे करीब थे और उन्हें जमीन पर गिरा दिया।

फिर एक जोर का धमाका हुआ और सबकुछ सफेद हो गया।

□

10

मंगलवार शाम, मुंबई

"क्या यह सच है कि आतंकवादियों के पास असॉल्ट राइफलें थीं?"

"क्या कोई सिविलियन जख्मी हुआ?"

"आखिर कैसे वे पालघर में घुसे और किसी ने उन्हें रोका भी नहीं?"

"क्या यह सच है कि जाने से पहले उन्होंने आर.डी.एक्स. से बनी रिमोट कंट्रोलवाली आई.ई.डी. को वहाँ लगाया, जिसके विस्फोट का दायरा दो किलोमीटर तक था?"

आखिरी सवाल सुनकर मिर्जा की हँसी छूट गई। क्या खूब कहानियाँ गढ़ी जा रही हैं, प्रेस कॉन्फ्रेंस में पत्रकारों के बढ़ते शोर को कम करने के लिए जूझते महाराष्ट्र के डी.जी.पी. परमजीत कालरा को देखते हुए वे सोच रहे थे।

मिर्जा अंधेरी स्थित कोकिलाबेन अंबानी अस्पताल में एक सीनियर डॉक्टर के ऑफिस में बैठे थे। मुठभेड़ के दौरान जिन दो जवानों को कई गोलियाँ लगी थीं, उनकी मौत मौके पर ही हो गई थी। अन्य मामूली तौर पर घायल हुए थे, जिनका इलाज पालघर के सिविल अस्पताल में चल रहा था। विक्रांत, गोयल, जायसवाल, मनकामे, रेनुकद्धार और ट्रेलर के ड्राइवर को मिर्जा के कहने पर अंबानी हॉस्पिटल में शिफ्ट कर दिया गया था।

अपने हाथों और चेहरे पर कटने-फटने के कई जख्मों के बावजूद मिर्जा एक घंटे तक एन.आई.ए. के डायरेक्टर से लेकर प्रधानमंत्री कार्यालय तक सभी से फोन पर बात करते रहे और जो भी डॉक्टर व नर्स उनका इलाज करने आए, उन्हें भगाते रहे। आखिर में एक डॉक्टर उन्हें जबरन अपने ऑफिस में ले गया और कहा कि खून बहता चेहरा लेकर गलियारों में यहाँ से वहाँ टहलने की बजाय वे जब तक चाहें, उनके ऑफिस में रह सकते हैं।

"आप मेरे स्टाफ और मेरे मरीजों के साथ खिलवाड़ कर रहे हैं।" डॉक्टर ने

सख्ती से पेश आते हुए कहा। डॉक्टर की बात सुनकर मिर्जा को इतना गुस्सा आया कि अपनी पिस्तौल उसके चेहरे पर तान देते; लेकिन उन्होंने अपने आप को रोक लिया।

अब, जबकि उनके चेहरे और हाथों का इलाज किया जा चुका था, मिर्जा डी.जी.पी. कालरा को बड़ी मुश्किल से धैर्यपूर्वक सवालों के जवाब देते देख रहे थे। वहीं, सवाल लगातार आक्रामक और कुछ मामलों में मूर्खतापूर्ण होते जा रहे थे।

एक पत्रकार ने पूछा, "क्या अब राज्य में इन हालात में जीना होगा, जहाँ आतंकवादी खुलेआम सड़कों पर घूमेंगे?"

"मुझे लगता है कि राज्य में इतनी समझ है कि वह इसका एहसास कर सके कि हमारे दो जवानों ने अपनी कुरबानी दे दी, लेकिन किसी दूसरे को नुकसान नहीं पहुँचने दिया।" डी.जी.पी. ने उसी सुर में जवाब दिया।

मिर्जा बेसब्र हो रहे थे। प्रेस कॉन्फ्रेंस पाँच मिनट और चली, जिसके बाद कालरा ने विनम्रता से इजाजत माँगी और चले गए। संवाददाता उनके जाते-जाते सवाल करते रहे। मिर्जा ने जैसे ही टेलीविजन बंद किया, उनका सेलफोन बज उठा। दिल्ली से उनके बॉस का मेसेज आया था।

"पी.एम.ओ. चाहता है कि दो घंटे के भीतर मैं खुद एक प्रेस कॉन्फ्रेंस करूँ। सत्यानास हो!"

मिर्जा मुसकराने लगे। यह आदमी उनसे दो रैंक और दस साल सीनियर था, लेकिन इमोजी का इस्तेमाल इस तरह धड़ल्ले से करता था कि नौजवान लड़कों को भी टक्कर दे दे। डॉक्टर की इजाजत से उसके ऑफिस से निकलने के बाद मिर्जा उस प्राइवेट वार्ड में पहुँचे, जहाँ सभी पाँच पुलिस अधिकारियों को भरती किया गया था।

विस्फोट के समय जायसवाल और गोयल ट्रेलर से सबसे दूर होने के कारण उसके

"पी.एम.ओ. चाहता है कि दो घंटे के भीतर मैं खुद एक प्रेस कॉन्फ्रेंस करूँ। सत्यानास हो!" मिर्जा मुसकराने लगे। यह आदमी उनसे दो रैंक और दस साल सीनियर था, लेकिन इमोजी का इस्तेमाल इस तरह धड़ल्ले से करता था कि नौजवान लड़कों को भी टक्कर दे दे। डॉक्टर की इजाजत से उसके ऑफिस से निकलने के बाद मिर्जा उस प्राइवेट वार्ड में पहुँचे, जहाँ सभी पाँच पुलिस अधिकारियों को भरती किया गया था।

प्रभाव से आगे की तरफ धक्के के साथ गिरे थे। गोयल की कलाई में मोच थी और कंधे के एक स्नायु में खिंचाव था, क्योंकि वह किनारे के बल गिरा था; जबकि जायसवाल पीठ के बल गिरा था और उसकी गरदन में मोच आ गई थी, लेकिन किस्मत अच्छी थी कि कोई हड्डी नहीं टूटी थी। दोनों ही दवा के नशे में थे और सो रहे थे।

रेनुकद्वार ठीक-ठाक था, सिवाय उस जख्म के, जो गोली के छूकर निकलने से उसके हाथ में हुआ था। मनकामे का टखना मुड़ गया था, जब विक्रांत ने उसे जमीन पर गिराया था। उसे जाँच के बाद छुट्टी दे दी गई थी, लेकिन दूसरों की चिंता में वह अस्पताल के कमरे में ही बैठा था। सबसे ज्यादा चोट विक्रांत को लगी थी। दोनों ग्रेनेड जब फटे, तब ट्रेलर का एक हिस्सा उड़ गया था और एक बड़ा टुकड़ा विक्रांत के पैर में जा घुसा था। इसके साथ ही ग्रेनेडों के कई टुकड़े विक्रांत के शरीर में अपनी जगह बना चुके थे और उन सभी को बाहर निकालने के लिए डॉक्टरों को दो घंटे तक उसका ऑपरेशन करना पड़ा था।

इन सबके बावजूद जब मिर्जा अंदर आए, तब विक्रांत जाग रहा था।

"बेहोशी की दवा का असर घंटे भर पहले ही खत्म हो गया और ये मुझे दूसरा इंजेक्शन देने नहीं दे रहे।" नर्स ने असहाय होते हुए कहा।

"यह इंजेक्शन लगाने देगा।" मिर्जा ने विक्रांत के पास पड़ी कुरसी पर बैठते हुए कहा।

"कितनों की मौत हो गई?" विक्रांत ने पूछा, पर थोड़ा कमजोर-सा लग रहा था।

"दो सिपाही। एक पालघर का था।" मिर्जा ने कहा। उनकी आवाज में भी उतनी ही थकान थी।

"ट्रेलर ड्राइवर का क्या हुआ?"

"वह आई.सी.यू. में है। अंदर से खून बह रहा है और कई हड्डियाँ टूट गई हैं।"

"नाम क्या है उसका?"

> *"ट्रेलर ड्राइवर का क्या हुआ?"*
> *"वह आई.सी.यू. में है। अंदर से खून बह रहा है और कई हड्डियाँ टूट गई हैं।"*
> *"नाम क्या है उसका?"*
> *"दशरथ पांडे। यू.पी. का रहनेवाला है। पाँच साल पहले यहीं ड्राइवरी शुरू की थी।"*
> *"परिवार?"*
> *"पत्नी, दो बच्चे।"*
> *"उसकी क्या गलती थी?" विक्रांत ने पूछा और मिर्जा ने मुँह बिचका लिया।*

"दशरथ पांडे। यू.पी. का रहनेवाला है। पाँच साल पहले यहीं ड्राइवरी शुरू की थी।"

"परिवार?"

"पत्नी, दो बच्चे।"

"उसकी क्या गलती थी?" विक्रांत ने पूछा और मिर्जा ने मुँह बिचका लिया।

"उसकी गलती यह थी लड़के, कि वह गलत समय में गलत जगह पर था।" उन्होंने भारी मन से कहा।

"नहीं, सर। उसकी गलती यह थी कि हम नाकाम रहे।"

मिर्जा को जवाब नहीं सूझा।

"हम सब, एक सिस्टम के रूप में। हम दशरथ पांडे के लिए सड़कों पर सुरक्षित वातावरण बनाने में नाकाम रहे, ताकि वह अपना काम अपने जीवन को जोखिम में डाले बिना कर सके।" विक्रांत ने छत को देखते हुए कहा।

"हम नाकाम हुए।" मिर्जा ने उदासी के साथ कहा, "लेकिन अब हम सबकुछ ठीक कर देंगे।"

"हम कर पाएँगे, सर?"

"मैं तो इससे पहले चैन लेनेवाला नहीं हूँ, और तुम?"

विक्रांत ने अपना सिर हिलाने की कोशिश की, लेकिन हिला नहीं सका। मिर्जा ने नर्स को बुलाया।

"इसे दवा देकर नींद में लाओ। दवा दे दोगी न?" उन्होंने उठते हुए कहा।

"रुको।" विक्रांत ने कहा।

नर्स चिढ़ गई। मिर्जा ने अपने जूनियर को देखा।

"उन्हें पैसों की जरूरत नहीं थी?" विक्रांत ने कहा।

"जो भी था," मिर्जा ने कहा, "वह जरूरी था, जिसके चलते असद और दूसरों को बिल से बाहर आने का जोखिम उठाना पड़ा।"

"और उसे लेने के लिए असॉल्ट राइफलों के साथ आना पड़ा। चाचा क्या कह रहा है?"

"असद के पिता ने उसे एक पाउच दिया, जिसे उसने असद को दे दिया। उसने उसे खोला नहीं था।"

"बिल्कुल।" विक्रांत ने कटाक्ष किया, "वह हिरासत में है?"

मिर्जा ने 'हाँ' में जवाब दिया।

"क्या?"

"उनके पास गाड़ी थी, ए.के. राइफलें थीं। कोई था, जिसने उन्हें जरूरत की सारी चीजें मुहैया करा दी थीं। इसका मतलब है कि शौकत असद अपने चाचा से पैसों के लिए नहीं मिला था।" विक्रांत अपने दिमाग पर जोर डाल रहा था।

मिर्जा ने नर्स को एक मिनट रुकने को कहा और बैठ गए।

"जो भी था," मिर्जा ने कहा, "वह जरूरी था, जिसके चलते असद और दूसरों को बिल से बाहर आने का जोखिम उठाना पड़ा।"

"और उसे लेने के लिए असॉल्ट राइफलों के साथ आना पड़ा। चाचा क्या कह रहा है?"

"असद के पिता ने उसे एक पाउच दिया, जिसे उसने असद को दे दिया। उसने उसे खोला नहीं था।"

"बिल्कुल।" विक्रांत ने कटाक्ष किया, "वह हिरासत में है?"

मिर्जा ने 'हाँ' में जवाब दिया।

"हमें उनसे आगे निकलना होगा।" विक्रांत ने चिंतित दिखते हुए कहा, "हरामखोरों के पास असॉल्ट राइफलें व ग्रेनेड हैं और भगवान् ही जानें कि और क्या-क्या हैं, जिन्हें लेकर वे पागलों की तरह घूम रहे हैं।"

"हम जरूरी चीजें कर रहे हैं।" मिर्जा ने कहा, "उनके परिवारों, दोस्तों से बात कर रहे हैं···वैन का पता लगाने, बातचीत को सुनने की कोशिश कर रहे हैं···"

विक्रांत खीज गया और अपनी आँखें बंद कर लीं, "उन्हें बिल से बाहर कैसे निकालें?"

"मुझे एक बात बताओ, लड़के।" मिर्जा ने कहा, "इनमें से किस इंडियन मुजाहिदीन के आतंकवादी को अपने परिवार से सबसे ज्यादा लगाव है?"

विक्रांत ने आँखें खोलीं।

"वे मुस्तफा और इब्राहिम कादिर ही होंगे। परिवार के नाम पर उनकी माँ ही है बस, और जिहाद तथा दूसरी ऊपर की बातों को छोड़ दें तो अगर उसे कुछ हुआ तो वे पागल हो सकते हैं।"

"कुछ ऐसा कि पड़ोसी उसे अपने मोहल्ले से निकाल दें, क्योंकि वे आतंकवादियों की माँ को अपने बीच नहीं रहने देना चाहते?"

"मैं अच्छी तरह जानता हूँ कि ऐसा आप भी नहीं करवा सकते।" विक्रांत ने मिर्जा से कहा।

सीनियर के चेहरे पर मुसकान थी।

"मुझे जरूरत क्या है!" उन्होंने कहा, "मुझे तो उन्हें बस, ऐसा सोचने पर मजबूर करना है।"

मिर्जा ने विषय बदल लिया, "चीफ ने प्रेस ब्रीफिंग बुलाई है।" और घड़ी पर नजर दौड़ाते हुए बोले, "अब से डेढ़ घंटे बाद।"

मिर्जा उठे और अपना सेलफोन निकाला।

"अब आप इसे नींद का इंजेक्शन दे सकती हैं।" बाहर जाते-जाते उन्होंने नर्स से कहा।

□

11

मंगलवार रात, क्रूज लाइनर

हाकिमी ने क्रूज लाइनर के गलियारे में चहलकदमी करते हुए अपने माथे पर छलके पसीने को पिछले एक मिनट में दसवीं बार पोंछा। कोच्चि के तट पर ठंडी हवा बह रही थी, उसके बावजूद उसे गरमी लग रही थी और वह अपनी गरदन से रीढ़ की हड्डी के सहारे बहते पसीने की बूँद को महसूस कर सकता था, जिससे उसकी बेचैनी और बढ़ रही थी।

उस टैटूवाले हट्टे-कट्टे आदमी का रेलिंग के पास खड़े रहना भी राहत नहीं दे रहा था, जो डायट कोक की चुस्की ले रहा था और उस बुजुर्ग को उत्सुकता से देख रहा था। हाकिमी, जो पहले से ही बेचैन था और उस आदमी के साथ पिछली मुलाकात को याद कर रहा था, इस बार विनम्रता से सिर झुकाने के सिवाय और कुछ नहीं कहा। हालाँकि उस आदमी ने हाकिमी को धीरे-धीरे ऊपर से नीचे तक देखा। हाकिमी ने अपनी रफ्तार बढ़ा दी।

'अल्लाह मेरी मदद करना।' उसने मन-ही-मन कहा और छत का चक्कर लगाते हुए कलाई पर बँधी घड़ी को देखा, फिर से माथे को पोंछा और एक केबिन के दरवाजे पर दस्तक दी। दरवाजा खुला तो वैशाली सामने आई, जो एक साधारण, लेकिन पूरी लंबाईवाली काली ड्रेस और मोती की माला में चमक रही थी।

"अरे वाह!" बुजुर्ग को देखते ही उसने कहा, जो अच्छी तरह फिट सूट में किसी बाँके जवान की तरह लग रहा था। हालाँकि उनकी असहजता साफ दिख रही थी और वैशाली खिलखिला उठी।

"खुश हो जाइए, अंकल!" उसने कहा, "यह तो बस, एक पार्टी है। देखिए, सूट आपको कितना फिट हुआ है और आप इसे पहनना नहीं चाहते थे!"

क्रूज लाइन के मालिक को उस दिन एक बेटे का पिता होने का सौभाग्य मिला था और उसने कैप्टन को एक शानदार पार्टी देने का आदेश दिया था। वैशाली

हाकिमी को जबरदस्ती क्रूज लाइनर के किराए पर कपड़ेवाले हिस्से में ले गई थी और एक सूट चुनवाया था। वह जब सबसे पुराने डिजाइनवाले की तलाश में थे, तब उन पर हँसी भी थी।

"यह सिर्फ एक पार्टी नहीं है।" हाकिमी ने दुःखी होते हुए कहा, "मैं जब बड़ा हो रहा था···"

"अंकल, कसम से मैं कह देती हूँ, अगर आपने इस बात का जिक्र एक बार और किया तो मैं जहाज पर सभी को बता दूँगी कि आज आपका जन्मदिन है और आपको आज रात आकर्षण का केंद्र बना दूँगी।" वैशाली ने धमकाया।

"तुम ऐसा कुछ भी नहीं करोगी!" उस बुजुर्ग ने कहा, जो सहम गया था।

"देख लेना आप।" वह बोली और उनका हाथ पकड़कर जहाज की छत पर आगे बढ़ गई। वे जब सबसे ऊँचे हिस्से के रास्ते पर चल रहे थे, तब हाकिमी का मन नहीं माना और उसने अपने पीछे पलटकर देखा। टैटूवाला आदमी वहाँ नहीं था।

हाकिमी ने तय किया कि अपने संदेह के चलते वह वैशाली की शाम को खराब नहीं होने देगा और उस आदमी के बारे में सोचना बंद कर दिया। दोनों खुले आसमानवाले पार्टी के इलाके में पहुँचे। जिसने भी पार्टी का आयोजन किया था, बखूबी जानता था कि कैसे इंतजाम करने हैं। छत के एक कोने में बार था, डांस का एक छोटा सा हिस्सा था। मंद-मंद रोशनी और धीमा संगीत बज रहा था, जबकि साफ-सुथरे कपड़ों में वेटर नमकीन की प्लेट और ड्रिंक्स लेकर घूम रहे थे।

हाकिमी ने तय किया कि अपने संदेह के चलते वह वैशाली की शाम को खराब नहीं होने देगा और उस आदमी के बारे में सोचना बंद कर दिया। दोनों खुले आसमानवाले पार्टी के इलाके में पहुँचे। जिसने भी पार्टी का आयोजन किया था, बखूबी जानता था कि कैसे इंतजाम करने हैं। छत के एक कोने में बार था, डांस का एक छोटा सा हिस्सा था। मंद-मंद रोशनी और धीमा संगीत बज रहा था, जबकि साफ-सुथरे कपड़ों में वेटर नमकीन की प्लेट और ड्रिंक्स लेकर घूम रहे थे।

दूसरे हिस्से में वैसे तो ऐसे ही इंतजाम थे, लेकिन वहाँ तेज, शोरवाला डांस म्यूजिक और डिस्को लाइटें थीं। दोनों हिस्से के संगीत में आपस में कोई टकराव नहीं था, जिसका श्रेय

उनके बीच छत के लंबे-चौड़े इलाके को जाता था, जहाँ कुछ मेहमान आरामदेह कुरसियों पर पसरे थे।

हाकिमी और वैशाली जब अपनी-अपनी कुरसियों पर बैठे, तब कुछ अन्य यात्रियों ने उनका अभिवादन किया, जिनसे उनकी जान-पहचान बढ़ने लगी थी।

"क्या लग रहे हो, अंकल!" एक नौजवान ने पास से गुजरते हुए कहा।

हाकिमी का चेहरा लाल हो गया और वैशाली हँस पड़ी।

"मैं पीने के लिए कुछ लेकर आ रही हूँ। आपके लिए क्या लेकर आऊँ?" वैशाली ने पूछा।

"मेरे लिए अपनी पसंद का कोई कॉकटेल जैसा ड्रिंक्स ले आओ।" हाकिमी ने मुसकराते हुए कहा।

"ये हुई न बात! लेकिन जिसमें अल्कोहल न हो?" उसने पूछा। हाकिमी ने 'हाँ' कहा और वह बार की तरफ बढ़ गई।

हाकिमी ने अपने आसपास नजर दौड़ाई। कुछ युवा किसी वेस्टर्न गाने पर डिस्कोथेक जैसे माहौल में थिरक रहे थे। कुछ युवा दंपती डेक की कुरसियों पर आपस में प्यार से लिपटे थे, जबकि अधेड़ उम्र के पति-पत्नी साथ-साथ बैठे थे, लेकिन उनकी नजर जवान जोड़ों पर थी। हेड वेटर डेक के बीच में खड़ा था और हर तरफ जरूरी निर्देश देते हुए हालात उसके नियंत्रण में दिख रहे थे। हाकिमी पार्टी की अच्छी व्यवस्थिति को देखकर खुश था। वह सोच रहा था, बड़ा चुस्त जहाज चलाते हैं ये लोग और अपने ही दो अर्थवाले शब्द पर मुसकराने लगा।

हालाँकि जैसे ही उसने सामने देखा, उसके होश उड़ गए। वैशाली के दोनों हाथों में ड्रिंक्स थी और टैटूवाला आदमी उसके साथ-साथ आ रहा था। उसने काली पैंट, सफेद शर्ट और सफेद कोट पहना था, जो उस पर जँच रहा था। उसकी शर्ट का ऊपरी बटन खुला था और कोट के बटन भी खुले थे।

"यह डेनियल है।" हाकिमी को उसकी ड्रिंक पकड़ाते हुए वह बोली, "डेनियल, ये अब्दुल अंकल हैं।" सावधानी से हाकिमी खड़ा हुआ और अपना हाथ आगे बढ़ाया—"अब्दुल जब्बार हाकिमी।" उसने उस आदमी को ऊपर से नीचे तक देखते हुए कहा। "डेनियल फर्नांडो।" उस आदमी ने कहा और हाकिमी से अपनी मजबूत पकड़ के साथ हाथ मिलाया।

"यह डेनियल है।" हाकिमी को उसकी ड्रिंक पकड़ाते हुए वह बोली, "डेनियल, ये अब्दुल अंकल हैं।"

सावधानी से हाकिमी खड़ा हुआ और अपना हाथ आगे बढ़ाया—"अब्दुल जब्बार हाकिमी।" उसने उस आदमी को ऊपर से नीचे तक देखते हुए कहा।

"डेनियल फर्नांडो।" उस आदमी ने कहा और हाकिमी से अपनी मजबूत पकड़ के साथ हाथ मिलाया।

□

सौ नॉटिकल मील दूर मार्को, जो काली जंगी वरदी में था, ने अपने दाहिने टखने के पास खोल में एक कटार को छिपा लिया। उसकी उजी अपनी पट्टी से उसके कंधे से टँगी थी और उसकी ग्लॉक जाँघ के पास के खोल में घुसी थी। उसने डोंगी तक जानेवाली रस्सी की सीढ़ी को नीचे लटकाया, साथ ही अपनी उस बेल्ट को टटोला, जिसके पाउच में अतिरिक्त कारतूसों की क्लिप थी।

उसके साथी सैनिक, जिनकी पोशाक भी लगभग उसी के जैसी थी, पहले ही डोंगी में सवार हो चुके थे। मार्को ने आखिरी बार पीछे मुड़कर मारवन को देखा, जो डेक पर खड़ा था। मार्को ने हाथ हिलाया। मारवन ने थम्सअप के साथ जवाब दिया।

मार्को ने एक सिगरेट जलाई और अपने दूसरे नंबर के साथी ओमर को इशारा किया, जिसने मोटर चालू कर दी।

□

12

मंगलवार रात, मुंबई

शाहवाज अली मिर्जा थक चुके थे। रात के 11.30 बज चुके थे और बीते कल की दोपहर से ही वे एन.आई.ए. के मुंबई ऑफिस में थे, जहाँ विक्रांत से बातचीत के बाद वे सीधे पहुँचे थे। रास्ते में उन्होंने फटाफट कई फोन किए और फिर अपने बॉस एन.आई.ए. चीफ टी. रंगास्वामी को फोन किया, जो पंद्रह मिनट बाद अपनी प्रेस कॉन्फ्रेंस शुरू करने वाले थे।

रंगास्वामी केवल सुन रहे थे, बीच-बीच में 'हूँ' करते जा रहे थे और फिर कहा, "तुम निश्चित तौर पर ऐसा कह सकते हो?"

"नहीं सर, लेकिन बेझिझक कह सकता हूँ कि हम जो कुछ संभव है, वह सबकुछ कर रहे हैं।" मिर्जा ने जवाब दिया।

रंगास्वामी का जवाब था कि वे सबकुछ समझ रहे थे।

और इस तरह आधे घंटे बाद प्रेस ब्रीफिंग के दौरान एक रिपोर्टर, जो दूसरों से अपनी आवाज ऊँची कर सकता था, ने पूछा, "सर, हमारे मुंबई के साथियों ने बताया है कि पाँच आतंकवादियों में से दो की माँ को उसके पड़ोसियों ने उनके घर से निकाल दिया है। इस बारे में आपके पास क्या जानकारी है?"

रंगास्वामी ने एकदम गिनती भर के सेकंड तक संकोच किया और फिर बोले, "मुझे लगता है, इस बारे में मुंबई पुलिस बेहतर बता सकेगी।"

इसे बड़ी अच्छी तरह किया गया, मिर्जा बाद में सोच रहे थे। उनके बॉस ने इसकी पुष्टि नहीं की, लेकिन इनकार भी नहीं किया और उनकी चुप्पी उत्सुकता और संदेह को बढ़ाने में जबरदस्त तौर पर कारगर हुई थी। मिर्जा ने मुंबई के पुलिस अधिकारियों को फोन किया था, जिन्होंने अपने संवाददाता दोस्तों के बीच इसके बीज बड़ी होशियारी से बो दिए थे। इसके बाद उन्होंने रंगास्वामी को मेसेज भेजा और शुक्रिया अदा किया, उनका जवाब था।

घंटे भर बाद सादे कपड़ों में महिला सिपाहियों ने चुपचाप मुस्तफा और इब्राहिम कादरी की माँ शगुफ्ता बी को बेहरामबाग के उसके घर से उठा लिया और उसे क्राइम ब्रांच के मुख्यालय ले गईं, जहाँ उस हैरान-परेशान बुजुर्ग महिला को खाली पड़े ऑफिस में आराम से रखा गया, खाना-पानी दिया गया और कहा गया कि जल्दी ही 'बड़े साब' तुमसे मिलेंगे।

इस बीच मिर्जा ने अपने लोगों को उसके घर के आसपास दबे पाँव तैनात कर दिया और शगुफ्ता बी के साथ ही उसके सारे पड़ोसियों व परिवार के सदस्यों के फोन को सर्विलांस पर डाल दिया था।

इसके बाद इंतजार शुरू हो गया। शाम को मिर्जा ने दिल्ली में अपने परिवार से बात की, अस्पताल में अपने लोगों की सेहत का हाल जाना, रॉ (RAW) तथा आई.बी. में अपने दोस्तों से फोन पर बात की, अपने मुखबिरों से उनके इलाके का हाल जाना और एन.आई.ए. के मुंबई ऑफिस में चहलकदमी करते रहे, जहाँ से सब पर नजर रखी जा रही थी और इन सबके बावजूद कोई नतीजा नहीं मिल रहा था।

और जब नतीजा आया तो वहाँ से, जहाँ से उम्मीद नहीं थी। मिर्जा ऑफिस की लॉबी में एक सोफे पर पसरे थे और अपनी दुखती पीठ को आराम दे रहे थे, तभी उनका सेलफोन घनघनाने लगा। दूसरी तरफ की आवाज इतनी जानी-पहचानी नहीं थी और उन्हें यह समझने में एक पल का वक्त लग गया कि पालघर के एस.पी. का फोन था, जो शूटआउट के बाद आतंकियों की तलाश की निगरानी खुद कर रही थी।

"सर, लगता है, हमें कुछ मिल गया है।" एस.पी. ने कहा।

"बताती जाओ।" मिर्जा ने उठकर बैंठते हुए कहा।

"मेन रोड से कुछ दूर जंगल के इलाके में एक वैन जल रही है, जो पालघर जिले का बाहरी इलाका है।" महिला एस.पी. ने बताया।

"सर, लगता है, हमें कुछ मिल गया है।" एस.पी. ने कहा।
"बताती जाओ।" मिर्जा ने उठकर बैठते हुए कहा।
"मेन रोड से कुछ दूर जंगल के इलाके में एक वैन जल रही है, जो पालघर जिले का बाहरी इलाका है।" महिला एस.पी. ने बताया।
"सफेद रंग की, जिसके खिसकानेवाले दरवाजे हैं?" मिर्जा ने उम्मीद के साथ पूछा।

"सफेद रंग की, जिसके खिसकानेवाले दरवाजे हैं?" मिर्जा ने उम्मीद के साथ पूछा।

"हाँ, और मुझे लगता है कि दरवाजों पर खरोंच के निशान भी हैं। ठीक-ठीक देख पाना मुश्किल है, क्योंकि यह अब भी जल रही है; लेकिन मुझे लगता है कि खरोंच पिस्तौल की गोलियों की है, सर। फायर ब्रिगेड अभी-अभी यहाँ पहुँची है।"

मिर्जा सोफे से उछल पड़े।

"पानी का इस्तेमाल मत करना। सुन लिया? फायर ब्रिगेड से कहो, पानी न डाले। कुछ और इस्तेमाल करो, लेकिन पानी की एक बूँद भी न पड़े!" वे गरजे।

मिर्जा को एन.आई.ए. ऑफिस से पालघर की उस जगह तक जाने में लगभग दो घंटे लग गए, जहाँ वह वैन मिली थी और इस दौरान फायर ब्रिगेड ने आग को झाग के इस्तेमाल से बुझा दिया था और अब कूलेंट डाला जा रहा था, ताकि उसकी जाँच जल्द-से-जल्द की जा सके। एस.पी. के सैल्यूट का जवाब उत्सुकता से देते हुए मिर्जा तेजी से आगे बढ़े और उस पहले फायर ऑफिसर के पास पहुँचे, जो मौके पर मौजूद दिखा।

"और कितना वक्त लगेगा?"

थके-माँदे और ऊपर से नीचे तक कालिख पुते ऑफिसर का जी चाहा कि इस गुस्ताख को थप्पड़ जड़ दे, लेकिन उसने जब एस.पी. को सम्मान के भाव के साथ मिर्जा के पीछे खड़े देखा तो उसने अपने आप को रोक लिया।

"ज्यादा देर नहीं, सर, दस मिनट और।"

"शुक्रिया दोस्त, और तुमने अच्छा काम किया।" मिर्जा ने फायरमैन के कंधे को थपथपाते हुए कहा और उसके चेहरे पर थकी हुई मुसकान की झलक के बीच फॉरेंसिक के जानकारों की ओर मुड़े, जिन्हें उन्होंने कलीना स्थित फॉरेंसिक साइंस लैबोरेटरी से अपने साथ ले लिया था।

"आप लोग तैयार हैं?" मिर्जा ने पूछा।

"आप लोग तैयार हैं?" मिर्जा ने पूछा। वे अपने दस्ताने पहन चुके थे। "जैसे ही वह इजाजत दें, आपको काम में लग जाना है।" उन्होंने कहा और अपना सेलफोन बाहर निकाला, जो बज रहा था। विक्रांत का फोन था, जो नई जानकारी माँग रहा था और मिर्जा पीछे से बहस करती नर्स को सुन सकते थे। "आराम करो, लड़के!" उन्होंने अपने जूनियर से कहा और फोन काट दिया।

वे अपने दस्ताने पहन चुके थे। "जैसे ही वह इजाजत दें, आपको काम में लग जाना है।" उन्होंने कहा और अपना सेलफोन बाहर निकाला, जो बज रहा था। विक्रांत का फोन था, जो नई जानकारी माँग रहा था और मिर्जा पीछे से बहस करती नर्स को सुन सकते थे।

"आराम करो, लड़के!" उन्होंने अपने जूनियर से कहा और फोन काट दिया।

अगले एक घंटे में मिर्जा ने फॉरेंसिक टीम की ओर से निकाले गए एक-एक छोटे टुकड़े की जाँच की, जिनमें से बेकार चीजों को फेंका जा रहा था या संभावित सुरागों के लिए इकट्ठा किया जा रहा था।

खाली खोखे और कुछ खाली कारतूस बड़े प्लास्टिक बैग में रखे गए और लैब का एक आदमी फौरन उनकी अस्त्र-विज्ञान (बैलिस्टिक) संबंधी जाँच के लिए निकल पड़ा। कागज का छोटे-से-छोटा टुकड़ा भी प्लास्टिक बैग में सावधानी से रखा गया और उसे फाइल में डाला गया। जानकारों की एक अलग टीम बाद में उनकी जाँच करेगी।

एक टीम अपनी जाँच को समाप्त करने के करीब थी, जब एक एक्सपर्ट ने कपड़े का छोटा सा पाउच पिछली पैसेंजर सीट के नीचे से उठाया। सीट और सीट के पीठवाले हिस्से को खँगालने पर उसे कागज का एक टुकड़ा मिला, जो लगभग आठ इंच लंबा था और पाँच इंच चौड़ा, जिसे बेतरतीब ढंग से फाड़ा गया था और जो किनारियों पर झुलसा था, लेकिन काफी हद तक सही-सलामत था।

उत्सुकता से मिर्जा ने उस कागज को उससे लिया और टॉर्च की रोशनी में उसे गौर से देखा।

कई मिनट तक वह उसे कुछ ढूँढ़ने के इरादे से देखते रहे। फिर अगले तीन मिनट तक टॉर्च की रोशनी को पेपर के ऊपर से नीचे तक दौड़ाते रहे और फिर ऊपर देखा।

"सत्यानास हो!" उन्होंने आँखें फाड़ते हुए और गहरी साँस लेते हुए कहा, "अब तो ऊपरवाला ही बचाए!"

□

13

बुधवार सुबह, क्रूज लाइनर

वैशाली की नींद अपने कमरे के सुराखों से झाँकती सूरज की रोशनी से खुली। वह दूसरी तरफ घूमी और अपना चेहरा डेनियल के सीने में छिपा लिया। उसने वैशाली को अपनी बाँहों में भर लिया और उसके फिर और करीब आ गया। वैशाली बिल्ली की तरह म्यूँ-म्यूँ करने लगी, जिसे सुनकर वह मंद-मंद हँसने लगा।

"हँसो मत, दुष्ट कहीं के!" सुस्ती में ही वह बोली, ऊपर की तरफ देखा और उसकी ठुड्डी को चूम लिया, "अगले पूरे हफ्ते मेरा शरीर दुखता रहेगा।"

वह अब भी नहीं जानती थी कि क्यों उसने उसे और हाकिमी को पिछली रात मिलवाने के लिए बुलाया था, जब उसने हाकिमी को बार में अकेले ही बैठे देखा था! लेकिन उसे खुशी थी कि उसने ऐसा किया। देर रात तक पार्टी चलती रही थी और वह देख रही थी कि इस दौरान वह डेनियल के साथ जितना सहज हो रही थी, हाकिमी के चेहरे पर उसके प्रति असहमति के भाव उतने ही गहरे होते जा रहे थे, यहाँ तक कि दोनों पुरुषों की बातचीत में भी तनाव था। डेनियल जहाँ संक्षिप्त, लेकिन विनम्र था, वहीं हाकिमी सावधान और इक्का-दुक्का शब्द ही बोल रहा था।

डेनियल जैसे ही उनके लिए दूसरी ड्रिंक लाने गया, हाकिमी ने वैशाली को घूरकर देखा। "तुम कर क्या रही हो?" उसने खुसफुसाते हुए पूछा।

"क्या?" वैशाली ने चौंकते हुए पूछा।

"यह आदमी अच्छा नहीं।"

वह हैरान रह गई।

"मुझे···बस, उस आदमी के बारे में कुछ अच्छा महसूस नहीं हो रहा।" हाकिमी ने कहा।

वैशाली खिलखिला उठी—"आप मुझे इसी आदमी के बारे में बता रहे थे, है न?" उसने पूछा, "जिसे आपके मजाक पर हँसी नहीं आई थी?"

"उसका इससे कोई लेना–देना नहीं है।" हाकिमी ने सफाई देते हुआ कहा।

इससे पहले कि वे आगे बहस करते, डेनियल उनके ड्रिंक लेकर लौट आया। हाकिमी ने अपनी ड्रिंक पीने के बाद जाने की इच्छा जता दी।

"मेरे जैसे बूढ़े लोग तुम लोगों की तरह देर तक पार्टी नहीं कर सकते।" उन्होंने विनम्र मुसकान के साथ कहा और अपने कमरे में चले गए।

डेनियल और वैशाली देर रात तक बातचीत करते रहे। राजनीति से लेकर पास्ता की रेसिपी तक—दुनिया की तमाम बातों पर चर्चा की और वैशाली ने पाया कि डेनियल अपनी निजी जिंदगी की बातों को लेकर बचना चाहता था; लेकिन उसे काफी जानकारी थी और उसने खूब सफर कर रखा था। अचानक जिस इच्छा के साथ उसने उसे न्योता दिया था, उसी से उसने पूछ लिया कि क्या वह उसे उसके कमरे तक छोड़ देगा?

"अगर मैंने नहीं छोड़ा तो मुझे सभ्य आदमी कौन कहेगा, है न!" उसने हलकी सी मुसकान के साथ कहा।

"यह जमाना ऐसा है कि इतनी विनम्रता दिखाई जाए!" वैशाली ने पलटकर कहा।

"विनम्रता के लिए कोई भी जमाना गलत नहीं होता।" उसने आश्वस्त करते हुए अपना हाथ आगे बढ़ा दिया। वैशाली ने उसके हाथ को थाम लिया, खड़ी हुई और दोनों हाथों में हाथ डाले चलते हुए कमरे तक पहुँचे। तब उसे लगा कि वह उसका हाथ छोड़ना नहीं चाहती।

"यह जमाना ऐसा है कि इतनी विनम्रता दिखाई जाए!" वैशाली ने पलटकर कहा। "विनम्रता के लिए कोई भी जमाना गलत नहीं होता।" उसने आश्वस्त करते हुए अपना हाथ आगे बढ़ा दिया। वैशाली ने उसके हाथ को थाम लिया, खड़ी हुई और दोनों हाथों में हाथ डाले चलते हुए कमरे तक पहुँचे। तब उसे लगा कि वह उसका हाथ छोड़ना नहीं चाहती।

वैशाली उसकी तरफ मुड़ी, उसकी आँखों में देखा और पहली बार उसे एहसास हुआ जैसे बाहरी झलक के पीछे वैसी ही गहरी उदासी है, जैसी खुद उसके भीतर है। बिना सोचे उसने अपना दूसरा हाथ उसके गले के पीछे रख दिया और उसके हाथ को अपनी कमर के पीछे जाते हुए महसूस किया। दोनों ने एक–दूसरे को किस किया, पहले कोमल और फिर, जब दोनों एक–दूसरे को लेकर आश्वस्त हो गए, तब अंधाधुंध और खुलकर। पूरी रात

पागलों की तरह बेहिसाब प्यार करने की धुँधली यादों की रात बन गई, जिसके बाद दोनों थककर चूर हो गए थे। पहली किरण के साथ दोनों एक–दूसरे की बाँहों में नींद में खो गए।

"अच्छा, तुम थक जाओगी? मेरी पूरी गरदन पर लव बाइट्स हैं। अच्छा हुआ, जो मैंने कुछ बंद गले के स्वेटर रख लिये थे।" डेनियल ने अब प्यार से वैशाली के नितंबों पर थपकी देते हुए कहा और वह हँसने लगी।

"मैं सोच रही थी, पता नहीं अब्दुल अंकल क्या कहेंगे!" वह अचानक बोल पड़ी।

"जरा सबकुछ बताकर देखना कि उनकी क्या प्रतिक्रिया होती है!" डेनियल हँस पड़ा।

वैशाली अब अपनी कुहनी के बल उठी और डेनियल को देखा, जबकि वह मुड़ा और अपनी पीठ के बल लेट गया।

"मैं सोचता हूँ, मैं ही बता दूँ। बस, उसे जलाने के लिए।" उसने कहा, जिस पर वैशाली ने उसे हलकी चपत लगा दी।

"तुम दोनों के बीच क्या चल रहा है?" वैशाली ने हैरानी से पूछा।

डेनियल ने कंधे उचका दिए, "उसने मुझसे उस दिन बात करने की कोशिश की, जब मेरा मूड वास्तव में काफी बिगड़ा था। अगली बार जब मैंने देखा तो वह गुड्डे की तरह सूट पहने था और इतना असहज था कि मुझे लगा, अगर मैंने बातचीत शुरू की तो जोर से हँस पड़ूँगा।"

"तुम कितने बुरे हो! वह गुड्डे जैसे नहीं थे!"

"लेकिन वह बड़ी मुश्किल में दिख रहा था।"

"वह क्यूट लग रहे थे।"

"ठीक है। आज जब मिलूँगा तो उसके गाल खींच लूँगा।" डेनियल ने बिस्तर से उठते हुए कहा। वैशाली ने उसके पिछवाड़े पर थपकी जड़ दी।

"तुम सच में थप्पड़ जड़ने का काम करती हो क्या? और मैं सिर्फ आज सुबह की ही बात नहीं कर रहा हूँ।" उसने कहा और दबी हँसी से उसे देखा कि उसका चेहरा लाल हो गया और उसने अपना चेहरा तकिए में छिपा लिया। वह नहाने चला गया। उसने तकिया हटाया, कुछ सेकंड तक सोचा और फिर उसके पीछे-पीछे चली गई।

"तुम सच में थप्पड़ जड़ने का काम करती हो क्या? और मैं सिर्फ आज सुबह की ही बात नहीं कर रहा हूँ।" उसने कहा और दबी हँसी से उसे देखा कि उसका चेहरा लाल हो गया और उसने अपना चेहरा तकिए में छिपा लिया। वह नहाने चला गया। उसने तकिया हटाया, कुछ सेकंड तक सोचा और फिर उसके पीछे-पीछे चली गई।

पैंतालीस मिनट बाद दोनों डेक पर टहल रहे थे। वैशाली एक साधारण टी-शर्ट और जींस में थी। डेनियल रात के मुड़े-तुड़े कपड़ों में था।

"मैं कपड़े बदलकर नाश्ते पर मिलता हूँ।" उसने अपने कमरे पर पहुँचने के बाद कहा। उसके होंठों को चूमा और उसके पीछे हलकी थपकी लगाकर उसे आगे जाने दिया।

"दुष्ट!" वह बोली और सबसे ऊपर के हिस्से में बने कैफेटेरिया की तरफ बढ़ गई।

डेनियल अपने कमरे में दाखिल हुआ और कपड़े उतार दिए। नहाने के बाद भी रात के कपड़े पहन लेने से उसे अच्छा नहीं लग रहा था और उसने फिर से स्नान किया, कार्गो और टी-शर्ट डाली। तभी उसका सेल एक मेसेज से घनघनाया।

'कल रात फिर से तुम्हारी याद आई। तुम्हारे बिना सच में जी नहीं लगता।' मेसेज में लिखा था।

वह एक सेकंड तक फोन को घूरता रहा और किसी तरह उसे फर्श पर पटकने से खुद को रोक लिया। गहरी साँस लेते हुए उसने मन-ही-मन कहा कि लंबे समय बाद उसे कुछ ऐसा महसूस हो रहा था, जो खुशी के जैसा था और इस मेसेज से वह उसका गला घोंटना नहीं चाहेगा।

'काश, तुमने मुझे धोखा देने से पहले ऐसा सोचा होता और हाँ, मैं तुम्हारा नंबर ब्लॉक कर रहा हूँ। बाय।' उसने जवाब दिया।

ऐसा करने की कसम छह महीने पहले खाने के बाद आज उसने उस नंबर को ब्लॉक लिस्ट में डाल दिया और इतनी शांति मिली कि मुसकरा दिया। वह आज ही अपने सर्विस प्रोवाइडर से बात करेगा और उसे हमेशा के लिए ब्लॉक करने को कह देगा।

अब भी मुसकराता हुआ डेनियल अपने कमरे से बाहर निकला। उसे लग रहा था, जैसे बरसों बाद उसे इतना अच्छा महसूस हो रहा था और वह कैफेटेरिया की सीढ़ियाँ चढ़ता हुआ इस उम्मीद के साथ ऊपर पहुँचा कि वैशाली से फिर

से मुलाकात होगी। उसने तय किया कि वह हाकिमी से माफी माँग लेगा और एक नई शुरुआत करेगा।

वह सबसे ऊपर के डेक पर आया और अचानक उसके पैर जम गए। वैशाली, हाकिमी और कई दूसरे मेहमान, कैप्टन और जहाज के चालक दल के सारे सदस्य कैफेटेरिया के बाहर फर्श पर बैठे थे। उन सभी के हाथ उनके सिर के पीछे थे। उनके पीछे कई काले लोग काली वरदी में थे, जिनके हाथों में उजी बंदूकें थीं। सोमालियाई या नाइजीरियाई, उसने अनुमान लगाया। जैसे ही उसके भीतर बच निकलने का भाव आया, उसकी उँगलियाँ मुट्ठी की शक्ल में बँध गईं। उसी पल उसके दाहिने हिस्से में कुछ चुभता-सा लगा। उसकी नजर नीचे गई तो एक उजी उसकी पसलियों पर टिकी थी और ऊपर देखा तो एक मोटा-ताजा, काला आदमी मुसकरा रहा था।

अब भी मुसकराता हुआ डेनियल अपने कमरे से बाहर निकला। उसे लग रहा था, जैसे बरसों बाद उसे इतना अच्छा महसूस हो रहा था और वह कैफेटेरिया की सीढ़ियाँ चढ़ता हुआ इस उम्मीद के साथ ऊपर पहुँचा कि वैशाली से फिर से मुलाकात होगी। उसने तय किया कि वह हाकिमी से माफी माँग लेगा और एक नई शुरुआत करेगा।

"नाम मार्को है, मेरे दोस्त!" उसने कहा, "और अब मैं ही इस छोटे से जहाज का कैप्टन हूँ।"

□

14

बुधवार सुबह, मुंबई

विक्रांत का सिर फटा जा रहा था और इसका हाल ही में उसके जख्मी होने से कोई लेना-देना नहीं था।

पौ फटते ही मिर्जा ने उसे जगाया था, जिसकी हालत ऐसी थी, मानो गले में मछली का काँटा अटक गया हो। लगभग फुसफुसाते हुए उन्होंने विक्रांत से पूछा कि क्या वह चल सकता है? और जूनियर अफसर ने कहा, "हाँ।" मिर्जा इंतजार करते रहे और विक्रांत किसी तरह बिस्तर से उठा और चप्पल पहनने के बाद चुपचाप कमरे से बाहर निकला। मिर्जा ने उसे अपने पीछे-पीछे आने का इशारा किया। विक्रांत धीरे-धीरे लँगड़ाता हुआ चल पड़ा।

दोनों जब छत की तरफ बढ़ रहे थे, तब विक्रांत की उत्सुकता हर पल बढ़ती जा रही थी। छत के कोने पर आकर दोनों रुके और मिर्जा ने बताना शुरू किया।

"तुम साल 1993 के हथियारों के गुप्त जखीरे के बारे में क्या जानते हो?" उन्होंने पूछा।

"इस बारे में निश्चित तौर पर कह सकता हूँ कि यह न तो फ्रेडरिक फोरसिथ का अगला उपन्यास है, न ही रिडली स्कॉट की आनेवाली फिल्म।" विक्रांत ने दीवार से पीठ टिकाते हुए कहा।

मिर्जा को हँसी नहीं आई। विक्रांत गंभीर हो गया।

"क्या गड़बड़ हो गई?" उसने पूछा।

मिर्जा ने हैरानी जताई।

"साल 1993 में आई.एस.आई. ने क्रेटों में भरकर टाइगर मेमन को हथियार और गोला-बारूद भिजवाया था, जिसे कोंकण के शेखाड़ी में रिसीव किया गया था। उसमें से कुछ आर.डी.एक्स. था, जिसका इस्तेमाल उन आई.डी. को बनाने में किया गया था, जिन्हें पूरे मुंबई शहर में रखा गया, जिनसे सिलसिलेवार धमाके हुए

थे। बाकी एके-56 असॉल्ट राइफलें थीं, जो पाकिस्तान स्थित हथियार फैक्टरियों से एकदम ताजा-ताजा बनकर निकली थीं।"

विक्रांत सुनता गया और मिर्जा कहते रहे। इन बातों को वह पहले से भी जानता था।

"बता दूँ कि जिन अधिकारियों ने उस दौरान गिरफ्तार लोगों से पूछताछ की, उनकी एक थ्योरी थी, जो एक से दूसरी पीढ़ियों तक चलती चली गई। उसके अनुसार, असलहों का कुछ हिस्सा कभी इस्तेमाल ही नहीं किया गया। उन्हें अलग-अलग जगहों पर सुरक्षित रूप से छिपा दिया गया, जिनका इस्तेमाल बाद में किया जाना था और जिसका पता केवल आई.एस.आई. और उसके करीबियों को था। हम में से कई का यह मानना है कि यह शहर में अगले आतंकवादी हमले के लिए तैयार पड़ा है, खासतौर पर असॉल्ट राइफलें।"

"और वही साल 1993 का गुप्त जखीरा है?" जूनियर ने पूछा। "वही साल '93 का जखीरा है।" "मुझे इसकी जानकारी क्यों नहीं थी?" विक्रांत ने ऊँची आवाज में हैरान होते हुए पूछा। मिर्जा ने कंधे उचकाए। "तुम जानते हो।" "मैं इस थ्योरी के बारे में क्यों नहीं जानता था?" विक्रांत ने पलटकर कहा।

मिर्जा चुप हो गए और विक्रांत को देखा, जो आँखें फाड़-फाड़कर उन्हें देख रहा था।

"और वही साल 1993 का गुप्त जखीरा है?" जूनियर ने पूछा।

"वही साल '93 का जखीरा है।"

"मुझे इसकी जानकारी क्यों नहीं थी?" विक्रांत ने ऊँची आवाज में हैरान होते हुए पूछा।

मिर्जा ने कंधे उचकाए।

"तुम जानते हो।"

"मैं इस थ्योरी के बारे में क्यों नहीं जानता था?" विक्रांत ने पलटकर कहा।

"यह एक थ्योरी है, बच्चे। इसे साबित करने के लिए कोई प्रमाण नहीं है। बस, यहाँ से वहाँ तक, समय-समय पर कानोंकान खबर उड़ती रहती है। कुछ कहते हैं कि कुछ पुराने शातिर, जो अब भी '93 ब्लास्ट केस में जेल में हैं, उन्हें उन जगहों की जानकारी है और वे उनके राज अपने सीने में लेकर ही कब्र में जाएँगे। दूसरे लोग कहते हैं कि उनमें से कुछ ने अपने बेटों, भतीजों वगैरह को उन जगहों

की जानकारी दे दी है। एक विचित्र थ्योरी यह भी है कि किसी ने एक नक्शा तैयार किया, जो नियमित रूप से मुंबई और ठाणे में स्लीपर सेल के पास इस हाथ से उस हाथ जाता रहता है।" मिर्जा ने समझाया।

यहीं विक्रांत का सिर दुखने लगा।

"चलिए, अब बुरी खबर भी बता ही दीजिए।" उसने गहरी साँस छोड़ते हुए कहा।

'अल्लाह के सिवाय कोई भगवान् नहीं और मोहम्मद ही उनका पैगंबर है।'
यह सामान आपको आपके सबसे पाक मकसद में मदद करे, जैसा कि आपसे पहले दूसरों को किया है।
सातिवली। शफीक। रजा का भतीजा। हरा मकान। झाड़ू। अनाज।
नरपोली। अनवर। असलम का बेटा। दूसरी मंजिल। पार्क के किनारे दूसरी इमारत। साबुन।

मिर्जा का हाथ अपनी शर्ट की जेब में गया और उन्होंने कागज के मुड़े हुए पन्ने को निकालकर विक्रांत की ओर बढ़ा दिया। विक्रांत ने उसे खोला और छत की रोशनी के सामने उसे रखा। यह कागज के किसी टुकड़े की बड़ी कराई गई रंगीन फोटोकॉपी थी, जिसे फॉरेंसिक तकनीशियनों ने तीन घंटे पहले जली हुई वैन से बचाकर निकाला था।

"फॉरेंसिक टीम ने पालघर की उस वैन से इसे निकाला था।" मिर्जा ने कहा।

यह किसी लॉगबुक के पन्ने के ऊपरी हिस्से का आधा भाग था, जो इस तरह फटा था, मानो जल्दबाजी में ऐसा किया गया या गलती से हो गया। इसमें दो लाइनों में लिखा था, जिसके बाद दो इंट्री थी—एक के बाद एक, जिसके बीच में दो खाली लाइनें थीं। दोनों ही इंट्री उर्दू में बुलेट प्वॉइंट में थी।

विक्रांत ने मिर्जा के कहने पर दो साल पहले उर्दू पढ़ना व लिखना शुरू किया था और इस वजह से वह आसानी से उसमें लिखी बातें पढ़ पा रहा था—

'अल्लाह के सिवाय कोई भगवान् नहीं और मोहम्मद ही उनका पैगंबर है।'

यह सामान आपको आपके सबसे पाक मकसद में मदद करे, जैसा कि आपसे पहले दूसरों को किया है।

सातिवली। शफीक। रजा का भतीजा। हरा मकान। झाड़ू। अनाज।

नरपोली। अनवर। असलम का बेटा। दूसरी मंजिल। पार्क के किनारे दूसरी इमारत। साबुन।

"साबुन!" विक्रांत ने कहा।

"हाँ।" मिर्जा ने कहा।

आमतौर पर आर.डी.एक्स. को हिंदी में अनौपचारिक तौर पर 'साबुन' कहा जाता है। आई.एस.आई. के एजेंट, जिन्होंने सन् 1993 में भारतीय मुसलमानों को आई.ई.डी. बनाने और उसका इस्तेमाल करना सिखाया था, वे आर.डी.एक्स. को 'काला साबुन' कहते थे।

विक्रांत मिर्जा को देख रहा था।

"कम-से-कम यह कोई नक्शा नहीं है।" उसने तनाव कम करने के लिए कहा।

उसके गुरु ने उसकी तरफ चिढ़ते हुए देखा।

"तुम्हें क्या लगता है?" मिर्जा ने पूछा।

कुछ बोलने से पहले विक्रांत ने आधा मिनट का वक्त लिया।

"यह एक ऐसी लिस्ट है, जिसमें हर साल ताजा जानकारी जोड़ी जाती है। अगर यह '93 के जखीरे के बारे में है तो मैं भगवान् से मनाता हूँ कि ऐसा न हो। इसका मतलब है कि हथियारों का जखीरा बाप से बेटे या चाचा से भतीजे तक सौंपा जा रहा है और इसके स्थानों और देख-रेख करने वालों की पहचान को ताजा किया जा रहा है।"

विक्रांत कुछ देर तक चुप रहा और फिर से उस तसवीर को देखा।

"मिसाल के तौर पर, हो सकता है कि इसे दस दिन पहले से लेकर दस साल पहले तक बनाया गया हो और अगर 'साबुन' का मतलब आर.डी.एक्स. है तो मैं कहूँगा कि 'झाड़ू' का मतलब एके-56 राइफल और 'अनाज' कारतूस हैं। पते साफ नहीं हैं, ताकि लिस्ट गलत हाथों में पहुँचे तो नुकसान न हो।" विक्रांत ने बात पूरी की।

मिर्जा ने 'हाँ' में सिर हिलाया।

"हमारी टीमें सातिवली में हरा मकान और नाशिक कैंप में नीली इमारत को तलाश

"मिसाल के तौर पर, हो सकता है कि इसे दस दिन पहले से लेकर दस साल पहले तक बनाया गया हो और अगर 'साबुन' का मतलब आर.डी.एक्स. है तो मैं कहूँगा कि 'झाड़ू' का मतलब एके-56 राइफल और 'अनाज' कारतूस हैं। पते साफ नहीं हैं, ताकि लिस्ट गलत हाथों में पहुँचे तो नुकसान न हो।" विक्रांत ने बात पूरी की।

रही हैं।" उन्होंने कहा, "लेकिन मुझे शक है कि उन्हें ढूँढ़ने पर भी कोई फायदा होने वाला है। मुझे चिंता इस बात की है कि लिस्ट के बाकी हिस्से में क्या हो सकता है।"

"यह भी कि यह लिस्ट कितनी लंबी है और उसमें साबुन, झाड़ू और अनाज के अलावा क्या है?" विक्रांत ने कहा।

"कम-से-कम अब हमें पता चल गया है कि कमीनों को ए.के. राइफल कहाँ से मिली।" मिर्जा ने कहा।

"काफी हद तक हम यह भी जानते हैं कि उनके पास आर.डी.एक्स. भी है।"

दोनों चुपचाप उन सारी बातों के अंजाम पर सोच में डूब गए, जिन पर वे अभी बातचीत कर रहे थे।

□

15

बुधवार सुबह, क्रूज लाइनर

पूरी सुबह वह दृश्य लगातार चलता रहा—मेहमान कैफेटेरिया में नाश्ते के लिए आते, बंदूक की नोक पर अगवा अपने साथी यात्रियों को देखकर ठिठकते और फिर उनके साथ शामिल हो जाते। जो लोग रूम सर्विस के लिए फोन करते, उन्हें हेड वेटर, जिसके सिर से बंदूक टिकी थी, बताता कि किन्हीं कारणों से नाश्ता केवल कैफेटेरिया में ही दिया जाएगा। बंदूकधारी मेहमानों के सेलफोन अपने कब्जे में ले लिया करते और हर एक के पूरे शरीर की तलाशी लेते, जिनमें महिलाएँ भी शामिल थीं और फिर उन्हें सबसे ऊपर की छत के बीचोबीच बिठा देते।

यह करीब दो घंटे तक चलता रहा। इस सबके बीच उमर गिनती कर रहा था और आखिर में उसने मार्को की तरफ इशारा किया।

"ओके!" मार्को ने खुश होते हुए कहा, "अब यहाँ हमारे पास तीस मेहमान हैं। इतने ही हैं, क्यों कैप्टन?" उसने जहाज के कैप्टन से पूछा, जिसने बस, 'हाँ' का इशारा किया। उमर उसे खींचकर वहाँ ले गया, जहाँ मार्को खड़ा था।

मार्को का चेहरा एक मिनट के लिए सख्त हो गया और उसने कहा, "अगर तुमने मुझसे झूठ बोला तो मैं तुम्हारे एक मेहमान को गोली मार दूँगा। समझे?"

कैप्टन राजेश्वर साहनी ने मार्को की आँखों में देखा और अंदाजा लगा लिया कि वह नरमी बरतनेवाला नहीं, इसलिए 'हाँ' में सिर हिला दिया।

"बहुत अच्छे। चालक दल में कितने लोग हैं?"

"सात।" साहनी ने कहा।

"स्टाफ कितने हैं?"

"दस।"

मार्को ने साहनी को घुमाया और अब वह बंधकों को देख पा रहा था।

"गिनती पूरी है।" उसने कहा।

मार्को ने हामी भरी, मानो वह साहनी के आदेश-पालन से सहमत था और फिर उसने अपने चार लोगों को क्रूज लाइनर की तलाश के लिए भेजा।

"अगर उन्हें किसी भी कोने में एक भी आदमी छिपा मिला तो एक यात्री मारा जाएगा।" उसने साहनी से कहा और मेहमानों की तरफ मुड़ गया।

"दोस्तो," उसने कहा, "घबराना मत। हम जैसा कह रहे हैं, वैसा करते जाओ। हम तुम्हारी अच्छी देखभाल करेंगे; लेकिन तुमने ऐसा कुछ किया, जो मुझे अच्छा नहीं लगा तो लाशें गिरने लगेंगी। इसलिए, अपनी मदद के लिए हमारी मदद करो, समझे?"

मार्को जब कैप्टन की तरफ मुड़ा तो मुसकरा रहा था।

"जमीन के साथ तुम्हारा संपर्क कैसे होता है?" उसने पूछा।

"रेडियो से।" साहनी ने कहा।

"दिखाओ मुझे।" मार्को ने कहा।

वह मार्को को इंजन रूम तक ले गया। रास्ते में उसे मार्को का एक आदमी मिला, जिसने बताया कि उसे कोई भी छिपा हुआ व्यक्ति नहीं मिला।

इंजन रूम में साहनी मार्को को रेडियो के पास ले गया। मार्को ने कमरे को अच्छी तरह से देखा और फिर साहनी को सबसे ऊपर के डेक तक ले गया। उमर कैफेटेरिया की एक टेबल पर आराम से पसरा था। उजी उसकी जाँघ के पास रखी थी और वह हेड वेटर से बात कर रहा था।

"खाना दिन में दो बार सभी के लिए। पानी जरूरत के मुताबिक। कोई शराब नहीं। शराब हीरो बना देती है और हमें यहाँ कोई हीरो नहीं चाहिए, ठीक है?" उमर कह रहा था।

हेड वेटर तो डर से सुन्न पड़ रहा था, बस, 'हाँ' में सिर हिलाता रहा।

मार्को साहनी को लेकर वहाँ गया, जहाँ

वह मार्को को इंजन रूम तक ले गया। रास्ते में उसे मार्को का एक आदमी मिला, जिसने बताया कि उसे कोई भी छिपा हुआ व्यक्ति नहीं मिला।
इंजन रूम में साहनी मार्को को रेडियो के पास ले गया। मार्को ने कमरे को अच्छी तरह से देखा और फिर साहनी को सबसे ऊपर के डेक तक ले गया। उमर कैफेटेरिया की एक टेबल पर आराम से पसरा था। उजी उसकी जाँघ के पास रखी थी और वह हेड वेटर से बात कर रहा था।

बाकी लोग बैठे थे और उसे धक्का देकर नीचे उनके बीच बिठा दिया।

"जैसा कि तुम सबने देखा," मार्को ने अपनी आवाज ऊँची करते हुए कहा, "मेरे आदमी तुम सभी को आराम देने की कोशिश कर रहे हैं। इसलिए हमारी कोशिश की इज्जत करो और कोई भी बेवकूफी मत करना। हम जल्दी ही तुम्हारी सरकार से बात करेंगे और तुम सब अपने-अपने घर में अपने लोगों के बीच बैठे होगे, उन्हें बता रहे होगे कि कैसे तुम्हें हाइजैक किया गया और तुम्हारे साथ जो कुछ हुआ।"

बाकी के सोमालियाई लाइनर की तलाशी लेकर वापस आ चुके थे।

"सब क्लियर है ?" मार्को ने उनसे पूछा और उन्होंने 'हाँ' में जवाब दिया।

"ठीक है। अपनी-अपनी पोजीशन ले लो।" उसने कहा।

उसके दस आदमी नीचे चले गए, जब मार्को और उमर वहीं रहे, जहाँ थे। पाँच मिनट बाद मार्को के कान में हेडफोन पर आवाज आई। उसने रिपोर्ट का जवाब दिया और बंदियों की ओर मुड़ा।

"खड़े हो जाओ!" उसने आदेश दिया। सेकंड भर में उसके चेहरे की नरमी गायब हो गई, जिससे सारे सन्न रह गए।

उमर आगे बढ़ा।

"एक के पीछे एक खड़े हो जाओ और चलो।" उसने बंदियों को अपनी कर्कश आवाज में कहा, "चलो!"

यात्रियों ने आदेश का पालन किया और दूसरी मंजिल तक सिर झुकाए चले गए। मार्को के आदमी रास्ते में जगह-जगह पर तैनात मिले, जिनकी बंदूकें तैयार थीं और आँखें चौकन्नी। केवल डेनियल ने गुजरते हुए एक-एक आदमी को नजर बचाकर गौर से देखा—उनकी कद-काठी, खड़े होने का तरीका, हथियार और बाकी बारीकियाँ।

क्रूज लाइनर की दूसरी मंजिल पर एक छोर पर इंजन रूम था और बाकी के फ्लोर पर एक बड़ा मनोरंजन का हिस्सा था, जहाँ बंदियों

यात्रियों ने आदेश का पालन किया और दूसरी मंजिल तक सिर झुकाए चले गए। मार्को के आदमी रास्ते में जगह-जगह पर तैनात मिले, जिनकी बंदूकें तैयार थीं और आँखें चौकन्नी। केवल डेनियल ने गुजरते हुए एक-एक आदमी को नजर बचाकर गौर से देखा—उनकी कद-काठी, खड़े होने का तरीका, हथियार और बाकी बारीकियाँ।

को ले जाया गया। वे जब तक उस हिस्से में पहुँचे, तब तक खिड़कियाँ बंद की जा चुकी थीं। उन्हें वहाँ ले जाकर नीचे बिठा दिया गया।

"हम तुम सभी को तुम्हारे हाल पर छोड़कर जा रहे हैं; लेकिन कोई चालाकी नहीं। मेरे आदमी हर दरवाजे के बाहर खड़े हैं। बिना हमारी मरजी के एक उँगली भी बाहर निकाली तो उसे काट दिया जाएगा। उसके बाद तुम्हारे सिर की बारी होगी।" मार्को ने बाहर जाने से पहले कहा, जिसके बाद उमर और बाकी गैंग के सदस्य निकल गए।

मनोरंजन कक्ष के दोनों दरवाजे बंद कर दिए गए और फिर खामोशी छा गई।

करीब अगले दस मिनट तक कोई कुछ नहीं बोला। फिर हाकिमी ने अपना गला साफ किया और सब उसकी तरफ देखने लगे।

"समुद्री जहाज से होनेवाले कारोबार में मेरा एक साथी है।" हाकिमी ने कहा, "उसने मुझे बताया कि सभी तरह के जहाजों को, चाहे कमर्शियल हों, कारोबारी या क्रूज लाइनर, जैसा कि हमारा है, सोमालियाई समुद्री डाकू अकसर हाइजैक कर लेते हैं और फिरौती वसूलते हैं।"

कुछ लोगों ने हामी भरी और दबी जुबान से हाँ-में-हाँ मिलाई।

"हमें एक बात ध्यान में रखने की जरूरत है," हाकिमी ने कहा, "सारे जहाजों का बीमा होता है और उनके मालिक डाकुओं की माँग पूरी करने में हिचकते नहीं। एक सरकारी प्राधिकरण भी है, जो बातचीत करता है। मैं नाम भूल गया हूँ..."

"जहाजरानी महानिदेशालय।" डेनियल ने कहा और सब उसकी तरफ देखने लगे।

हाकिमी ने हामी भरी, "तुमने ठीक कहा, नौजवान। डी.जी., शिपिंग। इसलिए चिंता की कोई बात नहीं है। डाकुओं ने हमें तब तक कोई नुकसान न पहुँचाने की बात कह दी है, जब तक हम ऐसा-वैसा कुछ नहीं करते।" उसने आश्वस्त करने वाली मुसकान के साथ कहा।

"सिवाय इसके कि वे डाकू न हों।" डेनियल ने कहा।

एक बार फिर सबकी नजर हाकिमी से डेनियल पर जाकर टिक गई। हाकिमी थोड़ा चौंक गया।

"मिस्टर फर्नांडो, मैं सबका मनोबल ऊँचा रखने की कोशिश कर रहा हूँ। इसलिए अगर तुम निराशावाद फैलाना चाह रहे हो..."

"मैं निराशावादी नहीं हो रहा हूँ और झूठी उम्मीद पर बने मनोबल से अच्छा है

कि वह चूर-चूर हो जाए।" डेनियल ने कहा।

"शायद···तो फिर तुम ही बताओ, डैन, कि तुम्हें क्यों लग रहा है कि वे समुद्री डाकू नहीं हो सकते हैं?" वैशाली बोल पड़ी।

"सोमालियाई डाकू जहाजों को इस वजह से हाइजैक करते हैं, क्योंकि उन्हें अपने लोगों के लिए खाना और दूसरी चीजों की जरूरत होती है। आमतौर पर वे कमजोर नहीं, लेकिन एकदम पतले-दुबले होते हैं और ए.के.-47 से लैस रहते हैं, जिन्हें हथियारों के अवैध बाजार से खरीदना आसान होता है। किसी जहाज को अगवा करने के बाद वे उस पर लूटपाट करते हैं; जो कुछ खाना-पानी मिलता है, उस पर कब्जा कर लेते हैं; मालिक से जितना ऐंठ सकते हैं, ऐंठते हैं और भाग निकलते हैं।" डेनियल ने कहा।

"अ···ओके···" वैशाली ने अपने सिर को गोल-गोल घुमाते हुए कहा।

> ***"मिस्टर फर्नांडो, मैं सबका मनोबल ऊँचा रखने की कोशिश कर रहा हूँ। इसलिए अगर तुम निराशावाद फैलाना चाह रहे हो··"***
>
> ***"मैं निराशावादी नहीं हो रहा हूँ और झूठी उम्मीद पर बने मनोबल से अच्छा है कि वह चूर-चूर हो जाए।" डेनियल ने कहा।***
>
> ***"शायद··तो फिर तुम ही बताओ, डैन, कि तुम्हें क्यों लग रहा है कि वे समुद्री डाकू नहीं हो सकते हैं?" वैशाली बोल पड़ी।***

"ये लोग तगड़े हैं और बेशक योजना व रणनीति बनाने के काबिल हैं। वे चोरी से आधी रात के समय घुसे और हमारे जागने से पहले चालक दल को अपने कब्जे में कर लिया। सबसे आखिर में कौन गया था?"

करीब बीस साल के एक नौजवान ने हिचकिचाते हुए अपना हाथ ऊपर किया, "मैं और मेरे दोस्त काफी थक चुके थे; लेकिन हमें लगता है कि हम जब यहाँ से गए, सुबह के 4 बजे, तब कोई भी नहीं था।" उसने कहा।

"और सुबह सबसे पहले वहाँ कौन पहुँचा था?"

"वह मैं हूँ।" हाकिमी ने कहा, "मुझे सुबह उठने की आदत है और मैं करीब 7 बजे कैफेटेरिया पहुँच गया था।"

"इसका मतलब है," डेनियल ने कहा, "तीन घंटे के भीतर वे जहाज पर सवार हुए, इंजन रूम में गए, कैप्टन और उसके चालक दल को अपने कब्जे में लिया, सबसे ऊपर के डेक पर उन्हें ले गए और स्टाफ को भी अपने काबू में कर

लिया। यह बताने की जरूरत नहीं कि उनके पास उजी बंदूकें हैं, जो इजराइली अत्याधुनिक सब-मशीन गन हैं, साथ ही ग्लॉक पिस्टल्स, जो बेहतरीन क्वालिटी की हैं। एक और गन है और उनके बूटों में कटार भी है और वे जिस तरीके से चलते व खड़े रहते हैं, उससे लगता है कि वे पहले युद्ध लड़ चुके हैं—जमीनी स्तर पर लड़ा जानेवाला युद्ध।"

"मुझे लगता है, आखिरी बात तुम बढ़ा-चढ़ाकर कह रहे हो।" एक अधेड़ महिला ने कहा, "उनके चलने और खड़े होने से तुम ऐसा अंदाज कैसे लगा सकते हो?"

"क्योंकि मैं भी ठीक उसी तरह चलता और खड़ा होता हूँ।" डेनियल ने कहा, "जैसे कि बाकी सभी, जो मेरे साथ आर्मी में थे।"

□

16

बुधवार दोपहर, मुंबई

कोकिलाबेन अंबानी अस्पताल में डॉक्टर के ऑफिस में चर्चा का जो सिलसिला सुबह 11 बजे शुरू हुआ था, उसके जल्द खत्म होने के आसार नहीं दिख रहे थे।

मिर्जा, डी.सी.पी. अशोक मनकामे और दोनों डी.एस.पी.—समर गोयल एवं अखिल जायसवाल कुरसियों पर बैठे थे; जबकि विक्रांत एक तकिए के सहारे सोफे पर लेटा था। उसका सिर पीछे की ओर झुका था और आँखें बंद थीं। अपने सहयोगियों के साथ गहन चर्चा के दौरान विक्रांत अकसर उसी तरह बैठता था, जिसे मिर्जा उसकी 'समाधि की मुद्रा' कहते थे।

जायसवाल की गरदन के चारों ओर पट्टीनुमा रस्सी लगी थी, जबकि अन्य को अलग-अलग आकार-प्रकार की पट्टियाँ बँधी थीं। उन सबके बीच अपवादों के रूप में मिर्जा थे, जिन्हें अब तक खरोंच से अधिक चोट नहीं लगी थी और मनकामे, जिसका टखना अब तक ठीक हो गया था।

"ठीक है, दोस्तो। पहली चीज पहले।" मिर्जा ने कहा, "सातिवली में शूटआउट के स्थल से करीब दो किलोमीटर दूर हमें एक हरा मकान मिला है, जो शफीक अत्तरवाला का है। वह अपने परिवार के साथ वहाँ रहा करता था।"

"रहा करता था?" विक्रांत ने पूछा।

"शूटआउटवाले दिन के बाद उसे न किसी ने देखा, न सुना। कहानी यहीं तक नहीं है। हमने उसके घर की तलाशी ली। एक बेडरूम में एक संदूक था, इतना बड़ा कि ए.के.-5 असॉल्ट राइफलों को रखा जा सके और कारतूसों को कहीं भी रखा जा सकता था।"

मिर्जा आगे कुछ कहते, इससे पहले सबके मुँह से गालियाँ निकलने लगी थीं।

"हमें भिवंडी के नरपोली में एक सार्वजनिक पार्क के पास सड़क के उस

पार नीले रंग की एक रिहायशी इमारत भी मिली। उसकी दूसरी मंजिल पर अनवर नाम का एक टेलर अपनी पत्नी और तीन बच्चों के साथ रहता था। कल से ही सारे गायब हैं। घर को देखकर लगता है कि उसने जल्दबाजी में सामान बाँधा और निकल गया। हमारी टीमों को उसके बेडरूम में तीन एयरटाइट डिब्बे बिखरे मिले।"

"अभी ही क्यों?" जायसवाल ने पूछा और सभी उसकी तरफ देखने लगे, सिवाय विक्रांत के–"अगर उनके पास यह जखीरा वर्ष 1993 से ही था तो उसके इस्तेमाल के लिए इतने बरसों का इंतजार क्यों? यह शहर बहुत पहले से ही असुरक्षित था; लेकिन 26/11 के बाद हमने सुरक्षा बेहद सख्त कर दी। हमारे पास यहाँ फोर्स वन, एन.एस.जी. हब, सी.सी.टी.वी. कैमरे, तटीय सुरक्षा है, यहाँ तक कि खुफिया नेटवर्क भी पहले के मुकाबले काफी बेहतर है।"

"साबुन!" विक्रांत ने चिड़चिड़ाते हुए कहा।

"काश, ऐसा न हो!" मनकामे ने कहा।

"हाँ।" मिर्जा बताते जा रहे थे, "चलो, आगे बढ़ते हैं। तुम सभी ने दस्तावेज देख लिये। तुम्हें क्या लगता है?"

आधे मिनट की चुप्पी के बाद गोयल बोल पड़ा, "अच्छा सर, क्या ये संकेत कुछ ज्यादा ही आसान नहीं लगते? मेरा मतलब है, कोई भी उन दो घरों को ढूँढ़ सकता था।"

"बशर्ते उनके पास वह लिस्ट हो।" विक्रांत ने टोका, "सबसे बड़ी बात तो यह होती कि लिस्ट मिलती और उसे किसी भी ऐरे-गैरे या हफीज को नहीं दे दिया जाता।"

"साथ ही, अगर मैं गलत नहीं तो," मनकामे ने कहा, "संकेत का आसान होना जरूरी था, है न, सर? मेरा मतलब है, आतंकी क्रूर और बेरहम होते हैं; लेकिन ऐसे कितने होते हैं, जो सच में होशियार होते हैं?"

मिर्जा ने सहमति जता दी।

"अभी ही क्यों?" जायसवाल ने पूछा और सभी उसकी तरफ देखने लगे, सिवाय विक्रांत के—"अगर उनके पास यह जखीरा वर्ष 1993 से ही था तो उसके इस्तेमाल के लिए इतने बरसों का इंतजार क्यों? यह शहर बहुत पहले से ही असुरक्षित था; लेकिन 26/11 के बाद हमने सुरक्षा बेहद सख्त कर दी। हमारे पास यहाँ फोर्स वन, एन.एस.जी. हब, सी.सी.टी.वी. कैमरे, तटीय सुरक्षा है, यहाँ तक कि

खुफिया नेटवर्क भी पहले के मुकाबले काफी बेहतर है।"

"इन सबका मकसद एक और 26/11 को रोकना है। मतलब बाहर से होनेवाले हमले को, अंदर से होनेवाले हमले को नहीं। सोचो, अगर तुम्हें इस लिस्ट को बस, पाँच लोगों को सौंपना हो और वे अपना काम कर दें। वे मुंबई में ही पले-बढ़े भी हैं और शहर को अच्छी तरह जानते हैं। तुम्हें किसी को शहर में बाहर से लाना भी नहीं है।" मिर्जा ने दावों को चुनौती देते हुए कहा।

"समय भी मायने रखता है।" विक्रांत ने कहा और सभी उसकी तरफ देखने लगे। आँखें खोले बिना उसने कहा, "खुफिया सूत्र '93 के जखीरे के बारे में तेईस साल से सुनते आ रहे थे, लेकिन उन्हें उसका नामो-निशान तक नहीं मिला था। समय बीतने के साथ वे सोचने लगे कि यह बस, एक फिजूल की बात है और कई साल बीत जाने पर उन्होंने इसे इतना बेमतलब समझ लिया कि मिर्जा सर ने इसके बारे में मुझे बताना भी जरूरी नहीं समझा।"

मनकामे ने हामी भरी और कागज के टुकड़े को उठाया—"अगर हमें यह कागज नहीं मिलता तो जखीरे के बारे में हम आज तक अँधेरे में रहते और वे हरामजादे हमें नींद में ही मार डालते। हमारे पास सुरक्षा के सारे ढाँचे मौजूद हैं, लेकिन इस तरह की लापरवाही किसी दिन हमारा वजूद मिटा देगी।"

विक्रांत अपने समकक्ष की तरफ थोड़ा सा मुड़ा, एक आँख खोली और उसकी बात पर सहमति जताई तथा अपनी समाधि की मुद्रा में लौट गया।

"यह बेहिसाब सब्र को दिखाता है, किसी शिकारी के जैसा सब्र। और आई.एस.आई. इसमें माहिर है।" मिर्जा ने कहा।

एक मिनट की चुप्पी के बाद मनकामे फिर से बोल उठा।

"सर, आपने कहा कि आई.एस.आई. की तरह ही उन्हें भी बस, उन हथियारों को लाने और हमले को अंजाम देने के लिए पाँच लोगों को भेजना था। मुझे बस, यही हैरानी हो

"सर, आपने कहा कि आई.एस.आई. की तरह ही उन्हें भी बस, उन हथियारों को लाने और हमले को अंजाम देने के लिए पाँच लोगों को भेजना था। मुझे बस, यही हैरानी हो रही है कि यही पाँच लोग क्यों? यही नहीं, उन्हें जेल से क्यों भगाया, जबकि वे अपने प्रशिक्षित आतंकियों को इस काम के लिए भेज सकते थे?" मनकामे ने हैरानी जताई।

रही है कि यही पाँच लोग क्यों? यही नहीं, उन्हें जेल से क्यों भगाया, जबकि वे अपने प्रशिक्षित आतंकियों को इस काम के लिए भेज सकते थे?" मनकामे ने हैरानी जताई।

"शायद इस वजह से, क्योंकि उनके पास पहले ही लिस्ट थी, जब उन्हें गिरफ्तार किया गया।" विक्रांत ने कहा, जो अब धीरे-धीरे बैठने की मुद्रा में आ रहा था।

मनकामे, जायसवाल और गोयल चुपचाप देख रहे थे, जब गुरु व शिष्य इस मकड़जाल के रहस्यों को सुलझा रहे थे। कुछ समय के लिए ऐसा लगा, जैसे कमरे में वही दोनों लोग मौजूद थे। "धत्त तेरे की!" विक्रांत ने साँस ली, "असद का चाचा उसके पिता से चीता कैंप में वही लाने गया था...फॉरेंसिक टीम को एक पाउच मिला था न?"

"मैं निश्चित तौर पर नहीं कह सकता, लेकिन इन सालों को मैंने गिरफ्तार किया था।" उसने कहा, "और कई दिनों तक इनसे पूछताछ की। वे गाड़ियाँ चुराने भोपाल गए थे। तुम लोग यकीन करोगे? मुंबई से भोपाल, बस, इस काम के लिए? और हाँ, बेहिसाब सब्र और प्लानिंग। हमने बाद में उनके पास से चोरी की सात कारें बरामद कीं, लेकिन हथियार एक भी नहीं मिला। यहाँ तक कि देसी तमंचा या कटार तक नहीं।"

"तो तुम कहना क्या चाहते हो, बेटा?" मिर्जा ने पूछा।

"सुनिए, पूछताछ में हम उनसे लगातार हथियारों के बारे में पूछते रहे और वे कहते रहे कि उन्हें कुछ नहीं पता। असल में, अगर उनके पास से जिहाद पर लिखी सारी बातें और संवेदनशील प्रतिष्ठानों की तसवीरें नहीं मिली होतीं तो हम गाड़ी चोरी के अलावा किसी और वजह से बंद नहीं कर सकते थे। अब लगता है कि ठीक किया था।"

मिर्जा ने धीरे-धीरे हामी भरी—" '93 के जखीरे तक पहुँचानेवाली लिस्ट। इस गुप्त चीज के लिए कोई जान पे भी खेल जाए।" उन्होंने कहा।

"उससे भी कहीं बड़ा ये," विक्रांत ने दलील दी, "अगर शौकत असद के पास ही लिस्ट की कॉपी थी और मुझे लगता है, आई.एस.आई. इतनी बेवकूफ नहीं कि कई कॉपी बनवा ले, तो उसके पास यह सबसे बड़ी सुरक्षा थी। एक बार लिस्ट किसी और के हाथ में गई तो आई.एस.आई. आसानी से उससे और उसके लोगों से

हाथ धो लेती या उन्हें मरवा भी देती।"

"और इस वजह से ही," मिर्जा ने कहा, "उन्हें जेल से भगाया गया।"

मनकामे, जायसवाल और गोयल चुपचाप देख रहे थे, जब गुरु व शिष्य इस मकड़जाल के रहस्यों को सुलझा रहे थे। कुछ समय के लिए ऐसा लगा, जैसे कमरे में वही दोनों लोग मौजूद थे।

"धत्त तेरे की!" विक्रांत ने साँस ली, "असद का चाचा उसके पिता से चीता कैंप में वही लाने गया था···फॉरेंसिक टीम को एक पाउच मिला था न?"

"हाँ।"

"हमें उसे शकील खान को दिखाना चाहिए, ताकि हम देख सकें कि वह उसे पहचानता है या नहीं।"

"लेकिन लड़के, इसका मतलब है कि···"

"इसका मतलब है कि असद या उस मॉड्यूल में किसी और को यह लिस्ट मिली और उसने इसे उसके घर पर सुरक्षित रहने के लिए रख दिया, जबकि उन्होंने टारगेट तलाशे और गाड़ियों का इंतजाम किया। आखिर में उन्हें उस लिस्ट को और हथियारों को हासिल करना था; क्योंकि जब सारी तैयारी चल रही हो, तब भला कौन लिस्ट लेकर घूमता! लेकिन उनका भेद खुल गया।" विक्रांत ने कहा।

"और जब वे जेल में थे, तब किसी ने उनसे संपर्क साधा। उसने, जिसने उनसे कहा कि उन्हें अपने दम पर जेल से भागना होगा और जो भी जरूरत हो, वह सब उन्हें मुहैया करा दी जाएगी। इस वजह से ही गाड़ियाँ उनका इंतजार कर रही थीं और हथियार। उन्हें बस, लिस्ट की जरूरत थी।" मिर्जा ने कहा।

"लेकिन," गोयल ने टोका, "सातिवली में उनके पास लिस्ट पहले से ही थी, जहाँ पहला स्थान था। उन्हें कैसे पता था कि उन्हें वहीं से शुरू करना है?"

विक्रांत ने अंदाजा लगाया—"अगर

विक्रांत ने अंदाजा लगाया—"अगर उनके पास '93 के जखीरे की लिस्ट जैसी जबरदस्त चीज हो तो उन्होंने उसे बार-बार पढ़ा होगा। लिस्ट पर पहली चीज ऐसी थी, जिसे कोई याद नहीं रख सकता; लेकिन उन्हें अपना मिशन पूरा करने के लिए पूरी लिस्ट की जरूरत थी। इसमें सबकुछ नहीं है, लेकिन आदमी के बुनियादी तौर-तरीके में फिट हो जाती है।"

उनके पास '93 के जखीरे की लिस्ट जैसी जबरदस्त चीज हो तो उन्होंने उसे बार-बार पढ़ा होगा। लिस्ट पर पहली चीज ऐसी थी, जिसे कोई याद नहीं रख सकता; लेकिन उन्हें अपना मिशन पूरा करने के लिए पूरी लिस्ट की जरूरत थी। इसमें सबकुछ नहीं है, लेकिन आदमी के बुनियादी तौर-तरीके में फिट हो जाती है।"

सबने सहमति जताई।

"इसका मतलब है," मिर्जा ने विक्रांत की तरफ देखते हुए कहा, "उन्होंने सातिवली से हथियार लिये, खान से लिस्ट ली, फिर भिवंडी चले गए। उन्होंने दूसरी जगह को याद कर लिस्ट के ऊपरी हिस्से को फाड़ लिया, जिसके वैन के साथ जल जाने की उम्मीद थी।"

"उस लिस्ट को नष्ट किया जा रहा है। वैसे भी, इसकी अब जरूरत नहीं रहेगी।" विक्रांत ने कहा।

कमरे में एक मिनट का सन्नाटा छा गया, जब सभी इन सारी बातों को दिमाग में बिठा रहे थे।

"मैं पी.एम.ओ. को बता दे रहा हूँ।" मिर्जा ने ऐलान किया।

□

17

बुधवार रात, क्रूज लाइनर

डेनियल मनोरंजन कक्ष के दरवाजे तक गया और उसे खटखटाया। उसे तीन बार खटखटाना पड़ा, तब जाकर रूखे चेहरेवाले एक सोमालियाई ने अपने मुँह में सिगरेट को घुमाते हुए दरवाजा खोला।

"क्या है?" उसने पूछा।

"ये।" डेनियल ने सिगरेट की तरफ इशारा करते हुए कहा।

दूसरे आदमी ने भौंहें तरेर लीं।

"यहाँ कई लोग सिगरेट पीनेवाले हैं।" डेनियल ने शांति से कहा, "और हमें सिगरेट पिए कई घंटे हो गए हैं। हमें सिगरेट और लाइटर चाहिए। हम में से कुछ लोगों के पास थे, लेकिन हमने अपने-अपने कमरे में छोड़ दिए।"

"मैं यहाँ कोई फाइव-स्टार होटल नहीं चला रहा हूँ।" सोमालियाई ने डराते हुए कहा, "अगर समझ नहीं आ रहा तो बता दूँ कि तुम सब बंधक हो।"

डेनियल ने 'हाँ' में सिर हिलाया।

"लेकिन बंधकों के अंदर भी बुरी आदतें होती हैं और निकोटीन न मिलने पर उनमें अजीब-अजीब लक्षण दिखने लगते हैं। तुम सारे लोग चाहते होगे कि हम सब तुम्हारी बातें मानें और शांत रहें। पर थोड़ी सी निकोटीन मिल जाए तो बड़ी राहत मिल जाएगी।" उसने अपनी आवाज नीची और विनम्र रखते हुए कहा।

गार्ड काफी देर तक तनाव भरे पलों में डेनियल को देखता रहा और जब सभी को लगा कि वह डेनियल के भेजे में गोली मार देगा, तभी हाइजैकर ने दरवाजा बंद कर दिया।

डेनियल मुसकराता हुआ पीछे मुड़ गया।

"अच्छा हुआ।" उसके एक साथी बंदी ने कहा।

"रुको।" डेनियल ने उससे कहा और वैशाली की बगल में फर्श पर जाकर बैठ गया।

वे पच्चीस मिनट तक इंतजार करते रहे। तभी अचानक दरवाजा खुला और मार्को टहलता हुआ अंदर आया। उसके पीछे उसका कठोर चेहरेवाला सैनिक था, जिसके हाथ में एक प्लास्टिक बैग था।

"तुममें से सिगरेट किसने माँगी थी?" मार्को ने खुश होते हुए कहा और डेनियल के सिवाय सबकी हालत खराब हो गई।

डेनियल अपनी जगह पर खड़ा हो गया।

"मैंने माँगा था, सर।" उसने कहा।

डेनियल और मार्को काफी देर तक एक-दूसरे को देखते रहे। फिर मार्को ने उसकी नजर से अपनी नजर हटाए बिना अपने कठोर साथी को इशारा किया। वह आगे बढ़ा और उसने बैग फर्श पर गिरा दिया, जिसके बाद वह कमरे से बाहर चला गया।

"आगे आओ, मिस्टर!" मार्को ने डेनियल से कहा और दोनों आगे बढ़ते और आधे रास्ते पर आकर मिले।

"तुम्हें लगता है कि इससे तुम्हारा टाइम पास हो जाए तो यूनियन लीडर बन सकते हो।" मार्को ने कहा, "बस, ये याद रखना कि यहाँ कमान किसके हाथ में है।"

"मैं बिल्कुल ऐसा कुछ नहीं चाहता, सर।" डेनियल ने मंद मुसकान के साथ मार्को से कहा।

"हमने सारे कमरों को छान मारा और सिगरेट निकालकर ले आए।" मार्को ने कहा।

"तुम्हें लगता है कि इससे तुम्हारा टाइम पास हो जाए तो यूनियन लीडर बन सकते हो।" मार्को ने कहा, "बस, ये याद रखना कि यहाँ कमान किसके हाथ में है।"

"मैं बिल्कुल ऐसा कुछ नहीं चाहता, सर।" डेनियल ने मंद मुसकान के साथ मार्को से कहा।

"हमने सारे कमरों को छान मारा और सिगरेट निकालकर ले आए।" मार्को ने कहा।

"बहुत-बहुत शुक्रिया!" डेनियल ने कहा।

"और कुछ—चॉकलेट, आइसक्रीम?"

"क्या आप बता सकते हैं कि हमारी सरकार के साथ बातचीत कहाँ तक पहुँची?"

"चल रही है। हमने अपनी माँगों के बारे में बता दिया है और वे वही पुराने खेल खेल रहे हैं।"

डेनियल ने 'हाँ' में सिर हिला दिया।

"थैंक यू, सर!" उसने कहा।

मार्को मुड़ा और दरवाजा बंद करता हुआ बाहर निकल गया।

डेनियल काफी देर तक इंतजार करता रहा और फिर कहा, "वह झूठ बोल रहा है।"

"क्या?" हाकिमी ने मायूस होते हुए पूछा। उसने डेनियल के सिगरेट माँगने की बात का यह कहते हुए भारी विरोध किया था कि डाकुओं को किसी भी तरह से नाराज करना ठीक नहीं है। कमरे में इतने लोग सिगरेट पीनेवाले थे कि वह अकेला पड़ गया था।

शांति से डेनियल कैरी बैग के पास गया, सिगरेट का एक पैकेट निकाला और उसमें से एक सिगरेट ले ली।

"उसने हमारी सरकार से बात नहीं की है।" उसने बैग में लाइटर ढूँढ़ते हुए कहा।

"तुम्हें कैसे पता?" वैशाली ने पूछा।

"क्योंकि मैं किसी झूठे को देखते ही पहचान लेता हूँ।" डेनियल ने कहा और हाकिमी व्यंग्यपूर्ण हँसी हँसने लगा।

"साथ ही," डेनियल ने कहा, "जिंदा होने का सबूत।"

"मैं भी यही सोच रहा था।" कैप्टन राजेश्वर साहनी बोल पड़ा। सब उसकी तरफ देखने लगे।

"अगर उसने हमारी सरकार से संपर्क किया होता," उसने कहा, "तो वे सबसे पहले सबूत माँगते कि हम जिंदा और ठीक-ठाक हैं। ये लोग हम में से किसी एक से उनकी बात कराते या कोई तसवीर या वीडियो बनाते। बातचीत तब तक आगे नहीं बढ़ती, जब तक कि हमारी सरकार को हमारी सलामती का यकीन नहीं हो जाता। साथ ही, वे चालक दल का संपर्क

"उसने हमारी सरकार से बात नहीं की है।" उसने बैग में लाइटर ढूँढ़ते हुए कहा।

"तुम्हें कैसे पता?" वैशाली ने पूछा।

"क्योंकि मैं किसी झूठे को देखते ही पहचान लेता हूँ।" डेनियल ने कहा और हाकिमी व्यंग्यपूर्ण हँसी हँसने लगा।

"साथ ही," डेनियल ने कहा, "जिंदा होने का सबूत।"

हेड ऑफिस से बनाए रखकर धोखा दे रहे हैं कि सबकुछ ठीक है।"

डेनियल ने कैप्टन को घूरकर देखा। "वे ऐसा कर रहे हैं न?" उसने पूछा।

साहनी ने हामी भर दी—"मुझसे कहा गया है कि मैं अपने क्रूज के लिए तय रास्ते पर चलता हूँ और निर्धारित जगहों पर रुकता रहूँ।"

"ऐसा करना क्यों जरूरी है?" हाकिमी ने दिलचस्पी से पूछा।

"क्योंकि," डेनियल ने सिगरेट का धुआँ छोड़ते हुए कहा, "अगर वे सच में समुद्री डाकू होते तो वे कब का डी.जी., शिपिंग से बात कर चुके होते। हम सभी को काबू में करने के बाद वे सबसे पहले वही करते। इसकी बजाय वे दिन में दो बार हमें खाना देने की तैयारी कर रहे हैं और हमें खुश रहने के लिए सिगरेट दे रहे हैं।"

"ऐसा लगता है, जैसे वे नहीं चाहते कि अभी उनकी मौजूदगी का पता चले।" साहनी ने बात को आगे बढ़ाते हुए कहा।

"प्लानिंग और पहले से सोच-विचार।" डेनियल ने कहा।

"तो फिर वे झूठ क्यों बोल रहे हैं?" किसी ने पूछा।

"मैं बताऊँ? वे इंतजार कर रहे हैं।"

"किस बात का?" वैशाली ने पूछा।

"आदेश का।" डेनियल ने कहा, "मार्को दावा कर सकता है कि वह जो चाहता है, कर रहा है; लेकिन उसे किसी और से आदेश मिल रहे हैं।"

□

18

गुरुवार-शुक्रवार, एक हफ्ते बाद, दिल्ली/मुंबई

जैसी उम्मीद मिर्जा को थी, उसी के मुताबिक '93 के जखीरे की खबर विभिन्न सरकारी प्रतिष्ठानों में बम की तरह फटी। प्रधानमंत्री कार्यालय ने घिसा-पिटा नेताओं जैसा जवाब दिया और मिर्जा को उसे दबा देने का निर्देश दिया।

"जब तुम्हें भी यकीन नहीं तो दहशत क्यों फैलानी ?" यह सरकार की सोच थी। राजनीति को अच्छी तरह समझनेवाले दिग्गज जासूस ने बस, मुसकराते हुए सिर झुकाया और बाहर निकल आए।

"सबकुछ ठीक रहा।" एन.आई.ए. के चीफ टी. रंगास्वामी ने मिर्जा से कहा, जो उनके साथ पी.एम.ओ. गए थे और दिल्ली स्थित एन.आई.ए. के मुख्यालय से लौट रहे थे।

"बिल्कुल वैसा ही, जैसा हमने सोचा था।" मिर्जा ने कहा।

"प्लान बी ?" रंगास्वामी ने पूछा।

प्लान बी महाराष्ट्र, खासतौर पर मुंबई में निगरानी को बढ़ाना था, लेकिन खामोशी से। उसी दिन रंगास्वामी के कहने पर खुफिया ब्यूरो के प्रमुख अमृतसर में एक गुप्त बैठक में उनके साथ मिलने वाले थे, जिसमें उन्हें पी.एम.ओ. की प्रतिक्रिया समेत पूरे हालात की जानकारी दी जाने वाली थी। आई.बी. चीफ ने बिना कुछ नोट किए सबकुछ सुना और समझने का इशारा किया। वे कम ही बोलते थे और मिर्जा पहले साथ काम करने की वजह से उनकी बातों पर शक नहीं करते थे।

इस बीच मिर्जा विमान से दिल्ली लौट आए और महाराष्ट्र के डी.जी.पी. से मिले तथा अगले दिन मुंबई के पुलिस कमिश्नर से। थोड़ी कोशिश के बाद वह दोनों को इस बात के लिए राजी कर सके कि इस बात की पूरी संभावना है कि '93 के जखीरे का अस्तित्व सही मायने में था।

"हम कैसे मान लें कि यह बस, एक परदा नहीं है ?" डी.जी.पी. परमजीत

कालरा ने पूछा और मिर्जा को खुद को चुटकी लेने से रोकना पड़ा, "आपको लगता है, हमने इस बारे में पहले नहीं सोचा? हे भगवान्!" खैर, एक जासूस के तौर पर जमीनी स्तर का उनका अनुभव कितना भी हो, वे थे तो आई.जी. रैंक के ही अफसर; जबकि बाकी दोनों उनसे सीनियर थे। फिर भी उन्होंने कहा, "मुझे ऐसा नहीं लगता, सर। यह इतना लंबा-चौड़ा परदा है कि इसकी साजिश इंडियन मुजाहिदीन के पाँच रंगरूट रच लें, भले ही वे आई.एस.आई. के लिए ही काम क्यों न कर रहे हों। असल में, कुछ ही लोग आई.एस.आई. में इतनी विस्तृत योजना बनाने के काबिल हैं।"

"इसके अलावा," मुंबई के सी.पी. वीरेंद्र सिन्हा ने कहा, "अगर यह एक परदा है तो वे असल में क्या प्लानिंग कर रहे हैं? कुछ इससे बड़ी और लंबी-चौड़ी मुझे नहीं लगता, सर!"

कालरा ने गहरी साँस ली। "जो करना है, तुम करो, लेकिन चुपचाप।" उन्होंने कहा।

और इसके साथ ही महाराष्ट्र हाई अलर्ट पर चला गया। संवेदनशील प्रतिष्ठानों, एयरपोर्ट, रेलवे स्टेशनों पर अतिरिक्त पुलिस बल तैनात कर दिया गया; लेकिन उसे जाहिर नहीं किया गया। वी.आई.पी. सुरक्षा बढ़ा दी गई। ट्रैफिक पुलिस किसी भी समय किसी संदिग्ध दिखनेवाली गाड़ी को रोककर तलाशी ले सकती थी। पुलिसकर्मी अपने अधिकार-क्षेत्र के सारे होटलों एवं लॉज में जा रहे थे और हाल में कमरा लेनेवालों के पहचान-पत्रों की जाँच कर रहे थे। जमीनी स्तर पर भी खुफिया जानकारी जुटाने के काम को तेज कर दिया गया, खासतौर पर गंदी बस्तियों में, जहाँ बिना पूछताछ के नकद पैसा देते ही कमरा मिल जाता है। क्राइम ब्रांच के अधिकारियों ने सभी प्रकार के पुराने अपराधियों को उठा लिया और उनसे ताजा जानकारी उगलवाने में जुट गए। गोदामों, भंडारों,

जमीनी स्तर पर भी खुफिया जानकारी जुटाने के काम को तेज कर दिया गया, खासतौर पर गंदी बस्तियों में, जहाँ बिना पूछताछ के नकद पैसा देते ही कमरा मिल जाता है। क्राइम ब्रांच के अधिकारियों ने सभी प्रकार के पुराने अपराधियों को उठा लिया और उनसे ताजा जानकारी उगलवाने में जुट गए। गोदामों, भंडारों, कमर्शियल मालवाहकों और बाकी तमाम जगहों पर तलाशी होने लगी, जहाँ '93 का जखीरा छिपा हो सकता था।

कमर्शियल मालवाहकों और बाकी तमाम जगहों पर तलाशी होने लगी, जहाँ '93 का जखीरा छिपा हो सकता था।

आई.बी. ने अपने सारे सूत्रों पर महाराष्ट्र और उसके आसपास किसी रहस्यमयी गतिविधि को लेकर छोटी-से-छोटी खुसुर-फुसुर का पता लगाने के लिए दबाव बनाया। हर दिन इंटरनेट को खँगाला जाने लगा और संदिग्ध अपराधियों के फोन टेप किए जाने लगे, ताकि किसी तरह की बातचीत को पकड़ा जा सके। रंगास्वामी हर दिन आई.बी. चीफ के साथ संपर्क बनाए हुए थे। मिर्जा और उनकी पश्चिमी खुफिया एजेंसियों में अपने दोस्तों से इस उम्मीद में बातचीत हुआ करती थी कि साल '93 के जखीरे के बारे में दुनिया के इसलामी आतंकी नेटवर्क में कुछ तो चर्चा शुरू की जा सके।

विक्रांत अब भी निलंबित था और भोपाल जेल फरारी कांड के लिए उसकी हैसियत सिर्फ एक 'सलाहकार' की थी। वह अपने दिन एन.आई.ए. के दफ्तर में बंद होकर गुजार रहा था; लेकिन वह महाराष्ट्र आतंकवाद निरोधी दस्ते के साथ सहयोग में व्यस्त था, जिसमें वह तैनात रह चुका था। वह ए.टी.एस. चीफ के साथ दिन में दो बार बात करता था और अपनी जानकारी साझा करता था कि ए.टी.एस. को अगली तलाशी कहाँ लेनी चाहिए।

विक्रांत अब भी निलंबित था और भोपाल जेल फरारी कांड के लिए उसकी हैसियत सिर्फ एक 'सलाहकार' की थी। वह अपने दिन एन.आई.ए. के दफ्तर में बंद होकर गुजार रहा था; लेकिन वह महाराष्ट्र आतंकवाद निरोधी दस्ते के साथ सहयोग में व्यस्त था, जिसमें वह तैनात रह चुका था। वह ए.टी.एस. चीफ के साथ दिन में दो बार बात करता था और अपनी जानकारी साझा करता था कि ए.टी.एस. को अगली तलाशी कहाँ लेनी चाहिए।

पाँच दिनों के गंभीर प्रयासों के बाद रंगास्वामी, मिर्जा और विक्रांत—सभी एक बात को लेकर सहमत थे—इंडियन मुजाहिदीन के पाँच सदस्य गायब हो चुके थे और उनका कहीं कोई सुराग नहीं था।

सातवें दिन की शाम गोयल, जायसवाल और मनकामे के साथ विक्रांत मिर्जा के उस केबिन में दाखिल दाखिल हुआ, जहाँ मुंबई के एन.आई.ए. दफ्तर में मिर्जा बैठने लगे थे। विक्रांत मिर्जा के सामने रखी कुरसी पर बैठ गया। मिर्जा किसी रिपोर्ट

के पन्ने पलट रहे थे। विक्रांत ने डेस्क पर कागजों का एक मोटा पुलिंदा रख दिया।

"जब तक कि ये आई.एम. के पाँच लोगों के ठिकाने बतानेवाले गूगल अर्थ के प्रिंटआउट नहीं हैं।" मिर्जा ने चिड़चिड़ाते हुए कहा, "तब तक मेरी कोई दिलचस्पी नहीं है।"

विक्रांत ने हताशा में सिर हिला दिया।

"हम इस बात को मान चुके हैं कि इस केस में आगे अब कुछ नहीं हो सकता है। मैं तो कहूँगा कि हम बस गोल-गोल घूम रहे हैं।" उसने कहा।

"तुम कोई ढंग की बात कर सकते हो?" उसके सीनियर ने तपाक से कहा।

विक्रांत ने 'हाँ' का इशारा किया और कागजों के पुलिंदे पर हाथ थपथपाया।

"अगर हम पीछे की तरफ चलें तो कैसा रहेगा?" उसने पूछा।

□

19

गुरुवार सुबह, एक हफ्ते बाद, क्रूज लाइनर

"तुमने आर्मी क्यों छोड़ दी?" वैशाली ने डेनियल के कंधे पर अपना सिर टिकाते हुए पूछा।

"अपने पिता की वजह से।" डेनियल ने उसके चेहरे से लटों को हटाते हुए जवाब दिया, "मेरे परिवार में वही एक रह गए थे और जब तक मुझे एहसास होता कि उनकी उम्र बहुत अधिक हो चुकी है, तब तक उनका स्वास्थ्य काफी गिर गया था। मैंने चार साल पहले स्वेच्छा से रिटायरमेंट ले लिया और उनकी मौत होने तक जो कुछ कर सकता था, उनके लिए किया।"

मनोरंजन कक्ष के एक कोने में डेनियल और वैशाली एक-दूसरे से चिपक कर बैठे थे। पिछले सात दिनों के दौरान बंधकों ने खुद को समूहों में बाँट लिया था। बच्चों के साथवाले परिवार एक-दूसरे के करीब आ गए थे, जबकि युवाओं ने अपना ही ग्रुप बना लिया था। हाकिमी सभी उम्र के एक समूह के साथ शामिल था, वहीं डेनियल और वैशाली दूसरे दिन के बाद ही एक-दूसरे के लिए अपनी भावनाओं को छिपा नहीं सके और एक-दूसरे के साथ हो लिये। कैप्टन साहनी यहाँ से वहाँ तक घूमता और हर किसी का हाल-चाल पूछता रहता था। उसके चालक दल के सदस्यों को इंजन रूम में कैद कर दिया गया था। उनसे अलग किए जाने से पहले साहनी ने उनसे कहा था कि वे वही करें, जैसा कहा जाए और किसी तरह की बेवकूफी न करें।

डेनियल ने जब अपने पिता की मौत का जिक्र किया तो वैशाली उसकी तरफ देखने लगी।

"आई एम सॉरी!" उसने कहा, "मैं समझ सकती हूँ कि कैसा लगता है!"

डेनियल समझ रहा था—"तुमने बताया था, तुम्हारी माँ···"

दोनों एक-दूसरे की ओर मुड़े और एक-दूसरे के हाथों को थाम लिया।

उसने पूछा, "दु:ख नहीं होता इस बारे में बात करने से?"

"कई बातों का दु:ख होता है। इसका मतलब यह नहीं कि हर बार इसे दिखाया जाए।"

"और मुझे लगा था कि मैं टूट चुकी हूँ।" उसने कुछ सोचते हुए कहा।

"क्या हम सबके साथ ऐसा नहीं है?" डेनियल ने आदत के मुताबिक चारों तरफ नजर दौड़ाते हुए कहा।

अब तक सारे बंधक एक दिनचर्या में ढल चुके थे। उन्हें बंदी बनानेवाले, जो डेनियल के मुताबिक भाड़े के सैनिकों की तरह लग रहे थे, चालक दल के सदस्यों को हर सुबह कैफेटेरिया तक ले जाते, जहाँ हर किसी के लिए सैंडविच और मिल्क शेक तैयार किया जाता। खाना दिन में तीन बार दिया जाता था और उसमें कभी फेर-बदल नहीं हुआ। मनोरंजन कक्ष में दो बड़े वॉशरूम थे, जहाँ सुबह के नहाने-धोने से लेकर शौचालय की जरूरत पूरी होती थी।

हर सुबह मार्को साहनी को रेडियो रूम तक ले जाता था, ताकि वह मुंबई में अपने साथियों के साथ नियमित संपर्क बना सके और रात को उसके साथ-साथ चालक दल के सदस्यों को मनोरंजन कक्ष में ले जाता था। साहनी जब भी वहाँ जाता तो अपने चालक दल के सदस्यों से बातचीत करता था। उन सभी के साथ अच्छा व्यवहार हो रहा था; लेकिन उन पर कड़ी नजर रहती थी।

हर सुबह मार्को साहनी को रेडियो रूम तक ले जाता था, ताकि वह मुंबई में अपने साथियों के साथ नियमित संपर्क बना सके और रात को उसके साथ-साथ चालक दल के सदस्यों को मनोरंजन कक्ष में ले जाता था। साहनी जब भी वहाँ जाता तो अपने चालक दल के सदस्यों से बातचीत करता था। उन सभी के साथ अच्छा व्यवहार हो रहा था; लेकिन उन पर कड़ी नजर रहती थी।

हालाँकि बंधक अब बेचैन होने लगे थे। सात दिनों से उन्होंने अपने कपड़े नहीं बदले थे और मार्को ने किसी को भी रेजर या कैंची का इस्तेमाल करने नहीं दिया था, इसलिए अब तक सारे मर्दों की दाढ़ी बढ़ चुकी थी। लगभग हर कोई नहाने के बाद उन्हीं गंदे कपड़ों को पहनने के चलते चिड़चिड़ाया रहता था। केवल डेनियल ही शांत रहा, जिसने इससे भी बुरे हालात को देखा था।

"यह काबू में रखने की चाल होती है।" उसने वैशाली को समझाया, जब उसने पूछा था कि उन्हें धुले कपड़े क्यों नहीं दिए जा रहे थे—"अगर कुछ ज्यादा ही सुविधाजनक स्थिति में ले आया जाए तो वे बागी हो सकते थे। उन्हें खाना खिलाते रहो और बुनियादी जरूरतें पूरी करो, लेकिन इसके साथ ही बहुत जरूरी से ज्यादा उन्हें कुछ मत दो। इससे उन्हें आज्ञाकारी बनाए रखने में मदद मिलती है।"

"तुम इतने निश्चिंत कैसे हो?" वैशाली ने पूछा।

डेनियल मुसकराया।

"मैं जानता हूँ कि ये बस, साधारण समुद्री लुटेरे नहीं हैं और ये नहीं जानते कि मैं इस बात को जानता हूँ। ये हमें गुमराह कर खुद को समुद्री लुटेरा साबित करने के लिए जितने कदम उठाते हैं, उससे उनकी असली योजना में झाँकने का मौका मिलता है और जब वक्त आएगा, तब वह जानकारी मेरे काम आएगी।"

"और वह वक्त कब आएगा?" वैशाली ने पूछा।

"क्या तुम्हें लगता है कि मैं सभी को यहाँ मरने दे रहा हूँ?" उसने कहा।

"छोड़ो भी, डैन। तुम अकेले दस हथियारबंद लोगों से नहीं निपट सकते, चाहे तुम आर्मी में पहले कितने ही बड़े कमांडो क्यों न रहे हो!" उसने चौकन्ना रहते हुए धीमे से कहा।

"वे बारह लोग हैं।" उसने सही जानकारी दी, "और जब तक वे आदेशों का इंतजार कर रहे हैं, तब तक मुझे योजना बनाने के लिए काफी समय मिल रहा है।"

वैशाली ने उसका हाथ दबाकर इशारा किया।

"चलो, कोई और बात करते हैं।" डेनियल ने उसके बालों को सहलाते हुए कहा।

वह राजी हो गई। "जैसे कि?" उसने पूछा।

"जैसा कि जब भी मैं तुम्हारे पास पाँच मीटर से करीब आता हूँ, तब वे मुझे घूरने लगते हैं, जबकि मैं अकसर तुम्हारे करीब ही रहता हूँ।" डेनियल ने मुसकराते हुए कहा।

यह ठिठोली काम कर गई। वैशाली मुसकराई और उसने उसकी जाँघ पर हलके से चपत लगा दी।

"दुष्ट कहीं के!" उसने धीमे से कहा।

हालाँकि इससे डेनियल की चिंता कम नहीं हुई। अपनी गोद में वैशाली के माथे पर थपकी देते हुए भी उसका दिमाग कहीं और था। वह अब उस बारे में सोच

सेना की नौकरी छोड़ने से पहले डेनियल रिसर्च एंड एनालिसिस विंग (RAW) के लिए खुफिया ऑपरेशन करने वाले डिवीजन का हिस्सा था। बरसों तक खुफिया मिशन से जुड़े रहने की वजह से उसका दिमाग तेज हो चुका था। इस वजह से ही वह किसी और की तुलना में चीजों को अंदर तक समझ लेता था। जब से मार्को ने क्रूज लाइनर पर कब्जा जमाया था, डेनियल ने उसके और उसके आदमियों के हर कदम को गौर से देखा था।

रहा था, जो उसने अब तक किसी को नहीं बताया था, यहाँ तक कि वैशाली को भी नहीं।

सेना की नौकरी छोड़ने से पहले डेनियल रिसर्च एंड एनालिसिस विंग (RAW) के लिए खुफिया ऑपरेशन करने वाले डिवीजन का हिस्सा था। बरसों तक खुफिया मिशन से जुड़े रहने की वजह से उसका दिमाग तेज हो चुका था। इस वजह से ही वह किसी और की तुलना में चीजों को अंदर तक समझ लेता था। जब से मार्को ने क्रूज लाइनर पर कब्जा जमाया था, डेनियल ने उसके और उसके आदमियों के हर कदम को गौर से देखा था। जब बंदियों को मनोरंजन कक्ष में लाया गया था, तब डेनियल के दिमाग में तुरंत यह बात आई थी कि भाड़े के सैनिक जहाज की बनावट से परिचित लगते थे। अगले सात दिनों तक डेनियल मन में पहले दिन आई बात पर सोचता रहा और धीरे-धीरे हर एंगल की जाँच करता जा रहा था।

उसने इस खयाल को दरकिनार कर दिया कि मार्को और उसके लोग जिस रात क्रूज लाइनर पर सवार हुए थे, उस रात उसकी पूरी छानबीन की थी। उनके पास केवल तीन घंटे का समय था, जो काफी कम था। इसके साथ ही इस बात की पूरी संभावना थी कि कोई मेहमान उन्हें देख सकता था।

फिर भाड़े के सैनिकों के पास यह जानने का कोई तरीका नहीं था कि क्रूज लाइनर पर मौजूद हर मेहमान अपने-अपने कमरे में सो रहा था, जब वे उस पर सवार हुए, फिर चाहे उन्होंने दूरबीनों की मदद से क्रूज लाइनर को दूर से देखा ही क्यों न हो।

जहाज के चालक दल पर भी उनका कब्जा काफी आसानी से हो गया था। जहाज के चालक दल के सदस्यों को ऐसी आपात स्थितियों से निपटने के लिए उठाए जानेवाले कदमों की अच्छी ट्रेनिंग दी गई होगी, जिसमें किसी तरह

का अलार्म बजाने या संकट का संकेत भेजना शामिल रहता है। हाइजैकर्स ने इसका इंतजाम किया कि ऐसा कुछ भी न हो और इस तरह का कब्जा इतनी कामयाबी से तभी हो सकता है, जब हमलावरों के पक्ष में दो बातें हों—वे चुपके से आएँ और उनके पास सारी जरूरी जानकारी हो।

> ***जहाज के चालक दल पर भी उनका कब्जा काफी आसानी से हो गया था। जहाज के चालक दल के सदस्यों को ऐसी आपात स्थितियों से निपटने के लिए उठाए जानेवाले कदमों की अच्छी ट्रेनिंग दी गई होगी, जिसमें किसी तरह का अलार्म बजाने या संकट का संकेत भेजना शामिल रहता है।***

दूसरी बात डेनियल को सबसे ज्यादा परेशान कर रही थी। क्रूज लाइनर पर कदम रखने से पहले ही भाड़े के सैनिकों को जरूरत से ज्यादा जानकारी थी। इसका अर्थ यह था कि किसी अंदर के आदमी के शामिल होने की पूरी आशंका थी। उनका कोई जासूस, जो क्रूज लाइनर पर सवार था। इसका मतलब था कि जहाज पर सवार सभी लोगों की जान बचाने के साथ ही डेनियल को उस जासूस का पता लगाना था और उसे यह भी मालूम नहीं था कि उसके पास और कितना वक्त बचा था।

□

20

शुक्रवार दोपहर, मुंबई

मिर्जा और विक्रांत जिन खूबियों की वजह से मशहूर थे, उनमें से एक थीं उनका धैर्य, जो कभी खत्म नहीं होता था। दूसरे लोग जहाँ आपा खो देते थे, वहीं गुरु–शिष्य की यह जोड़ी चुपचाप आगे बढ़ती रहती थी और समस्या की बजाय समाधान पर अपना ध्यान लगाए रहती थी।

वही धैर्य उस दिन दोपहर के समय मुंबई के एन.आई.ए. दफ्तर में काम आया, जब मिर्जा और विक्रांत एक कॉन्फ्रेंस रूम में कागजी कारवाई के ढेर को खँगाल रहे थे। जेल तोड़कर भागे आई.एम. के सदस्यों को छह महीने हो चुके थे और पुलिस अब तक उन्हें 'आई.एम. फाइव' का नाम दे चुकी थी। मिर्जा और विक्रांत अब उनकी गतिविधियों और बातचीत पर भोपाल सेंट्रल जेल के एस.पी. देवेंद्र कुमार की भेजी रिपोर्ट को पढ़ रहे थे। एस.पी. ने उन सभी संतरियों से लंबी बातचीत के बाद खुद उस रिपोर्ट को तैयार किया था, जो उन पाँचों के संपर्क में आए थे।

मिर्जा ने महाराष्ट्र के डी.जी.पी. को जब साल '93 के जखीरे को लेकर जानकारी दी थी, उसके तीन दिन बाद विक्रांत सिगरेट का कश लेते हुए एन.आई.ए. बिल्डिंग की छत पर अपने दिमाग को मथ रहा था। उसके बिल्डिंग से निकलने पर तब तक के लिए सख्त पाबंदी लगी थी, जब तक कि मिर्जा के ही शब्दों में, "तुम्हारे बिल्डिंग में रहने से किसी की जान न चली जाए।" उसे एक और बात याद आई, जो मिर्जा ने उससे साथ काम करने के शुरुआती दिनों में कही थी, "कोई ऐसी दिशा जरूर होगी, जिसकी तरफ तुमने पूरी गहराई से नहीं देखा होगा। जब सबकुछ नाकाम हो जाए, तब उस दिशा का पता लगाओ और फिर से नजर डालो।"

इस केस में दिशा पीछे की तरफ जाती नजर आई।

विक्रांत को अचानक आई.एम. फाइव की गतिविधियों और बातचीत पर उन सारी रिपोर्ट्स की याद आई, जिन्हें भोपाल सेंट्रल जेल के अधिकारियों ने भेजा था। उस वक्त उसके मुखबिर कामरान शेख ने असद के चाचा के बारे में जो खास जानकारी दी थी, उसके बाद सबकुछ ठंडे बस्ते में चला गया था। उसे एहसास हुआ कि जाँच टीम ने उन रिपोर्ट्स को कभी नहीं पढ़ा, जिन्हें पहले हड़बड़ी में तैयार किया गया था। उसने अपनी सिगरेट की राख को झाड़ते हुए देवेंद्र कुमार को फोन मिलाया और रिपोर्ट को फिर से तैयार करने को कहा—इस बार थोड़ा विस्तार से।

"यह मान लें कि काम की शुरुआत के लिए आई.एस.आई. ने उन पाँचों तक अपना संदेश पहुँचाया तो पोस्टमैन का किरदार जरूर इस वकील ने निभाया होगा। उससे बेहतर और कोई हो नहीं सकता था और बाहर के लोगों से उनकी बातचीत वैसे भी प्रतिबंधित ही थी।" मिर्जा ने अलग दिशा में देखने पर विक्रांत के सुझाव को सुनने के बाद कहा था।

"आप उन्हें एक-एक कर भेज सकते हैं, लेकिन उन्हें आते रहने दीजिए।" विक्रांत ने उससे कहा।

और इस तरह महाराष्ट्र के अलर्ट पर जाने के आठवें दिन विक्रांत व मिर्जा कॉन्फ्रेंस रूम की लंबी टेबल पर आमने-सामने बैठे थे और दोनों के हाथों में एक-एक रिपोर्ट थी। कमरे में दो लैपटॉप और एक प्रिंटर लगाया गया था, ताकि कुमार जैसे ही रिपोर्ट को भोपाल से इ-मेल करें, उन्हें प्रिंट किया जा सके।

इस बीच गोयल और जायसवाल उन सारी रिपोर्ट्स को पढ़ रहे थे, जिनमें भोपाल से पिछले तीन महीने के दौरान चुराई गई सारी महिंद्रा बोलेरो गाड़ियों का जिक्र था। फॉरेंसिक टीम ने पालघर में राख हुई एस.यू.वी. से अधजली नंबर प्लेट बरामद की थी, जिससे पता चला कि वह भोपाल में रजिस्टर हुई थी।

मनकामे, जिसे मिर्जा ने अपनी टीम में ढाल लिया था, वकील असलम पारकर की पृष्ठभूमि के बारे में पढ़ रहे थे, जो गिरफ्तारी के बाद आई.एम. फाइव का पक्ष रख रहा था।

"यह मान लें कि काम की शुरुआत के लिए आई.एस.आई: ने उन पाँचों तक अपना संदेश पहुँचाया तो पोस्टमैन का किरदार जरूर इस वकील ने निभाया

होगा। उससे बेहतर और कोई हो नहीं सकता था और बाहर के लोगों से उनकी बातचीत वैसे भी प्रतिबंधित ही थी।" मिर्जा ने अलग दिशा में देखने पर विक्रांत के सुझाव को सुनने के बाद कहा था।

समस्या यह थी कि पारकर को एक साफ-सुथरा वकील माना जाता था, जो उन गिने-चुने वकीलों में से एक था, जो सही मायने में सभी को न्याय और निष्पक्ष सुनवाई का मौका मिलने पर यकीन रखता था। ऐसे जमाने में, जब बचाव पक्ष के वकीलों ने कानून की खामियों को कमाई की कलाकारी में बदल दिया था, तब पारकर को जाननेवाले इस बात की कसमें खाते थे कि जीवन में उसका मिशन केवल इस बात को पक्का करना था कि अभियोजन पक्ष गलत तरीका न अपना सके। उसने आई.एम. फाइव की पैरवी करने का फैसला केवल इस वजह से किया था कि आतंकवाद के आरोपियों को दोषी ठहराए जाने से पहले सभी आतंकवादी मान लेते थे और वे नहीं चाहते थे कि ऐसे सोच से उनकी किस्मत का फैसला हो जाए।

मिर्जा और विक्रांत पहले भी पारकर से भिड़ चुके थे और यह सोचना कि उसके जैसा आदमी आई.एस.आई. से जुड़ा हो सकता है, लगभग नामुमकिन था। हालाँकि दोनों पुलिस अधिकारियों ने विचित्र बातों पर गौर किया था और इस वजह से मनकामे को पारकर के जीवन का अध्ययन निष्पक्ष रहकर करने के निर्देश दिए गए थे।

पारकर की जिंदगी पर दो घंटे तक नजर डालने के दो घंटे बाद मनकामे सिगरेट पीने के लिए बाहर निकला। "साला, सिस्टम में थोड़ा निकोटीन डाल दूँ, वरना पागलों की तरह चीखने लग जाऊँगा।" जाते-जाते वह बुदबुदाता हुआ कह रहा था। विक्रांत ने मनकामे से अपने लिए भी एक पैकेट लाने को कह दिया, जबकि मिर्जा ने विक्रांत की तरफ गहरी नाराजगी के साथ देखा।

हालाँकि तीनों ही जूनियर पुलिस अधिकारियों में अपने सीनियर्स जितना धैर्य नहीं था। जायसवाल के पैर सुपरसोनिक गति से ऊपर-नीचे हिल रहे थे, जिससे गोयल चिढ़ गया था। लगभग हर आधे घंटे बाद वह जायसवाल पर हाथ चला देता और जवाब में जायसवाल भी उस पर झपट पड़ता। वे बच्चों की तरह बहस करने लग जाते थे और तब मिर्जा को उन्हें 'नौजवानो...' या 'लड़को...' कहकर चुप कराना पड़ता था।

पारकर की जिंदगी पर दो घंटे तक नजर डालने के दो घंटे बाद मनकामे सिगरेट पीने के लिए बाहर निकला। "साला, सिस्टम में थोड़ा निकोटीन डाल दूँ, वरना पागलों की तरह चीखने लग जाऊँगा।" जाते-जाते वह बुदबुदाता हुआ कह रहा था। विक्रांत ने मनकामे से अपने लिए भी एक पैकेट लाने को कह दिया, जबकि मिर्जा ने विक्रांत की तरफ गहरी नाराजगी के साथ देखा।

केवल विक्रांत और मिर्जा ही हमेशा की तरह खुद को शांत रख रहे थे।

"इसे देखिए।" विक्रांत ने एक रिपोर्ट को आगे खिसकाते हुए कहा, "तीन महीने पहले पारकर ने नियमित सुनवाई के दौरान अपनी जगह किसी दूसरे वकील को भेजा था।"

"तो?" मिर्जा ने अपनी रिपोर्ट से नजर उठाते हुए पूछा।

"तो यह कि पारकर आतंक के मामलों में हमेशा खुद ही कोर्ट में आया है। एक बार किसी केस में उसकी दिलचस्पी हो जाए तो जहाँ भी जाने की जरूरत पड़ती है, वहाँ वह पुणे स्थित अपने घर से आता-जाता है। मैं ऐसे कम-से-कम पाँच मामले गिना सकता हूँ। मुझे लगता है, केवल इसी मुकदमे में ऐसा हुआ, जब वह नहीं आया और सुनवाई टालनी पड़ी, लेकिन उसने किसी और को पेश नहीं होने दिया।"

मिर्जा ने सोचते हुए गहरी साँस छोड़ी—"मुझे याद है, जब तीन साल पहले के केस में वह वकील था, तब भी मैंने इस बात पर गौर किया था। उसकी माँ बीमार रहती है। इस बारे में वह कभी बात नहीं करता, क्योंकि उसे इससे नफरत है कि लोग उस पर तरस खाएँ; लेकिन कभी-कभी उसकी माँ को अचानक अस्पताल ले जाना पड़ता है।" उन्होंने कहा।

विक्रांत समझ रहा था। "अवैध हथियार का मामला था। तीन या चार सुनवाइयों में वह नहीं आया था। सरकारी वकील ने कहा भी था कि किसी सहयोगी या अपने कर्मचारी को भेज दे; लेकिन उसने साफतौर पर इनकार कर दिया था।"

"और इसके बावजूद···" मिर्जा ने विक्रांत से उस रिपोर्ट को लिया, जिसे उसने अभी-अभी पढ़ा था—"ऋषभ चावला। तुमने इससे पहले कभी इस आदमी का नाम सुना

> ***"या तो खरीद लिया या ब्लैकमेल किया। देखते हैं कि ये जो बंदा है—चावला, इस कहानी में कहीं फिर से आता है या नहीं।" मिर्जा ने दरवाजे की तरफ मुड़ते हुए कहा और तभी मनकामे अंदर आया।***

है?" उन्होंने ऊँची आवाज में नाम लिया, ताकि गोयल और जायसवाल सुन सकें। दोनों ने इनकार में सिर हिलाया।

"धत्त!" विक्रांत ने कहा, "आई.एस.आई. ने पारकर को खरीद लिया?"

"या तो खरीद लिया या ब्लैकमेल किया। देखते हैं कि ये जो बंदा है—चावला, इस कहानी में कहीं फिर से आता है या नहीं।" मिर्जा ने दरवाजे की तरफ मुड़ते हुए कहा और तभी मनकामे अंदर आया।

"तुम पुणे निकल जाओ।" मिर्जा ने मनकामे से कहा।

"लेकिन पहले मेरी सिगरेट देते जाओ।" विक्रांत ने कहा।

□

21

शुक्रवार रात, लक्षद्वीप

बरसों तक दुश्मन के इलाके में घुसकर गुप्त ऑपरेशन करने से डेनियल की सूझ-बूझ इतनी बढ़ चुकी थी कि एक मील दूर से ही वह संकट को सूँघ लेता था। अँधेरे में जब वह पीठ के बल लेटा था, तब उसके मन ने कहा कि कुछ-न-कुछ पक रहा है।

बंधक बनाए जाने के बाद यह उनकी नौवीं रात थी। दिन में मार्को और सारे आदमी एक साथ उस कमरे में उस वक्त दाखिल हुए थे, जब बंधकों ने अपना नाश्ता कर लिया था और किचन का स्टाफ लौट चुका था।

बंधकों का तनाव तब बढ़ गया, जब अपनी उजी के साथ मार्को कमरे के बीचोबीच जाकर खड़ा हो गया और उन सभी को अलसाई नजरों से देखने लगा।

"सबने अच्छी तरह खा लिया?" उसने प्यार से मुसकराते हुए पूछा।

किसी ने कुछ नहीं कहा।

"ठीक है," उसने कहा, "तो अगले दो मिनट में मैं चाहता हूँ कि सब एक लाइन में खड़े हो जाएँ। उसके बाद तुम सभी मेरे साथ कोई बेवकूफी किए बिना सबसे ऊपर के डेक तक चलोगे। अगर सब मेरी बात मानेंगे तो तुम सबको पता चलने से पहले ही सारा काम हो जाएगा।"

डेनियल को उसका तरीका पसंद आया। उसने सभी को कई दिनों तक एक निश्चित दिनचर्या में ढल जाने दिया और फिर जैसे ही सबने अपना खाना खाया, उसने अचानक उन्हें चौंका दिया। वह सोच रहा था कि यह आदमी सच में चालाक है। वह जो कुछ प्लान कर रहा था, उसमें उसका विरोध नहीं हो रहा था।

मार्को के आदमी पहले ही मोर्चा सँभालने में जुटे थे। उसके दो आदमी कमरे के दरवाजे के दोनों तरफ खड़े थे, जबकि बाकी बाहर खड़े थे। डेनियल ने अनुमान लगाया कि वे गलियारे और ऊपर जानेवाली सीढ़ियों पर मोर्चा सँभालेंगे।

सारे बंधक चुपचाप एक कतार में खड़े हो गए। सब घबराहट के साथ एक-दूसरे को देख रहे थे। कैप्टन साहनी सबसे आगे थे। डेनियल ने वैशाली को कतार के बीच में किया और फिर धीरे-धीरे खुद पीछे की तरफ जाने लगा, ताकि वह सबसे आखिर में हो। वैशाली को लगा कि वह जा चुका है, इसलिए वह परेशान होकर इधर-उधर देखने लगी और फिर आखिर में उसे देख लिया। उसने आहिस्ते से उसकी तरफ इशारा किया और वह तुरंत सामने देखने लगी। डेनियल ने चोरी-चोरी मार्को की तरफ देखा कि कहीं वह उसे देख तो नहीं रहा, लेकिन वह अपने दूसरे नंबर के लीडर से बात कर रहा था, जिसका नाम डेनियल ने अपने कान खुले रखकर जान लिया था—उमर नाम था उसका।

मार्को ने उमर से बातचीत पूरी की और पीछे मुड़ा।

"तैयार हो तुम सब?"

कुछ बंधकों ने 'हाँ' में सिर हिलाया।

"मेरे पीछे आओ।" उसने कहा।

वैशाली ने अपने आगे चल रही एक बुजुर्ग महिला की मदद करते हुए जैसे ही दरवाजे को पार किया, बाईं ओर खड़ा बंदूकधारी उसके कुछ ज्यादा ही करीब झुका और इतनी जोर से सूँघा कि वैशाली उसे सुन सकती थी। डेनियल ने सिर झुकाकर चलते हुए देखा कि वैशाली डर से लगभग दुबक गई थी।

वैशाली ने अपने आगे चल रही एक बुजुर्ग महिला की मदद करते हुए जैसे ही दरवाजे को पार किया, बाईं ओर खड़ा बंदूकधारी उसके कुछ ज्यादा ही करीब झुका और इतनी जोर से सूँघा कि वैशाली उसे सुन सकती थी। डेनियल ने सिर झुकाकर चलते हुए देखा कि वैशाली डर से लगभग दुबक गई थी।

सबसे ऊपर की छत के बीच में ट्राइपॉड पर एक वीडियो कैमरा रखा गया था और बंधकों को उसके पास ले जाया गया। उन्हें तीन कतारों में नीचे बिठाया गया। एक हथियारबंद आदमी ने कैमरे को धीरे-धीरे बाईं से दाईं ओर और फिर वापसी की दिशा में घुमाते हुए रिकॉर्ड करना शुरू किया। जब सभी लोगों की तसवीर कैमरे में कैद हो गई, तब उसने कैमरा बंद कर दिया, उसके मेमोरी कार्ड को निकाल लिया और उसे मार्को को सौंप दिया, जो अब बंधकों की तरफ मुड़ा।

"सबने अच्छा काम किया!" उसने खुश

होते हुए कहा, "सब इसी तरह हमारे साथ सहयोग करते रहो, है न! सबके लिए आसानी होगी। अब मुझे कुछ काम करना है, इसलिए एक लाइन में आ जाओ और नीचे चलो। मेरा आदमी यहाँ," मार्को ने उमर की ओर इशारा किया, "तुम सबके ठीक पीछे होगा।"

वे जब एक लाइन बना रहे थे, तब साहनी की नजर डेनियल से मिली और दोनों ने सिर हिलाया। जिंदा होने का सबूत।

इस बार डेनियल लाइन के बीच में आ गया, वैशाली से कुछ लोगों के बाद, जो हाकिमी के पीछे थी। बुजुर्ग उसकी तरफ मुड़ा और मुसकराया। खामोशी से वे नीचे उतरे और वापस मनोरंजन कक्ष में चले गए। बीच-बीच में मार्को के आदमी खड़े थे।

डेनियल ने वैशाली पर नजर जमाए रखी और जब वह दरवाजों से होकर गुजरी, तब उसने देखा कि जिस बंदूकधारी ने पहले करीब से उसे सूँघा था, उसने अपना हाथ आगे बढ़ाया और उसकी कमर पर फेर दिया। इस बार वैशाली ने उसे घूरकर देखा और वह ढीठ की तरह मुसकरा दिया। बड़ी मुश्किल से वैशाली ने अपनी नजर आगे की और तनाव के साथ कमरे के कोने तक चली गई। डेनियल उसके साथ बैठा और तब तक उसे पकड़े रहा, जब तक कि उसने काँपना बंद नहीं कर दिया।

इस वजह से ही बारह घंटे बाद, जब उसके आसपास के सभी लोग, यहाँ तक कि वैशाली भी सो रही थी, तब किसी भी पल संकट की आशंका से वह जाग रहा था।

संकट ने निराश नहीं किया। करीब आधे घंटे बाद एक स्लाइडिंग दरवाजा इतना भर

> *संकट ने निराश नहीं किया। करीब आधे घंटे बाद एक स्लाइडिंग दरवाजा इतना भर खुला कि उससे एक आदमी अंदर आ सके और डेनियल ने एक गुर्गे को दाखिल होते देखा। बिना कोई शोर किए सोते बंधकों के बीच से रास्ता बनाते हुए वह आगे बढ़ा और वहाँ आकर खड़ा हो गया, जहाँ वैशाली सो रही थी। डेनियल, जो वहाँ से एक फीट की दूरी पर सो रहा था, उसने गुर्गे के पहुँचने से ठीक पहले अपनी आँखें बंद कर लीं और अब उसने एक आँख इतनी खोल रखी थी कि वह उस आदमी को घुटनों के बल बैठते और वैशाली के मुँह पर एक हाथ रखते देख पा रहा था।*

खुला कि उससे एक आदमी अंदर आ सके और डेनियल ने एक गुर्गे को दाखिल होते देखा। बिना कोई शोर किए सोते बंधकों के बीच से रास्ता बनाते हुए वह आगे बढ़ा और वहाँ आकर खड़ा हो गया, जहाँ वैशाली सो रही थी। डेनियल, जो वहाँ से एक फीट की दूरी पर सो रहा था, उसने गुर्गे के पहुँचने से ठीक पहले अपनी आँखें बंद कर लीं और अब उसने एक आँख इतनी खोल रखी थी कि वह उस आदमी को घुटनों के बल बैठते और वैशाली के मुँह पर एक हाथ रखते देख पा रहा था।

वैशाली की नींद अचानक खुली और वह उसके साथ हाथापाई करने लगी। भाड़े के सैनिक ने अपनी बूट से कटार निकाली और उसे उसके चेहरे के सामने टिका दी। वह डर से पत्थर-सी बन गई और जब उसने उसे खड़ा किया तो वह विरोध नहीं कर सकी। वह उसे खींचकर दरवाजे की तरफ ले जाने लगा। एक हाथ से अपनी कटार उसकी गरदन पर लगा रखी थी और उसका दूसरा हाथ उसके मुँह पर था।

धीरे-धीरे डेनियल उठकर बैठा और बत्तियों के स्विच तथा अपने बीच की दूरी का अंदाजा लगाया। इससे पहले कि कोई उसे रोके, वह उनके पास तक छलाँग लगाने वाला था।

जैसे ही एक-एक कर सारी बत्तियाँ जलीं, कमरे में सो रहा हर आदमी एक झटके से जाग उठा। डेनियल, जिसकी आँखें आर्मी की उसकी ट्रेनिंग के चलते रोशनी में तुरंत ढल गईं, उसने अपनी आँखों को कई बार मीचा, तब जाकर उसे यकीन हुआ कि वह क्या देख रहा था। लाइट के स्विच के पास अब्दुल जब्बार हाकिमी था और उसकी मुट्ठियाँ बँधी हुई थीं।

गुर्गे की वासना जागे हुए बंधकों को देखते ही हवा हो गई और उसने अपना चाकू जमीन पर गिरा दिया, पीछे मुड़ा और अपनी उजी को उठा लिया। अब तक ज्यादातर बंधक खड़े हो चुके थे।

"तुम में से किसी ने हिलने की कोशिश की तो मारे जाओगे!" वह गुर्राया।

"तुम मुझे मारना चाहते हो, खबीस कहीं के!" हाकिमी गरजा। उस आदमी की बंदूक से उसकी दूरी महज एक फीट थी, जिसने उसे अब उसके चेहरे के सामने कर दिया था।

"तुम मेरा इम्तिहान ले रहे हो, खूसट बुड्ढे?" गुर्गे ने कहा।

धीर-गंभीर आवाज में हाकिमी ने कहा, "तुमने कुरआन में औरतों के अध्याय को नहीं पढ़ा है? मर्द औरतों के रखवाले होते हैं!"

डेनियल धीरे-धीरे भीड़ के चक्कर लगाता आगे बढ़ा। वह देख रहा था कि हाकिमी ने दो लोगों को धक्का देकर अपने आगे से हटाया और सीधा उस गुर्गे के पास पहुँचा, जो अपनी उजी को बाएँ से दाएँ घुमा रहा था, जबकि एक हाथ से उसने वैशाली को पकड़ रखा था।

"तुम मुझे मारना चाहते हो, खबीस कहीं के!" हाकिमी गरजा। उस आदमी की बंदूक से उसकी दूरी महज एक फीट थी, जिसने उसे अब उसके चेहरे के सामने कर दिया था।

"तुम मेरा इम्तिहान ले रहे हो, खूसट बुड्ढे?" गुर्गे ने कहा।

धीर-गंभीर आवाज में हाकिमी ने कहा, "तुमने कुरआन में औरतों के अध्याय को नहीं पढ़ा है? मर्द औरतों के रखवाले होते हैं!"

गुर्गे ने कुछ समझे बिना उसकी तरफ देखा, लेकिन अपनी बंदूक को स्थिर रखा।

"मैं तुमसे इसकी हिफाजत करूँगा!" हाकिमी ने कहा।

"सुन बे, चला जा यहाँ से!" गुर्गे ने दरवाजे की तरफ हटते हुए कहा।

"तुम मुझे मारना चाहते हो?" हाकिमी ने आगे बढ़ते हुए अपनी बात दोहराई, "मारो, मारो, क्योंकि मेरे जिस्म में जब तक एक भी साँस रहेगी, मैं तुम्हारे आगे खड़ा रहूँगा और मैं तुम्हें इसे हाथ लगाने नहीं दूँगा।"

डेनियल अब तक सरकता हुआ भीड़ के बीच से गनमैन की नजर के बिल्कुल किनारे पर आ गया था और अब धीरे-धीरे आगे बढ़ रहा था। उसकी आँखें उस आदमी के ट्रिगर पर जमी उँगली पर थीं। वह अपने पैरों के पंजे पर खड़ा था और ट्रिगर के दबने के पहले ही संकेत पर छलाँग लगाने के लिए तैयार था। तभी कमरे का दरवाजा खुल गया।

सबकी नजर दरवाजे की तरफ मुड़ गई, यहाँ तक कि उस बंदूकधारी की भी और डेनियल इस पल का फायदा उठाते हुए उसके और भी करीब आ गया।

दरवाजे पर मार्को खड़ा था और इस बार उसके चेहरे पर मुसकान नहीं थी।

□

22

शनिवार दोपहर, पुणे

असलम पारकर का पैतृक घर पुणे के गणेश पेठ की आईना मसजिद के पीछे था। गणेश पेठ शहर के कई 'पेठों' या इलाकों में से एक था।

पहली बार आनेवाला निश्चित तौर पर पेठों की संख्या से भ्रम में पड़ सकता है। पुणे में उनकी संख्या सत्रह से भी ज्यादा है, जिन्हें मराठा शासनकाल में पेशवाओं के समय बसाया गया था। उनके नाम उस समय से ही वही हैं।

एक सिगरेट सुलगाते हुए डी.सी.पी. अशोक मनकामे सड़क के उस पार पारकर के एक मंजिल के सामान्य से घर को देख रहे थे। वह मन-ही-मन उस वाकये को याद कर हँसने लगे, जब वे पहली बार पुणे आए थे और उन्हें मंगलवार पेठ जाना था, लेकिन उसकी बजाय वे शहर के जिस्मफरोशीवाले बुधवार पेठ इलाके में पहुँच गए थे।

इस बार मनकामे ने होशियारी दिखाई थी। पुणे जाने से पहले उन्होंने मिर्जा से आग्रह किया था कि पुणे के पुलिस कमिश्नर को संदेश दे दें। वे जब तक पहुँचे, तब तक उन्हें उस जोन के डी.सी.पी., डिवीजन के ए.सी.पी. और फराशखाना पुलिस स्टेशन के सीनियर इंस्पेक्टर का फोन आ चुका था, जिसके इलाके में पारकर का घर स्थित था।

मनकामे की कार जैसे ही पुणे में दाखिल हुई, एक सिपाही इंतजार करता मिला। उसने ड्राइवर को किनारे बिठाया और खुद कार की स्टीयरिंग सँभाल ली। होशियारी से रास्तों को पार करता हुआ घंटे भर के भीतर गाड़ी को पुलिस स्टेशन के बाहर खड़ा कर दिया। मनकामे ने एस.आई. रविकांत फड़के को बताया कि उसे क्या चाहिए और पंद्रह मिनट के भीतर दोनों पुलिसवाले पारकर के घर निकल गए।

वे जब वहाँ पहुँचे तो घर पर ताला पड़ा था। पारकर के तीन पड़ोसियों ने पुलिसकर्मियों को बताया कि उन्होंने पारकर को अपनी माँ को एक एंबुलेंस में

डालते और आधी रात के समय करीब दो हफ्ते पहले जाते देखा था। मनकामे ने उनसे कुछ और पूछताछ की और आखिर में तीनों इस बात पर सहमत हुए कि यह चौदह दिन पहले की बात है। किसी भी अच्छे पुलिसवाले की तरह मनकामे के दिमाग में एक छोटा सा अलार्म बज गया।

"क्या उसके बाद उससे कभी कोई बात हुई?" उसने पूछा।

"नहीं सर।" एक पड़ोसी ने कहा, जो बड़े पेटवाला अधेड़ उम्र का आदमी था।

"क्या जब उसकी माँ अस्पताल में भरती रहती है, तब अकसर उससे बात नहीं हो पाती है?" मनकामे ने पूछा।

"याद करके बताऊँ, तो नहीं। वह जब भी लंबे समय के लिए जाता है तो हमेशा हम में से किसी एक को फोन करता है, ताकि हम दूसरी चाबी से घर को खोलकर उसकी साफ-सफाई करा दें। अपनी माँ को लेकर आने से पहले वह चाहता है कि घर साफ-सुथरा हो जाए। धूल से उसकी माँ को दिक्कत होती है।"

"और वह दूसरी चाबी कहाँ है?" मनकामे ने पूछा।

वह आदमी अपने घर गया और एक मिनट बाद चाबी लेकर आ गया। मनकामे ने उससे चाबी ली और वह पारकर के घर का ताला खोलने ही वाला था कि फड़के ने विनम्रता के साथ उसे टोका, "माफ करना सर, लेकिन मैं यकीन कर लेना चाहता हूँ कि हमारे पास उसके घर में बिना उसकी इजाजत के दाखिल होने का कोई ठोस कारण है?"

वह आदमी अपने घर गया और एक मिनट बाद चाबी लेकर आ गया। मनकामे ने उससे चाबी ली और वह पारकर के घर का ताला खोलने ही वाला था कि फड़के ने विनम्रता के साथ उसे टोका, "माफ करना सर, लेकिन मैं यकीन कर लेना चाहता हूँ कि हमारे पास उसके घर में बिना उसकी इजाजत के दाखिल होने का कोई ठोस कारण है?"

"वैसे···आप तो जानते हैं···मुझे अपने डी.सी.पी. को बाद में जवाब देना होगा···अगर पारकर किसी बात पर आपत्ति करता है या कुछ···" उसने कहा।

"फड़के, पारकर और उसकी माँ उस दिन से ही गायब हैं, जिस दिन उसके पाँच मुवक्किल, जो आतंकवाद फैलाने के आरोपी हैं, भोपाल सेंट्रल जेल से भागे थे। क्या यह तुम्हारे लिए पर्याप्त ठोस कारण है?"

फड़के के हाव-भाव बदल गए।

"तुम चाहते हो कि हम किसी फॉरेंसिक टीम को बुलाएँ या किसी और को?" उसने पूछा।

"चलो, देखते हैं।" मनकामे ने कहा और चाबी घुमा दी।

बैठक के बड़े कमरे की एक तरफ किचन थी और दूसरी तरफ बेडरूम, जबकि दूर के छोर पर सीढ़ी पहली मंजिल तक जाती थी। घर में हर चीज के ऊपर धूल की एक पतली परत बैठी थी। मनकामे और फड़के अलग-अलग दिशा में चले गए। एक ने बेडरूम तो दूसरे ने किचन को खँगाला। फड़के ने किचन की तलाशी पूरी की, लेकिन कुछ भी मतलब का नहीं मिला और बेडरूम में गया, जहाँ मनकामे पहले से ही खोजबीन कर रहा था।

फड़के जब अंदर दाखिल हुआ, तब मुंबई के पुलिस अधिकारी के हाथ में सिगरेट का डिब्बा था।

"लाइटर चाहिए?" फड़के ने पूछा।

"ये मेरे नहीं हैं।" मनकामे ने अपना सेलफोन निकालकर मिर्जा का नंबर मिलाते हुए कहा।

"बोलो, मनकामे?" मिर्जा ने तीसरी रिंग पर फोन उठाया।

फॉरेंसिक टीम की जाँच पूरी होने तक का इंतजार करते हुए उसका दिमाग तेजी से दौड़ने लगा। वे जब फॉरेंसिक टीम के आने का इंतजार कर रहे थे, तब मनकामे ने फड़के से पता लगाने के लिए कहा था कि पारकर अपनी माँ को अकसर किस अस्पताल में ले जाता था और क्या उसे पिछले दो हफ्ते में वहाँ भरती कराया गया है।

"पारकर सिगरेट पीता है क्या?" मनकामे ने पूछा।

दूसरी तरफ से कोई जवाब नहीं मिला, जिसके बाद मनकामे ने मिर्जा को विक्रांत से बातचीत करते सुना।

"नहीं, नहीं पीता।" मिर्जा ने कहा, "क्या चल रहा है वहाँ?"

मनकामे ने उन्हें पारकर के गायब होने के बारे में बताया और फोन काटने से पहले दूसरी तरफ से कही गई बातों को ध्यान से सुना।

"उस फॉरेंसिक टीम को बुलाओ।" उसने फड़के से कहा।

फॉरेंसिक टीम की जाँच पूरी होने तक

का इंतजार करते हुए उसका दिमाग तेजी से दौड़ने लगा। वे जब फॉरेंसिक टीम के आने का इंतजार कर रहे थे, तब मनकामे ने फड़के से पता लगाने के लिए कहा था कि पारकर अपनी माँ को अकसर किस अस्पताल में ले जाता था और क्या उसे पिछले दो हफ्ते में वहाँ भरती कराया गया है।

उसे पूरा यकीन था कि जवाब 'नहीं' में मिलेगा और मिर्जा को भी यही लग रहा था।

हिचकते हुए फड़के ने कहा, "बहुत अच्छा, सर। तजुरबेकार और नेटवर्क की अच्छी जानकारी रखता है।" "तुम्हारे और उसके सिवाय यहाँ मुझे और किसी की भी जरूरत नहीं। सबको वापस भेज दो। कुछ सिपाहियों को रोक लो, क्योंकि हमें उनकी जरूरत पड़ सकती है; लेकिन उनके सिवाय और कोई नहीं।"

"पिछले पंद्रह दिनों में मिले अज्ञात शवों के बारे में पता लगाना शुरू कर दो।" मिर्जा ने मनकामे से कहा, जिसने फड़के को निर्देश दिए।

इस बीच कई पुलिस अधिकारियों का उस शांत इलाके में आना शुरू हो गया था। सबसे पहले डिवीजन के ए.सी.पी. का आना हुआ, फिर कुछ ही देर में जोन का डी.सी.पी. पहुँचा और स्थानीय क्राइम ब्रांच की इकाई की टीम और फिर डी.सी.पी. क्राइम ब्रांच। जल्दी ही मनकामे ने देखा कि क्राइम सीन पर कब्जा जमाने के लिए एक खामोश जद्दोजहद छिड़ गई है, जिसमें शहर की पुलिस और क्राइम ब्रांच महत्त्वपूर्ण सुराग पाने के लिए होड़ लगा रहे हैं, ताकि वे जाने-माने वकील और उसकी माँ के गायब होने की गुत्थी पहले सुलझा सकें।

मनकामे परेशान होकर सिर धुनने लगा। मुंबई क्राइम ब्रांच के दो डी.सी.पी. में से एक होने के चलते अकसर उसने भी यही किया था कि स्थानीय पुलिस स्टेशन से पहले अपने अफसरों पर किसी महत्त्वपूर्ण केस को सुलझाने का दबाव बनाता था। पहली बार उसे लगा कि ऐसा करना सही नहीं होता।

फोन निकालकर उसने फिर से मिर्जा से बात की, जिसने उसे जमे रहने के लिए कहा। मनकामे अगले बीस मिनट तक रुका रहा, जब फड़के उसके पास आया।

"सर, सी.पी. ने अभी-अभी फोन किया था। आप इस जाँच के आधिकारिक

इंचार्ज हैं और हमें हर तरह से आपकी मदद करनी है।" उसने कहा।

मनकामे मन-ही-मन खुश हुआ और फड़के से नजर हटाते हुए देखा कि दोनों डी.सी.पी. मौके से जा रहे थे, साथ ही ए.सी.पी. भी निकल गया।

"यहाँ की क्राइम ब्रांच यूनिट का मुखिया कैसा है?" उसने फड़के से पूछा।

हिचकते हुए फड़के ने कहा, "बहुत अच्छा, सर। तजुरबेकार और नेटवर्क की अच्छी जानकारी रखता है।"

"तुम्हारे और उसके सिवाय यहाँ मुझे और किसी की भी जरूरत नहीं। सबको वापस भेज दो। कुछ सिपाहियों को रोक लो, क्योंकि हमें उनकी जरूरत पड़ सकती है; लेकिन उनके सिवाय और कोई नहीं।"

फड़के समझ गया और आगे बढ़ा ही था कि फॉरेंसिक टीम का मुखिया उसकी तरफ आया।

"केस का इंचार्ज कौन है?" उसने पूछा।

फड़के ने सिर घुमाकर मनकामे को दिखाया।

फॉरेंसिक एक्सपर्ट के पास एक छोटा पारदर्शी प्लास्टिक बैग था।

"यह बिस्तर के भीतर, ऊपर के बेडरूम से मिला।" उसने कहा।

बैग के भीतर पिस्तौल का पुराना खोखा था।

□

23

शनिवार दोपहर, लक्षद्वीप

"तुम्हें क्या लगता है, ये क्या करने वाले हैं?" हाकिमी ने पूछा।

"पता नहीं।" डेनियल सोच रहा था, "कुछ भी हो, पर पैसा तो नहीं है।"

"कुछ तो बात होगी?"

वे मनोरंजन कक्ष के कोने में बैठे थे। देर दोपहर का वक्त था और ज्यादातर बंधक बनाए गए लोग सो रहे थे। करने को कुछ और था भी नहीं।

पिछली रात की घटना के बाद हाकिमी साथी यात्रियों के बीच करीब-करीब हीरो बन गया था। मार्को ने अपनी आँखों के सामने जो कुछ देखा, उसके बाद बिना कहे अपने आदमी को घूरा था, जिसने वैशाली को छोड़ दिया था। मार्को ने फिर इशारे से दरवाजे की तरफ देखा और उसका आदमी चुपचाप वहाँ से चला गया था। मार्को भी मुड़ा और चला गया।

उसके बाद किसी को भी नींद नहीं आई। वैशाली दौड़कर डेनियल के पास आई, जिसने उसे कसकर पकड़ लिया; जबकि दूसरी महिलाएँ उसके करीब आकर उसे ढाढ़स बँधाने लगीं। उसे उन महिलाओं की देख-रेख में छोड़कर डेनियल हाकिमी की तरफ बढ़ा था और अपना हाथ आगे बढ़ा दिया था।

"शुक्रिया!" उसने कहा।

हाकिमी ने उससे कसकर हाथ मिलाया।

"हमारी दोस्ती की शुरुआत गलत तरीके से हुई थी।" डेनियल ने कहा, "अब ठीक से कर लें?"

हाकिमी ने मुसकराते हुए हामी भरी।

"एक नई शुरुआत।" उसने कहा। दोनों वैशाली के पास गए।

सुबह होने तक दोनों साथ-साथ बैठे, जबकि वैशाली डेनियल की गोद में सिर रखकर सोती रही। वे कई घंटे तक बातचीत करते रहे। हाकिमी ने डेनियल को इतिहास

के टीचर के तौर पर अपने अनुभव बताए, जो रिटायर होने तक मुंबई के एक कॉलेज में पढ़ाता था। डेनियल ने आर्मी में बिताए दिनों की घटनाओं के बारे में बताया।

"फिर भी मैं समझ नहीं पाया कि कैसे आप बत्तियों के स्विच तक मुझसे पहले पहुँच गए!" डेनियल ने उत्सुकता से कहा।

"मैं उनके बिल्कुल करीब था। वैशाली की तरफ बढ़ने के दौरान बंदूकधारी का पैर गलती से मुझसे टकराया था। मैंने वह सबकुछ देखा, जो हो रहा था और चुपचाप लेटा नहीं रह सकता था।" उसने कहा।

बीच-बीच में वैशाली, जो उठती और जागती रहती थी, अचानक जागती तो दोनों पुरुष उसे शांत करने लग जाते।

"तुम एक अच्छे आदमी हो, मिस्टर फर्नांडो।" हाकिमी ने डेनियल को वैशाली को तीसरी बार सुलाते देखते हुए कहा।

"मेरा नाम डेनियल है।" उसने धीमे से मुसकराते हुए कहा, "और आप भी। आपने जो किया, वह ज्यादा लोग नहीं कर सकते।"

"ऐसा लगा, जैसे तुम कुछ करने वाले थे।" हाकिमी ने कहा।

"आपने देख लिया था?" डेनियल ने पूछा, "मेरी बात और है। मेरे पास ट्रेनिंग, तजुरबा है⋯यहाँ बाकी लोग भी हैं। उनका जीवन अलग है⋯मेरे और आपके अलावा आपको लगता है, कोई और आगे आता?"

"पता नहीं।" हाकिमी ने कहा, "बस, एक बहादुर इनसान की जरूरत होती है।"

डेनियल ने 'हाँ' में सिर हिलाया।

"मेरा सबसे पहला मिशन कारगिल में था, युद्ध के दौरान। मैं बहुत डरा हुआ था और बस, आदेश का पालन कर रहा था। पहले घंटे में हमने अपने तीन वरिष्ठ अधिकारियों को खो दिया था। बस, हम ही बचे थे—नए-नए भरती हुए कुछ लोग, जो युद्ध को पहली बार देख रहे थे।"

"मेरा नाम डेनियल है।" उसने धीमे से मुसकराते हुए कहा, "और आप भी। आपने जो किया, वह ज्यादा लोग नहीं कर सकते।" "ऐसा लगा, जैसे तुम कुछ करने वाले थे।" हाकिमी ने कहा। "आपने देखं लिया था?" डेनियल ने पूछा, "मेरी बात और है। मेरे पास ट्रेनिंग, तजुरबा है⋯ यहाँ बाकी लोग भी हैं। उनका जीवन अलग है⋯ मेरे और आपके अलावा आपको लगता है, कोई और आगे आता?"

"फिर क्या हुआ?"

"मैंने कमान सँभाली। मुझे पता नहीं था कि मैं जो कर रहा हूँ, वह सही है या नहीं और मैं इसका इंतजार नहीं कर सकता था कि कोई और करेगा।"

"और फिर?"

"हमने कर दिखाया।" डेनियल मुसकराने लगा, "किसी तरह हमने अपना मिशन पूरा किया और जिंदा वापस लौट आए।"

हाकिमी के चेहरे पर भी मुसकान थी।

"जैसा कि मैंने कहा था, बस, एक साहसी इनसान की जरूरत होती है।"

अगली सुबह दूसरा बंदूकधारी कमरे में आया और हमेशा की तरह किचन के स्टाफ को ऊपर कैफेटेरिया तक ले गया। एक घंटे बाद साहनी को भी इंजन रूम में ले जाया गया।

वह जब लौटा, तब उसने डेनियल को बताया कि वैशाली से छेड़छाड़ करने वाला उसे कहीं नहीं दिखा।

"मार्को जब इंजन रूम में आया तो मैंने उससे पूछा भी, लेकिन वह मुसकराया और मुझे अपने काम से मतलब रखने को कह दिया।" साहनी ने बताया।

डेनियल बाहर की तरफ छोटे-छोटे सुराखों से देख रहा था और उसने पाया कि क्रूज लाइनर लक्षद्वीप के विभिन्न द्वीपों पर अपने निर्धारित हॉल्ट पर रुक रहा था और आगे बढ़ने से पहले पर्याप्त समय तक ठहरता था। साहनी लंच के बाद इंजन रूम में लौट गया और वैशाली फर्श पर लेट गई, जिसके एक तरफ डेनियल तो दूसरी तरफ हाकिमी था।

डेनियल बाहर की तरफ छोटे-छोटे सुराखों से देख रहा था और उसने पाया कि क्रूज लाइनर लक्षद्वीप के विभिन्न द्वीपों पर अपने निर्धारित हॉल्ट पर रुक रहा था और आगे बढ़ने से पहले पर्याप्त समय तक ठहरता था। साहनी लंच के बाद इंजन रूम में लौट गया और वैशाली फर्श पर लेट गई, जिसके एक तरफ डेनियल तो दूसरी तरफ हाकिमी था।

"वे जो कुछ भी प्लान कर रहे हैं, उन्हें जल्दी करना होगा। क्रूज के कार्यक्रम के अनुसार, हमें आज मुंबई लौटना है। अगर हम नहीं लौटे तो किसी-न-किसी को शक हो जाएगा।" डेनियल अभी कह ही रहा था कि दरवाजा खुला और साहनी अंदर आया।

तीनों उसकी तरफ देखने लगे; लेकिन केवल डेनियल भाँप सका कि कोई गड़बड़ है।

साहनी के पास जाने तक उसने दरवाजे के बंद होने का इंतजार किया। वैशाली और हाकिमी उसके पीछे–पीछे आए।

"क्या हुआ ?" उसने पूछा।

"रेडियो।" साहनी ने कहा, "उन्होंने रेडियो को तोड़ डाला।"

"तोड़ डाला ?" वैशाली ने हैरान होते हुए पूछा।

साहनी ने 'हाँ' में सिर हिलाया।

"उसमें गोली मार दी। हमें अगले आदेश तक लंगर डालने को कहा गया है।"

डेनियल ने गहरी साँस ली।

"ये हो रहा है।" उसने कहा, "वे जो भी योजना बना रहे हैं, वह शुरू हो चुका है।"

□

24

शनिवार सुबह–रविवार सुबह, भोपाल

मनकामे जिस सुबह पुणे के लिए निकला, मिर्जा ने डी.एस.पी. गोयल एवं जायसवाल को ऋषभ चावला के बारे में और जानकारी जुटाने के लिए भोपाल भेज दिया। ऋषभ चावला वही वकील था, जिसने तीन बार पारकर की जगह ली थी।

पुलिस अधिकारियों ने पूछताछ की शुरुआत उन संतरियों से की, जो आई.एम. फाइव को जेल से कोर्ट और वापस ले गए थे; लेकिन वे कुछ खास नहीं बता सके। उन्हें याद था कि पारकर की जगह कोई और वकील पेश हुआ था, लेकिन उसका हुलिया नहीं बता सके। भोपाल पुलिस की मदद से गोयल ने कुछ वकीलों से बातचीत की, जिनके केस आई.एम. फाइव वाले कोर्टरूम में ही नियमित रूप से चल रहे थे और उनमें से दो ने बताया कि चावला से उनकी बातचीत हुई थी।

"हमें थोड़ा अजीब लगा, क्योंकि पारकर ने कभी अपनी जगह किसी और को नहीं भेजा। चावला ने ज्यादा कुछ नहीं कहा और सुनवाई के तुरंत बाद चला गया। हालाँकि वह काफी देर तक अपने मुवक्किलों से दबी आवाज में बातें कर रहा था।" उनमें से एक ने बताया।

इस बीच जायसवाल ने केस के सरकारी वकील प्रकाश यादव से बात की, जो एक माना हुआ वकील था।

"अरे हाँ, ऋषभ चावला। बड़ा शांत आदमी है। उसने बताया कि पारकर की माँ की तबीयत काफी बिगड़ गई है। असल में, उसने बताया कि उसकी जिंदगी अब ज्यादा लंबी नहीं है। कैसी है वह, कुछ पता है?" यादव ने पूछा।

जायसवाल ने कहा कि उसे पता नहीं और दोबारा बातचीत को चावला की तरफ मोड़ दिया।

"वैसे, उसने बताया था कि वह पुणे का रहनेवाला है, जिस वजह से पारकर को जानता है। उसने कहा कि वह पारकर की मदद कर रहा है।"

"आपके पास तो उसका फोन नंबर भी नहीं होगा, है क्या?" जायसवाल ने पूछा।

"हाँ, मेरे पास है। मैंने ही माँगा था कि कभी बात करने की जरूरत पड़ जाए तो।" यादव ने कहा।

जायसवाल ने उस नंबर के कॉल डाटा का रिकॉर्ड निकलवाया, जिसे चावला ने यादव को दिया था और कहा था कि भोपाल में रहने के दौरान उसका वही नंबर रहेगा और रिकॉर्ड से उन जगहों के बारे में जाना, जहाँ वह गया था। इससे पता चला कि चावला सुनवाई के दिन दोपहर तक अरेरा हिल्स इलाके में था और फिर गांधी नगर की तरफ गया था, जहाँ सेंट्रल जेल है।

जायसवाल ने अपनी तलाशी का दायरा बढ़ाया और उस नंबर का पिछले दो महीने का कॉल डिटेल रिकॉर्ड माँगा, जिसकी शुरुआत की तारीख पारकर के बदले चावला के कोर्ट में पेश होने से तीन दिन पहले से हो।

इस बीच गोयल ने महाराष्ट्र बार काउंसिल से संपर्क किया। शाम तक काउंसिल के एक पदाधिकारी ने उसे वापस फोन किया और बताया कि उनके पास ऋषभ चावला नाम के किसी वकील का रिकॉर्ड नहीं है।

दोनों ही अधिकारी देर रात तक जागते रहे और चावला ने पारकर को जो नंबर दिया था, उसके साथ वह कहाँ-कहाँ गया, इसे खँगालते रहे। जैसे-जैसे रात बीती, उनकी उत्सुकता बढ़ती गई। सोते-सोते सुबह हो गई और वे अपने काम को आगे बढ़ाने के लिए चार घंटे बाद जागे।
एक घंटे बाद उनकी पड़ताल पूरी हुई और गोयल ने मिर्जा को फोन किया।

दोनों ही अधिकारी देर रात तक जागते रहे और चावला ने पारकर को जो नंबर दिया था, उसके साथ वह कहाँ–कहाँ गया, इसे खँगालते रहे। जैसे–जैसे रात बीती, उनकी उत्सुकता बढ़ती गई। सोते–सोते सुबह हो गई और वे अपने काम को आगे बढ़ाने के लिए चार घंटे बाद जागे।

एक घंटे बाद उनकी पड़ताल पूरी हुई और गोयल ने मिर्जा को फोन किया।

"यह आदमी जो भी है, बेशक साधारण वकील भर नहीं है, सर!" उसने कहा।

"अच्छा, और कुछ बताओ, लड़के!" मिर्जा ने कहा।

"वह जब पहली बार भोपाल आया, तब

पहले वह सेशंस कोर्ट गया, जहाँ उसने पारकर की जगह पेश होने का नाटक किया। फिर वह सेंट्रल जेल की तरफ गया और उस इलाके में पूरे तीन घंटे बिताए। मेरा अनुमान है कि वह रेकी कर रहा था।"

"बोलते जाओ।"

"अगली दो बार भी उसने बिल्कुल इसी काम को दोहराया। दूसरे दौरे पर वह दो दिनों तक रुका और तीसरी बार आया तो कोर्ट में पेशी के तुरंत बाद चला गया, जो जेल तोड़कर भागने के पाँच दिन पहले की बात है।"

"क्या हमें पता चला कि जब भी वह आया तो ठहरा कहाँ?"

"अब तक तो नहीं, सर। यह मान लें कि वह आई.एस.आई. का था तो हो सकता है, किसी स्लीपर एजेंट के पास रुका हो?"

"शायद; लेकिन उसकी जगह मैं होता तो अपनी पहचान पूरी तरह छिपाकर रखता। हम अपने पड़ोसियों से ज्यादा स्लीपर एजेंटों के बारे में जानते हैं और सभी नहीं तो उनमें से अधिकांश पर नजर रखी जा रही होती है। पुणे के किसी वकील का स्लीपर एजेंट के घर रुकना खतरे की घंटी बजा सकता था।"

"सच में, सर, हम जानते हैं कि ये हरामखोर कौन हैं?" गोयल ने पूछा।

"ये सदियों पुराना खेल है, जो दुनिया भर की खुफिया एजेंसियाँ एक-दूसरे के साथ खेलती हैं।" मिर्जा ने समझाया, "हर देश समझता है कि दूसरे देश को कुछ पता नहीं, जबकि वह उसके एजेंटों पर नजर रखता है और सिर्फ तभी काररवाई करता है, जब उनमें से कोई सही मायने में नुकसान पहुँचाने वाला हो।"

"क्या आप चाहते हैं कि मैं उसकी लोकेशन के आसपास के होटलों और लॉज में पता लगाऊँ? वह ज्यादातर गांधी नगर में था, लेकिन रात को अरेरा हिल्स लौट जाता था। शायद वह वहाँ किसी होटल में ठहरा हो।"

"पता करो।" मिर्जा ने कहा।

गोयल ने स्थानीय पुलिस की मदद से अरेरा हिल्स के होटलों की लिस्ट तैयार की,

गोयल ने स्थानीय पुलिस की मदद से अरेरा हिल्स के होटलों की लिस्ट तैयार की, जबकि जायसवाल स्केच आर्टिस्ट के साथ प्रकाश यादव से मिलने चला गया। एक घंटे के भीतर उस स्केच आर्टिस्ट ने, जिसकी मदद एन.आई.ए. ने पहले भी ली थी, बड़ी सफाई से यादव के बताए हुलिए के मुताबिक चावला की तसवीर बना ली।

जबकि जायसवाल स्केच आर्टिस्ट के साथ प्रकाश यादव से मिलने चला गया। एक घंटे के भीतर उस स्केच आर्टिस्ट ने, जिसकी मदद एन.आई.ए. ने पहले भी ली थी, बड़ी सफाई से यादव के बताए हुलिए के मुताबिक चावला की तसवीर बना ली।

"यह ज्यादा तो नहीं, लेकिन कुछ मदद करेगा।" आर्टिस्ट ने स्केच जायसवाल को देते हुए कहा।

इसके बाद एन.आई.ए. के दोनों अधिकारियों ने भोपाल पुलिस के पच्चीस सिपाहियों की टीम को, जिन्हें भोपाल के पुलिस कमिश्नर से मिर्जा की बातचीत के बाद तैनात किया गया था, आदेश दिया कि एक-एक सिपाही चावला के स्केच की कॉपी और उसके ठहरने की तारीख को लेकर अरेरा हिल्स के हर होटल में जाकर पता लगाए।

वे इंतजार करते रहे। जायसवाल अपने पैर ऊपर-नीचे हिलाता रहा और कुछ-कुछ देर गोयल उसकी तरफ हाथ चलाता रहा। इसी बीच एक सिपाही का फोन आया। जायसवाल पागलों की तरह अपने फोन की तरफ लपका।

"हमने उसका पता लगा लिया, सर।" सिपाही ने कहा, "अपने पहले दो दौरे के समय वह इस होटल में रुका था। आपने कहा था कि तीसरी बार वह रात को नहीं रुका था, इसलिए…"

"तुमने क्या पता लगाया?" जायसवाल ने बीच में ही टोक दिया।

"पुणे का एक पता, एक पैन कार्ड की फोटोकॉपी और फोटो, जो डेस्क मैनेजर ने अपनी प्रक्रिया के मुताबिक लिया था।"

जायसवाल ने खुशी से हवा में मुक्का चलाया और जोर से चीखा।

□

25

रविवार दोपहर, मुंबई

मिर्जा मुंबई के एन.आई.ए. दफ्तर में अपनी डेस्क पर बैठे थे और सामने उनका लैपटॉप था, जिस पर वे ऋषभ चावला की तसवीर को नजरें गड़ाकर देख रहे थे, जिसे गोयल ने उन्हें इ-मेल किया था। अगले पाँच मिनट तक वे उसे घूरते रहे और फिर इमेज को मिनिमाइज कर ब्राउजर खोल लिया।

मिर्जा तब इस खुफियागीरी की दुनिया में आए थे, जब डिजिटल युग अपने शुरुआती दिनों में था। उन्होंने आधिकारिक रिपोर्ट टाइपराइटर पर तैयार की थी और फील्ड में पेजर का इस्तेमाल किया था और न चाहते हुए भी तब कंप्यूटरों का इस्तेमाल करना शुरू किया, जब वे आम हो गए थे। डिजिटल माध्यम के महत्त्व को समझने के बाद उन्होंने आई.बी. के एक अपने सॉफ्टवेयर एक्सपर्ट से कहा था कि उनके कंप्यूटर पर सीक्रेट स्टोरेज स्पेस बना दे, जिसका कोड सिर्फ उन्हें मालूम हो और वे जब चाहें, उसे खोल सकें।

उस एक्सपर्ट के पास इससे भी बेहतर उपाय था। उसने थोड़ी-बहुत लोकप्रिय एक महिला के ब्लॉग को हैक किया, जो अकेली माँ होने के अपने अनुभव के बारे में लिखती थी और एक सीक्रेट बैकडोर बनाया, जिसे पासवर्ड के इस्तेमाल से केवल मिर्जा और वह खोल सकते थे। मिर्जा अलग नाम से ब्लॉग और पासवर्ड से ब्लॉग को खोलते और वह महिला, जिसे कुछ भी पता नहीं था, अपने घुटनों के बल चलनेवाले बच्चे की शैतानियों के बारे में लिखती रही। उसके ब्लॉग पर जितने लोग आते थे, उसे देखते हुए ब्लॉग को बंद करने की आशंका नहीं के बराबर थी। मिर्जा को बस, नियमित रूप से ब्लॉग को खोलते रहना पड़ता था, ताकि उन्हें पता चल सके कि उसने किसी और प्लेटफॉर्म पर जाने को लेकर कोई पोस्ट तो नहीं लिखी है।

"इस तरह आपको अपने कंप्यूटर के हैक होने की चिंता नहीं करनी है और

हमेशा एक्सटर्नल स्टोरेज पर अपनी जानकारी को अपने साथ ढोते रहने की जहमत भी नहीं उठानी है।" एक्सपर्ट ने उन्हें बताया था।

"ये एक्सटर्नल स्टोरेज उपकरण क्या होता है?" मिर्जा ने पूछा था।

आज मिर्जा ने जब ब्लॉग में लॉग इन किया, तब वे थोड़ा रोमांचित थे।

26/11 के बाद, जिस समय मिर्जा आई.बी. में थे, एक टीम बनाई थी, जो उसके बारे में न्यूज मीडिया की हर खबर को देखती थी, चाहे टी.वी. हो, प्रिंट या ऑनलाइन। उस टीम ने हमले के दौरान निशाना बनाए गए ठिकानों के आसपास की लाखों तसवीरों को खँगाला था और एक सदस्य नॉर्मन डिसूजा ने एक पैटर्न को देखा था। वही आदमी उन ठिकानों के दृश्यों में बार-बार कहीं-न-कहीं दिख जाता था।

इसकी जानकारी मिलने के बाद मिर्जा ने नॉर्मन से उस आदमी के बारे में और पता लगाने को कहा था और चौबीस घंटे बाद उस टीम ने उस आदमी को ताज महल के लिओपोल्ड कैफे से लेकर ताज महल होटल, द ओबेरॉय-ट्राइडेंट, छत्रपति शिवाजी टर्मिनस और छाबड़ हाउस के आसपास देखा था।

"वह छिपने की कोशिश कर रहा है, सर।" नॉर्मन ने मिर्जा से कहा, "या तो वह न्यूज कैमरे से दूर भागता है या जब भी वे उसके रास्ते की तरफ कैमरा घुमाते हैं तो वह अपना हाथ चेहरे पर रख लेता है या वैसा ही कुछ करता है। उसकी सबसे अच्छी तसवीर ये रही।"

मिर्जा ने उसका प्रिंट निकाला, जिसे नॉर्मन ने उन्हें सौंपा था। इसमें वह आदमी टेलीविजन न्यूज कैमरे से दूर देख रहा था। उसने अपने ठीक पीछे के स्टिल फोटोग्राफर को नहीं देखा होगा, जिसके सामने उसका चेहरा था, मिर्जा सोच रहे थे।

"वह छिपने की कोशिश कर रहा है, सर।" नॉर्मन ने मिर्जा से कहा, "या तो वह न्यूज कैमरे से दूर भागता है या जब भी वे उसके रास्ते की तरफ कैमरा घुमाते हैं तो वह अपना हाथ चेहरे पर रख लेता है या वैसा ही कुछ करता है। उसकी सबसे अच्छी तसवीर ये रही।" मिर्जा ने उसका प्रिंट निकाला, जिसे नॉर्मन ने उन्हें सौंपा था। इसमें वह आदमी टेलीविजन न्यूज कैमरे से दूर देख रहा था। उसने अपने ठीक पीछे के स्टिल फोटोग्राफर को नहीं देखा होगा, जिसके सामने उसका चेहरा था, मिर्जा सोच रहे थे।

उसका चेहरा कुछ हद तक स्टिल कैमरे की तरफ था, लेकिन रोशनी अच्छी नहीं थी, क्योंकि तसवीर रात को ली गई थी। मिर्जा ने मुंबई पुलिस में अपने कुछ भरोसेमंद लोगों से बात की और उन्हें बताया कि क्या चाहिए। इसमें सात दिन लग गए; लेकिन उनके एक पुलिस अधिकारी ने आखिरकार कोलाबा में एक सी.सी. टी.वी. कैमरा ढूँढ़ निकाला, जिसने लिओपोल्ड कैफे में जाते उस आदमी को कैद किया था। वह जिस दिशा से आया था, उसकी पुष्टि मिर्जा ने कर दी। वह बधवार पार्क था, जहाँ से दस आतंकवादी शहर में दाखिल हुए थे।

नॉर्मन ने उन्हें जो तसवीर दी थी और उस कैमरे की फुटेज का इस्तेमाल करते हुए मिर्जा ने एक्सपर्ट्स की मदद से पूरी तसवीर तैयार कर ली। फिर उन्होंने उसे खुफिया और निगरानी महकमे की दुनिया के अपने सूत्रों से साझा किया और उस मिस्ट्री मैन के बारे में उनसे जानकारी माँगी। एक घंटे के भीतर उन्हें विदेशी एजेंसियों से जानकारी मिलने लगी, जिनके पास उसकी वैसी ही तसवीरें थीं। फेशियल पहचान तकनीक ने बताया कि वह आदमी वही है। चाहे तेल अवीव में धमाके का स्थल हो या बेरुत में गोलीबारी की जगह, वह किसी भी आतंकवादी हमले की जगह पर अकसर तमाशबीनों के बीच दिख जाता था।

मिर्जा ने और तफ्तीश की, लेकिन उसके बारे में बहुत थोड़ी जानकारी मिल सकी। एशिया और मध्य-पूर्व में बेहद गुप्त खुफिया जासूसों ने एक ऐसे आदमी के बारे में सुना था, जो दुनिया में खलीफा का शासन कायम करने के बारे में इस हद तक जुनूनी था कि अपने मिशन की योजना तैयार करने के लिए कुछ भी कर सकता था। कई आतंकी हमलों के पीछे

> ***कई आतंकी हमलों के पीछे उसी अज्ञात शख्स का दिमाग था, जो माहिर बहुरूपिया, बेहिसाब क्रूर और बेहद खूँखार था। कुछ अन्य रिपोर्टों के मुताबिक, वह काफी हद तक गुमानी में रहकर काम करता था, जिसके चलते तमाम महादेशों में आतंक फैलाने के बावजूद सामान्य जीवन जी रहा था। उसके भीतर एक साथ दो तरह के व्यक्तित्व को जीने की क्षमता हैरान करने वाली थी। इसलामी शब्दावली और कुरआन की आयतों के मुताबिक, ऐसे इनसान को 'मुनाफिक' कहा जाता है। ऐसा ढोंगी, जो धार्मिक होने का ढोंग करता है, लेकिन असल में आस्तीन का साँप होता है।***

उसी अज्ञात शख्स का दिमाग था, जो माहिर बहुरूपिया, बेहिसाब क्रूर और बेहद खूँखार था। कुछ अन्य रिपोर्टों के मुताबिक, वह काफी हद तक गुमानी में रहकर काम करता था, जिसके चलते तमाम महादेशों में आतंक फैलाने के बावजूद सामान्य जीवन जी रहा था। उसके भीतर एक साथ दो तरह के व्यक्तित्व को जीने की क्षमता हैरान करने वाली थी। इसलामी शब्दावली और कुरआन की आयतों के मुताबिक, ऐसे इनसान को 'मुनाफिक' कहा जाता है। ऐसा ढोंगी, जो धार्मिक होने का ढोंग करता है, लेकिन असल में आस्तीन का साँप होता है।

ऊपरवाले को मन से याद करते हुए मिर्जा ने अपने स्टोरेज स्पेस में बैकडोर से लॉग इन किया और उस फाइल को खोला, जिसकी उन्हें तलाश थी। उन्होंने काफी देर तक उन तसवीरों को खँगाला, जिन्हें विभिन्न खुफिया एजेंसियों ने मिलकर तैयार किया था।

उनकी नजर वहाँ से तब हटी, जब विक्रांत अचानक दरवाजा खोलकर भीतर आया। तेजी से मिर्जा की डेस्क तक आते ही विक्रांत ने कई पन्नों को एक साथ रख दिया, ताकि उनके गुरु उन्हें देख सकें।

> *"और जब तक वे संपर्क में रहे, तब तक सारा समय पुणे में बिताया। वे कभी गणेश पेठ से बाहर नहीं गए, जहाँ पारकर रहता था। अब आप इस अनुमान पर कितना यकीन करेंगे कि जब चावला भोपाल में जेल तोड़ने का इंतजाम कर रहा था, तब उन पाँच लोगों ने पारकर और उसकी माँ को अपने कब्जे में ले रखा था?"*

विक्रांत ने गोयल और जायसवाल से बात की थी, जो अब मुंबई लौट रहे थे और उनकी ओर से की गई कारवाई के बारे में विस्तार से सुनने के बाद उसने जायसवाल से कहा था कि वह उसे ऋषभ चावला के उस नंबर के सारे कॉल डाटा रिकॉर्ड इ-मेल कर दे। उसके बाद उसने पूरे डाटा को देखा और उन पाँच नंबरों की पहचान की, जिन पर चावला ने सबसे ज्यादा बात की थी और उस अवधि के दौरान उनके मोबाइल की लोकेशन का पता लगाया, जब वे चावला के साथ संपर्क में थे। उसे सारी रिपोर्टें दस मिनट पहले मिली थीं।

"चावला इन पाँच लोगों से लगातार संपर्क में था।" विक्रांत ने मिर्जा को बताया, "और जब तक वे संपर्क में रहे, तब तक सारा समय पुणे में बिताया। वे कभी गणेश पेठ से बाहर नहीं गए, जहाँ पारकर

रहता था। अब आप इस अनुमान पर कितना यकीन करेंगे कि जब चावला भोपाल में जेल तोड़ने का इंतजाम कर रहा था, तब उन पाँच लोगों ने पारकर और उसकी माँ को अपने कब्जे में ले रखा था?"

विक्रांत ने सी.डी.आर. की रिपोर्ट से नजर ऊपर उठाई और मिर्जा के हाव-भाव को देखा।

"ठीक है।" उसने पूछा, "क्या?"

कुछ कहे बिना मिर्जा ने अपना लैपटॉप सामने घुमा दिया।

"ओ···ओके···" विक्रांत ने मिर्जा के स्टोरेज में उन तसवीरों को देखा और चौंकते हुए कहा, "और···?"

"टैब बदलो।" मिर्जा ने उससे कहा।

विक्रांत ने Alt+Tab दबाया और उसके सामने ऋषभ चावला की तसवीर थी, जिसे भोपाल के उस होटल मैनेजर ने भेजा था। उसने टैब को दस बार दबाया, तब जाकर उसे यकीन हुआ कि वह एक ही आदमी को देख रहा था।

"धत्त तेरे की!" उसने कुरसी पर बैठते हुए कहा, "मुनाफिक?"

तभी लैंडलाइन की घंटी बजने लगी।

□

26

रविवार दोपहर, मुंबई

“आप सच में नहीं जानते कि सी.एम. आपसे क्यों मिलना चाहते हैं?” मनकामे ने पूछा।

“उन्होंने कुछ बताया ही नहीं।” मिर्जा ने भारी आवाज में कहा।

मनकामे एक घंटे पहले पुणे से लौटा था और एन.आई.ए. दफ्तर में घुस ही रहा था कि मिर्जा और विक्रांत को बाहर आते देखा। मिर्जा ने उसे साथ चलने का इशारा किया और मनकामे पीछे-पीछे चल दिया।

सभी एन.आई.ए. की कार में बैठ गए। “मंत्रालय चलो और थोड़ा जल्दी।” मिर्जा ने मनकामे को डाँटने के अंदाज में कहा।

मिर्जा और विक्रांत जब अपने नए खुलासे से हैरान बैठे थे, तभी मिर्जा के पास महाराष्ट्र के मुख्यमंत्री यशवंत प्रधान का फोन आया। उन्होंने बस, मिर्जा से इतना कहा कि वह तुरंत उनसे मिलें और विक्रांत को भी साथ लेकर आएँ।

मिर्जा के पास तमाम एजेंसियों में ऐसे लोग थे, जिनसे बात कर वह पता लगा सकते थे कि सी.एम. उनसे क्यों मिलना चाहते हैं। लेकिन उनका दिमाग अब भी एशिया के उस सबसे खूँखार आतंकवादी के बारे में जानकर बेतहाशा दौड़ रहा था, जो दो महीने पहले भारत आया और शायद अब भी देश में ही कहीं छिपा था। इसलिए वे कार की खिड़की के बाहर देखते हुए गहरी सोच में डूबे थे, जबकि विक्रांत मनकामे को रफ्तार बढ़ाने के लिए कह रहा था।

“वह शब्द क्या था, फिर से बताना?” मनकामे ने पूछा।

“मुनाफिक।” विक्रांत ने कहा और वे मंत्रालय परिसर में दाखिल हुए—“यह दो-दो चेहरे रखनेवालों के लिए उर्दू शब्द है। ऐसे लोग, जो एक पहचान रखते हैं, लेकिन होते कोई और ही हैं।”

मनकामे के पास कई सवाल थे, लेकिन वे तब तक पार्किंग लॉट में पहुँच गए थे। मिर्जा ने मनकामे से कार में ही इंतजार करने को कहा और कार के रुकने से पहले ही बाहर कूद पड़े। विक्रांत झटपट उनके पीछे भागा।

सी.एम. का निजी सचिव बिल्डिंग के बाहर उनका इंतजार कर रहा था। वे फौरन लिफ्ट में सवार हुए और उनके ऑफिस के लिए ऊपर जाने लगे। मुख्यमंत्री यशवंत प्रधान अपनी डेस्क पर मौजूद थे, जबकि राज्य के गृहमंत्री सुदर्शन रासकर खिड़की के पास खड़े थे।

"तशरीफ रखिए, मिर्जा साहब।" प्रधान ने उर्दू का अपना ज्ञान दिखाते हुए कहा, जबकि मिर्जा और विक्रांत ने दोनों नेताओं को सलाम ठोंका। रासकर पीछे मुड़े, लेकिन कुछ कहा नहीं। पुराने अनुभव से विक्रांत जानता था कि यह बुरा संकेत है।

"तो," प्रधान ने अपने सचिव को बाहर भेजने के बाद कहा, "मैं जो कुछ कहने जा रहा हूँ, वह बात इस कमरे से बाहर नहीं जानी चाहिए। यह बेहद अहम बात है, इसलिए जब भी कुछ पूछना हो तो बेतकल्लुफ होकर पूछ लीजिएगा। ठीक है ?"

दोनों अधिकारियों ने 'हाँ' में सिर हिला दिया। प्रधान ने रासकर की तरफ देखा, जिसने अपना गला साफ किया और कहना शुरू किया।

"कल दोपहर मुंबई से लक्षद्वीप गया एक क्रूज लाइनर अचानक लापता हो गया। उनके कंट्रोल रूम का संपर्क तमाम कोशिशों के बाद भी रेडियो से नहीं हो सका तो उन्होंने कोस्ट गार्ड को अलर्ट किया, जिसने उसकी आखिरी ज्ञात लोकेशन तक अपना हेलीकॉप्टर भेजा।

"कोस्ट गार्ड ने लाइनर को लक्षद्वीप से दूर लंगर डाले पाया, जिस पर हथियारबंद लोगों का कब्जा था। हमें पहले लगा कि वे सोमालियाई समुद्री लुटेरे हैं; लेकिन कोस्ट गार्ड ने इससे इनकार कर दिया और बताया कि वे

"कल दोपहर मुंबई से लक्षद्वीप गया एक क्रूज लाइनर अचानक लापता हो गया। उनके कंट्रोल रूम का संपर्क तमाम कोशिशों के बाद भी रेडियो से नहीं हो सका तो उन्होंने कोस्ट गार्ड को अलर्ट किया, जिसने उसकी आखिरी ज्ञात लोकेशन तक अपना हेलीकॉप्टर भेजा। "कोस्ट गार्ड ने लाइनर को लक्षद्वीप से दूर लंगर डाले पाया, जिस पर हथियारबंद लोगों का कब्जा था।

ताकतवर कद-काठीवाले, युद्ध के लिए प्रशिक्षित और हर तरह से तैयार दिख रहे थे। खैर, एक लुटेरे ने अपनी बात पहुँचाने के लिए हेलीकॉप्टर की तरफ तेज रोशनी दिखाई, जो मोर्स कोड होता है, जिसका मतलब है कि एक आदमी को लाइनर की छत पर भेजा जाए। थोड़ी चर्चा के बाद कोस्ट गार्ड सहमत हुआ और कल शाम रस्सियों के सहारे उनके एक आदमी को जहाज की छत पर उतारा गया। उस लुटेरे ने उसे बताया कि सभी जिंदा हैं और ठीक-ठाक हैं और फिर उसने यह दिया।" रासकर ने अपनी बात पूरी होते ही मिर्जा की तरफ टेबल के उस पार से एक फ्लैश ड्राइव बढ़ा दिया।

प्रधान ने अपनी डेस्क पर रखे लैपटॉप की तरफ इशारा किया और मिर्जा ने फ्लैश ड्राइव को उसमें लगाया तो अंदर दो वीडियो फाइल दिखीं।

पहला वीडियो हैंडीकैम से बनाया गया था, जिसमें पुरुष, महिलाएँ और कुछ बच्चे क्रूज लाइनर की सबसे ऊपर की छत पर यहाँ-वहाँ बैठे थे। कैमरा बाईं ओर से दाईं ओर और फिर वापस उन्हें दिखाता हुआ घूमा और फिर उसे बंद कर दिया गया।

दूसरे वीडियो में एक काला, मजबूत कद-काठीवाला सोमालियाई दिखा, जो सबसे ऊपर की छत पर खड़ा था और उसके पीछे समंदर था। यह अंदाजा लगा पाना असंभव था कि जब वीडियो बनाया गया, तब वह जहाज कहाँ था। पाँच सेकंड के इंतजार के बाद उस आदमी ने बोलना शुरू किया।

"मेरा नाम मार्को है। शायद तुम सभी के पास मेरे बारे में फाइलें होंगी, इसलिए उन्हें पढ़ लो और जान लो कि मैं जो कहता हूँ, वह करता हूँ। तुम्हारे देश के तीस लोग इस छोटे से जहाज पर हैं और मेरे पास तुम्हारे एक-एक नागरिक पर निशाना लगाने के लिए बंदूकों से लैस इतने आदमी और इतनी गोलियाँ हैं कि उन सभी को मारा जा सकता है। इसलिए मैं जब कुछ माँगूँ तो तुम्हें देना होगा।"

"मेरा नाम मार्को है। शायद तुम सभी के पास मेरे बारे में फाइलें होंगी, इसलिए उन्हें पढ़ लो और जान लो कि मैं जो कहता हूँ, वह करता हूँ। तुम्हारे देश के तीस लोग इस छोटे से जहाज पर हैं और मेरे पास तुम्हारे एक-एक नागरिक पर निशाना लगाने के लिए बंदूकों से लैस इतने आदमी और इतनी गोलियाँ हैं कि उन सभी को मारा जा सकता है। इसलिए मैं जब कुछ माँगूँ तो तुम्हें देना होगा।"

मार्को ने कार्डबोर्ड का एक बड़ा टुकड़ा उठाया, जिस पर एक नंबर लिखा था।

"तुम्हारे यहाँ जब रात के ठीक 9 बजे, तब इस सैटेलाइट फोन पर मुझे कॉल करो।" उसने कहा और स्क्रीन काली हो गई।

आधे मिनट तक किसी ने कुछ नहीं कहा। फिर मिर्जा ने प्रधान की तरफ देखा।

"हमने इस मार्को की फाइल देखी है?" मिर्जा ने पूछा।

"देखी है और तुम सोच रहे होगे कि अब तक तुम्हें इसकी खबर क्यों नहीं थी।" प्रधान ने कहा, "क्योंकि पी.एम.ओ. ने किसी को कानोंकान खबर नहीं होने दी। केवल एक आदमी से मार्को की फाइल देखने और सीधे पी.एम.ओ. को रिपोर्ट करने के लिए कहा गया था।"

"और पी.एम.ओ. एक अगवा किए गए क्रूज लाइनर में इतनी दिलचस्पी क्यों ले रहा है?" विक्रांत बोल पड़ा।

प्रधान और रासकर ने एक-दूसरे को देखा।

"हम नहीं जानते।" प्रधान ने माना, "हमें बस, इतना कहा गया है कि सवाल पूछे बिना आदेश का पालन करें।"

"वैसे, यह मार्को खतरनाक किस्म का आदमी है। यह सोमालिया का भाड़े का सैनिक है, जो दुनिया भर में सैकड़ों लोगों को मार चुका है। कट्टर आतंकी संगठन इसे काफी पसंद करते हैं और स्पष्ट तौर पर कुछ खुफिया एजेंसियों ने इसका इस्तेमाल अपने ऑपरेशनों में भी किया है।" रासकर ने कहा।

"मैं समझता हूँ कि हमने इसे 9 बजे फोन किया होगा?" मिर्जा ने पूछा।

"किया था।" रासकर ने कहा।

"और फिर?" मिर्जा ने अधीर होते हुए पूछा।

दोनों पुलिस अधिकारी जब प्रधान के दूसरे चैंबर में जाने के लिए खड़े हुए, तब उनके मन की जो स्थिति थी, उसके लिए वे हक्का-बक्का रह जाने से भी अधिक दमदार शब्द ढूँढ़ रहे थे। मिर्जा पहले अंदर दाखिल हुए, फिर विक्रांत आया और उसके बाद वे उस टेबल तक पहुँचे, जहाँ एक फोन रखा था। "मुझे भी बताइए कि आपको क्या लगता है कि यह सब क्या हो रहा है?" विक्रांत ने अपने गुरु से पूछा।

प्रधान के चेहरे पर हिचकिचाहट थी।

"पी.एम. ने कहा कि मेरे ब्रीफ करने के बाद वे ही तुम्हें और विक्रांत को खुद बताएँगे।" उन्होंने कहा, "मेरे दूसरे चैंबर में एक अलग हॉटलाइन नंबर है और वह तुम्हारे फोन का इंतजार कर रहे हैं।"

दोनों पुलिस अधिकारी जब प्रधान के दूसरे चैंबर में जाने के लिए खड़े हुए, तब उनके मन की जो स्थिति थी, उसके लिए वे हक्का-बक्का रह जाने से भी अधिक दमदार शब्द ढूँढ़ रहे थे।

मिर्जा पहले अंदर दाखिल हुए, फिर विक्रांत आया और उसके बाद वे उस टेबल तक पहुँचे, जहाँ एक फोन रखा था।

"मुझे भी बताइए कि आपको क्या लगता है कि यह सब क्या हो रहा है?" विक्रांत ने अपने गुरु से पूछा।

मिर्जा को समझ नहीं आया कि क्या कहें और उन्होंने फोन उठा लिया। उन्होंने टेबल पर हॉटलाइन नंबरों पर नजर दौड़ाई और पी.एम. का नंबर मिलाया। पहली ही रिंग पर फोन उठ गया।

"मैं मिर्जा बोल रहा हूँ, सर।" उन्होंने कहा।

अगले दो मिनट तक विक्रांत देखता रहा और मिर्जा ध्यान से सुनते रहे। वह 'यस सर', 'राइट सर' और 'समझ गया, सर' कहते रहे, जिसके बाद उन्होंने फोन रख दिया और पीछे मुड़े।

"सब ठीक?" विक्रांत ने पूछा।

"मार्को चाहता है कि आई.एम. फाइव को क्रूज लाइनर तक सुरक्षित ले जाया जाए और वह चाहता है कि तुम इस काम को करो।"

कुछ देर तक विक्रांत और मिर्जा एक-दूसरे को घूरते हुए खड़े रहे।

"आखिर में।" विक्रांत बोला।

"लेकिन···हम तो जानते भी नहीं कि वे कहाँ हैं!"

"मार्को जानता है।" मिर्जा ने उसे बताया।

□

27

रविवार शाम, मुंबई

जोगेश्वरी के बेहरामबाग में जब शाम ढली, तब कुछ पुरुष व महिलाएँ इलाके के बीचोबीच चहल-पहलवाले टी स्टॉल पर इकट्‌ठे हुए। रहीम चाचा की हैदराबादी चाय के नाम से सब इसे जानते थे, जो इलाके के वयस्कों के लिए जुटने की एक पसंदीदा जगह थी, जबकि लड़के-लड़कियाँ इन खरी-खोटी सुनानेवाले 'बूढ़े' लोगों से दूर की जगहों को चुनते थे।

उस दिन टी स्टॉल पर सबके आकर्षण का केंद्र एक सुंदर महिला थी, जो तीस वर्ष से ऊपर और चालीस के करीब की थी। वह अपने सफर से जुड़ी कहानियाँ सुनाकर लोगों का मनोरंजन कर रही थी। एक निजी रिसर्च एजेंसी में काम करने वाली सोनम ढिल्लो ने वाकई दुनिया देख रखी थी।

पिछले पाँच दिनों से सोनम और उसकी टीम के पाँच लोग, जो सभी पुरुष थे, पूरे स्लम में घूम रहे थे, स्थानीय लोगों से बातचीत कर एक सर्वे कर रहे थे और उसके लिए तसवीरें ले रहे थे। उनके सर्वे के आधार पर राज्य सरकार बेहतर सड़कों, अतिरिक्त सार्वजनिक शौचालयों और नियमित जल आपूर्ति जैसी अच्छी सुविधाओं के लिए फंड देने पर विचार कर रही थी।

महज दो दिनों के भीतर अपनी बेधड़क हँसी और अपने आकर्षक तौर-तरीकों से सोनम ने इलाके के बुजुर्गों का दिल जीत लिया था। एक बार उनका आशीर्वाद मिल गया तो बेहरामबाग के दरवाजे उसकी टीम के लिए खुल गए। वे सुबह से रात तक काम करते और अकसर तरो-ताजा होने के लिए रहीम चाचा के टी स्टॉल पर चले आते। तीन दिन बाद रहीम चाचा ने उनसे पैसे लेने भी बंद कर दिए।

बेहरामबाग में किसी को भी न मालूम था, न ही संदेह हुआ कि सोनम और उनकी टीम इंटेलिजेंस ब्यूरो के मुखिया के आदेश पर वहाँ काम कर रही थी। उसी दिन शाहवाज अली मिर्जा ने आई.एम. फाइव के दो सदस्यों मुस्तफा और इब्राहिम

कादिर की माँ शगुफ्ता बी को उठवाया था और यह अफवाह फैलाई थी कि मोहल्ले के लोगों ने उसे घर से निकाल दिया। उन्होंने स्थानीय आई.बी. चीफ को फोन किया था और बताया था कि उन्हें क्या चाहिए।

यह महज संयोग की ही बात थी कि सोनम और उनकी टीम को, जो प्रशिक्षित आई.बी. अधिकारी थे, रहीम चाचा की दुकान से कादिर का घर सीधा दिखाई देता था। अगले कुछ दिनों तक तथाकथित सर्वे करने वालों ने ऐसा बंदोबस्त किया कि अगर वे सभी टी स्टॉल पर चाय पीने न आए हों, तब भी कोई–न–कोई उस घर के करीब मौजूद रहे।

उस शाम सोनम लोगों को बल्लीमारान के अपने अनुभव सुना रही थी, जहाँ उसने 'ऐतिहासिक इमारतों के बारे में सरकार–स्वीकृत रिपोर्ट' पर काम किया था। इस झूठ को बोलना जरूरी था, क्योंकि वह बेहरामबाग के लोगों से यह नहीं बता सकती थी कि वह एक आई.एस.आई. एजेंट का पीछा कर रही थी, जो पुरानी दिल्ली में टूरिस्ट बनकर घूम रहा था।

उसकी टीम के बाकी लोग कादिर के मकान पर नजर रख रहे थे। सोनम एक कहानी खत्म ही करने वाली थी कि उसके एक आदमी रोहन अवस्थी ने घर के बाहर एक ऑटोरिक्शा को रुकते देखा। अपनी बाकी बची चाय को गटकते हुए वह खड़ा हुआ और अपनी शर्ट की जेब से सिगरेट का पैकेट निकाल लिया।

"कहाँ चले, अवस्थी?" सोनम ने पूछा।

अवस्थी ने सिगरेट का पैकेट दिखाया और सोनम ने नाराज होते हुए कुछ कहा।

मुँह में सिगरेट और जेब में लाइटर टटोलते हुए वह टहलते–टहलते कादिर हाउस के करीब पहुँच गया। ऑटोरिक्शा चालक किसी पड़ोसी से बात कर रहा था।

"नहीं, बस, मुझे चिंता हो रही थी।" ड्राइवर कह रहा था, "मैंने दो बार फोन भी किया, लेकिन उनका फोन नहीं लग रहा था।"

उसकी टीम के बाकी लोग कादिर के मकान पर नजर रख रहे थे। सोनम एक कहानी खत्म ही करने वाली थी कि उसके एक आदमी रोहन अवस्थी ने घर के बाहर एक ऑटोरिक्शा को रुकते देखा। अपनी बाकी बची चाय को गटकते हुए वह खड़ा हुआ और अपनी शर्ट की जेब से सिगरेट का पैकेट निकाल लिया।
"कहाँ चले, अवस्थी?" सोनम ने पूछा।

"पता नहीं, बेटा।" बुजुर्ग महिला ने कहा, जो पड़ोस में ही रहती थीं, "कुछ लोग रात को आए थे। वे उसे ले गए और उसके बाद से हमने उसे नहीं देखा है।"

"पुलिसवाले थे?" ड्राइवर ने पूछा।

अवस्थी ने फौरन अपना सेलफोन निकाला और अपनी टीम पर एक ग्रुप मेसेज डाल दिया। उस ड्राइवर को यह पूछने की जरूरत तब तक नहीं थी, जब तक कि उसे यह शक न हो कि मोहल्ले से शगुफ्ता के 'निकाले जाने' का ड्रामा अधिकारियों ने रचा है और उसे तब तक शक नहीं होना चाहिए था, जब तक कि उसे इस तरह सोचने के लिए प्रशिक्षित न किया गया हो।

पड़ोसन बार-बार कहती रही कि उसे नहीं मालूम और यह सबकुछ बहुत तेजी से हुआ। ड्राइवर पलटा और अपने ऑटोरिक्शा में आ गया। वह जब तक स्लम की पतली गलियों से बाहर निकलता, तब तक अवस्थी का एक साथी मेन रोड तक जानेवाले मोड़ पर अपनी मोटरबाइक के साथ इंतजार कर रहा था। ऑटोरिक्शा दहिसर की तरफ मुड़ा और उसने बड़े आराम से ट्रैफिक के बीच अपनी बाइक दौड़ा दी।

इस बीच अवस्थी सोनम के पास पहुँचा। वह उस शाम की तीसरी कहानी के बीच थी। उसे टोका और बताया कि उन सभी को 'ऑफिस पर' बुलाया गया है। सोनम ने खुश होते हुए सारे लोगों से विदा ली, जो लोग उस समय तक नहीं जानते थे कि वह दोबारा उन्हें दिखाई तक नहीं देगी।

सोनम, अवस्थी और उनके तीन सहकर्मी अपनी-अपनी गाड़ियों तक पहुँचे—सोनम अपनी कार तक, जबकि बाकी अपने दोपहिया वाहनों तक। वह जैसे ही कार में बैठी, उसने झट से अपने सेलफोन से मिर्जा का नंबर लगा दिया।

"उसका पीछा करते रहो।" मिर्जा ने कहा, "उससे बात मत करना, लेकिन उसे ओझल होने दिया तो खैर नहीं।"

□

28

रविवार शाम, मुंबई

मिर्जा ने सोनम से बात पूरी की और अपने कॉन्फ्रेंस रूम में लौट आए।

प्रधान से मिलने के बाद मनकामे ने मिर्जा और विक्रांत को वापस ऑफिस छोड़ा। रास्ते में विक्रांत ने मनकामे को बताया कि सी.एम. ऑफिस में क्या कुछ हुआ; जबकि मिर्जा एक के बाद एक फोन करते जा रहे थे और अपने हर सूत्र को सक्रिय करते हुए उससे कह रहे थे कि वह मार्को और जिस क्रूज लाइनर को उसने अगवा किया है, उसके बारे में जो कुछ जानता हो तो बताए।

वे जब ऑफिस लौटकर आए तो जायसवाल और गोयल उनका इंतजार कर रहे थे। मिर्जा ने एन.आई.ए. के पूरे मुंबई स्टाफ को तुरंत निकल जाने को कहा। "मेरी टीम के सिवाय यहाँ कोई नहीं रुकेगा। अगर जरूरत पड़ेगी तो मैं तुम लोगों को बुला लूँगा।" उन्होंने उन सभी से कहा।

जब सभी चले गए, तब मनकामे ने नई घटना की जानकारी जायसवाल और गोयल को दी, जबकि दोनों डी.एस.पी. भौंचक्के होकर बढ़ती उत्सुकता के साथ सुनते रहे। विक्रांत ने एक बार फिर 'मुनाफिक' शब्द की अवधारणा और उसके महत्त्व को बताया, जिससे दोनों अधिकारी प्रभावित हुए।

अपनी टीम के साथ संक्षिप्त चर्चा के बाद मिर्जा ने उस निजी नंबर पर फोन मिलाया, जिसे पी.एम. ने उन्हें दिया था। मिर्जा को अपनी बात मनवाने में थोड़ा समय लगा, लेकिन आखिर में पी.एम. उसे मान गए। इसके बाद मिर्जा ने महाराष्ट्र के डी.जी.पी. परमजीत कालरा को फोन किया। उन्होंने प्रतिक्रिया देने से पहले पूरा एक मिनट का वक्त लिया।

"तुम सच कह रहे हो?" कालरा ने अटकते हुए कहा।

"हाँ, सर। अगर आई.एफ. फाइव जाने के लिए तैयार हैं, मतलब साल '93

के जखीरे से उनकी जो भी योजना थी, उसे वे पूरा कर चुके हैं। वे जिस पल यहाँ से गए, शहर में एक के बाद एक बम धमाके गूँज सकते हैं। हम कोई जोखिम नहीं ले सकते। प्लीज, सभी को अलर्ट कर दीजिए।"

दूसरे छोर पर खामोशी थी।

"कोई रास्ता निकालो, मिर्जा।" कालरा ने कहा, "इस भयानक चीज को खत्म करने के लिए कोई रास्ता निकालो।"

"मैं कर दूँगा, सर।" मिर्जा ने वादा किया।

मिर्जा अब सोनम से हुई बातचीत पूरी कर कॉन्फ्रेंस रूम में लौट आए थे। उन्होंने अपनी पूरी टीम को गरमागरम बहस करते देखा।

"क्या मतलब कि तुम अकेले ही जाओगे?" मनकामे ने तपाक से कहा।

"मेरा मतलब है, मैं अकेला जा रहा हूँ।" विक्रांत ने शांति से कहा, "वे समंदर के बीच में हैं। वे किसी को भी आते कई मील दूर से देख सकते हैं। मुझे वही करना होगा, जो वे कहेंगे।"

"तुम मरने के लिए इतना बेचैन क्यों हो?" मनकामे ने गुस्से में कहा।

"अच्छा हो, हम मरने की बात न करें, मनकामे।" विक्रांत ने कहा।

मनकामे खड़ा हुआ और पैर पटकता हुआ बाहर चला गया। एक मिनट तक हिचकिचाते रहने के बाद गोयल और जायसवाल उसके पीछे दौड़े।

मिर्जा अपने जूनियर को गौर से देखते रहे और फिर उसके पास की कुरसी पर जाकर बैठ गए।

"हम कोई-न-कोई रास्ता निकाल लेंगे, बरखुरदार।" उन्होंने कहा।

"तुम मरने के लिए इतना बेचैन क्यों हो?" मनकामे ने गुस्से में कहा।

"अच्छा हो, हम मरने की बात न करें, मनकामे।" विक्रांत ने कहा।

मनकामे खड़ा हुआ और पैर पटकता हुआ बाहर चला गया। एक मिनट तक हिचकिचाते रहने के बाद गोयल और जायसवाल उसके पीछे दौड़े।

मिर्जा अपने जूनियर को गौर से देखते रहे और फिर उसके पास की कुरसी पर जाकर बैठ गए।

"हम कोई-न-कोई रास्ता निकाल लेंगे, बरखुरदार।" उन्होंने कहा।

विक्रांत मुसकराया।

विक्रांत मुसकराया।

"हम हमेशा ही निकाल लेते हैं सर, है न?"

कुछ मिनट तक दोनों में से कोई कुछ नहीं बोला और साथ काम करते हुए बिताए आठ सालों के बारे में सोचता रहा।

"हमने काफी समय साथ बिताया है, है न?" विक्रांत ने कहा।

"लड़के, अगर तुमने विदा लेने का भाषण शुरू किया है तो कसम खुदा की, मैं तुम्हें खुद मार डालूँगा!" मिर्जा ने धमकी दी।

विक्रांत हँसने लगा और खड़ा हो गया।

"चलो, सबको वापस लेकर आते हैं।" उसने कहा।

चुपचाप दोनों छत की तरफ बढ़ गए।

"हमें कैसे पता कि वे छत पर मिलेंगे?" मिर्जा ने पूछा।

"मनकामे सिगरेट पीता है और आप ऑफिस में हमें पीने नहीं देते।" विक्रांत ने जवाब दिया।

सही था, मनकामे छत के एक कोने पर सिगरेट पीता मिल गया, जबकि गोयल और जायसवाल उससे बातें कर रहे थे। मिर्जा को आते देख सब उनकी ओर देखने लगे। मनकामे ने विक्रांत को देखा और दूसरी तरफ मुड़ गया।

"अब तो शांत हो गए होंगे?" विक्रांत ने पूछा और अपनी जेब से अपना पैकेट निकाला।

मनकामे ने कुछ नहीं कहा।

"सुनो, मैं समझ सकता हूँ कि तुम्हें कैसा लग रहा है।"

"नहीं, तुम नहीं समझते।" मनकामे ने टोका, "उस समय पालघर में तुमने मेरी जान बचाई। मैं हाथ-पर-हाथ धरे बैठे तुम्हें मौत की तरफ बढ़ते नहीं देख सकता।"

"तो मत होने दो।" मिर्जा ने कहा और सब उनकी तरफ देखने लगे।

"मार्को ने पी.एम. के लोगों से कहा कि हम कल सुबह 8 बजे उसे फोन करें। इसका

> ***"मार्को ने पी.एम. के लोगों से कहा कि हम कल सुबह 8 बजे उसे फोन करें। इसका मतलब है..." मिर्जा ने अपनी घड़ी की तरफ देखते हुए कहा, "नौ घंटे हैं। चलो, नीचे चलते हैं और इस भयंकर समस्या को समझते हैं, ताकि इस बदमाश को जिंदा रख सकें।" विक्रांत ने अपनी सिगरेट का आखिरी कश लगाया और फिर उसे जमीन पर फेंक दिया।***

मतलब है···" मिर्जा ने अपनी घड़ी की तरफ देखते हुए कहा, "नौ घंटे हैं। चलो, नीचे चलते हैं और इस भयंकर समस्या को समझते हैं, ताकि इस बदमाश को जिंदा रख सकें।"

विक्रांत ने अपनी सिगरेट का आखिरी कश लगाया और फिर उसे जमीन पर फेंक दिया।

उन्होंने नीचे दफ्तर में जाने का फैसला किया और सीढ़ियाँ उतरने के दौरान मिर्जा ने उन्हें बताया कि बेहरामबाग में क्या कुछ हुआ है।

"हम उस ऑटो ड्राइवर पर नजर रख रहे हैं न?" गोयल ने पूछा।

"अभी तो रख रहे हैं। मुझे लगातार जानकारी मिल रही है। हमें देखना होगा कि हमारी काररवाई होने तक वह किन लोगों से संपर्क करता है।"

वे ऑफिस पहुँचे और एक-एक कर कॉन्फ्रेंस रूम में दाखिल हुए।

"ठीक है।" मिर्जा ने कहा, "कुछ दिन पहले, जब हम पाँच खलनायकों की तलाश कर रहे थे, तब मुझे एक दोस्त का एक भाड़े के मालवाहक जहाज के बारे में इ-मेल मिला, जो सोमालियाई समुद्री क्षेत्र से गुजरा था और ठहरा था, जबकि उसका रुकना तय नहीं था। पाइरेसी के मामले की वजह से हम किसी भी सोमालियाई मामले की जानकारी रखते हैं, इसलिए हमने ताजा जानकारी लेते रहना मुनासिब समझा। खैर, अलग-अलग एजेंसियों के सैटेलाइट ने उस मालवाहक को देखा। वह सोमालियाई तट के किनारे पाँच मिनट तक रुका और फिर अपने रास्ते पर चल पड़ा।"

मिर्जा खड़े हो गए और टेबल पर सभी को कुछ प्रिंटआउट दिए।

"पी.एम. से बातचीत के बाद मैंने अपडेट माँगा और मुझे यह मिला। ये सैटेलाइट की तसवीरें हैं, जिनमें मालवाहक सोमालिया से भारतीय समुद्री सीमा तक जाता दिख रहा है। ग्यारह रात पहले यह मालवाहक क्रूज लाइनर की जगह से लगभग सौ नॉटिकल मील की दूरी पर रुका था। किसी के लिए भी डोंगी या वैसी ही नाव के इस्तेमाल से क्रूज लाइनर पर सवार होना आसान था।" उन्होंने कहा।

"ये सी.आई.ए. के सैटेलाइट हैं, ठीक कहा न मैंने?" विक्रांत ने पूछा और मिर्जा ने 'हाँ' में सिर हिलाया।

"ये साले सब पर नजर रखते हैं।" जायसवाल बोला।

"तो।" मिर्जा ने आगे कहा, "सी.आई.ए. ने उस मालवाहक जहाज पर नजर रखी, जो इंडोनेशिया की तरफ जा रहा था और इंडोनेशिया बंदरगाह पर इसके

पहुँचने की खबर अपने जमीनी जासूसों से ली, जिन्होंने उसके पहुँचने की तारीख मालूम की। कुछ जासूसों ने मालवाहक की जानकारी जुटाई और बताया कि यह कहाँ का मिला।"

"पाकिस्तान?" मनकामे ने कहा।

मिर्जा के चेहरे पर मुसकान तैर गई।

"सोमालियाई समुद्री क्षेत्र में रुकने से तीन दिन पहले यह पाकिस्तान के ग्वादर बंदरगाह से चला था।"

"आई.एस.आई.!" गोयल ने कहा।

"मुनाफिक!" विक्रांत ने कहा।

मिर्जा ने दोनों की बात सुनने का इशारा किया और अपनी बात को आगे बढ़ाया।

"तो सी.आई.ए. मालवाहक पर नजर रख रहा था और इस मार्को ने जब पहली बार संपर्क किया, उसके एक घंटे पहले यह इंडोनेशिया से निकला। यह धीरे-धीरे लक्षद्वीप की तरफ बढ़ रहा है, जहाँ क्रूज लाइनर खड़ा है।"

"ये साले सब पर नजर रखते हैं।" जायसवाल बोला।
"तो।" मिर्जा ने आगे कहा, "सी.आई.ए. ने उस मालवाहक जहाज पर नजर रखी, जो इंडोनेशिया की तरफ जा रहा था और इंडोनेशिया बंदरगाह पर इसके पहुँचने की खबर अपने जमीनी जासूसों से ली, जिन्होंने उसके पहुँचने की तारीख मालूम की। कुछ जासूसों ने मालवाहक की जानकारी जुटाई और बताया कि यह कहाँ का मिला।"

"मुनाफिक!" विक्रांत ने फिर कहा।

"हाँ।" मिर्जा ने कहा, "मुझे भी यही लगा।"

"ऊँ, क्या मतलब?" भौंचक्का होकर मनकामे ने पूछा, जबकि गोयल और जायसवाल गुरु-शिष्य को देख रहे थे।

"जरूर वह उस मालवाहक पर है।" विक्रांत ने कहा।

□

29

सोमवार सुबह, मुंबई

पीछे मुड़कर देखा तो विक्रांत को मानना पड़ा कि यह बिल्कुल सही था।

टीम ने पूरी रात काम किया और सुबह के 3 बजे मिर्जा ने कहा कि "सभी को कुछ देर सो लेना चाहिए।"

"अब तक जो कुछ हुआ है, वह कल इस पूरे मामले में परदा उठते ही और उन्होंने जो योजना बनाई है, उसके शुरू होते ही बेहद मामूली लगेगा। हमें थोड़े आराम की जरूरत पड़ेगी।" मिर्जा ने उनसे कहा था।

वे सभी सुबह 7.30 बजे जागे और घड़ी में 8 बजने का इंतजार बेसब्री से कर रहे थे। ठीक 8 बजे विक्रांत ने मार्को के वीडियो में दिखाए गए नंबर को मिलाया और फोन के स्पीकर को ऑन कर दिया।

"मार्को बोल रहा हूँ।" दूसरी तरफ से भारी आवाज गूँजी।

"मैं एस.पी. विक्रांत सिंह, एन.आई.ए.।"

"सस्पेंड हो, जैसा कि मैंने सुना है।" मार्को ने खिल्ली उड़ानेवाली हँसी के साथ कहा।

"तुमने मुझे फोन करने को कहा था।" विक्रांत ने शांत रहते हुए कहा।

"बिल्कुल ठीक। अब ध्यान से सुनो। मैं चाहता हूँ कि तुम जेल से भागे उन पाँच लोगों को क्रूज लाइनर तक लेकर आओ। तुम मुंबई से हेलीकॉप्टर के जरिए सीधा यहाँ आओगे और रास्ते में कहीं नहीं रुकोगे। कोई जासूसी उपकरण, छिपे हथियार, चालबाजी नहीं होनी चाहिए। मुझे तुम्हें बताने की जरूरत नहीं कि अगर तुमने मुझे परेशान किया तो मैं क्या कर सकता हूँ!"

"हमारे पास इसकी रजामंदी देने का अधिकार नहीं है।" मिर्जा ने बीच में ही कहा।

"तुम कौन?" मार्को ने पूछा।

"मेरा नाम शाहवाज अली मिर्जा है।"

"अरे हाँ, ठीक है, ठीक है। तुम कभी अपने इस लड़के को अकेला नहीं छोड़ते, है न? अगली बार तुम बीच में बोले तो मैं यहाँ किसी के घुटने में गोली मार दूँगा, समझे?"

"हाँ।" मिर्जा ने धीरे से कहा।

"मैं नहीं जानता कि वे पाँच लोग कहाँ हैं!" विक्रांत ने कहा।

"अरे, तुम चिंता मत करो, दोस्त। वे बांद्रा के ताज लैंड्स एंड होटल में तुम्हारा इंतजार कर रहे हैं।" मार्को ने कहा और फोन कट गया।

पूरी टीम पागलों की तरह दरवाजे की तरफ दौड़ी और लगभग एक-दूसरे पर गिरते-पड़ते वे लिफ्ट में सवार हुए और फिर पार्किंग लॉट में खड़ी एस.यू.वी. की तरफ भागे। मनकामे ने कुंबाला हिल के रास्ते बांद्रा की तरफ गाड़ी को गोली की रफ्तार से बढ़ा दिया, जबकि मिर्जा ने ताजा जानकारी प्रधानमंत्री को दी।

"हमें तुरंत काररवाई करनी होगी, सर!" मिर्जा ने कहा, "हम ज्यादा देर तक चुप नहीं बैठ सकते।"

पी.एम. सहमत हुए और मिर्जा ने मुंबई पुलिस के कमिश्नर वीरेंद्र सिन्हा तथा डी.जी.पी. कालरा को ब्रीफ किया, जबकि जायसवाल ने एन.आई.ए. चीफ टी. रंगास्वामी से बात की और गोयल ने आई.बी. एवं रॉ से। जब तक एस.यू.वी. ने दादर को पार किया, पी.एम. राष्ट्रीय सुरक्षा गार्ड के प्रमुख से बात कर रहे थे, जिसका बेस 26/11 हमले के बाद मुंबई में बनाया गया था।

पी.एम. सहमत हुए और मिर्जा ने मुंबई पुलिस के कमिश्नर वीरेंद्र सिन्हा तथा डी.जी.पी. कालरा को ब्रीफ किया, जबकि जायसवाल ने एन.आई.ए. चीफ टी. रंगास्वामी से बात की और गोयल ने आई.बी. एवं रॉ से। जब तक एस.यू.वी. ने दादर को पार किया, पी.एम. राष्ट्रीय सुरक्षा गार्ड के प्रमुख से बात कर रहे थे, जिसका बेस 26/11 हमले के बाद मुंबई में बनाया गया था।

इस बीच विक्रांत अपनी सीट पर बैठे-बैठे इस योजना की खूबसूरती के बारे में सोच रहा था। पुलिस ने उन सारी जगहों पर—स्लम के इलाकों, सस्ते लॉज, यहाँ तक कि खँडहर इमारतों तक में तलाश की थी, जहाँ आई.एम. फाइव छिपा हो सकता था। इसकी बजाय पाँचों हरामखोर शहर के सबसे महँगे इलाके में से

एक में एक पाँच-सितारा होटल में आराम फरमा रहे थे। यह ऐसी जगह थी, जिसके बारे में कोई सपने में भी नहीं सोच सकता था। इसके पीछे मुनाफिक का ही दिमाग होगा, विक्रांत सोच रहा था। केवल उसके पास ही इतना जबरदस्त आइडिया हो सकता है।

एन.एस.जी. की पाँच गाड़ियाँ होटल तक लगभग उसी समय गरजती हुई पहुँचीं, जिस समय मिर्जा और उनकी टीम पहुँची। मिर्जा एन.एस.जी. के एक कमांडो की तरफ बढ़े तो उनकी आई.डी. उनके हाथ में थी, जबकि अन्य कमांडो तेजी से उस होटल की घेराबंदी करने में जुटे थे।

"इंचार्ज कौन है?" मिर्जा ने पूछा।

"अंदाजा लगाओ!" अपने पीछे से आती आवाज को मिर्जा ने सुना और पलटे तो देखा कि एक पतली-दुबली व खूबसूरत महिला, जो सिर से पाँव तक कमांडो के कपड़ों में थी, उनकी तरफ देखकर मुसकरा रही थी।

"ओ तेरे की!" मिर्जा ने कमांडो कैप के भीतर के चेहरे को पहचानते ही कहा, "मेजर शायना वर्मा···अब तो मेजर हो गई, है न?"

"ऐसी भी कोई बात है क्या, जिसे आप नहीं जानते, सर?" शायना ने मुसकराते हुए कहा।

मिर्जा ने अपनी एस.यू.वी. की तरफ देखा और विक्रांत को गाड़ी के पास खड़े देखा। उसका चेहरा जैसे किसी पत्थर का बना दिख रहा था।

"ओ तेरे की!" उन्होंने फिर वही जुमला इस्तेमाल किया, लेकिन इस बार नीची आवाज में। शायना ने चारों तरफ देखा और विक्रांत को देखते ही स्तब्ध रह गई।

"ये यहाँ क्या कर रहा है?" फुसफुसाते हुए उसने पूछा।

मिर्जा ने अपनी एस.यू.वी. की तरफ देखा और विक्रांत को गाड़ी के पास खड़े देखा। उसका चेहरा जैसे किसी पत्थर का बना दिख रहा था। "ओ तेरे की!" उन्होंने फिर वही जुमला इस्तेमाल किया, लेकिन इस बार नीची आवाज में। शायना ने चारों तरफ देखा और विक्रांत को देखते ही स्तब्ध रह गई। "ये यहाँ क्या कर रहा है?" फुसफुसाते हुए उसने पूछा।

"तुम्हारे सीनियर्स ने तुम्हें क्या बताया?" "यही कि यहाँ हमारी जरूरत है और बाकी की बातें आप बता देंगे।" उसने धीमे से कहा।

"तुम्हारे सीनियर्स ने तुम्हें क्या बताया?"

"यही कि यहाँ हमारी जरूरत है और बाकी की बातें आप बता देंगे।" उसने धीमे से कहा।

"ठीक है, बाकी ये रहा।" मिर्जा ने उसे जल्दी-जल्दी सबकुछ बता दिया।

शायना सुनती रही और जो सुन रही थी, उस पर यकीन नहीं हो रहा था। फिर उसने कहा, "और आपने यहाँ मॉक ड्रिल के लिए नहीं बुलाया था?"

"काश, ऐसा होता, लड़की!" मिर्जा ने अफसोस के साथ कहा।

शायना ने गहरी साँस ली।

"ठीक है।" उसने कहा, "चलिए, इससे निपट लेते हैं।"

वह विक्रांत की तरफ बढ़ी। मिर्जा उसके पीछे-पीछे आए।

"मिस्टर सिंह!" उसने कड़क आवाज में कहा।

"मेजर!" उसने जवाब दिया।

"तैयार हो?"

उसने 'हाँ' में जवाब दिया। तभी शायना के कान में लगे हेडफोन पर किसी की आवाज गूँजी और वह होटल के प्रवेश द्वार की तरफ मुड़ी। मिर्जा और विक्रांत ने उसी दिशा में देखा और पाया कि एक आदमी सूट में अपने हाथ उठाए खड़ा था।

"सब यहीं रुको!" शायना ने अपने वॉकी-टॉकी पर कहा। उसने अपनी एम.पी.5 सब-मशीन गन उठाई और धीरे-धीरे उस आदमी की तरफ बढ़ने लगी। मिर्जा और विक्रांत भी साथ आए।

"आप लोग यहीं रुकिए।" उसने कहा।

"सॉरी, मेजर!" विक्रांत ने कहा, "लेकिन मुझे लगता है कि यह आदमी मेरे लिए खड़ा है और मेरे पास बरबाद करने के लिए समय नहीं है।"

विक्रांत ने उस आदमी की तरफ बढ़ना शुरू कर दिया।

"बेवकूफी मत करो!" शायना ने गहरी साँस लेते हुए हताशा में मिर्जा की तरफ देखा, जिन्होंने लाचारी का इजहार कर दिया।

उसने मिर्जा को पीछे आने को कहा और

"मेरे पीछे रहो।" उसने विक्रांत और मिर्जा को दाँत पीसते हुए कहा। जब तक तीनों उसके पास पहुँचे, वह पसीने-पसीने वहीं खड़ा रहा।

"कौन हो तुम?" शायना ने पूछा।

"दीपक मुखर्जी। मैं यहाँ का मैनेजर हूँ।" उस आदमी ने काँपते हुए जवाब दिया।

विक्रांत की तरफ तेजी से लपकी और उससे एक कदम आगे जाकर अपना हथियार तान दिया।

"मेरे पीछे रहो।" उसने विक्रांत और मिर्जा को दाँत पीसते हुए कहा।

जब तक तीनों उसके पास पहुँचे, वह पसीने-पसीने वहीं खड़ा रहा।

"कौन हो तुम ?" शायना ने पूछा।

"दीपक मुखर्जी। मैं यहाँ का मैनेजर हूँ।" उस आदमी ने काँपते हुए जवाब दिया।

"तुम चाहते क्या हो ?" शायना ने पूछा।

"लॉबी में पाँच लोग बैठे हैं। दस मिनट पहले उनमें से एक मेरे पास आया और उसने मुझसे कहा कि इस होटल को पुलिस और सेना घेरने वाली हैं। जब ऐसा हो, तब मैं विक्रांत सिंह से बात करूँ।"

मुखर्जी से अपनी बंदूक को हटाए बिना ही शायना किनारे हट गई और विक्रांत आगे आ गया।

"मैं हूँ विक्रांत।" उसने कहा।

"उसने मुझसे कहा कि आप अकेले ही अंदर आएँगे और वह भी निहत्थे।"

"उसने अपना नाम बताया ?" मिर्जा ने पूछा।

"हाँ···उसने बताया कि उसका नाम उस्मान कुरैशी है।"

□

30

सोमवार सुबह, मुंबई

विक्रांत को जाननेवाले बताते हैं कि वह शायद ही कभी मुसकराता है। कुछ लोग इसकी वजह उन जख्मों को बताते हैं, जो उसे 26/11 का हमला दे गया। यह बात जहाँ सच है, वहीं इसके पीछे एक और वजह भी थी।

केवल मिर्जा को ही मालूम था कि तीन साल पहले 26/11 के बाद विक्रांत ने मुसकराना लगभग छोड़ दिया था।

उस समय तक विक्रांत आई.बी. में मिर्जा की करीबी देख-रेख में काम करने लगा था और जासूसी की कला में पारंगत हो चुका था और अकेले ही अपने पहले मिशन पर जाने के लिए अपने गुरु के पीछे पड़ा था। काफी ना-नुकुर के बाद मिर्जा राजी हुए, लेकिन एक शर्त पर।

"मुझे किसी आया की जरूरत नहीं है।" विक्रांत ने कह दिया था।

"तुम एक जाँच अधिकारी हो, यार।" मिर्जा ने समझाया था, "कोई योद्धा नहीं हो। वाघा बॉर्डर के पास कल तुम्हारी मुलाकात एन.एस.जी. के कैप्टन वर्मा से होगी, जिसे कुछ समय के लिए हमारे साथ तैनात किया गया है और तुम अपने मिशन पर निकल जाना।"

कैप्टन वर्मा एक खूबसूरत जवान महिला निकली, जिसके काले घने बाल थे और बादाम के आकार की भूरी आँखें थीं। वह मिशन एक गुप्त मिशन था और शायना के वरदी में न होने से उसकी खूबसूरती और निखरकर सामने आ रही थी।

विक्रांत और शायना ने एक आई.एस.आई. एजेंट का पीछा करने में छह दिन साथ-साथ गुजारे। वह एजेंट बॉर्डर के उस पार से सीमेंट लेकर आए ट्रक का ड्राइवर बनकर आया था। ट्रक को थोक बाजार में ले जाने की बजाय उस आदमी ने उसे हाईवे पर एक सुनसान जगह पर छोड़ दिया, वहाँ इंतजार कर रही कार में सवार हुआ और अमृतसर की तरफ ड्राइव करता हुआ निकल गया।

"अब क्या करें?" शायना ने यह देखने के बाद कि हाईवे पर दूर-दूर तक कोई कार नजर नहीं आ रही थी, विक्रांत से पूछा।

"अभी देखता हूँ, ये जाएगी कहाँ!" विक्रांत ने अपनी जीप के ड्राइवर से कहा।

एक पल की भी झिझक के बिना शायना ने साइलेंसर लगी 9एम.एम. पिस्तौल निकाली, जबकि विक्रांत ने एक्सीलेटर दबा दिया। वे लगभग अपने निशाने पर ली गई कार के करीब थे, जब शायना ने दो बार ट्रिगर दबाया। दोनों ही गोलियाँ दाईं ओर के पिछले टायर पर लगीं और कार हवा में उछल गई।

शायना पिस्तौल ताने खड़ी रही, जबकि विक्रांत ने हाथ व पैर दोनों जमीन पर टिकाकर कचूमर बनी कार के भीतर से अपने शिकार को निकाला। वह कुछ कहना चाह रहा था, लेकिन विक्रांत की उसमें दिलचस्पी नहीं थी। उसने चुपचाप उस आदमी की तरफ हाथ बढ़ाया, उसकी पीठ पर लदे बैग को कार से बाहर निकाला। फिर उसने उसकी जेब को तब तक टटोला, जब तक कि उसका सेलफोन नहीं मिला और फिर उसे निकालकर अपनी जेब में रख लिया। तेजी दिखाते हुए उसने एक छोटा चाकू निकाला और दोनों गोलियों को पिछले टायर से बाहर निकाला।

"गोलियों के खोखे का क्या करेंगे?" शायना ने पूछा।

विक्रांत ने इशारे से कहा—जाने दो।

"उन्हें ढूँढ़ने का वक्त नहीं है।" उसने कहा और वे दौड़कर अपनी जीप में आ गए—"फिर अँधेरा हो रहा है और मुझे नहीं लगता कि हादसे वाली जगह पर कोई खोखे की तलाश करेगा।"

"स्मार्ट!" शायना ने विक्रांत की बगल में बैठते हुए उसके कंधे पर हलका-सा मुक्का मारते हुए कहा। वे तेजी से निकले और सीधे लुधियाना के एक होटल पर रुके, जहाँ उनके लिए एक सुइट पहले ही बुक कर दिया गया था।

घंटे भर बाद एक आदमी होटल की लॉबी में उनसे मिलने आया और बैकपैक के

"गोलियों के खोखे का क्या करेंगे?" शायना जे पूछा।
विक्रांत ने इशारे से कहा—जाने दो।
"उन्हें ढूँढ़ने का वक्त नहीं है।" उसने कहा और वे दौड़कर अपनी जीप में आ गए—"फिर अँधेरा हो रहा है और मुझे नहीं लगता कि हादसे वाली जगह पर कोई खोखे की तलाश करेगा।"

साथ उस टारगेट का सेलफोन भी ले लिया।

"अब कुछ समय तक खामोश रहो।" उसने उनसे कहा, "कुछ लोग तुम्हें ढूँढ़ रहे हैं।"

दोनों को होटल में एक हफ्ता बिताना पड़ा और उस हफ्ते ने विक्रांत के जीवन को बदल दिया। वे दंपती बनकर उस सुइट में साथ-साथ रह रहे थे। दिन का समय दोनों किसी रेस्टोरेंट या होटल के बार में बिताते या फिर पूल के हिस्से में, जिससे भारत सरकार के नाम लंबा-चौड़ा बिल तैयार हो गया था। साथ बिताए अपने तीसरे दिन विक्रांत शायना को पागलों की तरह प्यार करने लगा था, जबकि शायना के भीतर भी उसकी ही तरह देशभक्ति की ज्वाला जल रही थी और उसकी ही तरह वह भी दुष्टों को देख चुकी थी।

वे दिन के समय अपने बीते कल और वर्तमान जीवन को लेकर घंटों बातें करते रहते और रातें एक-दूसरे की बाँहों में लेटकर तब तक प्यार करते हुए गुजरतीं, जब तक कि वे सो नहीं जाते थे।

अगले दो महीने तक वे जब भी मौका मिलता, एक-दूसरे से मिलते-जुलते और जैसे-जैसे दिन बीत रहे थे, विक्रांत को यह यकीन होता चला जा रहा था कि आखिरकार उसे कोई मिल गया था, जिसके साथ वह एक गंभीर रिश्ता कायम कर सकता था।

यह सबकुछ उस दिन तक चलता रहा, जिस दिन शायना ने उसे बताया कि चार साल तक उसके साथ रहा उसका पुराना ब्वॉयफ्रेंड, जिसने विक्रांत से उसकी मुलाकात से ठीक पहले उससे रिश्ता तोड़ लिया था, उसने उससे एक आखिरी मौका माँगा है और वह तैयार हो गई है। विक्रांत को इतना बड़ा झटका लगा कि वह कुछ कह भी नहीं सका। वह बस, खड़ा हुआ और चला गया, जबकि वह रेस्टोरेंट में अकेली बैठी रह गई।

कई हफ्ते तक मिर्जा बेबसी से उस इनसान को डिप्रेशन में जाते देखते रहे, जो उनके बेटे की तरह हो गया था। विक्रांत ने खुद

> ***कई हफ्ते तक मिर्जा बेबसी से उस इनसान को डिप्रेशन में जाते देखते रहे, जो उनके बेटे की तरह हो गया था। विक्रांत ने खुद को दिन-रात काम में झोंक दिया। उसने पहले के मुकाबले तीन गुना सिगरेट पीना शुरू कर दिया और उसने शराब पीनी भी शुरू कर दी, ताकि बिस्तर पर लेटे-लेटे उसके बारे में सोचने की बजाय वह सो सके।***

को दिन-रात काम में झोंक दिया। उसने पहले के मुकाबले तीन गुना सिगरेट पीना शुरू कर दिया और उसने शराब पीनी भी शुरू कर दी, ताकि बिस्तर पर लेटे-लेटे उसके बारे में सोचने की बजाय वह सो सके।

सुबह के 4 बजे लड़खड़ाती मदहोश आवाज में विक्रांत ने फोन पर एक बार मिर्जा से कहा था, "इसमें जो सबसे मजेदार बात है, उसे जानते हैं, सर? वह अब उसके साथ भी नहीं है। साफतौर पर वह अव्वल दर्जे का उल्लू का पट्ठा है और शायना ने उसे दो हफ्ते में ही छोड़ दिया।"

उस समय तक आई.बी. में शायना का डेपुटेशन खत्म हो चुका था और उसका तबादला कहीं और हो गया था। आखिरकार विक्रांत को एहसास हो गया कि वह खुद को बरबाद कर रहा है और धीरे-धीरे छह महीने बाद वह अपने जीवन को पटरी पर ले आया। लेकिन उसने कभी अपने आप को किसी के करीब आने नहीं दिया और उसके बाद शायद ही कभी मुसकराया। उसके ज्यादातर मजाक कटाक्ष होते थे और उसकी हँसी या तो मिर्जा की उसे लेकर हताशा पर होती थी या किसी खतरनाक चीज की तरफ इशारा करती थी।

फिलहाल, जुहू पर पवन हंस एयरबेस से जब उस हेलीकॉप्टर ने उड़ान भरी तो विक्रांत ने जान-बूझकर शायना की तरफ नहीं देखा, जो उसके आगे की सीट पर बैठी थी। हेलीकॉप्टर में उस्मान कुरैशी, मजहर खान, शौकत असद और मुस्तफा तथा इब्राहिम कादिर भी थे, जिन्हें 'आई.एम. फाइव' के नाम से भी जाना जाता था।

□

31

सोमवार शाम, लक्षद्वीप

ऐसा नहीं था कि मिर्जा को इसका पहले से अंदाजा नहीं था। फिर भी, वे जब हेलीकॉप्टर से नीचे उतरे तो अपने सामने मची अफरा-तफरी को देखकर उनका सिर चकरा रहा था।

मिर्जा, गोयल और जायसवाल एक अन्य हेलीकॉप्टर में थे और भारतीय नौसेना के विमान वाहक की तरफ बढ़ रहे थे, जिसे कावरत्ती के तट पर अगवा किए गए क्रूज लाइनर से 50 नॉटिकल मील की दूरी पर खड़ा किया गया था। लक्षद्वीप के कावरत्ती में भारतीय नौसेना का ठिकाना 'आई.एन.एस. द्वीपरक्षक' लक्षद्वीप के बड़े और अधिक महत्त्वपूर्ण द्वीपों में से एक है।

मनकामे को उसकी इच्छा के विपरीत मुंबई में रहने और उस रॉ की टीम के साथ काम करने को कहा गया था, जो उस तथाकथित ऑटोरिक्शा ड्राइवर पर नजर रख रही थी। जाने से पहले पवन हंस में उसने करीब एक मिनट तक विक्रांत को अपने सीने से लगाए रखा था।

"मैंने कभी शुक्रिया नहीं कहा।" मनकामे ने कहा, "उस दिन जब तुमने मेरी जान बचाई।"

"मैं जब लौटूँ, तब कह देना।" विक्रांत ने कहा।

□

विमान वाहक जहाज पर काफी हलचल थी, जिस पर आई.बी., रॉ, पी.एम.ओ. और नौसेना के प्रतिनिधि सवार थे। कुछ मिनट पहले विक्रांत, शायना और आई.एम. फाइव को लेकर उड़ा हेलीकॉप्टर लैंड कर चुका था। पाँचों आतंकवादियों को नीचे के एक लॉक-अप में ले जाया गया, जबकि विक्रांत और शायना को अधिकारियों के कमरे में एक कॉन्फ्रेंस के लिए टेबल के इर्द-गिर्द बिठाया गया।

"अगर हम कैप्टन और उसके चालक दल को शामिल करें तो उस क्रूज

लाइनर पर कुल अड़तालीस बंधक मौजूद हैं।" एक आई.बी. अधिकारी बता रहा था, जब मिर्जा दाखिल हुए। सब उनकी तरफ मुड़े और उन्हें देखकर झुक गए। उन्होंने ब्रीफिंग जारी रखने का इशारा किया और टेबल पर विक्रांत के साथ वाली सीट पर बैठ गए।

"बारह महिलाएँ हैं, छह किशोर और दो बच्चे, जो दस साल से कम उम्र के हैं, जो हमारी प्राथमिकता हैं। हमें आतंकियों के बदले उनकी रिहाई की माँग करनी है।" अधिकारी ने कहा।

"हम घुटने टेक रहे हैं?" मिर्जा ने पूछा।

"बेशक, हम बातचीत करने जा रहे हैं।" पी.एम.ओ. के प्रतिनिधि अखिलेश कुमार मिश्रा ने कहा, "लेकिन इस बात को मानना होगा। हमारे लगभग पचास लोग उनके पास हैं और वे हमारे नौसैनिक अड्डे के पास लंगर डाले हैं। अगर उनके पास हथियार हैं, जैसे कोई रॉकेट लॉन्चर या बम तो वे सही मायने में हमें भारी नुकसान पहुँचा सकते हैं।"

मिर्जा एवं विक्रांत दोनों मुड़े और उस अधिकारी की तरफ देखा और फिर एक-दूसरे को देखने लगे।

आई.बी. अधिकारी ने कहा, "हम विकल्पों की बात करते हैं। मान लीजिए, हमें क्रूज लाइनर पर हमला बोलना है। क्या बंधकों को नुकसान पहुँचाए बिना ऐसा करने का कोई रास्ता है?"

"हम तूफानी हमला कर सकते हैं।" शायना नें कहा, "खिड़कियों से इतने फ्लैशबैंग ग्रेनेड दागें कि सबको एक मिनट के लिए हक्का-बक्का कर दें और अंदर दाखिल हो जाएँ। पर्याप्त फ्लैशबैंग और शूटरों के साथ हम ऐसा कर सकते हैं। मुश्किल ये है कि हमारे पास क्रूज लाइनर की बनावट को समझने के लिए ज्यादा समय नहीं है, इसलिए हमें सुनकर ही सबकुछ करना होगा।"

"क्या किसी ने चुपके से घुसने पर

"हम तूफानी हमला कर सकते हैं।" शायना ने कहा, "खिड़कियों से इतने फ्लैशबैंग ग्रेनेड दागें कि सबको एक मिनट के लिए हक्का-बक्का कर दें और अंदर दाखिल हो जाएँ। पर्याप्त फ्लैशबैंग और शूटरों के साथ हम ऐसा कर सकते हैं। मुश्किल ये है कि हमारे पास क्रूज लाइनर की बनावट को समझने के लिए ज्यादा समय नहीं है, इसलिए हमें सुनकर ही सबकुछ करना होगा।"

विचार किया है?" रॉ अधिकारी ने कहा, "मरीन कमांडो की एक टीम को किसी तरह चुपके से अंदर दाखिल कराया जा सकता है? एक-एक कर हाइजैकर्स को मारते जाएँ?"

"फिर वही बात! कई बातें हम जानते तक नहीं।" नेवी कमांडर ने कहा, "हमें मालूम नहीं कि आतंकवादियों ने कहाँ-कहाँ पोजीशन ले रखी है।"

कमरे में खामोशी छा गई। सब अपने दिमाग के घोड़े दौड़ा रहा थे। फिर विक्रांत बोल पड़ा।

"अगर आप सबने सोच लिया," उसने कहा, "तो क्या हम यथार्थवादी होने की शुरुआत कर सकते हैं?"

सब उसकी तरफ देखने लगे।

"आप इससे बेहतर तरीका जानते हैं, मिस्टर सिंह?" नेवी कमांडर ने पूछा।

"अच्छा या बुरा रास्ता नहीं होता।" विक्रांत ने कहा, "केवल एक रास्ता होता है। मुझे उन पाँच कैदियों को क्रूज लाइनर तक ले जाने दीजिए। बंधकों को छुड़ाने का केवल यही तरीका है। हम कह सकते हैं कि वे पहले महिलाओं व बच्चों को जाने दें और बाकियों को तब, जब मैं आई.एम. के पाँच सदस्यों को लेकर जहाज पर उतरूँ; और हमें यह नहीं भूलना चाहिए कि अगर हमने सभी बंधकों को रिहा करा लिया, तब भी साल '93 के जखीरे का छोटा सा मामला रह ही जाएगा। इन पाँच आदमियों के कब्जे में सचमुच खतरनाक गोला-बारूद है और हमें पता नहीं कि उन्होंने उसका क्या किया।"

"और फिर उसके बाद?" मिर्जा ने तपाक से कहा, "वे तुम्हें गोली मार दें और हम देखते रहें?"

विक्रांत अपने गुरु की तरफ मुड़ा—"आप भी गलत समय पर भावुक होने लग गए, है न, सर?" उसने कहा, "वह भी पूरे कॅरियर में कड़े फैसले लेने के बाद?"

मिर्जा अचानक वहाँ से उठकर चल

> *विक्रांत अपने गुरु की तरफ मुड़ा—"आप भी गलत समय पर भावुक होने लग गए, है न, सर?" उसने कहा, "वह भी पूरे कॅरियर में कड़े फैसले लेने के बाद?" मिर्जा अचानक वहाँ से उठकर चल दिए, जबकि विक्रांत उनके पीछे-पीछे निकला और कमरे में बाकी लोग एक-दूसरे को देखने लगे।*
>
> *तीस मिनट बाद मिर्जा की मार्को से फोन पर बात हो रही थी।*

दिए, जबकि विक्रांत उनके पीछे-पीछे निकला और कमरे में बाकी लोग एक-दूसरे को देखने लगे।

तीस मिनट बाद मिर्जा की मार्को से फोन पर बात हो रही थी।

"तुम जो चाहते हो, वह मैं दूँ, इससे पहले मैं चाहता हूँ कि तुम्हारी तरफ से भरोसा दिलानेवाला कोई काम हो।" उन्होंने कहा।

मार्को हँसने लगा। "हम कुछ हथियारबंद लोग हैं, जिन्होंने नागरिकों को बंधक बना रखा है और पाँच आतंकवादियों की रिहाई चाहते हैं, मिस्टर मिर्जा। तुम्हें इस बाजार में भरोसा नहीं ढूँढ़ना चाहिए। लेकिन एक काम हो सकता है कि तुम अपने कुछ लोगों को वापस ले जा सकते हो।"

आई.एम. फाइव को विमान वाहक की छत पर ले जाया गया, जहाँ विक्रांत उनका इंतजार कर रहा था। मिर्जा उसके पीछे खड़े थे। वे एक खास तरीके से खड़े थे। उनका लीडर कुरैशी आगे खड़ा था, शौकत असद एवं मजहर खान उसके बाईं ओर और मुस्तफा तथा इब्राहिम कादरी उसके दाईं ओर। पंद्रह नौसैनिकों की बंदूकें उनकी ओर तनी थीं और उनकी तेज-तर्रार नजरों के सामने उनकी हथकड़ियाँ खोली गईं। मुस्तफा और इब्राहिम आगे आए।

"हमारी माँ कहाँ है?" मुस्तफा ने पूछा।

"तुमने सुना नहीं क्या?" विक्रांत ने अपनी मुसकराहट में पूरी गुस्ताखी के साथ कहा, "उसे उसके घर से बाहर निकाल दिया गया था।"

मुस्तफा विक्रांत की तरफ बढ़ा, लेकिन इब्राहिम ने उसे पीछे खींच लिया।

समंदर के दूसरी तरफ मार्को के आदमी बीस बंधकों को डेक तक लेकर आए और तनी हुई बंदूकों के बीच उन्हें दो लाइफबोट्स में बिठा दिया। वे मिले-जुले थे—बुजुर्ग, महिलाएँ और बच्चे। नौसेना ने विमान वाहक जहाज की छत पर शक्तिशाली जूम कैमरे लगा रखे थे, जो क्रूज लाइनर की दिशा में टिके थे और वहाँ की तसवीर सीधे ऑफिसर्स रूम की स्क्रीन पर दिखा रहे थे। बंधकों के चेहरे पर दहशत को सभी देख पा रहे थे।

विक्रांत और आई.एम. फाइव एक दूसरी लाइफबोट पर सवार हुए। तीनों ही लाइफबोट्स को एक साथ पानी में उतारा गया। विक्रांत जिसमें सवार था, उसे उसने आगे का रास्ता दिखाया, जबकि बंधकों को लेकर आ रहे लाइफबोट को उनमें से एक ने रास्ता दिखाया। विक्रांत की लाइफबोट उन दोनों के बीच से होकर गुजरी और फिर क्रूज लाइनर तक पहुँची। मिर्जा तेजी से ऑफिसर्स

विक्रांत और आई.एम. फाइव एक दूसरी लाइफबोट पर सवार हुए। तीनों ही लाइफबोट्स को एक साथ पानी में उतारा गया। विक्रांत जिसमें सवार था, उसे उसने आगे का रास्ता दिखाया, जबकि बंधकों को लेकर आ रहे लाइफबोट को उनमें से एक ने रास्ता दिखाया। विक्रांत की लाइफबोट उन दोनों के बीच से होकर गुजरी और फिर क्रूज लाइनर तक पहुँची।

रूम तक पहुँचे और स्क्रीन पर नजरें गड़ाए समूह में शामिल हो गए। वे देख रहे थे कि रस्सी की एक सीढ़ी को नीचे लटकाया गया और विक्रांत क्रूज लाइनर पर सवार हुआ। उसके पीछे-पीछे आई.एम. फाइव थे। मार्को ने पाँचों आतंकवादियों का स्वागत हाथ मिलाकर किया। एक और हाइजैकर ने भी उनसे हाथ मिलाया, जो साफतौर पर मार्को का सेकंड-इन-कमांड था। मुस्तफा कादरी विक्रांत की तरफ मुड़ा और उससे कुछ कहा।

"अपना मुँह बंद ही रख, मेरे लड़के!" मिर्जा ने धीमे से कहा, जब उन्होंने विक्रांत को उसका जवाब देते देखा। मुस्तफा ने उसके पेट में घूँसा मारा और विक्रांत दर्द से नीचे झुक गया। इब्राहिम आगे बढ़ा और उसने विक्रांत को लात मारी, जिससे वह फर्श पर गिर गया।

विक्रांत को जब क्रूज लाइनर के निचले हिस्से में घसीटकर ले जाया जा रहा था, तब शायना के मुँह से एक सिसकी निकल गई और मिर्जा ने सबसे नजरें बचाकर उसके हाथ को तुरंत दबा दिया।

□

32

सोमवार रात, क्रूज लाइनर

जिस मनोरंजन कक्ष में उन्हें बंदी बनाया गया था, उसके चारों ओर नजर दौड़ाते हुए डेनियल ने सिगरेट का एक लंबा कश लगाया।

आधे घंटे पहले मार्को अपनी चिर-परिचित मुसकान बिखेरते हुए वहाँ आ धमका था।

"अच्छी खबर है।" उसने कहा, "अदला-बदली हो रही है। मैं चाहता हूँ कि सारी महिलाएँ, बच्चे और बुजुर्ग दरवाजे के पास एक लाइन में खड़े हो जाएँ।"

मार्को के दो गुर्गे आगे आए। बंदूकें तनी थीं।

"ये लोग तुम्हें ऊपर तक ले जाएँगे और इससे पहले कि तुम्हें कुछ पता चले, तुम सब भारतीय नौसेना के जहाज पर सवार होगे। इसलिए कृपया आगे आना शुरू करो।"

कुछ बंधक धीरे-धीरे आगे आने लगे, जिन्हें मार्को की बातों पर यकीन नहीं हो रहा था।

डेनियल और हाकिमी लगभग एक साथ खड़े हो गए।

"क्या मैं?" डेनियल ने मार्को से बंधकों की तरफ इशारा करते हुए पूछा। सोमालियाई ने इजाजत दी और डेनियल एक महिला के पास गया, जिसके साथ चार साल का एक बच्चा था। घुटनों के बल बैठकर उसने उससे बात की और उसे उठाने का प्रयास किया। हाकिमी दूसरे बंधक के पास गया और जल्दी ही पच्चीस बंधक दरवाजे के पास एक लाइन में खड़े थे।

डेनियल वैशाली के पास गया, जिसने इनकार में सिर हिला दिया और जिद करती दिख रही थी।

"देखो।" उसने कहा।

"चुप रहो।" वह बोली, "मैं तुम्हें छोड़कर कहीं नहीं जा रही।"

हाकिमी ने शांति से मार्को को देखा; न कुछ बोला, न हिला। मार्को ने कंधे उचकाए और पीछे मुड़ गया। लाइन के सबसे आगे चलते हुए बंधकों को बाहर ले गया।

बाकी के बंधक आधे घंटे तक चुपचाप बैठे रहे और तब दरवाजा खुला। दो सोमालियाई बंदूकधारी एक आदमी को उसका हाथ पकड़कर घसीटते हुए लेकर आए और फर्श पर पटक दिया। एक सेकंड बाद मार्को अंदर आया।

डेनियल उसके करीब गया—"मेरी बात सुनो।" उसने तुरंत फुसफुसाते हुए कहा, "सुरक्षित जगह पर चली जाओ। कम-से-कम मेरी एक चिंता दूर हो जाएगी।"

इससे पहले कि वैशाली कुछ कहती, मार्को बोल पड़ा, "यह यहीं रहेगी।" मार्को ने कहा, "और तुम भी यहीं रहोगे।"

डेनियल पीछे मुड़ा।

मार्को ने हाकिमी की तरफ देखा—"तुम जा सकते हो।" उसने कहा।

हाकिमी चुपचाप उठा और डेनियल के पास गया, जबकि वैशाली दीवार से पीठ टिकाकर वापस बैठ गई।

"मैं भी नहीं जा रहा।" उसने डेनियल से कहा, जो असहाय होकर हाकिमी और वैशाली को देख रहा था।

"क्या हो रहा है, मिस्टर यूनियन लीडर ?" मार्को कमरे के दूसरी तरफ से गरजा।

"कुछ नहीं, सर।" डेनियल ने कहा, "इतने ही लोग हैं।"

मार्को ने पल भर के लिए हाकिमी को देखा।

"आखिरी मौका है।" उसने कहा।

हाकिमी ने शांति से मार्को को देखा; न कुछ बोला, न हिला। मार्को ने कंधे उचकाए और पीछे मुड़ गया। लाइन के सबसे आगे चलते हुए बंधकों को बाहर ले गया।

बाकी के बंधक आधे घंटे तक चुपचाप बैठे रहे और तब दरवाजा खुला। दो सोमालियाई बंदूकधारी एक आदमी को उसका हाथ पकड़कर घसीटते हुए लेकर आए और फर्श पर पटक दिया। एक सेकंड बाद मार्को अंदर आया।

"मिस्टर यूनियन लीडर!" उसने कहा और डेनियल खड़ा हो गया।

"ये आदमी नियम तोड़ने का शौक रखता है। अगर इसने मेरा कोई नियम तोड़ा तो या तो मैं तुम्हारे साथ बैठी महिला को मार दूँगा या उसके साथ बैठे बहादुर

बूढ़े आदमी को।" मार्को ने बड़े आराम से कहा।

"ये कहाँ से आया, सर?" डेनियल ने पूछा।

"इससे आपको कोई लेना-देना नहीं, सर।" मार्को ने कहा और फिर अपने गुर्गों के साथ चला गया। दरवाजा बंद हो गया और नया मेहमान खुद को धीरे-धीरे अपने पैरों पर खड़ा करने लगा। डेनियल उसके पास गया।

दोनों एक-दूसरे को घूरने लगे।

"मैडमैन डैन।" विक्रांत ने कुछ सेकंड बाद कहा।

"टूथपिक विक।" डेनियल ने आश्चर्य के साथ मुसकराते हुए जवाब दिया। दोनों ने गर्मजोशी से हाथ मिलाया।

"तुम दोनों एक-दूसरे को जानते हो?" हाकिमी ने आश्चर्य से पूछा।

"हमने साथ काम किया है। विक राष्ट्रीय जाँच एजेंसी के साथ है और गजब की जाँच करता है।"

"और मैं नहीं जानता कि आप इस आदमी के बारे में कितना जानते हैं!" विक्रांत ने कहा, "लेकिन एक आदमी, जिस पर मैं अपनी जान की कीमत पर आँख बंद कर भरोसा कर सकता हूँ, तो वह मैडमैन डैन फर्नांडो है।"

विक्रांत और डेनियल वहाँ गए, जहाँ हाकिमी और वैशाली बैठे थे। बाकी बचे दो बंधक, जिनमें से एक आदमी था—साहिर मस्तान, जो तीस से ज्यादा और चालीस साल से कम का था और बीस-बाईस साल की प्राजक्ता देसाई, सहज ही दोनों के करीब आ गई।

एक रात पहले जब उन्हें मार्को को फोन करना था, मिर्जा और उनकी टीम ने कारवाई की योजना बनाने पर गहराई से काम किया था। गोयल और जायसवाल को क्रूज कंपनी की ओर से दी गई लिस्ट को अच्छी तरह पढ़ लेने को कहा गया था, ताकि उनमें से कोई ऐसा मिल जाए, जिसकी मदद विक्रांत वहाँ पहुँचने के बाद ले सकता था।

"ये रहा!" गोयल चीख पड़ा, "आर्मी स्पेशल फोर्स का पूर्व सैनिक डेनियल फर्नांडो!"

एक रात पहले जब उन्हें मार्को को फोन करना था, मिर्जा और उनकी टीम ने कारवाई की योजना बनाने पर गहराई से काम किया था। गोयल और जायसवाल को क्रूज कंपनी की ओर से दी गई लिस्ट को अच्छी तरह पढ़ लेने को कहा गया था, ताकि उनमें से कोई ऐसा मिल जाए, जिसकी मदद विक्रांत वहाँ पहुँचने के बाद ले सकता था।

मिर्जा और विक्रांत गोयल की तरफ देखने लगे, फिर एक-दूसरे को देखा। डेनियल की तसवीर को एक नजर देखते ही विक्रांत को सुकून मिला।

"कहीं-न-कहीं भगवान् हैं!" उसने कहा।

पाँच साल पहले, जब आई.बी. में काम करते हुए विक्रांत का आखिरी साल था, तब उसे उसके एक बेहद महत्त्वपूर्ण मिशन पर भेजा गया था। पाकिस्तान में एक बड़ा जासूस अपना भेद खुल जाने के बाद भाग खड़ा हुआ था। वह किसी तरह से बँगलादेश में चोरी-चुपके दाखिल हो गया था और भारत आने के लिए उसे मदद चाहिए थी। समस्या यह थी कि आई.एस.आई. को भनक लग गई थी कि वह ऐसा कुछ कर सकता है और उसने अपनें दो लोगों को पश्चिम बंगाल के मालदा में भारत-बँगलादेश बॉर्डर पर पहले से ही भेज दिया था।

विक्रांत से कहा गया कि वह मालदा निकल जाए और उस एजेंट के संपर्क में रहे, जबकि आर्मी स्पेशल फोर्स ने डेनियल के जरिए मदद मुहैया कराई।

बॉर्डर पर भारतीय हिस्से में घने जंगलों के पास एक अस्थायी कमांड सेंटर में विक्रांत उस एजेंट से हर आधे घंटे पर बात कर रहा था, जो बँगलादेश के करीब एक गाँव में छिपा था और फिर विक्रांत उस जानकारी को डेनियल तक पहुँचा रहा था।

"यह तब तक कारगर नहीं होगा विक, जब तक कि हमें यह पता न चले कि हमारा मुकाबला किससे है।" डेनियल ने विक्रांत को रेडियो के जरिए दूसरे दिन बताया।

"मैं जानता हूँ; लेकिन इस वक्त हमारे पास बॉर्डर के उस पार कोई जमीनी मदद नहीं है।" विक्रांत ने कहा।

"तुम्हारे पास है, विक।" डेनियल ने कहा, "पंद्रह मिनट पहले मैं चुपचाप बॉर्डर पार कर चुका हूँ।"

इससे पहले कि भन्नाया हुआ विक्रांत कुछ कहता, डेनियल ने संपर्क काट दिया। अगले एक घंटे तक विक्रांत कमांड सेंटर में इधर-से-उधर चहलकदमी करता रहा।

"तुम्हारे पास है, विक।" डेनियल ने कहा, "पंद्रह मिनट पहले मैं चुपचाप बॉर्डर पार कर चुका हूँ।" इससे पहले कि भन्नाया हुआ विक्रांत कुछ कहता, डेनियल ने संपर्क काट दिया। अगले एक घंटे तक विक्रांत कमांड सेंटर में इधर-से-उधर चहलकदमी करता रहा। आखिरकार रेडियो पर आवाज गूँजी। "बॉर्डर पर मदद भेजो, विक!" डेनियल ने फुसफुसाते हुए कहा, "अभी।"

आखिरकार रेडियो पर आवाज गूँजी।

"बॉर्डर पर मदद भेजो, विक!" डेनियल ने फुसफुसाते हुए कहा, "अभी।"

विक्रांत ने अपने दिल की बात सुनी और फैसला किया कि वह डेनियल पर भरोसा करेगा। बी.एस.एफ. के सशस्त्र जवानों की एक टीम मालदा बॉर्डर पर इंतजार कर रही थी, जब डेनियल चोरी की एक कार में तेजी से उनकी तरफ बढ़ा। दो अन्य कारें तेजी से उसका पीछा कर रही थीं, लेकिन बी.एस.एफ. को देखते ही उन्होंने इरादा बदल दिया। डेनियल, जिसके पास एक पिस्तौल और एक कटार थी और जो किसान के वेश में था, उसने अकेले ही सात बहुरूपिए आई.एस.आई. के हत्यारों को चकमा दिया, आई.बी. एजेंट को छुड़ाया और चोरी की कार से बॉर्डर पार कर गया।

"अब समझा कि सब तुम्हें 'मैडमैन डैन' क्यों कहते हैं!" विक्रांत ने डेनियल के साथ जाम टकराते हुए बाद में कहा।

"मैं इसे अपनी तारीफ समझता हूँ, टूथपिक विक।" डेनियल ने कहा।

"क्या मतलब?"

"विक वेगा, रिजरवाइर डॉग्स?" डेनियल ने पूछा।

विक्रांत को कुछ समझ नहीं आया और वह बस, उसे देखता रहा।

जुदा होने से पहले डेनियल ने विक्रांत को 'क्वांटिन टारनटिनो' फिल्म की डी.वी.डी. तोहफे में दी।

अब विक्रांत और डेनियल ने एक-दूसरे को सारी बातें बताईं, जो वे जानते थे; जबकि अन्य सभी लोग उनकी तरफ एक नई उम्मीद के साथ देख रहे थे।

"हमें इस जगह के बारे में उन लोगों तक थोड़ी खुफिया जानकारी पहुँचाने का रास्ता निकालना होगा, जो लोग विमान वाहक पर हैं।" विक्रांत ने कहा।

"हमने पहले ही कर दिया है।" डेनियल मुसकराया।

□

33

सोमवार रात–मंगलवार सुबह, विमान वाहक

"आप हमें और क्या बता सकती हैं?" मिर्जा ने पूछा।

आस्था सचदेव अपने चार साल के बेटे के बालों को सहला रही थी, जो अपना सिर उसकी गोद में रखकर सोया था और दिमाग पर जोर डालकर सोच रही थी।

मार्को और उसके आदमियों ने जिन बीस बंधकों को रिहा किया था, उन्हें नौसेना विमान वाहक तक पूरी मेडिकल जाँच के लिए लेकर आई थी। चेकअप के लिए जाने से पहले उनमें से दो—आस्था और एक किशोर गौरव सान्याल—'किसी इंचार्ज' से बात करना चाहते थे।

"काफी जरूरी बात है।" आस्था ने कहा।

शायना, जो नौसेना की मदद कर रही थी, उसने उनकी बात सुन ली और उन्हें लेकर मिर्जा के पास पहुँची। दोनों बंधकों को निचले डेक पर एक छोटे से कमरे में बिठाया गया।

"उस नौजवान डेनियल ने हमसे कहा कि हम आपको बता दें कि बंधकों को नीचे मनोरंजन कक्ष में रखा गया है और उनके पास बडास सब-मशीन गन है, जो इजराइल या कहीं की है और कुछ पिस्तौल हैं।" गौरव ने कहा।

मिर्जा मदद के लिए शायना की तरफ देखने लगे।

"बडास।" उसने बताया, "बोलचाल का शब्द है, जिसका इस्तेमाल आजकल जबरदस्त के लिए होता है।"

वह गौरव की तरफ मुड़ी।

"ये सब-मशीन होती हैं। वे उजी थीं क्या?" उसने पूछा और गौरव ने झट से हामी भर दी।

"और पिस्तौल थीं…क्लॉक?" उसने कुछ हिचकते हुए कहा।

"ग्लॉक?" उसने पूछा और इस बार गौरव के साथ आस्था ने भी 'हाँ' में सिर हिलाया।

"उनके पास पर्याप्त कारतूस हैं। कैप्टन अकसर इंजन रूम में रहता था, मुझे लगता है, कंट्रोल रूम को यह भरोसा दिलाने के लिए कि सबकुछ सामान्य है। डेनियल ने कहा कि उसकी गिनती के मुताबिक बारह हाइजैकर्स हैं और उसे लगा कि वे पूर्व सैनिक हैं, क्योंकि आप तो जानते हैं कि डेनियल भी वहीं है और उसे इस तरह के लोगों की जानकारी है।" आस्था ने कहा।

"डेनियल फर्नांडो?" मिर्जा ने पूछा।

"हाँ-हाँ! हमें जैसे ही अगवा किया गया, उसने बॉस की तरह जिम्मेदारी सँभाली, बंदूकधारियों और उनकी बदमाशियों का मुकाबला किया। वे बड़े दुष्ट हैं! वह और एक बूढ़े व्यक्ति पूरी तरह से हौसला रखे हुए थे, जबकि हमारी हालत खराब हो रही थी। उस बूढ़े ने तो एक महिला को रेप से भी बचाया।" गौरव ने शरमाते हुए कहा।

आस्था उस घटना को याद कर दुःखी हो गई और शायना उसे देखने लगी।

"यह क्या कह रहा है?"

"असल में, एक हाइजैकर उस वक्त चोरी से मनोरंजन कक्ष में घुस आया था, जब हम सो रहे थे। उसने एक युवती को बंदूक की नोक पर अपने साथ ले जाने की कोशिश की थी। वह बूढ़ा आदमी, जिसे हम 'अंकल' कहते थे, हाइजैकर के आगे खड़ा हो गया और कहा कि वह उसे उस लड़की को ले जाने नहीं देगा। हम इतना डर गए थे।" आस्था उस घटना को याद कर काँपने लगी।

शायना ने उसे शांत करने के लिए अपना हाथ उसके कंधे पर रख दिया।

"तो सार यही है कि वहाँ पंद्रह लोग हैं, जिनके पास उजी और ग्लॉक तथा पर्याप्त

"असल में, एक हाइजैकर उस वक्त चोरी से मनोरंजन कक्ष में घुस आया था, जब हम सो रहे थे। उसने एक युवती को बंदूक की नोक पर अपने साथ ले जाने की कोशिश की थी। वह बूढ़ा आदमी, जिसे हम 'अंकल' कहते थे, हाइजैकर के आगे खड़ा हो गया और कहा कि वह उसे उस लड़की को ले जाने नहीं देगा। हम इतना डर गए थे।" आस्था उस घटना को याद कर काँपने लगी।

कारतूस हैं। वे प्रशिक्षित पूर्व सैनिक लगते हैं। बंधकों को मनोरंजन कक्ष में रखा गया है और दिन में दो बार खाना दिया जाता है। कैप्टन को यह भ्रम बनाए रखने को कहा गया है कि वह तब तक सबकुछ सामान्य बनाए रखे, जब तक कि अगवा किए जाने की बात का खुलासा न किया जाए। ठीक है न?"

"हाँ-हाँ और यह भी कि उस आर्मीवाले को लगता है कि जहाज पर दुश्मनों का एक जासूस भी है।" गौरव ने बीच में कहा।

मिर्जा ने कुछ कहने से पहले उसे गौर से देखा।

"मैं चाहता हूँ कि तुम इस बात को बिना किसी चालू भाषा का इस्तेमाल किए दोहराओ।" उन्होंने कहा।

"ठीक है, तो सुनिए—डेनियल को लगता है कि बंधक बनाए गए लोगों के बीच कोई है, जो अगवा करने वालों से मिला हुआ है।"

"और उसे ऐसा क्यों लगा?"

गौरव ने कंधे उचका दिए। "आई.डी.के. मैन!" उसने कहा।

"अब इसका क्या मतलब है?" मिर्जा आपा खो बैठे।

"इसका…इसका मतलब है—आई डोंट नो…" गौरव हकलाने लगा, "इतना समय नहीं था। उस नौजवान ने…मेरा मतलब है, मैं जब आ रहा था, तब डेनियल ने बस, फुसफुसाते हुए कहा था कि यह जरूरी बात है।"

आस्था और गौरव को लेकर शायना चली गई, जबकि मिर्जा अकेले बैठकर सारी जानकारी पर गौर कर रहे थे।

फिर वे ऑफिसर्स रूम में आए, जहाँ गोयल और जायसवाल को एक तरफ ले गए और उन्हें सारे बंधकों से उस 'अंकल' के बारे में बात करने को कहा, जो हाइजैकर के सामने खड़े हो गए थे।

"आपके दिमाग में कोई प्लान है, सर?" गोयल ने पूछा।

"बस, एक खयाल है।" मिर्जा ने जवाब

> *"आपके दिमाग में कोई प्लान है, सर?" गोयल ने पूछा।*
> *"बस, एक खयाल है।" मिर्जा ने जवाब दिया, "हो सकता है, वह सहयोगी हो और हमें जो मिले, उसकी मदद लेनी चाहिए।"*
> *फिर मिर्जा डेक तक गए और एक फोन से मनकामे का नंबर मिलाया।*
> *"क्या चल रहा है, लड़के?" उसने पूछा।*

दिया, "हो सकता है, वह सहयोगी हो और हमें जो मिले, उसकी मदद लेनी चाहिए।"

फिर मिर्जा डेक तक गए और एक फोन से मनकामे का नंबर मिलाया।

"क्या चल रहा है, लड़के ?" उसने पूछा।

"सर, हम अब भी ऑटोरिक्शा ड्राइवर पर नजर रख रहे हैं। बेहरामबाग से निकलने के बाद वह मलाड के एक गैरेज में गया, ऑटो को वहाँ खड़ा किया और कपड़े बदलकर बाइक से वहाँ से निकल गया। वहाँ से वह गोरेगाँव में एक रिहायशी इमारत में गया। वह एक ही विंगवाली इमारत है, कुछ खास अच्छी नहीं है। वह अब तक वहाँ से बाहर नहीं आया है।"

"देखो, क्या मिलता है ! लेकिन सावधान रहना और जब मैं कहूँ, तब काररवाई के लिए तैयार रहना।"

मिर्जा ने फोन काटा और जैसे ही मुड़े तो जायसवाल आता दिखा।

"कुरैशी का फोन है।" उसने कहा, "आपसे बात करना चाहता है।"

मिर्जा तेजी से ऑफिसर्स रूम की तरफ भागे, जहाँ नौसेना के कमांडर और कई दूसरे लोग उस फोन को घेरे हुए थे, जिसके स्पीकर फोन की लाइट जल रही थी।

"मिर्जा बोल रहा हूँ।" उन्होंने कहा।

"ध्यान से सुनो, मिर्जा।" आई.एम. फाइव के लीडर ने कहा, "मैंने मार्को से कमान सँभाल ली है, जिसका मतलब यह है कि वह और उसकी टीम वही करेगी, जैसा मैं कहूँगा। अगर तुम मुझे नहीं बताते कि मुस्तफा और इब्राहिम की माँ कहाँ हैं तो मैं विक्रांत को ऊपर की डेक पर लेकर आऊँगा और उन्हीं कैमरे के सामने उसे टॉर्चर करूँगा, जिन्हें तुमने हमारी तरफ घुमा रखा है।"

"विक्रांत कैसा है ?" मिर्जा ने पूछा।

"वह जिंदा है। बुढ़िया कहाँ है ?"

मिर्जा जवाब देने से पहले एक सेकंड के लिए हिचकिचाए, फिर कहा, "वह सुरक्षित

"अच्छा होगा, अगर तुम झूठ न बोलो।" कुरैशी ने धमकी दी।
"मैं क्यों झूठ बोलूँगा!" मिर्जा ने कहा, "वैसे भी, सबकुछ तुम लोगों को बाहर निकालने के लिए किया गया था, जिसकी अब जरूरत नहीं है।"
"कौन सा होटल?" मिर्जा ने उसे बता दिया।
"अच्छी बात है। मैं चाहता हूँ, उसे घर भेज दिया जाए और दो घंटे बाद मैं सैटेलाइट फोन से उससे बात करूँगा।"

है। हमने उसे तीन महिला पुलिसकर्मियों के साथ बांद्रा के एक होटल में रखा है।"

"अच्छा होगा, अगर तुम झूठ न बोलो।" कुरैशी ने धमकी दी।

"मैं क्यों झूठ बोलूँगा!" मिर्जा ने कहा, "वैसे भी, सबकुछ तुम लोगों को बाहर निकालने के लिए किया गया था, जिसकी अब जरूरत नहीं है।"

"कौन सा होटल?"

मिर्जा ने उसे बता दिया।

"अच्छी बात है। मैं चाहता हूँ, उसे घर भेज दिया जाए और दो घंटे बाद मैं सैटेलाइट फोन से उससे बात करूँगा।"

"ठीक है।"

"इसके बाद एक कमर्शियल मालवाहक जहाज हमारी तरफ आ रहा है।"

मिर्जा ने जायसवाल और गोयल की तरफ देखा।

"मैं चाहता हूँ, तुम उसे बिना रोक-टोक हमारे पास आने दो। किसी ने भी चालाकी की तो एक बंधक मारा जाएगा।"

"मालवाहक पर क्या है?" मिर्जा ने पूछा।

"कोई बेहद खास।" कुरैशी ने जवाब दिया और फोन कट गया।

एक मिनट तक कोई कुछ नहीं बोला। केवल मिर्जा, गोयल और जायसवाल ने एक-दूसरे को देखा और सब एक ही बात सोच रहे थे—

मुनाफ़िक।

□

34

मंगलवार तड़के, मुंबई

"सावधान!" सोनम ढिल्लों ने अपने माइक पर कहा।

सोनम, उसके आदमी और डी.सी.पी. अशोक मनकामे ऑटोरिक्शा ड्राइवर पर नजर रखने के लिए तीन-तीन की टीम में बँट गए थे। सोनम और उसके दो सहयोगी एक कार में बैठकर बिल्डिंग के सामने के प्रवेश द्वार पर नजर रख रहे थे, जबकि मनकामे और दो अन्य पीछे के रास्ते पर, ताकि उनका टारगेट परिसर की दीवार फाँदने की कोशिश न करे। पूरी रात टीम के सदस्य बारी-बारी से नजर रखते रहे। उनमें से एक जागता रहा, जबकि बाकी दो कारों की पिछली सीट पर सोते रहे।

आधे घंटे पहले मिर्जा ने सोनम को फोन किया और कुरैशी से हुई बातचीत की जानकारी दी और उससे कहा कि वह महिला पुलिसकर्मियों को शगुफ्ता बी को छोड़ने के आदेश दे रहे हैं। सोनम ने सोते अफसरों को जगाया और उन सभी ने इस आशंका के साथ वेस्टर्न एक्सप्रेस हाईवे पर मोर्चा सँभाल रखा था कि शायद वह ऑटोरिक्शा ड्राइवर बांद्रा के होटल तक जाने के लिए बिल्डिंग से गोरेगाँव के सबसे तेज रूट को चुने।

एकदम सुबह वह अपनी बाइक से निकला था और सोनम ने उसे पाँच मिनट तक आगे जाने दिया, फिर गली में मुड़ गई। आई.बी. अधिकारियों को यह चिंता सता रही थी कि उस आदमी को पीछा किए जाने की भनक न लग जाए, क्योंकि उतनी सुबह ट्रैफिक इतना ज्यादा नहीं हुआ था। जैसे ही वह ऑटोरिक्शा ड्राइवर हाईवे पर आया, मनकामे ने सोनम को यह बताने के लिए फोन किया कि वे दस मिनट में होटल पहुँच जाएँगे। सोनम ने भगवान् का शुक्रिया अदा किया और अपने टारगेट से आगे निकल गई, जबकि उसकी टीम का एक सदस्य उसकी बजाय खुद पीछा करने में जुट गया।

आधे घंटे में वह आदमी होटल के बाहर पहुँचा, जहाँ शगुफ्ता बी महिला

पुलिसकर्मियों के साथ इंतजार कर रही थी। उन्होंने उसे विदा किया और सहायता देकर पिछली सीट पर बिठाया। बाइकर जब जोगेश्वरी की तरफ बढ़ रहा था, तब सुबह का ट्रैफिक थोड़ा बढ़ने लगा था और मनकामे आसानी से गाड़ियों की भीड़ में शामिल हो गए, जबकि दो अन्य तेजी से आगे निकल गए, ताकि बदल-बदलकर पीछा कर सकें।

उन्होंने बेहरामबाग तक उसी खेल को खेला, जहाँ मनकामे ने अपनी एस.यू.वी. को मेन रोड पर खड़ा किया और कादिर के घर तक ठीक उस वक्त पहुँचा, जब वह आदमी शगुफ्ता बी से विदा ले रहा था और फिर उसने अपनी बाइक मोड़ ली। मनकामे बिना धीमे हुए उस घर से आगे बढ़ गया और नुक्कड़ तक जाकर लौट आया, जिसके बाद उसने सोनम को फोन मिलाया और ताजा जानकारी दी। वे पूरे दस मिनट तक इंतजार करते रहे और फिर दौड़ लगाते हुए मन रोड पर पहुँचे और अपनी एस.यू.वी. में सवार हो गए।

गोरेगाँव के बीच रास्ते में सोनम का फोन आया और उन्होंने हैंड्स-फ्री का इस्तेमाल करते हुए जवाब दिया।

"अपने निगरानी करने वाले बंदों से अभी-अभी पता चला।" सोनम ने बताया, "शगुफ्ता बी ने लक्षद्वीप में एक सैटेलाइट फोन पर कॉल की है। अपने दोनों बेटों से उसने पाँच मिनट तक बात की।"

"शो टाइम?" मनकामे ने पूछा।

"शो टाइम।"

मनकामे ने एक्सीलेटर दबाया और अपना सायरन ऑन कर दिया, जिससे उसके आगे की गाड़ियाँ न चाहते हुए भी धीमी हुईं और उसे आगे जाने का रास्ता दे दिया।

उसने आगे जा रहे बाइकर को देखा, जबकि रॉ के सदस्य अपनी गाड़ियों से धीरे-धीरे उसके करीब आ रहे थे। सोनम टारगेट के आगे आ गई और इस तरह उसे गाड़ियों ने घेर लिया। सारी गाड़ियाँ वेस्टर्न एक्सप्रेस हाईवे के बीचोबीच रुक गईं।

मनकामे और सोनम अपनी-अपनी कार

"अपने निगरानी करने वाले बंदों से अभी-अभी पता चला।" सोनम ने बताया, "शगुफ्ता बी.ने लक्षद्वीप में एक सैटेलाइट फोन पर कॉल की है। अपने दोनों बेटों से उसने पाँच मिनट तक बात की।"
"शो टाइम?" मनकामे ने पूछा।
"शो टाइम।"

से कूदकर निकले, बंदूकें तन गईं, जबकि अवस्थी ने उस आदमी की गरदन पकड़ी और उसे बाइक से खींचकर सीधे मनकामे की एस.यू.वी. में डाल दिया। मनकामे ने उस आदमी को हथकड़ी लगाई और अंदर धकेल दिया। सोनम और अवस्थी उसके दोनों तरफ बैठ गए। ड्राइवर सीट पर बैठते ही मनकामे गाड़ी को तेज रफ्तार से भगा ले गया, जबकि आई.बी. की टीम ने अपनी गाड़ियों और उस टारगेट की बाइक को रास्ते से हटा दिया। इस बीच इंतजार कर रही कारों ने बेसब्री से हॉर्न बजाना चालू रखा।

दस मिनट बाद मनकामे ने अंधेरी स्थित क्राइम ब्रांच के यूनिट एक्स ऑफिस में अपनी एस.यू.वी. को जबरदस्त ब्रेक लगाकर रोका। रास्ते में उस आदमी ने अपना नाम वसीम बताया था। उसे खींचकर यूनिट ऑफिस लाया गया और सीधा पूछताछ वाले कमरे में डाल दिया गया।

दस मिनट तक किसी ने वसीम से कुछ नहीं पूछा। मनकामे के दो सबसे बलिष्ठ और अनुभवी सिपाहियों ने उस पर लात-घूँसों की बरसात कर दी, जिससे वह दर्द से चीख उठा; जबकि डी.सी.पी., सोनम और अवस्थी बस कोने में स्टूलों पर बैठकर देखते रहे।

दोनों सिपाही साँस लेने के लिए रुके और वसीम फर्श पर दर्द से तड़प रहा था। मनकामे उसके पास गया, मुँह में सिगरेट को दबाए नीचे झुका।

"ये तुम्हें इसी तरह पीटते रहेंगे।" उसने वसीम से कहा, "पूरे दिन और फिर हम कुछ और नए तरीके इस्तेमाल करेंगे।"

"क्या···क्या जानना चाहते हो तुम लोग?" वसीम ने डबडबाई आँखों से पूछा।

मनकामे ने तीसरे सिपाही को, जो थोड़ा दयालु दिखता था, वसीम को बाथरूम ले जाने और उस यूनिट के इंचार्ज इंस्पेक्टर के केबिन में साफ-सुथरा कर लाने का आदेश दिया।

वसीम दस मिनट बाद जब केबिन में दाखिल हुआ तो चाय उसका इंतजार कर रही थी।

वसीम काँपता हुआ बैठा और चाय की

"क्या···क्या जानना चाहते हो तुम लोग?" वसीम ने डबडबाई आँखों से पूछा। मनकामे ने तीसरे सिपाही को, जो थोड़ा दयालु दिखता था, वसीम को बाथरूम ले जाने और उस यूनिट के इंचार्ज इंस्पेक्टर के केबिन में साफ-सुथरा कर लाने का आदेश दिया। वसीम दस मिनट बाद जब केबिन में दाखिल हुआ तो चाय उसका इंतजार कर रही थी।

तरफ हाथ बढ़ाया, लेकिन यह सोचकर डर गया कि शायद फिर से उसकी पिटाई होगी। जब कुछ नहीं हुआ तो उसने शुक्रगुजार होकर चाय की चुस्की ली।

"तुम किसके लिए काम करते हो?" सोनम ने पूछा।

"उसने अपना नाम 'ऋषभ चावला' बताया था।" वसीम ने कहा।

मनकामे अपनी सीट से आगे झुका। "सच में?"

वसीम ने "हाँ" कहा।

"उसने मुझे कुछ चाबियाँ और एक सेलफोन दिया। उसने मुझसे कहा कि वह देश से बाहर जा रहा है और कुछ चीजों की देखभाल के लिए उसे मेरी जरूरत है। उसने मुझे नकद 50,000 रुपए दिए तथा लौटने पर और भी पैसे देने का वादा किया।"

"उसने और क्या कहा तुमसे?" अवस्थी ने पूछा।

"ये कि उसका एक आदमी मुझे फोन करेगा और वे जैसा कहें, मुझे ठीक वैसा ही करना है और कोई सवाल नहीं करना है।"

मनकामे ने चाबियों के उस गुच्छे को देखा, जिसे उसने सेलफोन और कुछ कैश के साथ वसीम को हाईवे पर गिरफ्तार करने के बाद उसकी जेब से बरामद किया था।

"यही वे चाबियाँ हैं, जो उसने तुम्हें दी थीं?" उसने पूछा और वसीम ने 'हाँ' में जवाब दिया।

"इनमें से एक बाइक की चाबी है। ये मलाड के गैराज में मेरे लिए रखी गई थी।"

"वही गैराज, जहाँ तुमने उस ऑटोरिक्शा को छोड़ा था?" सोनम ने पूछा। वे चारों तरफ से सवालों की झड़ी लगा रहे थे, ताकि वसीम उलझ जाए और उनकी बात मानता जाए।

वसीम हैरान दिख रहा था, लेकिन उसने 'हाँ' में जवाब दिया।

"बाकी की दो किसकी हैं?"

"उस घर की, जिसमें मैं रह रहा हूँ। एक लॉक की और दूसरी लैच की।"

"वह तुम्हारा घर नहीं है?" अवस्थी ने पूछा।

> *"मैं तो एक ऑटो ड्राइवर हूँ, साहेब। मैं दो बेडरूम का घर कहाँ से खरीद लूँगा! मैं कुर्ला में रहता हूँ, लेकिन मुझसे कहा गया कि जब तक कहा न जाए, मैं गोरेगाँव के फ्लैट में ही रहूँ। जरूर उसके मालिक ने वॉचमैन और कुछ पड़ोसियों को बताया होगा। कोई भी मुझे देखकर हैरान नहीं था।"*

"मैं तो एक ऑटो ड्राइवर हूँ, साहेब। मैं दो बेडरूम का घर कहाँ से खरीद लूँगा! मैं कुर्ला में रहता हूँ, लेकिन मुझसे कहा गया कि जब तक कहा न जाए, मैं गोरेगाँव के फ्लैट में ही रहूँ। जरूर उसके मालिक ने वॉचमैन और कुछ पड़ोसियों को बताया होगा। कोई भी मुझे देखकर हैरान नहीं था।"

"उसका मालिक कहाँ है?" मनकामे ने पूछा।

"कुछ पता नहीं, सर। मैंने तो उससे कभी बात भी नहीं की है।"

मनकामे खड़ा हुआ और वसीम के करीब आया।

"अगर तुमने मुझसे झूठ बोला···"

"मैं झूठ नहीं बोल रहा, सर। मेरी बात केवल चावला से हुई थी।"

"तुम मालिक का नाम जानते हो?" मनकामे ने पूछा।

वसीम ने 'हाँ' में जवाब दिया।

□

35

मंगलवार दोपहर, लक्षद्वीप

"मैं तुमसे कह रहा हूँ, यह पागलपन है!" हाकिमी ने अपनी आवाज धीमी रखने की कोशिश करते हुए कहा।

"हम बस, चर्चा कर रहे हैं, अंकल। सब खयाली है। जो कुछ हो रहा है, उसे बस होने दो।" डेनियल ने धीरे से कहा और हाकिमी हताशा में सिर धुनता रहा।

"तो," विक्रांत ने अपनी दबी आवाज में कहा, "मान लो, हमने उन्हें दबोच लिया, जो दरवाजे के बाहर हैं, तो वहाँ दो गार्ड हैं। इसका मतलब है—दो उजी और दो ग्लॉक और पर्याप्त कारतूस, साथ ही दो कटार भी।"

"हाँ, लेकिन मार्को दिन में दो बंदों को दो बार वैसे ही देखभाल करने के लिए भेजता है। मैंने दोपहर के समय उनकी परछाईं को दरवाजे के बाहर देखा है। इसके साथ ही एक और आदमी भी दिन में कम-से-कम एक बार जाँच कर जाता है। मैंने कदमों की आवाज सुनी है और उसका कोई निश्चित समय नहीं है। इसका मतलब है कि हम जब दोनों को दबोच रहे होंगे, तब कोई वहाँ आ सकता है।" डेनियल ने कहा।

हाकिमी, डेनियल और विक्रांत एक कोने में बैठे थे, जबकि वैशाली साहिर और प्राजक्ता के साथ थी।

"मान लो, हमारी किस्मत अच्छी हो।" विक्रांत ने कहा और हाकिमी ने फिर से इनकार में सिर हिलाया।

"बस, मान लो कि हम किस्मतवाले रहे।" विक्रांत ने पूरे मन से अपनी बात दोहराई और फिर डेनियल को देखने लगा, "क्या तुम सबसे ऊपर के डेक तक आगे चल सकोगे?"

डेनियल ने 'हाँ' में जवाब दिया।

"चोरी-चुपके और खामोशी ही हमारे सबसे अच्छे विकल्प हैं।" विक्रांत ने

कहा, "मैं तो कहता हूँ, जहाँ तक संभव हो, हम चाकू का इस्तेमाल करें।"

"तुम दोनों ऐसी बात भी कैसे कर सकते हो?" हाकिमी ने दबे स्वर में कहा, "तुमने कहा कि पाँच लोग तुम्हारे साथ जहाज पर आए। इसका मतलब है, कुल सोलह लोगों से निपटना होगा। उनके मुकाबले तुम दो होगे। हम सब तुम्हारे साथ होंगे और पता नहीं कितने और लोग जहाज पर आ रहे होंगे!"

इस पर डेनियल और **विक्रांत के** विचार अलग-अलग थे, लेकिन वे चुप ही रहे। डेनियल जहाज पर उस जासूस के बारे में सोच रहा था, जो या तो मेहमानों के बीच था या चालक दल में। उसने केवल गौरव के कानों में यह बताया था, जब वह जा रहा था; लेकिन इस बारे में और किसी को कुछ नहीं बताया था, विक्रांत को भी नहीं, क्योंकि उसमें किसी पर भी आसानी से भरोसा न करने की आदत थी।

इस बीच विक्रांत साल '93 के जखीरे के बारे में सोच रहा था। वह नहीं जानता था कि मिर्जा या दूसरे लोगों को उस बारे में कुछ पता चला या नहीं, लेकिन उसे यकीन था कि उस जखीरे का इस्तेमाल कुछ बेहद बुरे मकसद के लिए किया गया था। उसका पहला डर यही था कि अगर उन्होंने भागने की कोशिश की तो आई.एम. फाइव में से कोई एक बस, एक नंबर डायल कर मुंबई में बम धमाका कर सकता है। डेनियल की तरह ही वह भी लोगों पर भरोसा नहीं करता था और वह बंधकों के डर व दहशत को और बढ़ाना नहीं चाहता था। इस वजह से ही उसने इस बारे में डेनियल को भी कुछ नहीं बताया था।

दरवाजा खुला और किचन के दो सदस्य पैक सैंडविच एवं प्लास्टिक के गिलासों में मिल्क शेक लेकर अंदर आए। इससे पहले वे बंधकों को नाश्ता बाँट दिया करते थे। हालाँकि इस बार उन्होंने ट्रे को बस नीचे रखा और चले गए। उनके पीछे-पीछे मिनट भर के अंदर बंदूकधारी भी चले गए।

डेनियल और विक्रांत ने एक-दूसरे को

> ***दरवाजा खुला और किचन के दो सदस्य पैक सैंडविच एवं प्लास्टिक के गिलासों में मिल्क शेक लेकर अंदर आए। इससे पहले वे बंधकों को नाश्ता बाँट दिया करते थे। हालाँकि इस बार उन्होंने ट्रे को बस नीचे रखा और चले गए। उनके पीछे-पीछे मिनट भर के अंदर बंदूकधारी भी चले गए। डेनियल और विक्रांत ने एक-दूसरे को मायूसी के साथ देखा। उनके पास चौंकानेवाला हमला करने के लिए बेहद कम समय बचा था।***

मायूसी के साथ देखा। उनके पास चौंकानेवाला हमला करने के लिए बेहद कम समय बचा था।

मुँह लटकाकर उन्होंने खाना शुरू किया। दोनों किसी वैकल्पिक योजना पर बड़े जतन से सोच रहे थे। हाकिमी वैशाली और दूसरे बंधकों के पास बैठने चला गया, जिससे वे दोनों अब अकेले थे।

"कैप्टन कहाँ है?" विक्रांत ने चबाने के बीच पूछा, "साहनी नाम है न उसका?"

डेनियल ने 'हाँ' में जवाब दिया।

"वे उसे और चालक दल को ज्यादातर इंजन रूम में रखते हैं। रेडियो को तोड़ने से पहले उन्हें उसकी जरूरत जमीन से संपर्क बनाए रखने और यह दिखाने के लिए थी कि सबकुछ..."

डेनियल खामोश हो गया और विक्रांत उसे देखने लगा।

"क्या हुआ?" विक्रांत ने पूछा।

डेनियल ने चारों तरफ देखा कि कहीं कोई उन्हें सुन तो नहीं रहा।

"मुझे शक है कि हमारे बीच दुश्मनों का कोई जासूस है।" उसने धीमे स्वर में कहा, "उन्होंने तीन घंटे के भीतर क्रूज लाइनर पर कब्जा जमाया, जो काफी आसानी से हो गया। उन्हें जरूर अंदर से मदद मिली होगी।"

विक्रांत के हाव-भाव बदल गए।

"साहनी..." उसने कहा।

डेनियल ने 'हाँ' में सिर हिलाया और आगे कुछ कहने से पहले फिर से चारों ओर देखा।

"पहले उसकी जरूरत इंजन रूम में पड़ सकती थी, लेकिन अब, जब हाइजैकर

विक्रांत के हाव-भाव बदल गए।

"साहनी..." उसने कहा।

डेनियल ने 'हाँ' में सिर हिलाया और आगे कुछ कहने से पहले फिर से चारों ओर देखा।

"पहले उसकी जरूरत इंजन रूम में पड़ सकती थी, लेकिन अब, जब हाइजैकर सरकार से संपर्क कर चुके हैं और क्रूज लाइनर एक ही जगह पर खड़ा है, तब साहनी और उसका चालक दल यहाँ हमारे साथ क्यों नहीं है?"

"तुम ही सोचो।"

"बिल्कुल सही, है न?" डेनियल ने पूछा, "वह क्रूज लाइनर के चप्पे-चप्पे को जानता है।"

विक्रांत का दिमाग तेजी से दौड़ने लगा।

सरकार से संपर्क कर चुके हैं और क्रूज लाइनर एक ही जगह पर खड़ा है, तब साहनी और उसका चालक दल यहाँ हमारे साथ क्यों नहीं है?"

"तुम ही सोचो।"

"बिल्कुल सही, है न?" डेनियल ने पूछा, "वह क्रूज लाइनर के चप्पे-चप्पे को जानता है।"

विक्रांत का दिमाग तेजी से दौड़ने लगा।

"जरूरी नहीं कि वह उनके बीच का हो। उसे किसी तरीके से दबाव में लिया जा सकता है।" उसने कहा और डेनियल को असलम पारकर के बारे में बताया।

"यह निश्चित तौर पर आई.एस.आई. का काम है।" डेनियल ने कहा और विक्रांत ने 'हाँ' में सिर हिला दिया।

"इसकी संभावना 1 प्रतिशत है कि साहनी की जरूरत सही मायने में इंजन रूम में किसी के लिए हो, जिसकी योजना उन्होंने बना रखी है। शायद उन्होंने मेहमानों और चालक दल को अलग रखा हो, ताकि हमारी संख्या को कम रख सकें या कोई और बात हो।" विक्रांत ने सोचते हुए कहा।

"हाँ।" डेनियल बोला, "लेकिन केवल 1 प्रतिशत संभावना है।"

"और क्रूज लाइनर का कैप्टन, जो इसके बारे में छोटी-से-छोटी बात भी जानता है, दुश्मनों के साथ है।" विक्रांत ने कहा।

"तो हमारे सामने बहुत बड़ा रणनीतिक संकट है।" डेनियल ने बात पूरी की।

□

36

मंगलवार दोपहर, लक्षद्वीप

मालवाहक जहाज धीरे-धीरे विमान वाहक पोत के करीब से गुजर रहा था और दस नौसैनिक बंदूकें उस पर तनी हुई थीं। वह क्रूज लाइनर की तरफ बढ़ गया।

डेक के अगले सिरे पर काली युद्ध की वरदी में एक आदमी खड़ा था, जिसका सिर व चेहरा काली नकाब से ढका था और एक एम 4 असॉल्ट राइफल उसके कंधे पर टँगी थी। वह एक पैर रेलिंग पर रखकर खड़ा था और जब वह गुजर रहा था, तब विमान वाहक के डेक पर इकट्ठा लोगों को मुसकराकर देख रहा था। उसने तो मिर्जा को हलका सा सलाम भी किया।

"आपको लगता है, यह वही है?" गोयल ने धीरे से कहा।

"बता पाना मुश्किल है। कद-काठी वैसी ही है, लेकिन चेहरा देखे बिना कुछ कह नहीं सकता।" मिर्जा ने कहा।

मालवाहक क्रूज लाइनर के करीब पहुँचा और उसके बराबर में जाकर ठहर गया। अब वह क्रूज लाइनर और कावरत्ती द्वीप के बीच खड़ा था, जिससे विमान वाहक पर मौजूद अधिकारी उसे देख नहीं पा रहे थे। दो मिनट बाद काली वरदीवाला आदमी एक रस्सी की मदद से क्रूज लाइनर पर चला गया। मिर्जा ठीक उसी समय ऑफिसर्स रूम में दाखिल हुए और कैमरे की नजर से उसे सबसे ऊपर की डेक पर चढ़ते देखा।

कुरैशी उसका स्वागत करने के लिए आगे आया। दोनों गले मिले और उस आदमी ने उसकी पीठ थपथपाई। फिर कुरैशी ने उसे सैटेलाइट फोन थमा दिया। वे देख रहे थे कि उसने नंबर मिलाया और तीन सेकंड बाद ऑफिसर्स रूम में फोन बजने लगा।

नौसैनिक कमांडर ने फोन का स्पीकर ऑन कर दिया।

"मेरी बात शाहवाज अली मिर्जा से कराओ।" फोन करने वाले ने भारी व

घरघराती आवाज में कहा।

सबकी नजरें जासूसी की दुनिया के दिग्गज की तरफ घूम गईं, जिसने अपना गला साफ किया और कहा, "बोल रहा हूँ।"

"मिर्जा," उस आदमी ने कहा, "अच्छा लगा तुम्हें देखकर।"

"हम पहले मिले हैं क्या?" मिर्जा ने कहा।

"अरे हाँ, मिले हैं, कई बार। बस, तुम्हें एहसास नहीं हुआ। घबराओ मत; सबकुछ जल्दी ही हो जाएगा और तुम्हें तुम्हारे जवाब भी मिल जाएँगे।"

"क्या चाहते हो तुम?"

"एक पत्रकार और एक कैमरामैन, लाइव अपलिंक के साथ।"

कमरे में खामोशी छा गई।

"क्या?" मिर्जा ने आखिर में पूछा।

"हम टी.वी. पर दिखना चाहते हैं, मिर्जा, लाइव।"

"तुम क्या कहने वाले हो?"

वह आदमी हँसने लगा।

"छोड़ो भी।" उसने कहा, "तुमने प्रेस की आजादी के बारे में कभी नहीं सुना क्या?"

"मजाक छोड़ो, सीरियस हो जाओ!" मिर्जा दहाड़े।

"तुम सीरियस होना चाहते हो? ठीक है। ये कैसा रहेगा—मुझे एक घंटे के भीतर टेलीविजन न्यूज की टीम चाहिए। अगर तुमने ऐसा किया तो मैं कुछ बंधकों को रिहा कर दूँगा। अगर नहीं किया तो मैं कुछ को मार दूँगा। समझ गए?"

"पहले हमारे कुछ बंधकों को रिहा कर दो।" मिर्जा ने कहा और कमरे में कुछ लोगों के हैरान होने से निकली आवाज को सुना जा सकता था।

"क्या कहा तुमने?"

"तुमने हमारे लोगों को बंधक बना रखा है, इसलिए हम मजबूरी में तुम्हारी बात मानेंगे।

"तुम सीरियस होना चाहते हो? ठीक है। ये कैसा रहेगा—मुझे एक घंटे के भीतर टेलीविजन न्यूज की टीम चाहिए। अगर तुमने ऐसा किया तो मैं कुछ बंधकों को रिहा कर दूँगा। अगर नहीं किया तो मैं कुछ को मार दूँगा। समझ गए?" "पहले हमारे कुछ बंधकों को रिहा कर दो।" मिर्जा ने कहा और कमरे में कुछ लोगों के हैरान होने से निकली आवाज को सुना जा सकता था।

दूसरी तरफ, तुम्हारे साथ ऐसी कोई मजबूरी नहीं। मैं तुम्हारी ओर से अच्छी पहल देखना चाहता हूँ, ताकि अपनी सरकार को तुम्हारी माँग पर राजी कर सकूँ।"

"मुझे लगता है, तुम्हारी सरकार मेरी माँग को खुशी-खुशी मान लेगी; लेकिन यकीन मानो, मैं किचन के स्टाफ को रिहा कर दूँगा। मैं अपने साथ रसद लेकर आया हूँ, इसलिए मुझे नहीं लगता कि हमें खाने के सामान की जरूरत पड़ेगी।"

मिर्जा ने स्क्रीन को देखा और पाया कि कुरैशी और दूसरे लोग क्रूज लाइनर पर कार्टन उतार रहे हैं।

"यह काम पहले की तरह ही होगा। तुम न्यूज टीम को लाइफबोट पर भेजो, मैं लाइफबोट पर किचन स्टाफ को भेजूँगा। और कुछ?"

"तुम्हारा नाम क्या है?" मिर्जा ने पूछा।

उधर से हँसी सुनाई पड़ी।

"मुझे कई नामों से बुलाया जाता है; लेकिन तुम मुझे 'मारवन' कह सकते हो।"

> *जवाब का इंतजार किए बिना मिर्जा मुड़े और चले गए, साथ ही जायसवाल और गोयल को साथ आने का इशारा भी कर दिया। तीनों जब कमरे से बाहर निकल गए, तब शायना ने मिश्रा की तरफ देखा।*
> *"अगर मैं आपकी जगह होती तो वही करती, जैसा वह कर रहे हैं।" शायना ने कहा।*

लाइन कट गई और कुछ देर तक ऑफिसर्स रूम में सब एक-दूसरे को देखते रहे।

मिर्जा पी.एम.ओ. के आदमी अखिलेश मिश्रा की तरफ घूमे।

"पी.एम. से बात कीजिए।" उन्होंने कहा, "इसे करवाइए।"

"इसमें कुछ ज्यादा ही खतरा नहीं है?" मिश्रा ने पूछा।

मिर्जा को भारी खीज हुई और आगे बढ़ते हुए वे उसके करीब आए।

"मैं सच में आपके साथ काफी धैर्य रख रहा हूँ, सर।" उन्होंने कहा, "मेरी गुजारिश है कि मेरे धैर्य का इम्तिहान न लें। आप जो चाहें, करें और मुझे जो करना है, करने दें। प्लीज, पी.एम. से बात कीजिए।"

जवाब का इंतजार किए बिना मिर्जा मुड़े और चले गए, साथ ही जायसवाल और गोयल को साथ आने का इशारा भी कर दिया। तीनों जब कमरे से बाहर निकल

गए, तब शायना ने मिश्रा की तरफ देखा।

"अगर मैं आपकी जगह होती तो वही करती, जैसा वह कर रहे हैं।" शायना ने कहा।

इसमें एक घंटे से अधिक का वक्त लगा, लेकिन अंत में एक लड़ाकू विमान एक जाने-माने अंग्रेजी चैनल के एक रिपोर्टर और कैमरामैन को लेकर विमान वाहक पोत की तरफ आया।

"यह चैनल तो पहले से ही इसका शोर मचा रहा होगा।" मिर्जा ने मन में खटास लिये हुए कहा, "एक्सक्लूसिव, एक्सप्लोसिव, देखते रहिए। सर्कस बना के रख देंगे।"

"पी.एम.ओ. के बाहर घेराबंदी हो जाएगी।" जायसवाल ने भी मजे लिये।

"लगता है, आपका ध्यान बँट गया है।" गोयल ने मिर्जा से कहा।

"उनके दिमाग में काफी कुछ चल रहा है।" जायसवाल ने गोयल से तंज करते हुए कहा और गोयल ने आँखें तरेरकर देखा।

वह कुछ कहने ही वाला था कि मिर्जा बोल पड़े।

"तुम में से किसी को लगता है कि ये हाइजैकर्स कुछ ज्यादा ही सहयोग कर रहे हैं?" उन्होंने पूछा।

उनके दोनों ही जूनियर उनकी तरफ उम्मीद से देखने लगे।

"पहले उन्होंने बुजुर्गों, महिलाओं, बच्चों और कुछ पुरुषों को भी जाने दिया। अब वे हमें किचन स्टाफ लौटा रहे हैं।"

"तो ये···ये अच्छी बात नहीं है, सर?" जायसवाल ने अवाक् होकर पूछा।

"हमारे लिए तो हाँ, लेकिन वे अपने पास बंधकों की संख्या को कम कर रहे हैं। हर कदम के साथ उनके पास इस्तेमाल करने के लिए बंधकों की संख्या कम होती जा रही है और हमारे लिए यह चिंता की बात है।"

"वैसे, उनके पास कैप्टन और उसका

"विक्रांत व डेनियल अपने दम पर उन्हें भारी नुकसान पहुँचा सकते हैं और कैप्टन के साथ उसका चालक दल उनके साथ मिल जाए··"
गोयल और जायसवाल सहमत थे।
"आपको लग रहा है कि कुछ और भी चल रहा है?" गोयल ने पूछा।
"मुझे लगता है, काफी कुछ चल रहा है। मुझे लगता है, वे केवल बंधकों पर निर्भर नहीं हैं। उनके पास तुरुप का इक्का भी है, जिसके बारे में हम नहीं जानते।"

चालक दल, साथ ही चार नागरिक, डेनियल फर्नांडो और विक्रांत सर हैं।" गोयल ने कहा।

"विक्रांत व डेनियल अपने दम पर उन्हें भारी नुकसान पहुँचा सकते हैं और कैप्टन के साथ उसका चालक दल उनके साथ मिल जाए…"

गोयल और जायसवाल सहमत थे।

"आपको लग रहा है कि कुछ और भी चल रहा है?" गोयल ने पूछा।

"मुझे लगता है, काफी कुछ चल रहा है। मुझे लगता है, वे केवल बंधकों पर निर्भर नहीं हैं। उनके पास तुरुप का इक्का भी है, जिसके बारे में हम नहीं जानते।"

"हम इसमें कुछ कर सकते हैं, सर?" जायसवाल ने पूछा।

मिर्जा अपनी सीट पर पीछे झुककर दिमाग पर जोर डालने लगे।

"याद है, हमने आई.एम. फाइव की तलाश के समय क्या किया था?" उन्होंने कहा।

"हम पीछे की तरफ देख रहे थे?" गोयल ने पूछा।

मिर्जा ने 'हाँ' में सिर हिलाया।

"इससे हम उन पाँच हरामजादों के आसपास भी नहीं पहुँच सके थे; लेकिन इससे दोहरे चेहरेवाले बहुरूपिए का तो पता चल ही गया।"

"आप फिर से वही करना चाहते हैं?"

"यह सारा झंझट जब शुरू हुआ, तब से लेकर अब तक हमारे पास सोचने का समय तक नहीं था।" मिर्जा ने कहा, "अब समय आ गया है कि हम पता लगाएँ कि हमसे चूक कहाँ हो रही है।"

□

37

मंगलवार शाम, लक्षद्वीप

सरकार को फैसले करने में एक घंटे का समय लगा; लेकिन आखिर में आई.बी. के तीन अधिकारियों ने पी.एम.ओ. से कहा कि इस काम के लिए वे संजय आनंद से बेहतर आदमी को नहीं चुन सके।

भारत में मशहूर टेलीविजन न्यूज चैनलों में से एक के लिए काम कर रहे आनंद ने दिल्ली में क्राइम रिपोर्टर के तौर पर अपना कॅरियर शुरू किया था और उनकी पहचान इसलामी आतंकवाद पर खबर देनेवाले सबसे अच्छे पत्रकारों में से एक की बन गई। उनकी खबरों के पीछे पूरी रिसर्च होती थी और उससे भी अधिक महत्त्वपूर्ण यह कि वे संतुलित होती थीं। वे कुछ ऐसे संवाददाताओं में से एक थे, जो उस पागलपन का हिस्सा नहीं बने, जिसे टेलीविजन न्यूज चैनल देश भर में फैलाने में जुटे थे। इसकी बजाय उन्होंने सार्थक और साफ-सुथरी खबर देने के रास्ते को चुना। वे कई देशों में निडर होकर युद्ध की विभीषिका झेल रहे क्षेत्रों में गए और कई बार उन्हें मध्य-पूर्व भेजा गया था और एक बार भी उनकी खबरों में पक्षपात का कोई संकेत नहीं दिखा था।

पी.एम.ओ. ने आनंद के चैनल से बात की और उनसे एक करार किया। आनंद जिस समय तक अगवा किए गए क्रूज लाइनर पर कदम रखेगा, तब तक चैनल इसका संकेत नहीं देगा कि वह क्या दिखाने वाला है। 'एक्सक्लूसिव' का नाम सुनते ही खुशी से उछल पड़नेवाले संपादक ने जब शर्त सुनी तो गश खाने लगा, लेकिन आखिर में मान गया।

आनंद और एक कैमरामैन को पालम एयरफोर्स स्टेशन दिल्ली लाया गया, जहाँ उन्हें एक लड़ाकू विमान में बिठाया गया और फिर वे विमान वाहक पोत तक पहुँचे। वहाँ मिर्जा से उनकी छोटी सी मुलाकात हुई, जिसके बाद मिर्जा ने मारवन को फोन किया और बताया कि वे तैयार हैं। पत्रकार और उसका कैमरामैन एक

लाइफबोट से क्रूज लाइनर की तरफ बढ़ गए, जबकि किचन स्टाफ को दूसरे बोट से समंदर में उतारा गया।

क्रूज लाइनर पर पहुँचने के बाद आनंद और उनके कैमरामैन की तलाशी ली गई, जिसके बाद उन्हें खुले आसमानवाले कैफेटेरिया में ले जाया गया, जहाँ मारवन बैठा था। उसकी एम4 उसके पैरों के बीच रखी थी। विमान वाहक पर लगे कैमरे ने कैफेटेरिया पर जूम किया तो दिखा कि आनंद को मारवन के सामने बैठने की सीट दी गई, जबकि कैमरामैन ने अपने उपकरणों को लगाया।

आनंद के चैनल के अधिकारियों के साथ पी.एम.ओ. की डील के अनुसार विमान वाहक को सीधा अपलिंक उपलब्ध कराया जाना था, ताकि ऑफिसर्स रूम में बैठे सभी लोग भी इंटरव्यू को लाइव देख सकें।

जैसा कि इसमें शामिल हर किसी को अंदाजा था, मारवन के साथ इंटरव्यू से दो जगहों पर तत्काल दहशत फैल गई—मुंबई और लक्षद्वीप।

मुंबई इस कारण, क्योंकि आनंद से मारवन ने सबसे पहले कहा कि "मुंबई को खतरा है हमसे।"

ऑफिसर्स रूम में हर किसी का चेहरा बुझ गया। आखिरकार वह राज अब आधिकारिक रूप से बाहर आ गया था।

"सिर्फ हम जानते हैं कि हमला कहाँ होगा; लेकिन अभी इतना कहना काफी है कि हमारे पास सबकुछ है। हथियारों से लेकर विस्फोटक तक और ऐसे लोग, जो हमारे उद्देश्य को लेकर बेहद समर्पित हैं और मेरे एक इशारे पर उस काम में जुट जाएँगे।" मारवन कहता जा रहा था।

एक सेकंड की चुप्पी के बाद स्क्रीन पर आनंद की आवाज सुनी जा सकती थी। मारवन ने अभी-अभी जो कुछ कहा, उसके बावजूद उसकी आवाज में भय का कहीं नामो-निशान नहीं था।

ऑफिसर्स रूम में हर किसी का चेहरा बुझ गया। आखिरकार वह राज अब आधिकारिक रूप से बाहर आ गया था।

"सिर्फ हम जानते हैं कि हमला कहाँ होगा; लेकिन अभी इतना कहना काफी है कि हमारे पास सबकुछ है। हथियारों से लेकर विस्फोटक तक और ऐसे लोग, जो हमारे उद्देश्य को लेकर बेहद समर्पित हैं और मेरे एक इशारे पर उस काम में जुट जाएँगे।" मारवन कहता जा रहा था।

"और तुम्हारा उद्देश्य क्या है?" उसने पूछा।

मारवन के जवाब में नफरत भरी थी।

"हमेशा से ही यह और क्या रही है! पूरी दुनिया पर खलीफा का राज। दुनिया तो हमेशा से ही हमारी रही है, जिस पर हमें दावा करना था और अब हम इसे अपने हाथों में ले लेंगे, चाहे काफिर हमें रोकने की कितनी ही कोशिश क्यों न करें।"

"तुम अरब सागर में एक क्रूज लाइनर से दुनिया भर में खलीफा का राज कायम कर लोगे?" आनंद ने तंज कसते हुए कहा।

ऑफिसर्स रूम में बैठा एक-एक शख्स थोड़ा हिल गया, सिवाय मिर्जा के। क्रूज लाइनर पर मास्क के पीछे छिपा मारवन दबी हँसी हँसने लगा, जिसे सुना जा सकता था।

"मैं तो बस, अपना काम कर रहा हूँ, जैसा कि पूरी दुनिया में मेरे जैसे करोड़ों लोग कर रहे हैं; लेकिन मैं तुम्हारी उत्सुकता को समझ सकता हूँ। तुम्हारे जैसे लोगों से भी ज्यादा तेज दिमागवालों ने जो प्लान बनाया है, वह अब तुम्हारे सामने आ रहा है। मुझे उम्मीद भी नहीं कि तुम इसे समझ सकोगे।" उसने कहा।

"तो तुम कह रहे हो कि हम जब तक तुम्हारी माँगें नहीं मानते, तब तक तुम मुंबई में बेहिसाब लोगों का कत्ल-ए-आम करोगे?"

"कत्ल-ए-आम जरूरी है, मिस्टर आनंद। कुरबानी के बगैर कुछ हासिल नहीं होता और मुझे यकीन है कि मेरे दिमाग में जो है, उसे तुम सुनोगे। उसके बाद तुम्हें समझ में आएगा कि पूरे शहर को घुटनों के बल टिका देना सही है।"

"कई लोगों को तुम्हारे 'सही है' शब्द के इस्तेमाल पर आपत्ति हो सकती है, लेकिन मुझे यकीन है कि तुम उसे अच्छी तरह समझते हो!"

मारवन ने 'हाँ' में सिर हिलाया।

"मैं जानता हूँ और मेरे पास तुमसे बहस करने का समय नहीं है।"

"तो तुम क्या चाहते हो?" आनंद ने पूछा।

मारवन अपनी सीट से आगे झुका—"लक्षद्वीप।"

□

38

मंगलवार शाम, लक्षद्वीप

ऑफिसर्स रूम में खामोशी छाई थी।

दिल्ली के टेलीविजन चैनल के न्यूजरूम में, जहाँ से इंटरव्यू का सीधा प्रसारण हो रहा था, शांति छाई थी।

प्रधानमंत्री कार्यालय में चुप्पी थी, जहाँ पी.एम. और लगभग पचास अन्य लोग टेलीविजन सेट पर नजरें गड़ाए बैठे थे।

आई.बी. मुख्यालय में सब चुप थे, जहाँ आई.बी. चीफ से लेकर हर कोई उस इंटरव्यू को देख रहा था।

पूरे भारत में उन अनगिनत दफ्तरों में शांति छाई थी, जिन पर कानून-व्यवस्था को बनाए रखने की जिम्मेदारी थी। इसके साथ ही कम-से-कम उन चार देशों के खुफिया विभाग के दफ्तरों में मौन छाया था, जिन्हें अंतरराष्ट्रीय सहयोग के तहत इन हालात की जानकारी दी गई थी। हर घर, दफ्तर या स्टोर में, जहाँ इस इंटरव्यू को देखा जा रहा था, मारवन की माँग पर उलझन भरी खामोशी थी। मुंबई में जहाँ मारवन की धमकी को सुनकर पहले ही दहशत थी, वे आश्चर्यचकित रह गए।

मारवन, जो इस बात से वाकिफ लग रहा था कि उसकी माँग पर कैसी प्रतिक्रिया होगी, इस इंतजार में आराम से बैठा था कि आनंद क्या कहने वाला है। आनंद ने खुद को सँभाला और आधे मिनट से कुछ देर बाद कहा, "तुम इस पर थोड़ा रोशनी डालना चाहोगे?"

"मुझे खुशी होगी। हमें लक्षद्वीप अपने लिए चाहिए, एक अलग देश के रूप में। सार्वभौमिक खलीफाई के रूप में और लक्षद्वीप के सारे द्वीप चौबीस घंटे के भीतर हमारे हवाले नहीं किए गए तो मुंबई जलने लगेगी।"

□

"आपको इसका अंदाजा था?" गोयल ने धीमे स्वर में पूछा।

मिर्जा ने इनकार में सिर हिला दिया और गोयल व जायसवाल के साथ ऑफिसर्स रूम से बाहर निकल गए।

बाकी के इंटरव्यू में मारवन की लक्षद्वीप की उस धमाकेदार माँग के बाद कोई दिलचस्पीवाली बात नहीं थी। आनंद ने उससे पूछा कि लक्षद्वीप के लोग उसकी माँग को स्वीकार करेंगे? मारवन हँसने लगा।

"यह सवाल तुम्हें मुझसे नहीं, उनसे पूछना चाहिए।" उसने कहा।

मिर्जा को नहीं लगता था कि लक्षद्वीप की आबादी भारत से अलग होना चाहेगी। सन् 1947 में लक्षद्वीप की आबादी, जिसमें अब 90 प्रतिशत से अधिक मुसलमान हैं, में लगभग 100 फीसदी मुसलमान थे। उस समय द्वीपों का समूह बाकी के देश से कटा हुआ था। वहाँ के लोगों को 15 अगस्त के कुछ दिनों बाद ही भारत की आजादी के बारे में पता चला था। सरदार वल्लभभाई पटेल ने केंद्रीय गृहमंत्री बनने के बाद भारतीय नौसेना के युद्धपोत को उन द्वीपों पर नजर रखने के लिए भेजा था, ताकि पाकिस्तान उन पर दावा करने की कोशिश न करे।

ऐसा कहा जाता है कि पाकिस्तानी नौसेना के जहाजों को आजादी के कुछ दिनों बाद लक्षद्वीप की तरफ बढ़ते देखा गया था, लेकिन वहाँ भारतीय नौसेना के जहाज की मौजूदगी और द्वीप पर भारत के तिरंगे को लहराते देख कब्जा जमाने के उनके किसी भी इरादे पर पानी फिर गया।

लेकिन इससे भी अहम, मिर्जा यह सोच रहे थे कि वहाँ के निवासियों ने पंजाब जैसे कुछ राज्यों के विपरीत, जिन्होंने अलग होने की माँग नहीं की थी, ऐसी कोई इच्छा नहीं जताई थी। उस समय पाकिस्तान को यह भरोसा था कि लक्षद्वीप की मुसलिम बहुल आबादी उसकी माँग का समर्थन करेगी, लेकिन वहाँ के लोगों ने इसमें कोई दिलचस्पी नहीं दिखाई।

ऐसा कहा जाता है कि पाकिस्तानी नौसेना के जहाजों को आजादी के कुछ दिनों बाद लक्षद्वीप की तरफ बढ़ते देखा गया था, लेकिन वहाँ भारतीय नौसेना के जहाज की मौजूदगी और द्वीप पर भारत के तिरंगे को लहराते देख कब्जा जमाने के उनके किसी भी इरादे पर पानी फिर गया।

लेकिन यह वर्ष 1947 नहीं है। जैसी कि कहावत है—गंगा-यमुना में बहुत पानी बह चुका है। कई घटनाओं ने न केवल भारत में, बल्कि दुनिया भर में

मुसलमानों के विचारों को बदल दिया था। वैश्विक खलीफा राज के मकसद से हर साल भरती हो रहे रंगरूटों की संख्या इस बात की गवाही दे रही थी कि इसलामी आतंकवादियों के हमले और मुसलिम समुदाय पर उसके बाद होनेवाले पलटवार से सोच में बदलाव आ रहा था। इसका नतीजा यह था कि आतंकवादियों को अपने एजेंडे के लिए बारूद मिल रहा था।

इंटरव्यू मारवन की इस बात पर समाप्त हुआ कि अगले चौबीस घंटे तक वह चाहता है कि न कोई लक्षद्वीप में घुसे, न वहाँ से निकले। एक मिनट तक विमान वाहक पोत पर सबको यह डर सता रहा था कि वह सीधे प्रसारण के दौरान ही आनंद की हत्या न कर दे। हालाँकि उस पत्रकार को जाने दिया गया और जब वह विमान वाहक पोत पर फिर से लौटा तो सबने राहत की साँस ली। इससे पहले कि वह अधिकारियों से कोई सवाल कर सके, उसे लड़ाकू विमान से वापस भेज दिया गया।

> ***"बिल्कुल ठीक।" गोयल ने इसे आगे बढ़ाया, "आई.एम. फाइव ने साल '93 के जखीरे को अपने कब्जे में लिया, जहाँ वह छिपा था और भगवान् ही जाने कि और क्या-क्या लिया। फिर उन्होंने अपनी दाढ़ी मुँड़वा ली, अपना हेयरस्टाइल बदला, बेहतरीन सूट पहना और ताज लैंड्स एंड में दाखिल हो गए।" मिर्जा ने कुछ नहीं कहा। वे अपनी कुरसी पर पीठ टिकाकर बैठे रहे—आँखें बंद किए, एक हाथ से अपनी नाक के ऊपरी हिस्से को चिकोटी काटते हुए अपने जूनियरों को सुनते रहे।***

मिर्जा अब उस कमरे में आए, जिसे उन्होंने पूरी घटना पर करीब से नजर डालने के लिए केवल अपने लिए चुना था। गोयल और जायसवाल के साथ वे हाइजैक किए जाने की घटना तक के पूरे घटनाक्रम की कड़ियों को जोड़ रहे थे।

"चलो, इस पर फिर से नजर डालते हैं।" मिर्जा ने कहा।

"ठीक है, तो मुनाफिक ने पहले असलम पारकर को निशाना बनाया। उसे और उसकी माँ को उनके ही घर में बंधक बनाया। उसने खुद को ऋषभ चावला बताया और भोपाल में आई.एम. फाइव की ओर से पेश हुआ। उसने उन्हें जेल से भागने के निर्देश दिए और उसके साथ ही जेल से निकलने के बाद उनके लिए सारे इंतजाम किए।" जायसवाल ने कहा।

"बिल्कुल ठीक।" गोयल ने इसे आगे

बढ़ाया, "आई.एम. फाइव ने साल '93 के जखीरे को अपने कब्जे में लिया, जहाँ वह छिपा था और भगवान् ही जाने कि और क्या-क्या लिया। फिर उन्होंने अपनी दाढ़ी मुँड़वा ली, अपना हेयरस्टाइल बदला, बेहतरीन सूट पहना और ताज लैंड्स एंड में दाखिल हो गए।"

मिर्जा ने कुछ नहीं कहा। वे अपनी कुरसी पर पीठ टिकाकर बैठे रहे—आँखें बंद किए, एक हाथ से अपनी नाक के ऊपरी हिस्से को चिकोटी काटते हुए अपने जूनियरों को सुनते रहे।

"इसी दौरान मार्को ने क्रूज लाइनर को अगवा किया और आदेशों का इंतजार करता रहा। वह तब तक इंतजार करता रहा, जब तक कि आई.एम. फाइव ने आगे बढ़ने से पहले '93 के जखीरे का इस्तेमाल अपने मकसद के लिए नहीं कर लिया। हम इस पर सहमत हैं?"

"यह सबसे तार्किक विवरण है।" मिर्जा ने आँखें खोले बिना ही कहा।

"ठीक है। तो एक बार आई.एम. फाइव ने अपना काम निपटा लिया तो उन्होंने अपने आकाओं को बताया। मार्को ने हमारी सरकार से संपर्क किया और मारवन लक्षद्वीप के लिए इंडोनेशिया से निकल पड़ा।" जायसवाल ने कहा।

"और फिर हम यहाँ पहुँचे।" गोयल ने कहा।

"ऐसे कौन से सवाल थे, जिनके जवाब हमें चाहिए थे?" मिर्जा ने पूछा।

गोयल और जायसवाल जब तक सोचते, तब तक एक मिनट की खामोशी थी।

"छोड़ो, अब यह सोचना है कि वे लक्षद्वीप को अपने काबू में कैसे रखेंगे? उसमें कई चुनौतियाँ हैं। वे नहीं जानते कि लोग तैयार होंगे या नहीं। ताकत से शासन करने का अंत कभी अच्छा नहीं होता, साथ ही हमारी नौसेना एक दिन उसे फिर से उनसे वापस हासिल कर लेगी।" गोयल ने कहा।

"हाँ, लेकिन कई जिंदगियों की कीमत पर। क्या हम उसके लिए तैयार हैं?" मिर्जा ने पूछा।

"वैसे," जायसवाल ने कहा, "मुझे लगता है, इसका जवाब सरकार दे सकती है। इस बीच एक सवाल और भी है। उस मालवाहक जहाज पर क्या है, वह, जिससे मारवन आया था? यह क्रूज लाइनर एवं कावरत्ती के बीच खड़ा है और हमने उस पर कोई हलचल नहीं देखी है।"

"क्या हम चुपके से किसी को उस पर भेज नहीं सकते?" गोयल ने पूछा और मिर्जा ने उसे खारिज कर दिया।

"उसमें काफी जोखिम है।" उन्होंने कहा।

"फिर, क्या हम इस डेनियल फर्नांडो पर भरोसा कर सकते हैं?" जायसवाल ने पूछा।

"मुझे लगता है, कर सकते हैं।" मिर्जा ने कहा, "मैंने उसका रिकॉर्ड खँगाला है और उसमें कुछ भी ऐसा नहीं, जो यह बताए कि उस पर भरोसा नहीं किया जा सकता। वह पहले खुफिया ऑपरेशन में भी काम कर चुका है और विक्रांत के साथ भी उसने काम किया है। इसलिए हाँ, हम उस पर भरोसा कर सकते हैं।"

"ठीक है, क्योंकि मुझे लग रहा है कि विक्रांत सर और वही हैं, जो वास्तव में कुछ करने की स्थिति में हैं, जबकि हम यहाँ बैठे-बैठे अपना सिर खुजा रहे हैं।"

"मुझे लगता है, कर सकते हैं।" मिर्जा ने कहा, "मैंने उसका रिकॉर्ड खँगाला है और उसमें कुछ भी ऐसा नहीं, जो यह बताए कि उस पर भरोसा नहीं किया जा सकता। वह पहले खुफिया ऑपरेशन में भी काम कर चुका है और विक्रांत के साथ भी उसने काम किया है। इसलिए हाँ, हम उस पर भरोसा कर सकते हैं।" "ठीक है, क्योंकि मुझे लग रहा है कि विक्रांत सर और वही हैं, जो वास्तव में कुछ करने की स्थिति में हैं, जबकि हम यहाँ बैठे-बैठे अपना सिर खुजा रहे हैं।"

"धैर्य रखो, नौजवान।" मिर्जा ने कहा।

"ठीक है, एक बड़ा सवाल। क्या हमें लगता है कि मारवन मुनाफिक है?" गोयल ने पूछा।

"यह वाकई बड़ा सवाल है।" मिर्जा ने कहा, "वह जिस हमले का हिस्सा रहा है या जिसे कराया है, उसमें वह मौका-ए-वरदात पर जरूर मौजूद रहा है। इस बार हम समंदर के बीच में हैं। मीडिया को करीब आने से मना कर दिया गया है। सही मायने में जो इतने करीब हैं कि देख सकें कि क्या हो रहा है, वह हैं हम, लक्षद्वीप के लोग और जो लोग क्रूज लाइनर पर हैं।"

हर कोई एक-दूसरे को देख रहा था।

"इसलिए, मारवन मुनाफिक हो सकता है?" जायसवाल ने कहा।

"वह हो सकता है, लेकिन वह नहीं भी हो सकता है।"

गोयल और जायसवाल कन्फ्यूज लग रहे थे।

"मुनाफिक हमेशा परदे के पीछे रहा है।

यह उसका तरीका नहीं कि वह खुले में आए और किसी ऑपरेशन की कमान खुद सँभाले, जबकि सब उसे देख रहे हों।" मिर्जा ने गंभीर मुद्रा में सोचते हुए कहा।

"लेकिन मारवन अगर मुनाफिक नहीं तो मुनाफिक कहाँ है? आखिर वह कहाँ है, जबकि उसकी योजना साकार हो रही है, जिसके लिए उसने इतनी मेहनत की?" गोयल ने पलटकर पूछा।

"अगर यह साकार नहीं हो रही हो तो?" मिर्जा ने कहा।

"अरे सर, अब यह मत कहिएगा कि यह संकट अभी और लंबा खिंचेगा।" जायसवाल ने परेशानी भरी आवाज में कहा।

मिर्जा ने गहरी साँस ली और खड़े हो गए। वे छोटे से कमरे में चहलकदमी करने लगे।

"यह कहानी भोपाल में शुरू हुई, मुंबई गई और फिर लक्षद्वीप आई और इतना निश्चित है कि यह इस पर आकर खत्म नहीं होगी कि मारवन को लक्षद्वीप प्लेट पर रखकर दे दिया जाएगा। उन्होंने जो भी योजना बनाई है, उसमें हम पर करारी चोट पहुँचाने की बात शामिल है। वह भी, जो दिखाई दे। वे रक्तपात करेंगे और लोगों की जान लेंगे।"

"यह कहानी भोपाल में शुरू हुई, मुंबई गई और फिर लक्षद्वीप आई और इतना निश्चित है कि यह इस पर आकर खत्म नहीं होगी कि मारवन को लक्षद्वीप प्लेट पर रखकर दे दिया जाएगा। उन्होंने जो भी योजना बनाई है, उसमें हम पर करारी चोट पहुँचाने की बात शामिल है। वह भी, जो दिखाई दे। वे रक्तपात करेंगे और लोगों की जान लेंगे।"

"आप क्या कह रहे हैं, सर?" गोयल ने पूछा।

"यह कि हम इस कहानी में एक और अध्याय देख सकते हैं और वह मुनाफिक उस स्थान पर पहले ही मौजूद हो सकता है।"

□

39

बुधवार सुबह, मुंबई/लक्षद्वीप

सामूहिक भय फैलने में कुछ घंटों से ज्यादा वक्त नहीं लगा।

जैसी कि उम्मीद थी, सबसे पहले प्रेस की हलचल तेज हो गई। क्राइम रिपोर्टर पुलिस और जाँच एजेंसियों में अपने संपर्क सूत्रों से बात करने लगे और उन्हें बताया कि यह मामला ऊपर बैठे लोग देख रहे हैं। मुंबई पुलिस कमिश्नर वीरेंद्र सिन्हा अपने दफ्तर में पाँच मिनट के लिए पत्रकारों से मिले, जिसमें बस, इतना कहा कि उन्हें मीडिया से बात न करने के आदेश मिले हैं और मुख्यमंत्री कार्यालय इस पर और रोशनी डाल सकता है।

प्रेस ब्रीफिंग के बाद जब क्राइम रिपोर्टर बाहर आए तो उन्होंने राजनीति की खबरें देनेवाले अपने सहयोगियों से बात की, जिन्होंने मुख्यमंत्री कार्यालय में मोर्चा सँभाल लिया। दिल्ली से अंधाधुंध फोन आने के बाद सी.एम. यशवंत प्रधान मीडिया से बात करने बाहर निकले।

अगले आधे घंटे तक उन्होंने पत्रकारों के सवालों का सामना किया, जो लगभग टूट पड़े थे। प्रधान सीधे तौर पर इससे इनकार नहीं कर सकते थे, जो मारवन ने लाइव टेलीविजन पर कहा था। अगर मुंबई के लोगों पर खतरा मँडरा रहा था तो उन्हें जानने का हक था। इसके साथ ही, वे ऐसी प्रतिक्रिया नहीं देना चाहते थे, जिस पर बवाल खड़ा हो जाए।

हालाँकि जिस पल प्रेस ब्रीफिंग समाप्त हुई, इस पर निर्णय लेने की जिम्मेदारी उनके हाथ से ले ली गई। उम्मीद के मुताबिक प्रेस में बौखलाहट मच गई। उसने मंत्रालय के बाहर से लाइव रिपोर्टिंग शुरू कर दी। जल्दी ही सारे संवाददाता पूरे शहर में तलाशी अभियान की खबरें देने लगे। गोरेगाँव स्थित एन.एस.जी. का केंद्र अलर्ट कर दिया गया और पत्रकारों ने बाहर डेरा डाल दिया, जहाँ से हर घंटे

का बुलेटिन दिखाया जाने लगा, जिसमें नया वास्तव में कुछ नहीं था; लेकिन उसने लोगों में बैठे डर को और बढ़ा दिया।

देखते-ही-देखते लोग अपना सामान बाँधने लगे और जो कुछ ले जा सकते थे, उसे अपनी कारों में डाल दिया। मतलब, ऐसे लोग जिनके पास कार थी। टैक्सी और ऑटो नहीं मिल रहे थे, क्योंकि उनके ड्राइवर खुद ही शहर से बाहर जाने में व्यस्त थे। दो घंटे के भीतर शहर से बाहर जानेवाले सभी हाइवे पर गाड़ियों का जाम लग गया।

कमिश्नर के आदेश पर पुलिस ने जहाँ-तहाँ रास्तों पर बाधा खड़ी कर जाँच करनी शुरू कर दी, जिससे माहौल और भी अराजक हो गया। सभी डरे हुए थे, यहाँ तक कि पुलिसवाले भी, जो अपना काम कर रहे थे; जबकि बाकी लोग भाग खड़े हुए। प्रधान भी डर गए। राज्य का मंत्रिमंडल डर गया। केंद्र सरकार डर गई।

इस बीच लक्षद्वीप में एक अलग ही तरह की खलबली मची थी। वहाँ के निवासियों ने क्रूज लाइनर को कावरत्ती में लंगर डाले देखा था और दिलचस्पी के साथ उस पर नजर जमाए थे। फिर नौसैनिक विमान वाहक पोत आया, जिसके बाद वह मालवाहक पहुँचा। कुछ स्थानीय लोगों ने जब अपनी नाव लेकर नजदीक से देखने का प्रयास किया, तब आई.एन.एस. 'द्वीपरक्षक' ने उन्हें वापस लौटाने के लिए नौसैनिक जहाज भेजे। नागरिकों को निर्देश जारी किए गए कि वे अगले आदेश तक घर के भीतर ही रहें।

इस बीच लक्षद्वीप में एक अलग ही तरह की खलबली मची थी। वहाँ के निवासियों ने क्रूज लाइनर को कावरत्ती में लंगर डाले देखा था और दिलचस्पी के साथ उस पर नजर जमाए थे। फिर नौसैनिक विमान वाहक पोत आया, जिसके बाद वह मालवाहक पहुँचा। कुछ स्थानीय लोगों ने जब अपनी नाव लेकर नजदीक से देखने का प्रयास किया, तब आई.एन.एस. 'द्वीपरक्षक' ने उन्हें वापस लौटाने के लिए नौसैनिक जहाज भेजे। नागरिकों को निर्देश जारी किए गए कि वे अगले आदेश तक घर के भीतर ही रहें।

फिर मारवन का वह इंटरव्यू सामने आया। जैसे ही वह समाप्त हुआ, लक्षद्वीप के सभी दस द्वीपों के निवासी पूरी तादाद में सड़कों पर उतर आए। नौसेना ने आनन-फानन में भारी संख्या में अपने कर्मियों को तैनात किया। इसमें दो घंटे लगे;

लेकिन नौसैनिक अधिकारी स्थानीय लोगों को यह समझाने में सफल रहे कि वे अपने घरों में रहें और दहशत में न आएँ।

इस बीच प्रधानमंत्री परमेश्वर नायडू ने लक्षद्वीप के प्रशासक दानिश खान से बात की।

"मैं अपने लोगों से क्या कहूँगा, सर?" खान ने पूछा।

"दानिश," नायडू ने कहा, "हम दो दशक से एक-दूसरे को जानते हैं। मुझ पर भरोसा रखो, कोई-न-कोई रास्ता निकल जाएगा।"

"सर, मैं इन बर्बर लोगों के हाथों लक्षद्वीप को नहीं जाने दूँगा।"

"तुम्हें इसकी जरूरत नहीं पड़ेगी, दानिश।" नायडू ने उन्हें आश्वस्त किया और फोन काट दिया, जबकि उन्हें कुछ पता नहीं था कि अब आगे क्या करेंगे।

क्रूज लाइनर के डेक से मारवन लक्षद्वीप की हलचल को दूरबीनों की मदद से देख रहा था और मन-ही-मन मुसकरा रहा था। सबकुछ योजना के अनुसार एकदम सही तरीके से हो रहा था।

□

40

बुधवार सुबह, लक्षद्वीप

मारवन जब अपने मालवाहक से हाइजैक स्थल पर पहुँचा तो सोमालियाई भाड़े के सैनिकों ने रसद से भरे क्रेट, जिनमें पीने का पानी और डिब्बाबंद खाना था, उसे क्रूज लाइनर में रख दिया। यह तब तक उनके और उनके बंधकों के काम आने के लिए था, जब तक कि उन्हें अपने मिशन के अगले चरण में जाने के आदेश नहीं मिलते।

"और अगला चरण क्या होगा?" मार्को ने पूछा।

"सबकुछ सही समय पर पता चलेगा, मार्को।" मारवन ने अपनी नकाब के पीछे से कहा, "सबकुछ सही समय पर।"

मार्को ने अपने दो आदमियों को क्रूजर के मनोरंजन कक्ष तक दिन में दो बार खाना और पानी ले जाने का काम सौंपा, जहाँ छह बंधकों को रखा गया था। रसद को किचन में रख दिया गया और हर सुबह-शाम उनमें से एक ट्रे को भरता और उसे लेकर बंधकों तक नीचे ले जाता।

आज यह काम ऑस्कर को दिया गया था, जिसने भयंकर ऊब के साथ किचन से मनोरंजन कक्ष तक का सफर तय किया। उसने खुद को समझाते हुए कहा कि ठीक है, बदले में आसानी से पैसे मिल जाते हैं। बंधक आज्ञाकारी थे और किसी ने भी हीरो बनने की कोशिश नहीं की थी, भले ही मार्को ने उसे कह रखा था कि यूनियन लीडर बन रहे आदमी पर कड़ी नजर रखे।

ऑस्कर जब नीचे जाने के लिए सीढ़ियाँ उतरने लगा, तब उसे लगा कि कुछ लोगों के लिए वह सेवक की भूमिका अदा कर रहा है, जिसके बदले में उसे पैसे मिल रहे हैं। यह भले ही बुरी बात नहीं थी, लेकिन उबाऊ थी। उसने दुनिया के अनेक युद्धक्षेत्रों में बरसों बिताए थे और यह काम वैसे तो आसान था, लेकिन इसमें एक्शन नहीं था, जिससे युद्ध की उसकी तैयारी क़म हो सकती थी।

उसने अपने दो साथी भाड़े के सैनिकों की तरफ इशारा किया, जो दरवाजों से थोड़ी दूर अपनी बंदूकों को किनारे रखकर सुस्त खड़े थे और आपस में बातें कर रहे थे। सख्ती के लिहाज से उन्हें दरवाजों के दोनों तरफ खड़ा रहना चाहिए था, लेकिन जैसे–जैसे दिन बीते, वे तेजी से ढीले पड़ते जा रहे थे। ऑस्कर उन्हें दोष भी नहीं दे सकता था। यह काम उबाऊ था और वैसे भी छह निहत्थे लोग थे, जिनमें से दो महिलाएँ थीं, जिन पर नजर रखनी थी। मनोरंजन कक्ष से बाहर आने का केवल एक ही रास्ता था और किसी ने भागने की कोशिश की तो उसे पाँच कदम भागने से पहले ही गोलियों से छलनी किया जा सकता था।

मनोरंजन कक्ष के भीतर विक्रांत और डेनियल संतरियों की छाया को हलके पारदर्शी दरवाजे से देख लेते थे और उनकी हलचल का अंदाजा लगा लेते थे। उसके अनुसार ही उन्होंने अपनी योजना तैयार की थी, जबकि हाकिमी विरोध कर रहा था।

"अब?" डेनियल ने ऑस्कर की आकृति को आते देख फुसफुसाते हुए कहा।

विक्रांत ने अपने हाथ में सिगरेट के लाइटर को जलाया।

मनोरंजन कक्ष की दीवारों पर कैनवास की पेंटिंग थी, जो समुद्री सफर और समुद्र से व्यापार के इतिहास को दरशा रही थी। सब लकड़ी के फ्रेम में लगी थीं। सुबह की पहली किरण के साथ ही डेनियल और विक्रांत ने सारी तसवीरों को दीवारों से उतार दिया था और उन्हें बीच में इकट्ठा कर दिया था। यह योजना भयंकर रूप से जोखिम भरी थी, लेकिन मैडमैन डैन के लिए एकदम सही थी।

विक्रांत ने लाइटर की लौ को तसवीरों के ढेर से सटाया और उनमें फौरन आग लग गई। जब तक ऑस्कर मनोरंजन कक्ष में आने के लिए दो में से एक खिसकनेवाले दरवाजे को खिसकाता, जिस ढेर को डेनियल और विक्रांत

मनोरंजन कक्ष की दीवारों पर कैनवास की पेंटिंग थी, जो समुद्री सफर और समुद्र से व्यापार के इतिहास को दरशा रही थी। सब लकड़ी के फ्रेम में लगी थीं। सुबह की पहली किरण के साथ ही डेनियल और विक्रांत ने सारी तसवीरों को दीवारों से उतार दिया था और उन्हें बीच में इकट्ठा कर दिया था। यह योजना भयंकर रूप से जोखिम भरी थी, लेकिन मैडमैन डैन के लिए एकदम सही थी।

ने दरवाजे के ठीक बाहर रखा था, वह धू-धूकर जल उठा।

"अब यह क्या मुसीबत है!" ऑस्कर ने ट्रे को नीचे रखा और अपनी बंदूक लाने के लिए जाते हुए कहा। लेकिन उसे एक सेकंड की देरी हो गई। डेनियल, जो ऑस्कर के दाईं तरफ दरवाजे के पीछे छिपकर बैठा था, आगे बढ़ा और ऑस्कर के बूट में रखी कटार को पकड़ लिया। ऑस्कर को जहाँ धुएँ की वजह से कुछ नहीं दिख रहा था, वहीं वह अब भी अपने कंधे पर टँगी बंदूक को पकड़ने की कोशिश कर रहा था। डेनियल ने कटार को उसकी गरदन के आर-पार कर दिया।

दोनों संतरी, जो ऑस्कर की चीख और आग की गंध से सतर्क हो चुके थे, दरवाजे की तरफ दौड़े। डेनियल ने एक सेकंड गँवाए बिना ही उस कटार को निकाला और उनकी तरफ फेंका, जो उनमें से एक की आँख में जा घुसी। वह पीछे से आ रहे अपने साथी पर गिर पड़ा और इसका फायदा उठाकर विक्रांत आगे दौड़कर आया।

"इनसे हाथापाई मत करो!" डेनियल ने विक्रांत से कहा, "ये ज्यादा प्रशिक्षित, ताकतवर और तुमसे तेज हैं। मौका मिलते ही इन्हें मार डालो।"

डेनियल विक्रांत के पीछे आया और दोनों ने साथ मिलकर दोनों शवों को अंदर खींच लिया। पिछली रात उन सभी ने जितनी भी बालटी और बोतलें मिलीं, उन सभी को पानी से भर दिया था। विक्रांत और डेनियल ने जब दरवाजों को बंद किया, तब हाकिमी, वैशाली और साहिर तथा प्राजक्ता ने पूरा पानी आग पर डाल दिया, जिससे वह अच्छी तरह से बुझ गई।

विक्रांत ने वही किया, जो उससे कहा गया। धराशायी भाड़े के सैनिक की आँख से कटार को निकालते हुए वह दूसरे पर कूद पड़ा, जो उठने की कोशिश कर रहा था। उसके भीतर जितनी ताकत थी, उससे उसने सोमालियाई के सीने में कटार को घोंप दिया। भाड़े के सैनिक ने विक्रांत के चेहरे को दबोच लिया; लेकिन विक्रांत तब तक कटार को अंदर घुसाता चला गया, जब तक कि उसकी छटपटाहट बंद नहीं हो गई।

डेनियल विक्रांत के पीछे आया और दोनों ने साथ मिलकर दोनों शवों को अंदर खींच लिया। पिछली रात उन सभी ने जितनी भी बालटी और बोतलें मिलीं, उन सभी को पानी से भर दिया था। विक्रांत और डेनियल ने जब दरवाजों को बंद

किया, तब हाकिमी, वैशाली और साहिर तथा प्राजक्ता ने पूरा पानी आग पर डाल दिया, जिससे वह अच्छी तरह से बुझ गई।

डेनियल ने ऑस्कर के हाथ से उसकी बंदूकों और कारतूसों को छीन लिया। विक्रांत ने बाकी दोनों के साथ भी वही किया। फिर वे तीसरे भाड़े के सैनिक के पास गए और उसके कारतूसों को आपस में बाँट लिया।

"देखो उधर!" वैशाली चीख उठी और डेनियल व विक्रांत ने दो और आदमियों की परछाईं को दरवाजे की तरफ बढ़ते देखा। उन्हें इस मौके को हाथ से नहीं जाने देना था। मनोरंजन कक्ष के तल पर जहाँ केवल दो संतरी थे, बाकी सैनिक क्रूज लाइनर के अलग-अलग हिस्सों में फैले थे। उनमें से जो करीब था, उसके लिए यह भाँप लेना मुश्किल नहीं था कि कोई गड़बड़ है। डेनियल और विक्रांत ने तय किया कि वे आवाज के आधार पर ही काररवाई करेंगे।

दो में से एक दरवाजा खोलने लगा और डेनियल ने गोली चला दी, जिससे भाड़े का सैनिक दरवाजे के भीतर आकर गिरा। उसने दूसरे पर गोली चलाई, जिसकी परछाईं भी साफ दिख रही थी।

तेजी से भागते हुए डेनियल ने तीसरे भाड़े के सैनिक की पिस्तौल को हाकिमी की तरफ बढ़ा दिया—"अगर जरूरत पड़े तो।" उसने बुजुर्ग से कहा और वे सभी उस पोजीशन में आ गए, जिसका अभ्यास उन्होंने पिछली रात कई बार किया था।

डेनियल व विक्रांत आगे थे, साहिर व हाकिमी उनके पीछे और वैशाली व प्राजक्ता उनके भी पीछे। वैशाली ने पीछे रखे जाने का विरोध यह कहते हुए किया था कि वह ज्यादा सक्रिय भूमिका निभाना चाहती है; लेकिन आखिर में उसने डेनियल, हाकिमी और विक्रांत के समझाने पर जिद छोड़ दी थी।

"बाहर निकलो!" डेनियल ने आदेश दिया। विक्रांत ने उसकी तरफ देखा। ऐसा लग रहा था जैसे मैडमैन डैन फिर से युद्धक्षेत्र में हो।

"बाहर निकलो!" डेनियल ने आदेश दिया। विक्रांत ने उसकी तरफ देखा। ऐसा लग रहा था जैसे मैडमैन डैन फिर से युद्धक्षेत्र में हो।

विक्रांत ने दरवाजा खोला और वे धीरे-धीरे बाहर निकल आए। दोनों की आँखें हलकी सी भी हरकत की ताक में लगी थीं। उनकी उँगलियाँ अपनी-अपनी उजी के ट्रिगर पर जमी थीं।

"और कितने हैं?" विक्रांत ने डेनियल से पूछा।

विक्रांत ने दरवाजा खोला और वे धीरे-धीरे बाहर निकल आए। दोनों की आँखें हलकी सी भी हरकत की ताक में लगी थीं। उनकी उँगलियाँ अपनी-अपनी उजी के ट्रिगर पर जमी थीं।

"और कितने हैं?" विक्रांत ने डेनियल से पूछा।

"पाँच गिरा दिए। अब छह सोमालियाई और वे पाँच आई.एम. के हरामखोर बाकी हैं।" डेनियल ने दाँत पीसते हुए कहा, जब उसने और विक्रांत ने अभी-अभी मारे गए दो गुर्गों के कारतूस इकट्ठा किए और आगे बढ़े।

बंधकों को जैसे हर सेकंड की टिक-टिक सुनाई दे रही थी। भले ही विक्रांत ने इस तरह के हालात पर पिछली रात चर्चा की थी, लेकिन उनमें से किसी ने भी ऐसी स्थिति से दमदार तरीके से निपटने पर विचार नहीं किया था, जब वे घिर जाएँ और उन्होंने तय किया कि जो हो रहा है, उसी के मुताबिक काररवाई करें।

वे गलियारे से आगे बढ़ गए और सीढ़ियों के पास पहुँचे। तभी सीढ़ियों के सबसे ऊपर तीन भाड़े के सैनिक दिखे। डेनियल और विक्रांत दोनों ने एक साथ ही गोली चला दी, जिससे तीनों नीचे गिर गए।

"उफ, किस्मत अच्छी रही।" विक्रांत ने कहा।

"अब आठ बच गए।" डेनियल ने कहा, जब उसने और विक्रांत ने सीढ़ियों के दोनों तरफ पोजीशन ले ली। हाकिमी और बाकी डेनियल के पीछे इकट्ठा हो गए।

अचानक सीढ़ियों के सबसे ऊपर, दरवाजे के सामने एक लंबा व तगड़ा शख्स काली युद्ध वरदी और काली नकाब में दिखा, जिसके हाथ में एम4 असॉल्ट राइफल थी। उसके पीछे एक गंजा, हट्ठा-कट्टा सोमालियाई था।

"अब ये कौन हैं?" डेनियल ने पूछा।

"मुझे क्या पता!" विक्रांत ने अपनी आड़ से हलका सा झाँकते हुए हैरानी के साथ कहा।

"विक्रांत, फर्नांडो!" नकाबवाले आदमी ने भारी आवाज में कहा, "अगर मैं सही हूँ तो तुम दोनों ही इस छोटी से जंग को आगे बढ़ा रहे हो।"

विक्रांत और डेनियल ने एक-दूसरे को देखा।

"हथियार डालकर खुद को हमारे हवाले सौंपने के लिए मैं तुम दोनों को दस

सेकंड देता हूँ। अगर तुमने ऐसा नहीं किया तो जो कुछ होगा, उसके जिम्मेदार तुम खुद होगे।"

बंधकों को जैसे हर सेकंड की टिक-टिक सुनाई दे रही थी। भले ही विक्रांत ने इस तरह के हालात पर पिछली रात चर्चा की थी, लेकिन उनमें से किसी ने भी ऐसी स्थिति से दमदार तरीके से निपटने पर विचार नहीं किया था, जब वे घिर जाएँ और उन्होंने तय किया कि जो हो रहा है, उसी के मुताबिक काररवाई करें।

जैसे-जैसे सेकंड बीत रहे थे, दोनों एक-दूसरे को देखने लगे और अपने सिर हिलाकर इशारा किया। लगभग एक साथ स्पष्ट करते हुए कि वे हथियार नहीं डालेंगे, उन्होंने फिर से अपने हथियारों को लोड किया और इंतजार करने लगे।

"तो तुमने तय कर लिया?" काली वरदीवाले ने पूछा।

किसी ने कोई जवाब नहीं दिया।

"ठीक है।" भारी आवाज गूँजी और इस बार थोड़ी ऊँची भी थी, "मुझे लगता है, समय आ गया, अब्बा।"

डेनियल और विक्रांत ने एक-दूसरे को उलझन के साथ देखा। तभी डेनियल के पीछे दो गोलियाँ गूँज उठीं। उसने अपनी उजी को ताने हुए पीछे मुड़कर देखा तो पाया कि हाकिमी वैशाली के पीछे खड़ा था। उसकी बंदूक वैशाली की कनपटी पर लगी थी। साहिर और प्राजक्ता फर्श पर गिरे थे। दोनों लहूलुहान थे और एक ही गोली से बने घाव उनके सिर पर थे। डेनियल जान गया था कि दोनों की मौत हो चुकी है।

"हथियार नीचे, लड़को!" हाकिमी ने शांत स्वर में कहा और वैशाली के सिर पर अपनी बंदूक और दबा दी—"मारवन, बेटा, नीचे आ जाओ।"

□

41

बुधवार सुबह, लक्षद्वीप

मिर्जा, जायसवाल एवं गोयल कुरसियों पर पसरे थे और नींद में थे, जिसकी उन्हें सख्त जरूरत थी। विमान वाहक पोत पर आने के बाद उनमें से कोई भी एक घंटे से अधिक नहीं सो पाया था। लक्षद्वीप की माँग किए जाने तक पूरी घटना को एक कड़ी में सजाने के बाद मिर्जा ने कहा था कि उन्हें थोड़ा आराम कर लेना चाहिए।

"थककर गिर जाने से किसी को कोई फायदा नहीं होने वाला।" मिर्जा ने जायसवाल और गोयल को डाँटते हुए कहा था और उनके हाथ से फाइल को नीचे रखवा दिया था।

उनकी नींद सुबह में दरवाजे पर शायना की दस्तक से खुली थी। उसने मिर्जा को एक सैटेलाइट फोन थमाया।

"मुंबई से डी.सी.पी. मनकामे का आपके लिए फोन है, सर।" उसने कहा।

मिर्जा नींद से झटपट जागे और फोन ले लिया।

"बता दो कि तुमने उस '93 के जखीरे को बरामद कर लिया है।" मिर्जा ने कहा और इस बीच शायना कमरे से बाहर चली गई।

"काश, मैं ऐसा कर पाता, सर!" मनकामे ने कहा, "लेकिन कुछ नई घटनाओं की जानकारी आपको दे दूँ।"

"बताओ।"

"फड़के का फोन आया था।"

"कौन?" मिर्जा ने अपनी याददाश्त के मकड़जाल को साफ करते हुए कहा।

"पुणे से सीनियर इंस्पेक्टर रविकांत फड़के। वही, जिसके साथ हम असलम पारकर के एंगल पर काम कर रहे हैं।"

मिर्जा उठकर बैठ गए।

"कहते जाओ।"

"उन्होंने पारकर और उसकी माँ के शव को बरामद किया है, जिन्हें पुराने मुंबई–पुणे हाइवे पर एक निर्माण स्थल पर दफनाया गया था।"

मिर्जा हैरान रह गए।

"इसी बात का डर था।" उन्होंने कहा।

"हाँ, सर। दोनों के सीने में गोली मारी गई थी। मुझे लगता है, उनमें से एक को पारकर के घर पर और दूसरे को उस जगह पर गोली मारी गई। ऐसा लगता है, उन्होंने पहले उसकी माँ पर गोली चलाई। मुझे लगता है, एंबुलेंस में डाले जाने से पहले ही उसकी मौत हो चुकी थी। वे उसे जिंदा रखना चाहते थे, ताकि कहीं कोई पड़ोसी न जाग रहा हो। यह जरूरी था कि उसे एंबुलेंस में दाखिल होते देखा जाए।"

"शायद उसे एंबुलेंस में ही गोली मार दी हो।" मिर्जा ने कहा।

"हाँ, किसी ने गोली की आवाज नहीं सुनी, इसलिए यही माना जा सकता है कि साइलेंसरवाली पिस्तौल का इस्तेमाल किया गया होगा। पारकर के घर पर मिला खोखा .45 पिस्तौल का था।"

मिर्जा खीज में सिर धुन रहे थे।

"और कोई बात?"

"हाँ, सर। उस आदमी को पकड़ लिया, वसीम को।"

"जो ऑटो ड्राइवर कादिर भाइयों की माँ को ले गया था।"

"वसीम को एक बहुत बड़ी रकम पर किसी ने फोन से बातचीत के बाद भरती किया था और उसने कभी उस आदमी का चेहरा नहीं देखा। मुझे लगता है कि वह सच बोल रहा है। लेकिन वह गोरेगाँव के जिस घर में रह रहा था, वह किसी अब्दुल जब्बार हाकिमी के नाम पर है।"

"वसीम को एक बहुत बड़ी रकम पर किसी ने फोन से बातचीत के बाद भरती किया था और उसने कभी उस आदमी का चेहरा नहीं देखा। मुझे लगता है कि वह सच बोल रहा है। लेकिन वह गोरेगाँव के जिस घर में रह रहा था, वह किसी अब्दुल जब्बार हाकिमी के नाम पर है।"

मिर्जा सन्न रह गए। "यह नाम कहीं सुना–सुना–सा क्यों लग रहा है?"

"वह क्रूज लाइनर के बंधकों में से एक है, सर, और रिहा किए गए बंधकों की ताजा जानकारी के मुताबिक जो आपने मुझे भेजी है,

वह अब भी विक्रांत और दूसरे लोगों के साथ वहीं है।"

"ठीक है।" उलझन में पड़े मिर्जा ने कहा, "ये तो···ये तो गजब की चालाकी है। हाकिमी क्रूज लाइनर पर था और उसका घर वसीम के छिपने के लिए एकदम सही जगह थी।"

मिर्जा लाइन के दूसरी तरफ मनकामे को अफसोस करते सुन सकते थे।

"वैसे सर, हमने क्रूज लाइनर पर सवार मेहमानों की जानकारी को खँगाला है। मेहमानों ने अपनी तसवीरों के साथ पहचान के दस्तावेज जमा किए थे। हमने हाकिमी की तसवीर को क्रूज लाइनर की लिस्ट से मिलाया और उससे हाकिमी के घर का पता चला।"

मिर्जा को अचानक आनेवाले खतरे का एहसास हुआ।

"ये वही आदमी नहीं है, दोस्त?"

"सर, कुछ समझ नहीं आ रहा है। अंदेशा होने पर मैंने क्रूज लाइनर की लिस्ट में मिली तसवीर को ऋषभ चावला की उस तसवीर से मिलाया, जो हमें भोपाल के होटल से मिली थी।"

"खुदा खैर करे···" मिर्जा के मुँह से बस, इतना ही निकला।

"दाढ़ी ही है और बाल अलग हैं, लेकिन···मुझे लगता है, यह वही आदमी है, जो भोपाल में खुद को ऋषभ चावला बता रहा था।"

मिर्जा का दिल तेजी से धड़कने लगा और उन्होंने फोन पर अपनी पकड़ को मजबूत बना लिया।

"मुनाफिक!" उन्होंने कहा।

गोयल और जायसवाल के सिर अचानक तन गए।

"मुझे भी यही लगता है, सर।" मनकामे ने कहा।

"दाढ़ी ही है और बाल अलग हैं, लेकिन··· मुझे लगता है, यह वही आदमी है, जो भोपाल में खुद को ऋषभ चावला बता रहा था।" मिर्जा का दिल तेजी से धड़कने लगा और उन्होंने फोन पर अपनी पकड़ को मजबूत बना लिया। "मुनाफिक!" उन्होंने कहा। गोयल और जायसवाल के सिर अचानक तन गए। "मुझे भी यही लगता है, सर।" मनकामे ने कहा।

"तुम्हें यकीन है?" मिर्जा ने पूछा।

"तुम्हें यकीन है?" मिर्जा ने पूछा।

"हाँ, सर।"

"असली हाकिमी को ढूँढ़ो।" मिर्जा ने तेजी से दिमाग दौड़ाते हुए कहा। "उसके परिवार का पता लगाओ। उसके पड़ोसियों से बात करो। जो पता कर सकते हो, करो और कल क्या हुआ, यह भी पता करो।"

उन्होंने जवाब सुने बिना फोन काट दिया और तेजी से कमरे से बाहर निकले। गोयल और जायसवाल पीछे-पीछे दौड़े।

पाँच मिनट बाद वे ऑफिसर्स रूम में सभी को ताजा घटनाक्रम की जानकारी दे रहे थे।

"लेकिन...लेकिन तब...तब तो मतलब है..." मिश्रा हकलाने लगा।

एक सीनियर आई.बी. अधिकारी ने उसे बीच में टोका, "इसका मतलब है कि हम जिस सबसे खतरनाक आतंकवादी को जानते हैं, वह उस क्रूज लाइनर पर बंधकों के बीच है और विक्रांत व फर्नांडो की योजना के बारे में जानता है।"

"इसका मतलब है कि हम तो गए काम से!" मिर्जा ने कड़वाहट के साथ कहा।

अखिलेश मिश्रा अपनी कुरसी में धँस गए और पानी की बोतल की तरफ हाथ बढ़ा दिया।

"हमें क्या करना चाहिए?" शायना ने पूछा।

"पी.एम.ओ. को सूचित करो और क्रूज लाइनर पर धावा बोलने के तरीके ढूँढ़ो।" मिर्जा ने सख्ती से कहा।

मिश्रा ने विरोध के लिए मुँह खोला, लेकिन उसी पल नौसेना का एक अधिकारी भागता हुआ कमरे में आया।

"सर, हमें क्रूज लाइनर पर गोलियों की आवाजें सुनाई दे रही हैं।" उस अधिकारी ने कहा और सब भागते हुए डेक तक पहुँचे।

"तुम्हें अब तक कुछ दिखा?" नौसैनिक कमांडर ने पूछा। उनका एक अधिकारी, जो अब भी ऑफिसर्स रूम से क्रूज लाइनर की सीधी तसवीरें देख रहा था, उसने 'न' में जवाब दिया।

डेक तक वे तड़तड़ाहट की हलकी आवाज सुन पा रहे थे, जो काफी हद तक उजी राइफलों से हो रहे फायर की तरह लग रहे थे। उसके बाद लंबी खामोशी छा गई।

> ***"तुम्हें अब तक कुछ दिखा?" नौसैनिक कमांडर ने पूछा। उनका एक अधिकारी, जो अब भी ऑफिसर्स रूम से क्रूज लाइनर की सीधी तसवीरें देख रहा था, उसने 'न' में जवाब दिया। डेक तक वे तड़तड़ाहट की हलकी आवाज सुन पा रहे थे, जो काफी हद तक उजी राइफलों से हो रहे फायर की तरह लग रहे थे। उसके बाद लंबी खामोशी छा गई।***

"मारवन को फोन मिलाओ।" मिर्जा ने बिना किसी एक की तरफ इशारा किए ही कहा।

नौसैनिक कमांडर ने नंबर मिलाया और फोन उनकी तरफ बढ़ा दिया।

फोन की घंटी बजती रही और फिर बंद हो गई, लेकिन किसी ने फोन नहीं उठाया। मिर्जा ने फिर से नंबर मिलाया। वह फिर से बस रिंग होता रहा। वह फोन रखने ही वाले थे कि जवाब आया।

"क्या हो रहा है वहाँ?" मिर्जा ने जानना चाहा।

"सबसे ऊपर के डेक पर देखते रहो।" मारवन ने अपनी भारी आवाज में कहा और फोन काट दिया।

विमान वाहक पोत के डेक पर मौजूद आधे लोग, गोयल और जायसवाल समेत, वापस ऑफिसर्स रूम में चले गए। मिर्जा और शायना वहीं रुक गए। दोनों के हाथों में एक-एक दूरबीन थी। मिर्जा ने शायना को देखा और गौर किया कि उसने दूरबीन को इतना कसकर पकड़ रखा था कि उसकी हथेली सफेद पड़ गई थी।

"मुझे यकीन है, वह ठीक होगा।" उन्होंने धीमे स्वर में कहा।

वे आधे घंटे से अधिक समय तक इंतजार करते रहे और फिर क्रूज लाइनर की छत पर हलचल दिखी। साफ दिख रहा था कि विक्रांत और डेनियल को दो सोमालियाई घसीटते हुए लेकर आए और कुरसियों पर पटक दिया। उनके हाथ-पैर कुरसी से बाँध दिए गए और उन्हें अकेला छोड़कर दोनों गुर्गे नीचे चले गए

मिर्जा और शायना ने जूम किया और देखा कि विक्रांत व डेनियल के चेहरे कई जगह से कटे थे और जख्मों से खून रिस रहा था। डेनियल की बाईं आँख के नीचे चोट का गहरा निशान था। विक्रांत जिस तरह कुरसी पर तड़प रहा था, उससे लग रहा था, जैसे उसके पेट में घूँसा मारा गया था और उसका दर्द उसे अब तक सता रहा था।

"पता नहीं तुम दोनों ने क्या कर दिया है!" मिर्जा ने अपने आप से ही कहा। शायना पीछे मुड़ी और वहाँ से चली गई। भाड़े के सैनिक कैप्टन राजेश्वर साहनी और एक लड़की को लेकर आए, जो मिर्जा के पास मौजूद लिस्ट के अनुसार मुंबई की निवासी वैशाली शर्मा थी। उसे भी कुरसी पर धक्का देकर बिठाया और बाँध दिया गया।

"पता नहीं तुम दोनों ने क्या कर दिया है!" मिर्जा ने अपने आप से ही कहा।

शायना पीछे मुड़ी और वहाँ से चली गई।

भाड़े के सैनिक कैप्टन राजेश्वर साहनी और एक लड़की को लेकर आए, जो मिर्जा के पास मौजूद लिस्ट के अनुसार मुंबई की निवासी वैशाली शर्मा थी। उसे भी कुरसी पर धक्का देकर बिठाया और बाँध दिया गया।

दूसरी तरफ साहनी को खड़ा रखा गया। उसकी वरदी गंदी हो चुकी थी और ऐसा लग रहा था, जैसे कई दिनों से उसने दाढ़ी नहीं बनाई थी।

इसके बाद मार्को ऊपर आया और अपने पाँच लोगों के साथ खड़ा हो गया, जो साहनी और वैशाली को ऊपर तक खींचकर लेकर गए थे। उनके बाद मारवन और आई.एम. फाइव ऊपर आए।

"आप लोग देख रहे हो यह सब?" मिर्जा ने अपने वायरलेस पर कहा और ऑफिसर्स रूम में मौजूद नौसैनिक कमांडर ने 'हाँ' में जवाब दिया।

मारवन साहनी की तरफ चलता हुआ जहाज की छत के किनारे तक आया। एक कदम पीछे आते हुए उसने अपनी कमर में लगे खोल से पिस्तौल निकाली, उसे साहनी के सिर की तरफ घुमाया और ट्रिगर दबा दिया। विमान वाहक पर मौजूद एक-एक आदमी उस भयावह दृश्य को देखकर काँप उठा, जब साहनी पहले आगे की तरफ झुका और फिर सीधा समंदर में जा गिरा।

□

42

बुधवार देर सुबह, लक्षद्वीप

"मारवन का फोन है।" मिर्जा के वायरलेस पर नौसैनिक कमांडर की आवाज गूँजी—"आपसे बात करना चाहता है।"

मिर्जा तेज कदमों से ऑफिसर्स रूम की तरफ बढ़ गए, जहाँ उनका फोन स्पीकर मोड पर था।

"बोल रहा हूँ। क्या हुआ?" उन्होंने पूछा।

"तुम्हारे चेले और फर्नांडो ने, जो हमें लगता है, पूर्व सैनिक है, बगावत कर जहाज पर कब्जा जमाने की कोशिश की। दोनों तरफ लोगों की जानें गई हैं।"

"बाकी के बंधक कहाँ हैं?" मिर्जा ने पूछा।

"सब मर चुके हैं। एक अधेड़, एक जवान लड़की और एक बूढ़ा आदमी—वे सभी मारे गए।"

"नहीं, वे मरे नहीं हैं।" मिर्जा ने कहा।

उधर से कोई जवाब नहीं आया।

"असली हाकिमी कभी क्रूज लाइनर पर नहीं आया। मैं नहीं जानता कि तुम उस आदमी को किस नाम से बुलाते हो, जो खुद को हाकिमी बता रहा है। लेकिन मैं अच्छी तरह जानता हूँ कि वह कौन है। इसलिए उससे कह दो कि शाहवाज अली मिर्जा उससे बात करना चाहता है।"

कमरे में सबकी आँखें स्क्रीन पर गड़ी थीं और तब मारवन ने मार्को की तरफ मुड़ते हुए कुछ कहा। मार्को नीचे गया और दो मिनट बाद सफेद बालोंवाले एक आदमी के साथ लौटा, जिसने साधारण सी शर्ट और पैंट पहनी थी। उसने मारवन के हाथ से फोन लिया और मिर्जा ने गौर किया कि मारवन के हाव-भाव उसके प्रति सम्मान से भरे थे।

"मिर्जा!" उस आदमी ने फोन को अपने कान के पास ले आते हुए कहा।

उन्होंने ऋषभ चावला की उस तसवीर को याद किया, जो उनकी टीम भोपाल से लेकर आई थी। जैसा कि मनकामे ने कहा था, भोपाल में ऋषभ चावला की जो दाढ़ी थी, वह अब साफ की जा चुकी है। बाल, जो उस वक्त घने व काले-सफेद थे, अब हलके और सफेद दिख रहे थे। चावला के चेहरे के बाईं ओर तिल था, जो इतना बड़ा नहीं, लेकिन किसी को भी याद रह जा सकता था। वेश बदलने के खेल की यह एक सबसे पुरानी चाल थी।

"मुनाफिक!" मिर्जा ने जवाब दिया और मुनाफिक मुसकराने लगा।

"हाँ, मैं जानता हूँ कि तुम मुझे इसी नाम से बुलाते हो। असल में, काफी अच्छा नाम है। तुमने ये नाम सोचा?"

"हाँ।"

"डेक पर आओ, आओगे न? तुम्हें देखकर मुझे अच्छा लगेगा।" मिर्जा ने फोन लिया और डेक की तरफ बढ़ गए, जिनके पीछे बाकी सब भी चल दिए। वह डेक के किनारे तक आए और मुनाफिक भी अपने डेक के किनारे तक आया।

"तो आखिर में तुमने मुझे पकड़ ही लिया।" मुनाफिक ने कहा, "तुम्हारा लड़का इतना चालाक नहीं है; लेकिन मैं इस खेल में माहिर हूँ।"

"इसकी जरूरत है?" शायना ने मिर्जा को दूरबीन बढ़ाते हुए पूछा।

मिर्जा ने उसे लिया और अपनी आँखों को उन पर जमा दिया। पानी के दूसरी तरफ खड़े उस आदमी को वे घूरने लगे। उसका शरीर ठोस था और इसके बावजूद कि वह पचास साल से अधिक का था, मिर्जा को इसमें संदेह नहीं था कि लड़ाई में वह अपने दम पर मुकाबला कर सकता है।

उन्होंने ऋषभ चावला की उस तसवीर को याद किया, जो उनकी टीम भोपाल से लेकर आई थी। जैसा कि मनकामे ने कहा था, भोपाल में ऋषभ चावला की जो दाढ़ी थी, वह अब साफ की जा चुकी है। बाल, जो उस वक्त घने व काले-सफेद थे, अब हलके और सफेद दिख रहे थे। चावला के चेहरे के बाईं ओर तिल था, जो इतना बड़ा नहीं, लेकिन किसी को भी याद रह जा सकता था। वेश बदलने के खेल की यह एक सबसे पुरानी चाल थी।

"तो तुम ही थे वह, ऋषभ चावला, है न?" मिर्जा ने दूरबीन को नीचे करते हुए पूछा।

"हाँ।" मुनाफिक ने कहा। साफतौर पर वह हर लमहे का लुत्फ उठा रहा था। मिर्जा इसका दोष उसे नहीं दे सकते थे। मुनाफिक अपने पाँच लड़ाकों से पुलिस की नाक के नीचे मिला, जेल से भागने की साजिश को अंजाम दिया और उसके साथ ही हाइजैक की योजना बनाई और खुद को इन सबके बीच रखा।

"असली हाकिमी कहाँ है?" मिर्जा ने पूछा।

"अजीब सवाल है।" मुनाफिक ने कहा, "तुम मुझसे और भी कई बातें पूछ सकते थे! एक बूढ़े आदमी के बारे में क्यों पूछ रहे हो?"

"क्योंकि अगर वह जिंदा है तो मुझे उसे बचाना होगा और अगर मारा गया तो उसके परिवार को उसे इज्जत से दफनाने का हक है। तुम्हारे घटिया अहंकार के लिए मेरे पास बहुत समय है।" मिर्जा ने नफरत जताते हुए कहा।

मुनाफिक ने थोड़ी देर की चुप्पी साध ली और फिर बोला, "तुम्हें लगता है कि तुम मुझसे अच्छे हो, क्योंकि तुम इनसानियत दिखाने के लिए इतनी तकलीफ उठाते हो, जबकि तुम ऐसे नहीं हो। हम सब एक जैसे हैं, मिर्जा। अलग-अलग आकाओं के सैनिक, जो उसके लिए लड़ रहे हैं, जिस पर यकीन करते हैं। इसलिए जाओ और तुम्हें लगता है कि इससे तुम्हें अच्छा लगेगा तो हाकिमी के परिवार के हीरो बन जाओ। लेकिन इससे सच नहीं बदलेगा।"

"तुम फिजूल की बातें कैसे कर लेते हो?" मिर्जा ने पूछा, "इतने निर्दोष लोगों की हत्या और भोले-भाले लोगों के दिमाग में जहर भरते हो और ऐसी फिजूल की बात कर तुम्हें लगता है, तुम सबकुछ सही ठहरा दोगे, जिसमें तुम खुद को एक लड़ाका बताते हो? उन बंधकों का क्या कसूर था, जिन्हें तुमने अभी-अभी मार डाला?"

मुनाफिक ठहाके लगाने लगा।

"तुम में और तुम्हारे उस गोद लिये बेटे में कोई फर्क नहीं, है न! उसने एक राजनयिक के चेहरे पर घूँसा जड़ दिया, क्योंकि वह दिमाग से ज्यादा अपने दिल की सुनता है और एक

"तुम में और तुम्हारे उस गोद लिये बेटे में कोई फर्क नहीं, है न! उसने एक राजनयिक के चेहरे पर घूँसा जड़ दिया, क्योंकि वह दिमाग से ज्यादा अपने दिल की सुनता है और एक तुम हो, जो बंधक संकट के बीच उसी सोच के साथ मुझ पर अपनी भड़ास निकाल रहे हो। लेकिन इससे तुम्हारा भला नहीं होगा, तुम जानते हो। तुम्हारा बुरा ही होने वाला है।"

तुम हो, जो बंधक संकट के बीच उसी सोच के साथ मुझ पर अपनी भड़ास निकाल रहे हो। लेकिन इससे तुम्हारा भला नहीं होगा, तुम जानते हो। तुम्हारा बुरा ही होने वाला है।"

"मेरा मजहब मेरे लिए क्या मायने रखता है, इस पर तुम्हारी तालीम अगर खत्म हो गई हो," मुनाफिक ने कहा, तो काम की बात कर लेते हैं। विक्रांत और डेनियल ने मेरे सब्र का इम्तिहान लिया है; लेकिन उन्हें मार देना बेहद मामूली सजा होगी, इसलिए इसकी कीमत तुम अदा करोगे।

"मुझे इसकी परवाह नहीं कि तुम मेरे बारे में क्या सोचते हो!" मिर्जा ने गुस्से में कहा, "तुम मुझे बताते हो कि हाकिमी कहाँ है या मैं किसी तरह उसे ढूँढ़ निकालूँ, जैसे मेरे आदमियों ने पारकर और उसकी माँ की लाशों को ढूँढ़ लिया!"

"हाँ, उसका मुझे अफसोस है।" मुनाफिक ने लंबी चुप्पी के बाद कहा, "और उसे टाला जा सकता था, लेकिन पारकर के जैसे लोग..."

"सच्चे मुसलमान का ईमान हैं!" मिर्जा ने बीच में कहा, "पता नहीं तुमने उसे कौन सा लालच दिखाया या 'खतरे में इसलाम' की पट्टी पढ़ाने की कोशिश की, लेकिन तुम्हें उससे अपनी मरजी का काम लेने के लिए अगर उसकी माँ को कब्जे में लेना पड़ा तो इसका मतलब है कि उसने तुम्हारे पिछवाड़े लात मारी थी। इन लोगों पर ही इसलाम को नाज है और अगर इससे तुम्हें यह नहीं समझ आया कि तुम कितने हरामखोर हो तो कोई तुम्हें समझा नहीं सकता।"

"मेरा मजहब मेरे लिए क्या मायने रखता है, इस पर तुम्हारी तालीम अगर खत्म हो गई हो," मुनाफिक ने कहा, "तो काम की बात कर लेते हैं। विक्रांत और डेनियल ने मेरे सब्र का इम्तिहान लिया है; लेकिन उन्हें मार देना बेहद मामूली सजा होगी, इसलिए इसकी कीमत तुम अदा करोगे। हमने तुम्हें लक्षद्वीप को हमारे हवाले करने के लिए अड़तालीस घंटे का समय दिया था। चौबीस घंटे बीत चुके हैं। लेकिन अगले चौबीस घंटे की बजाय अब तुम्हारे पास केवल बारह घंटे हैं। उन बारह घंटों के बाद मैं ऐसी आग लगाऊँगा, जिसमें पूरा मुंबई शहर जलकर राख हो जाएगा और फिर मैं अपने ही हाथों से विक्रांत, डेनियल और वैशाली को मार डालूँगा। इसके बाद मैं चला जाऊँगा।"

"ज्यादा दिनों के लिए नहीं।" मिर्जा ने पलटकर कहा।

"क्या कहा तुमने?"

"मैंने कहा कि ज्यादा दिनों के लिए नहीं, क्योंकि तुम्हारे पिछवाड़े में लंबे समय से दर्द उठ रहा है और अब तो मैंने तुम्हारा असली चेहरा भी देख लिया है और अगर अब तुम्हें मारना पड़े तो मैं वह भी करूँगा।"

"पहले जाओ और अब्दुल जब्बार हाकिमी की लाश कलवा क्रीक से लेकर आओ।" मुनाफिक ने कहा और फोन काट दिया।

□

43

बुधवार देर सुबह, क्रूज लाइनर

"अपने साथ इतनी भी ज्यादती मत करो, बेटे!" मुनाफिक ने डेनियल को कहा, जो उसकी तरफ बेहिसाब नफरत से देख रहा था, "तुमसे ज्यादा बेहतर सोचनेवाले अपना दिमाग लड़ा रहे हैं।"

"यह सबकुछ सुनियोजित था न?" डेनियल ने दाँत पीसते हुए कहा, "वैशाली और उस गुर्गे के बीच जो कुछ हुआ था?"

"हाँ, मेरे प्यारे बच्चे, हाँ। मुझे बंधकों को सँभालना था और उन्हें काबू में रखना था, ताकि कहीं कोई हमारे काम में अड़ंगा न डाल दे। लेकिन लोगों को तुम्हारी तरह के लोग पसंद हैं, समझे न—लंबा, साँवला और बाँकपन लिये गहरी समझ रखनेवाला व्यक्तित्व तथा सेना की पृष्ठभूमि, न कि कोई उबाऊ बूढ़ा आदमी। इसलिए मैंने मार्को से थोड़ी हलचल पैदा करने को कहा। वह भाड़े का सैनिक उसके निर्देश पर ही काम कर रहा था।"

"तो वह मरा नहीं है, जैसा कि हमें लगा था?"

मुनाफिक ने 'नहीं' में जवाब दिया।

"हमने उसी रात उसे एक छोटी नाव से क्रूज लाइनर से दूर भेज दिया। कुछ फोन किए और समंदर से ही उसे ले जाने का इंतजाम किया।"

"हाइजैक के बाद तुम मार्को को आदेश कैसे दे रहे थे?" विक्रांत हैरान था और इस वजह से उसने पूछा।

मुनाफिक ने अपने एक पैर के पास की पैंट को उठाया और बेसिक मॉडल वाला छोटा सा सेलफोन दिखाया, जो उसकी पिंडली से एक टेप से बँधा था।

"मुझे बस, टॉयलेट में जाकर, बस टेक्स्ट मेसेज भेजना था।"

"बस, इतना ही···" वैशाली ने कहा, "तुमने जो कुछ बताया···अपने बचपन के बारे में।"

"अपने माँ-बाप की मौत के बारे में?" मुनाफिक ने कहा, "हाँ, उनकी मौत हुई थी। रॉ के जासूसों ने टॉर्चर कर उन्हें मार दिया था, क्योंकि वे पाकिस्तान की हथियार फैक्टरी के बारे में जानकारी नहीं दे रहे थे, जहाँ वे काम करते थे।"

वैशाली सन्न रह गई। उसने डेनियल और विक्रांत को देखा।

"यह झूठ बोल रहा है!" वैशाली ने कहा।

न तो डेनियल ने, न ही विक्रांत ने जवाब दिया। डेनियल ने अपना आधा कॅरियर भारत सरकार के लिए गुप्त ऑपरेशन करते हुए बिताया था, जिन्हें सरकार कभी स्वीकार नहीं करती। विक्रांत ने भी आई.बी. में अपने कार्यकाल के दौरान बहुत कुछ देखा था और जासूसी के गंदे खेल को जानता था। असल में, वह रॉ के उस ऑपरेशन के बारे में जानता था, जिसका जिक्र मुनाफिक कर रहा था। उसने रॉ के एक अनुभवी एजेंट से ऐसा कुछ सुना था, जिसके साथ उसने कुछ समय तक काम किया था।

"वे इनकार नहीं कर सकते।" मुनाफिक ने कहा, "नहीं कर सकते।"

"ये सब कब खत्म होगा?" वैशाली ने निराश होते हुए पूछा।

"इसका अंत इसलाम के हर दुश्मन को मिटा देने के बाद ही होगा।" मुनाफिक ने अपनी आँखों में क्रूरता के साथ कहा, "यह तब खत्म होगा, जब किसी में फिर से एक मुसलमान को हाथ लगाने की हिम्मत नहीं होगी, क्योंकि वह ऐसा करने की सोच नहीं सकेगा।"

मुनाफिक अपना सिर उठाए मारवन और मार्को की तरफ बढ़ा। मार्को के लड़ाके विक्रांत, डेनियल और वैशाली पर नजर रखने के लिए डेक के किनारे की तरफ आ गए। आई.एम. फाइव आपस में बातें करते हुए कोने में खड़े थे।

"अगर इस कमीने बूढ़े को मारना पड़ा तो मैं जरूर मारूँगा!" डेनियल ने जहर उगलते हुए कहा।

मुनाफिक अपना सिर उठाए मारवन और मार्को की तरफ बढ़ा। मार्को के लड़ाके विक्रांत, डेनियल और वैशाली पर नजर रखने के लिए डेक के किनारे की तरफ आ गए। आई.एम. फाइव आपस में बातें करते हुए कोने में खड़े थे।

"अगर इस कमीने बूढ़े को मारना पड़ा तो मैं जरूर मारूँगा!" डेनियल ने जहर उगलते हुए कहा।

"शांत हो जाओ, डैन।" विक्रांत ने कहा, "मैं चाहता हूँ कि तुम शांत रहो। मैं अकेला ही काफी हूँ।"

"शांत हो जाओ, डैन।" विक्रांत ने कहा, "मैं चाहता हूँ कि तुम शांत रहो। मैं अकेला ही काफी हूँ।"

"अकेले क्या कर लोगे?" डेनियल ने गुस्से में पूछा।

"डैन···" वैशाली ने पूछा, जो डरी-सी लग रही थी। उसने कभी उसका यह रूप नहीं देखा था—"प्लीज।"

डेनियल उसकी तरफ मुड़ा और उसकी आँखों में उतरा खून थोड़ा हलका हो गया। वैशाली ने उसे शांत किया और जल्दी ही विक्रांत ने देखा कि वह वैशाली को प्यार से देख रहा था। उसने जान-बूझकर अपना गला साफ किया।

"क्या?" डेनियल और वैशाली दोनों ने इसे भाँपते हुए पूछा।

"यहाँ दुनिया खत्म होती दिख रही है और उसमें भी तुम दोनों लगे पड़े हो।"

दोनों इधर-उधर देखने लगे और वैशाली शर्म से लाल हो गई।

"तुम्हें मिली कोई?" डेनियल ने पूछा, "जो तुम्हारा इंतजार कर रही है?"

विक्रांत सोच में डूब गया।

"मैं नहीं जानता।" उसने कहा और उसे याद आया कि वह जब विमान वाहक पोत से आ रहा था, तब शायना किस तरह उसे देख रही थी। उसने कुछ कहा नहीं था, लेकिन विक्रांत को लग रहा था, जैसे कुछ कहना चाहती थी। वह जानता था कि उसे क्या कहना था। समस्या यह थी कि उसे समझ नहीं आ रहा था कि वह क्या कहेगा।

"बड़ी उलझन है, है न?" वैशाली ने हलकी मुसकान के साथ कहा।

"उससे भी कहीं ज्यादा।" विक्रांत ने कहा।

"तुम तैरना जानते हो, टूथपिक?" डेनियल ने मार्को के आदमियों की तरफ देखते हुए पूछा कि कहीं वे सुन तो नहीं रहे।

"क्या चल रहा है तुम्हारे दिमाग में?" विक्रांत ने पूछा।

"अगर हमने इन रस्सियों को खोल लिया," डेनियल ने कहा, "तो हमें बस, नीचे कूदना है। हम आखिरी बंधक हैं और हमारे जाते ही उनके हाथ खाली हो जाएँगे।"

विक्रांत ने फिर से इनकार में सिर हिलाया।

"ऐसा नहीं है।" उसने कहा।

"क्या मतलब है तुम्हारा?" वैशाली ने पूछा।

"एक छोटी सी दिक्कत है, जिसे '93 का जखीरा कहते हैं।"

"क्या चल रहा है तुम्हारे दिमाग में?" विक्रांत ने पूछा।

"अगर हमने इन रस्सियों को खोल लिया," डेनियल ने कहा, "तो हमें बस, नीचे कूदना है। हम आखिरी बंधक हैं और हमारे जाते ही उनके हाथ खाली हो जाएँगे।"

विक्रांत ने फिर से इनकार में सिर हिलाया।

"ऐसा नहीं है।" उसने कहा।

"क्या मतलब है तुम्हारा?" वैशाली ने पूछा।

"एक छोटी सी दिक्कत है, जिसे '93 का जखीरा कहते हैं।"

आधे घंटे बाद डेनियल और वैशाली उसकी तरफ भय व आतंक के मिले-जुले भाव से देख रहे थे।

"क्या हाकिमी का मतलब···मतलब वही था, जब वह कह रहा था कि वह ऐसी आग की शुरुआत करेगा, जिसमें पूरी मुंबई जलने लगेगी?"

विक्रांत ने उदास होते हुए स्वीकार किया, "और उसका नाम मुनाफिक है। मेरा मतलब है, हम उसे वही कहते हैं।"

"मुनाफिक?" वैशाली ने पूछा।

"दोगले के लिए उर्दू शब्द।"

"एकदम सही।" डेनियल ने कहा, "तुमने इस जखीरे के बारे में हमें पहले क्यों नहीं बताया था?"

विक्रांत ने कंधे उचका दिए—"मैं जब जहाज पर आया, तब यहाँ कई लोग थे, जो डरे हुए थे। मैं उनकी दहशत को और नहीं बढ़ाना चाहता था। इसके साथ ही, मैं नहीं जानता था कि किस पर भरोसा करूँ। मेरा मतलब है, तुम्हारे साथ मैंने पहले काम किया है, डैन; लेकिन दूसरों को मैं नहीं जानता था।"

"और अब?" वैशाली ने पूछा।

"अब," विक्रांत ने पहले उसे और फिर डेनियल को देखते हुए कहा, "हम तीनों ही एक-दूसरे के साथ हैं।"

"बिल्कुल ठीक।" डेनियल ने कहा, "और इससे हमें अपना दाँव बदलना पड़ेगा। हम तब तक कुछ नहीं कर सकते, जब तक कि यह तय न कर लें कि उससे मुंबई में हमले नहीं होंगे। भगवान् जाने, इन लोगों ने क्या साजिश रची है।"

अचानक जेट इंजन की आवाज ने उनका ध्यान खींचा और उन्होंने ऊपर देखा तो पाया कि एक लड़ाकू विमान विमान वाहक पोत पर उतर रहा था।

डेक की दूसरी तरफ खड़े मुनाफिक ने भी उसके शोर को सुना। उसने तुरंत अपने सैटेलाइट फोन को उठाया और कुछ देर तक बातचीत की। डेनियल ने अनुमान लगाया कि वह विमान वाहक पर किसी से बात कर रहा था और पूछ रहा था कि क्या चल रहा है। जवाब सुनकर वह संतुष्ट दिख रहा था, क्योंकि फोन काटने से पहले उसके चेहरे पर मुसकान थी।

डेक की दूसरी तरफ खड़े मुनाफिक ने भी उसके शोर को सुना। उसने तुरंत अपने सैटेलाइट फोन को उठाया और कुछ देर तक बातचीत की। डेनियल ने अनुमान लगाया कि वह विमान वाहक पर किसी से बात कर रहा था और पूछ रहा था कि क्या चल रहा है। जवाब सुनकर वह संतुष्ट दिख रहा था, क्योंकि फोन काटने से पहले उसके चेहरे पर मुसकान थी।

दूसरी तरफ, विक्रांत विमान वाहक को टकटकी लगाए देख रहा था। डेनियल उसकी तरफ मुड़ा तो देखा कि विक्रांत मन-ही-मन मुसकरा रहा था।

"क्या?" डेनियल ने पूछा।

"मुझे लगता है, मिर्जा उस जेट पर सवार हो रहे हैं।" विक्रांत ने कहा।

"और इससे तुम खुश हो, क्योंकि…"

"जब तक कोई बड़ी वजह न हो, मिर्जा इस तरह के हालात के बीच कभी नहीं जाते।"

□

44

बुधवार दोपहर, नई दिल्ली

प्रधानमंत्री परमेश्वर नायडू अपने दफ्तर के निजी बाथरूम में दाखिल हुए और वॉशबेसिन तक गए। उन्होंने अपने चेहरे पर बार-बार ठंडे पानी के छींटे मारे। फिर नल खुला रखकर वहीं खड़े रहे। उनके दोनों हाथ वॉशबेसिन पर थे, सिर झुका हुआ था और चेहरे से पानी टपक रहा था।

एक मिनट के लिए उनका दिमाग सुन्न हो गया। फिर तरह-तरह के विचारों की धमा-चौकड़ी मच गई—हाइजैक, माँग, ताजा जानकारी, जो अभी-अभी लक्षद्वीप से उन्हें मिली थी।

न्यूज मीडिया ने निजी बोट किराए पर ले ली थी और क्रूज लाइनर के करीब पानी में, जहाँ तक नेवी इजाजत दे रही थी, वहाँ तक जाकर डेरा डाल चुके थे। एक बोट ने नेवी के घेरे को तोड़कर करीब जाने का प्रयास किया था। उसे नौसेना की नावों ने तुरंत घेरा, जिसके बाद उस पर सवार पत्रकारों के साथ ही उसके चालक को हिरासत में ले लिया गया था।

फिर भी मीडिया की नाव इतने करीब आ गई कि वे कैप्टन साहनी के सिर में गोली मारे जाने और समंदर में गिरने की तसवीर को कैद कर चुके थे। कम-से-कम दो न्यूज चैनल उस दृश्य को लगातार दिखा रहे थे, जिसके बाद दूसरों का भी ऐसा ही करना तय था।

मुंबई में कानून व्यवस्था की स्थिति बिगड़ती जा रही थी। महाराष्ट्र के मुख्यमंत्री यशवंत प्रधान ने उन्हें सूचित कर दिया था। लोग अब अपने वाहनों को सड़कों पर छोड़कर जा रहे थे, ताकि वे शहर को पैदल ही छोड़कर जा सकें। हाइवे पर लावारिस कारों की लाइनें लगी थीं, जिन्हें हटाने के लिए पुलिस जूझ रही थी।

धर्मांधों के लिए अच्छा मौका था, जो धार्मिक बैठक कर रहे थे और जो कोई

उन्हें सुन रहा था, उन्हें आश्वस्त कर रहे थे कि उनका भगवान् उन सभी की रक्षा करेगा, जो उनके मत को तुरंत अपना लेंगे। इनमें से कुछ धर्मांध टेलीविजन पर बहस भी कर रहे थे।

लक्षद्वीप में भी हालात बेकाबू हो रहे थे। वहाँ के प्रशासक दानिश खान ने आधे घंटे पहले नायडू को यह बताने के लिए फोन किया था कि उनके दफ्तर में लोगों के बेहिसाब फोन आ रहे हैं, जो पूछ रहे हैं कि सरकार हाइजैक करने वालों की माँगों के बारे में क्या करने वाली है। दानिश खान के दफ्तर के बाहर बहुत बड़ा प्रदर्शन आयोजित करने की बातें भी हो रही थीं।

"पूरे सम्मान के साथ कहना चाहूँगा, सर, कि यदि सरकार ने आतंकवादियों के आगे घुटने टेकने का फैसला कर लिया है तो मैं लाइव टेलीविजन के सामने गोली से उड़ा दिया जाना पसंद करूँगा!" खान ने फोन रखने से पहले कहा था।

नायडू ने सिर को झकझोरा, नल बंद किया और तनकर खड़े हुए। धीरे-धीरे उन्होंने अपने चेहरे व हाथों को पोंछा, बेपरवाही से तौलिए को फर्श पर छोड़ दिया और अपने दफ्तर से बाहर निकल गए।

अपनी मेज के पास रुकने से पहले उनके कदम रास्ते में ही थम गए। पूरे दो मिनट तक वे उस आदमी को घूरते रहे, जो उनकी मेज पर झुका था और तब जाकर नायडू को यकीन हुआ कि वह दिन में सपने नहीं देख रहे थे।

"मिर्जा, तुम और इस वक्त यहाँ?" नायडू ने पूछा।

मिर्जा आगे आए।

"मैं भी आपसे यही पूछने वाला था, सर!" उन्होंने उदास होते हुए कहा।

"तुम यहाँ तक आए कैसे?"

अपनी मेज के पास रुकने से पहले उनके कदम रास्ते में ही थम गए। पूरे दो मिनट तक वे उस आदमी को घूरते रहे, जो उनकी मेज पर झुका था और तब जाकर नायडू को यकीन हुआ कि वह दिन में सपने नहीं देख रहे थे।

"मिर्जा, तुम और इस वक्त यहाँ?" नायडू ने पूछा।

मिर्जा आगे आए।

"मैं भी आपसे यही पूछने वाला था, सर!" उन्होंने उदास होते हुए कहा।

"तुम यहाँ तक आए कैसे?"

"क्या इससे कोई फर्क पड़ता है, सर?"

"क्या इससे कोई फर्क पड़ता है, सर?"

नायडू मिनट भर के लिए खामोश रहे।

"क्या चाहते हो?" उन्होंने मिर्जा से अपनी नजरों को दूर ले जाते हुए पूछा।

"असली सवाल," मिर्जा ने कहा, "यह है कि वे क्या चाहते हैं?"

मिर्जा ने उन्हें सिर झुकाते देखा और उनका दिल बैठ गया। वे सही थे।

विमान वाहक पोत पर तमाम लोगों के साथ गहन चर्चा के दौरान, जब उन्हें लग रहा था कि काश, विक्रांत उनके साथ होता, तब मिर्जा के मन में एक बात आई थी। यह बात नौसेना के एक अधिकारी ने कही थी।

"आखिर कैसे वे इन द्वीपों को अपने नियंत्रण में रख सकेंगे?" उस अधिकारी ने पूछा था, "वे अब दस हैं या पंद्रह? हम नहीं जानते कि विक्रांत और फर्नांडो ने उनके कितने लोगों को मार डाला है। उनके पास जरूर कोई योजना होगी।"

"अगर आई.एन.एस. द्वीपरक्षक के जरिए करना चाहें तो?" अखिलेश मिश्रा ने पूछा था। लेकिन नौसेना के कमांडर ने तुरंत उसे खारिज कर दिया था।

"वे एक्सेस कोड के बिना उसे नियंत्रित नहीं कर सकते। हैक करने का प्रयास किया तो वह अड्डा बंद हो जाएगा।"

"फिर भी," मिश्रा ने कहा था, "उस विकल्प को खुला मानकर चलें। शायद हम जब लक्षद्वीप उनके हवाले करें, तब वे अगली चीज यही माँग लें।"

"अगर हम इसे उनके हवाले कर दें तो?" मिर्जा ने बीच में टोका तो मिश्रा का चेहरा लाल हो गया। मिर्जा बहुत कुछ कहते, लेकिन अचानक उनके दिमाग में एक आइडिया आ गया। वह नौसैनिक कमांडर को किनारे ले गए और कुछ बातचीत की। इसके बाद वे उस

"अगर हम इसे उनके हवाले कर दें तो?" मिर्जा ने बीच में टोका तो मिश्रा का चेहरा लाल हो गया। मिर्जा बहुत कुछ कहते, लेकिन अचानक उनके दिमाग में एक आइडिया आ गया। वह नौसैनिक कमांडर को किनारे ले गए और कुछ बातचीत की। इसके बाद वे उस कमरे में गए, जिसका इस्तेमाल गोयल और जायसवाल कर रहे थे। डेस्क पर दस्तावेजों के ढेर को उलटते-पलटते उन्होंने तुरंत वह निकाला, जिसकी उन्हें जरूरत थी। फिर उन्होंने आई.बी. में अपने दोस्तों को फोन किया।

कमरे में गए, जिसका इस्तेमाल गोयल और जायसवाल कर रहे थे। डेस्क पर दस्तावेजों के ढेर को उलटते-पलटते उन्होंने तुरंत वह निकाला, जिसकी उन्हें जरूरत थी। फिर उन्होंने आई.बी. में अपने दोस्तों को फोन किया।

आधे घंटे बाद मिर्जा जेट पर सवार हुए, जबकि नौसैनिक कमांडर ने फोन पर मुनाफिक को बताया कि पी.एम. ने एक आपात बैठक बुलाई है और अब तक की बातचीत को आगे बढ़ा रहे मिर्जा को भी उसमें शामिल होने का आदेश दिया गया है।

"तुम्हें कैसे पता चला?" नायडू ने दूर देखते हुए ही मिर्जा से पूछा।

"नौसेना के कमांडर ने मुझे बताया कि आप उन कुछ लोगों में से एक हैं, जिनके पास नौसैनिक के मेनफ्रेम के एक्सेस कोड हैं। एक मेनफ्रेम, जिसे आई.एन. एस. 'द्वीपरक्षक' जैसे नौसैनिक ठिकाने से एक्सेस किया जा सकता है और मुझे हैरानी हो रही थी कि जब डेनियल फर्नांडो वैशाली शर्मा को छोड़े जा रहे बंधकों में शामिल करने की कोशिश कर रहा था, तब खुद मार्को ने दखल क्यों दिया? और इस पर जोर दिया कि वह वहीं रहेगी। मैंने जिन बंधकों से बात की, उन्हें यह बात विचित्र लगी।"

नायडू ने कुछ नहीं कहा।

"वह तुमसे नफरत करती है, है न? यहाँ तक कि उसने अपनी माँ का ही नाम रखा है।"

नायडू पीछे मुड़े। उनकी आँखों में आँसू थे।

"मेरे परिवार में अब एक वही बची है, मिर्जा!" उन्होंने घुटती आवाज के साथ कहा, "मैं उसे मरने नहीं दे सकता। मैंने उसकी माँ के साथ जो किया, उसके बाद तो और भी नहीं।"

मिर्जा ने गहरी साँस ली।

"सर," उन्होंने तुरंत पूछा, "कहिए कि आपने उन्हें पहले ही एक्सेस कोड नहीं दे दिया है!"

□

45

बुधवार दोपहर, दिल्ली/लक्षद्वीप

मिर्जा जब पालम एयर फोर्स बेस पर खड़े लड़ाकू जेट की ओर भागे, जो इंतजार में था, तब उन्हें लगा जैसे उनके दिमाग में कुछ चकरा रहा है।

नायडू बुरे व्यक्ति नहीं हैं। वे उस कहानी को याद कर सोच रहे थे, जिसे पी.एम. ने उन्हें सुनाई थी और फिर वे विमान में सवार हुए और पेटी बाँध ली।

तीस साल पहले नायडू बैंगलोर से पार्टी के नव-नियुक्त क्षेत्रीय अध्यक्ष थे। अपने जाननेवालों के बीच हर किसी की नजर में वे बेदाग छवि वाले युवक थे और उनके सामने उनका उज्ज्वल भविष्य था। उस समय कोई इस बात को नहीं जानता था कि वह छह महीने की एक लड़की के पिता भी थे, जो एक रात की मन-मरजी से इस दुनिया में आई थी।

वैशाली की माँ दिव्या एक समर्पित पार्टी कार्यकर्ता थी। उन चुनावों में, जिनका नेतृत्व नायडू कर रहे थे, एक रैली के दौरान वे जितना चाहते थे, उससे कहीं ज्यादा करीब आ गए। वह जब गर्भवती हो गई, तब वह अपने पेट में पल रहे बच्चे को मारने की बात पर सहमत नहीं हुई। नायडू ने साफ कर दिया था कि वह राष्ट्रीय स्तर पर कुछ बनने की आकांक्षा रखते हैं और अपने रास्ते में शादी को आने नहीं देंगे और दिव्या को इस बात को समझना होगा। उन्होंने उसे मुंबई भेज दिया, जहाँ एक फ्लैट में उसके रहने का बंदोबस्त किया, जबकि वह पड़ोसियों से यही कहती थी कि वह एक विधवा है।

हर महीने नायडू से जो बन पड़ता था, उतने पैसे वे भेज दिया करते थे, ताकि दिव्या और वैशाली की जरूरतें पूरी हो सकें। वे जब मुंबई आते तो छिप-छिपकर दिव्या से मिलते भी रहे। वैशाली उनसे कई बार मिली थी और उनके मुंबई आने का इंतजार किया करती थी, क्योंकि वह ढेर सारे तोहफे और अच्छी-अच्छी चीजें लेकर आते थे; लेकिन वह नहीं जानती थी कि असल में वे कौन थे।

वैशाली जब बीस साल की हुई, तब दिव्या ने उसे उसके पिता का सच बताया। उसने उसी दिन अपनी माँ से कहा कि वह उनसे पैसे लेना बंद कर दे। अगली बार जब नायडू उनसे मिलने आए तो वैशाली ने उनसे चले जाने और फिर कभी न आने को कह दिया।

"आपने बीस साल पहले ही अपना रास्ता अलग कर लिया था, मिस्टर नायडू!" उसने उनके चले जाने का इंतजार किए बिना ही दरवाजा बंद कर लिया था, "अब आप चाहे कुछ भी कर लें, यह बदलने वाला नहीं है।"

अगले सात वर्षों तक, जब तक कि उन्हें पी.एम. नहीं चुन लिया गया, नायडू ने दिव्या और वैशाली से संपर्क करने के कई प्रयास किए, लेकिन सब विफल रहे। तीन साल पहले अपने चुने जाने के बाद उन्होंने एक आई.बी. अधिकारी से, जो एक विशेष दल का हिस्सा था और सीधे उन्हें ही रिपोर्ट करता था, उनके बारे में पता करते रहने को कहा था। वह अधिकारी उन्हें समय-समय पर जानकारी देता रहता था, जिनमें से एक जानकारी यह भी थी कि दिव्या हृदय रोग से पीड़ित हो चुकी थी और फिर एक दिन दिल का दौरा पड़ने से उसकी मौत हो गई।

"और फिर वर्ष 1993 का वह जखीरा है।" नायडू ने अपने आँसुओं को पोंछते हुए अपनी कहानी पूरी की थी, "वे मुझे मेरी बेटी को लौटाने और किसी नुकसान के बिना मुंबई तक छोड़ने का प्रस्ताव दे रहे हैं। मैं उनकी बात कैसे न मानूँ?"

"और फिर वर्ष 1993 का वह जखीरा है।" नायडू ने अपने आँसुओं को पोंछते हुए अपनी कहानी पूरी की थी, "वे मुझे मेरी बेटी को लौटाने और किसी नुकसान के बिना मुंबई तक छोड़ने का प्रस्ताव दे रहे हैं। मैं उनकी बात कैसे न मानूँ?" मिर्जा ने गहराई और तेजी के साथ इस बारे में सोचा। "कोड़ का इस्तेमाल करने के लिए भी उन्हें द्वीपरक्षक में दाखिल होना पड़ेगा।" उन्होंने कहा।

मिर्जा ने गहराई और तेजी के साथ इस बारे में सोचा।

"कोड का इस्तेमाल करने के लिए भी उन्हें द्वीपरक्षक में दाखिल होना पड़ेगा।" उन्होंने कहा।

नायडू ने हामी भरी।

"उन्हें जिस पल लक्षद्वीप का नियंत्रण मिल जाएगा, वे मुंबई पर हमले को टाल देंगे। मुझसे कहा गया है कि कावरत्ती से पुलिस और नौसेना के सभी अधिकारियों को हटा लिया जाए, ताकि उन्हें बिना किसी बाधा के नियंत्रण मिल जाए। उसके बाद वे मुझ कुछ जगहों का पता बताएँगे, जहाँ उन्होंने बम रखे हैं; जबकि उनके आदमी, जो असॉल्ट राइफलों और ग्रेनेड से शहर के प्रमुख ठिकानों को निशाना बनाने वाले हैं, वे बड़ी आसानी से गायब हो जाएँगे। पूरा जखीरा हमें मिल जाएगा, जिसे हम जब्त कर लेंगे।" उन्होंने कहा।

"उसके बाद क्या होगा?"

"वे द्वीपरक्षक में दाखिल होंगे और वैशाली तथा अन्य लोगों को सैन्य सुरक्षा में कावरत्ती के किनारे तक ले जाएँगे। एक बार उन्हें एक्सेस मिल जाएगा, उसके बाद वे सुरक्षा हटा लेंगे और उन्हें द्वीप से जाने देंगे।"

"और आपने उन पर विश्वास कर लिया?" मिर्जा ने पूछा।

"मेरे पास कोई चारा नहीं, मिर्जा। मेरे पास सारे पत्ते नहीं हैं।"

"आपके पास कुछ इक्के हैं, सर!" मिर्जा ने कहा, "इक्कों की टीम है, जिसका नेतृत्व मैं कर रहा हूँ।"

मिर्जा खड़े हो गए।

"मैं आपको कोई विकल्प नहीं दे रहा हूँ, सर!" उन्होंने कहा और अपनी जेब से सेलफोन निकाला तथा उसे अपने कान पर सटा लिया।

"तुम्हें सबकुछ मिल गया?" उन्होंने पूछा।

"हे भगवान्! मेरा मतलब है, हाँ, सर!" मुंबई से भौंचक्का हुए मनकामे ने कहा।

"उसकी कई कॉपियाँ बनवा लो।" मिर्जा ने फोन काटने से पहले कहा। उन्होंने नायडू की तरफ देखते हुए कहा, जो उन्हें पूरी तरह भयभीत होकर घूर रहे थे।

"भगवान् के लिए बताओ तो सही कि तुमने क्या किया है, मिर्जा?" उन्होंने काँपते हुए पूछा।

मिर्जा ने नायडू को ख़ामोशी से देखा, जब वह बूढ़ा आदमी हिलता-डुलता अपनी कुरसी तक गया और बैठ गया।

"आप मुझ पर कितना भरोसा करते हैं, सर?" मिर्जा ने पी.एम. से पूछा।

नायडू ने बस, अपना सिर कड़वाहट के साथ इनकार में हिला दिया।

"भगवान् के लिए बताओ तो सही कि तुमने क्या किया है, मिर्जा?" उन्होंने काँपते हुए पूछा। मिर्जा ने नायडू को खामोशी से देखा, जब वह बूढ़ा आदमी हिलता-डुलता अपनी कुरसी तक गया और बैठ गया। "आप मुझ पर कितना भरोसा करते हैं, सर?" मिर्जा ने पी.एम. से पूछा। नायडू ने बस, अपना सिर कड़वाहट के साथ इनकार में हिला दिया।

"मैं गंभीरता से पूछ रहा हूँ। आपने मेरा काम देखा है। आप मुझे जानते हैं। अगर मैं आपसे कहूँ कि मेरे पास एक रास्ता है, जिससे मैं वैशाली और अन्य सभी को सुरक्षित वापस ले आऊँगा, तो क्या आप मुझ पर भरोसा करेंगे?"

"सच में तुम्हारे पास ऐसा करने का रास्ता है?" पी.एम. ने उम्मीद के साथ पूछा।

"मेरे पास एक मौका है।" मिर्जा ने अपनी घड़ी की तरफ देखते हुए कहा, "उन्होंने मुझे जितना समय दिया है, उसमें सात घंटे बाकी हैं। आप मुझे छह घंटे दे दीजिए।"

नायडू काफी देर तक मिर्जा को घूरते रहे, फिर दूसरी तरफ देखने लगे।

"तुमने जो कहा," नायडू ने कहा, "उसके बाद मेरे पास कोई चारा नहीं।"

आधे घंटे बाद मिर्जा नायडू के दफ्तर से बाहर निकले और विमान वाहक पोत पर मौजूद शायना को फोन मिलाया और छोटी सी बातचीत की, जिसके बाद उन्होंने गोयल से बात कराने को कहा।

"मैं नहीं जानता कि तुम समझे या नहीं, नौजवान!" उन्होंने भौंचक्का हुए गोयल को अपना फरमान सुनाने के बाद कहा, "काम हो जाना चाहिए।"

फिर वह पी.एम.ओ. परिसर में बने हेलीपैड की तरफ दौड़े, जहाँ एक हेलीकॉप्टर उन्हें एयरफोर्स बेस तक ले जाने के लिए खड़ा था।

'तुम अच्छी तरह जानते हो, तुम क्या कर रहे हो, लड़के।' उन्हें विक्रांत से अकेले में हुई वह बातचीत याद आई, जो हाइजैक करने वालों के पास उसके जाने से पहले हुई थी।

□

46

बुधवार शाम, लक्षद्वीप

अपराध और जाँच-पड़ताल के बारे में विक्रांत को जो बुनियादी शिक्षा दी गई थी, उनमें से एक थी—दूरदृष्टि। विक्रांत ने जिससे भी शिक्षा ली, चाहे वे हैदराबाद की आई.पी.एस. एकेडमी के इंस्ट्रक्टर रहे हों या ऐसे अधिकारी, जैसे कि मिर्जा, जिनके अधीन उसने काम किया, उन सभी ने उसके भीतर इस बात को गहराई तक बिठा दिया था कि समय से आगे सोचना कितना जरूरी होता है।

"एक नहीं, दो नहीं, जितने भी कदम तुम आगे सोच सको। तुम जब केस रजिस्टर करो तो गिरफ्तारी की बात सोचो। तुम गिरफ्तार करो तो जाँच की बात सोचो। तुम चार्जशीट तैयार करो तो दोषी ठहराए जाने की बात सोचो। हमेशा भविष्य मायने रखता है।" एक इंस्ट्रक्टर ने उससे कहा था।

26/11 से बरसों पहले महाराष्ट्र आतंक-निरोधी दस्ते में डी.सी.पी. के रूप में तैनात किए जाने पर विक्रांत ने एक ट्रेनिंग सेशन में हिस्सा लिया था, जिसके एक स्पीकर थे मिर्जा। वही समय था, जब भविष्य के गुरु से इस शिष्य की पहली मुलाकात हुई थी।

"जहाँ आतंकवाद है, वहाँ जासूसी है।" मिर्जा ने उस कमरे में अपनी वार्त्ता के दौरान कहा था, जहाँ देश भर की आतंक-निरोधी एजेंसियों के युवा अधिकारी मौजूद थे और उनकी बातों को ध्यान से सुन रहे थे, "तुम जिसे भी गिरफ्तार करोगे, वह किसी टेरर मॉड्यूल का मामूली पैदल सिपाही भर नहीं होगा। वह एक सीढ़ी, एक दरवाजा होगा, जो तुम्हें उस मॉड्यूल तक ले जाएगा। अपने पत्तों को अच्छी तरह खेलो और फिर देखना, वह तुम्हें सीमा पार ले जाएगा, जहाँ हमारा पड़ोसी जानी दुश्मन, आई.एस.आई. मौजूद है और जिसके हाथों में उनकी डोर है। यह ऐसी लड़ाई है, जिसे तुम अपने मुक्कों से नहीं, अपने दिमाग से जीतोगे और यहीं धैर्य की जरूरत होती है; क्योंकि अगर तुमने अपने पत्तों को सही खेला तो कामयाबी

"तुम लोगों ने एक लंबा सफर तय किया है, मेरे बेटो!" उसने कहा। वहीं उसके सफेद बाल हवा में लहरा रहे थे—"मैंने जब तुम्हें पहली बार देखा था, उसी समय जान गया था कि इस मकसद के लिए मुझे सही लोग मिल गए हैं। इन द्वीपों पर हमारे कब्जे की कमान तुम्हीं लोग सँभालोगे, जो हमारे जिहाद के एक नए अध्याय की शुरुआत होगी।"

निश्चित तौर पर मिलेगी, भले ही वह आखिरी वक्त में मिले।"

आई.एम. फाइव का भंडाफोड़ अकेले विक्रांत के काम का नतीजा नहीं था, भले ही कुछ लोग इस बात को जानते थे। आई.बी. को कुछ खुफिया जानकारी मिली थी, जो उसने महाराष्ट्र ए.टी.एस. को दी थी और ए.टी.एस. चीफ ने विक्रांत को उस काम पर लगाया था। विक्रांत ने उस मॉड्यूल पर तीन महीने तक धैर्यपूर्वक नजर रखी और उनके बारे में हर तरह की जानकारी जुटाई, तब जाकर उसने काररवाई शुरू की। इसका नतीजा गिरफ्तारी के बेहतरीन ढंग से चलाए गए ऑपरेशन और एकदम पुख्ता चार्जशीट के तौर पर सामने आया।

वही आई.एम. मॉड्यूल अब उस डेक पर आया, जब आसमान के एक कोने से सुबह की पहली किरण उजाला बिखेरने वाली थी। विक्रांत देख रहा था और कुरैशी, मजहर खान, शौकत असद तथा मुस्तफा एवं इब्राहिम कादरी जहाज की छत पर आए। वहीं विक्रांत की नजर विमान वाहक युद्धपोत की ओर भी घूमी।

आई.एम. फाइव अपनी पीठ को ताने और सीने को गर्व से फुलाए खड़ा था, जबकि मारवन उनमें से हर एक को उस क्रेट से एम16 असॉल्ट राइफल, ग्लॉक पिस्टल, स्टीलेटो कटार और कारतूस की क्लिप दे रहा था, जिसे मार्को ने पकड़ रखा था।

उन्होंने जब हथियारों को लोड किया तो मुनाफिक ने एक पिता की तरह गर्व करते हुए उन्हें देखा।

"तुम लोगों ने एक लंबा सफर तय किया है, मेरे बेटो!" उसने कहा। वहीं उसके सफेद बाल हवा में लहरा रहे थे—"मैंने जब तुम्हें पहली बार देखा था, उसी समय जान गया था कि इस मकसद के लिए मुझे सही लोग मिल गए हैं। इन द्वीपों पर हमारे कब्जे की कमान तुम्हीं लोग सँभालोगे, जो हमारे जिहाद के एक नए अध्याय की शुरुआत होगी।"

विक्रांत, जो उम्मीद के साथ समंदर में उस तरफ खड़े विमान वाहक पोत पर नजरों को गड़ाए बैठा था, ठहाके लगाकर हँस पड़ा। सब उसकी तरफ देखने लगे।

"ये क्या मजाक है, टूथपिक ?" डेनियल फुफकारा।

"बस, खेलते जाओ।" विक्रांत ने सरसराती आवाज में कहा।

"काफिर, तुम्हें कुछ कहना है ?" मुनाफिक ने पूछा।

"कहूँगा।" विक्रांत ने दबी हँसी के साथ कहा, "जरूर कहूँगा···बस, जरा सी मेरी हँसी रुक जाए।"

"अब जरा अपना चुटकुला सुना भी दो। क्यों ?" डेनियल ने इतनी जोर से कहा कि सब सुन लें।

मुनाफिक और मारवन उनकी ओर बढ़े, लेकिन उनसे पहले उनमें से सबसे लंबा-तगड़ा मजहर खान उनसे ज्यादा तेज निकला।

"बकवास बंद कर!" वह गुर्राया और विक्रांत के सामने अपनी लंबी-चौड़ी कद-काठी लिये खड़ा हो गया।

विक्रांत ने हँसना बंद कर दिया और हावी होने की कोशिश कर रहे आतंकी को नफरत की नजर से देखा। गहरी साँस लेकर उसने बोलना शुरू किया, "तुम्हारा आका वकील ऋषभ चावला होने का झाँसा देकर मुझसे भोपाल कोर्ट में मिला था। उसने तुमसे निश्चित तारीख तक जेल से भागने को कहा और भागने के लिए गाड़ियों व हथियारों का इंतजाम किया। जब पालघर में हमारी मुठभेड़ हुई, तब तुम जिस गाड़ी में थे, वह जेल के ही करीब कहीं खड़ी थी। मैं सही कह रहा हूँ न ?"

खान ने कुछ नहीं कहा। मुनाफिक और मारवन आई.एम. फाइव के साथ डेक के बीचोबीच खड़े सबकुछ सुन रहे थे, जबकि मार्को और उसके पाँच भाड़े के सैनिक रेलिंग

"तुमने टूथब्रश का इस्तेमाल कर चाबी बनाई और तुमने," विक्रांत ने सीधे मजहर खान से कहा, "अपने सेल का दरवाजा खोला और संतरी की गरदन तोड़ दी। वह तुम ही थे, है न?" खान की गुर्राहट और बढ़ गई, लेकिन उसने कुछ नहीं कहा।

"तुम कहना क्या चाहते हो?" मारवन ने पूछा।

"यही कि मैं मूर्ख नहीं हूँ और चूँकि मैं मूर्ख नहीं हूँ, इसलिए मैं जानता हूँ कि चल क्या रहा है।"

"क्या चल रहा है?" मार्को ने मुसकराते हुए उत्सुकता से पूछा।

के करीब अपनी बंदूकों को तैयार लिये खड़े थे।

"तुमने टूथब्रश का इस्तेमाल कर चाबी बनाई और तुमने," विक्रांत ने सीधे मजहर खान से कहा, "अपने सेल का दरवाजा खोला और संतरी की गरदन तोड़ दी। वह तुम ही थे, है न?"

खान की गुर्राहट और बढ़ गई, लेकिन उसने कुछ नहीं कहा।

"तुम कहना क्या चाहते हो?" मारवन ने पूछा।

"यही कि मैं मूर्ख नहीं हूँ और चूँकि मैं मूर्ख नहीं हूँ, इसलिए मैं जानता हूँ कि चल क्या रहा है!"

"क्या चल रहा है?" मार्को ने मुसकराते हुए उत्सुकता से पूछा।

"तुम," विक्रांत ने खान से कहा, "और तुम्हारे चार भाई बेवकूफ बनाए जा रहे हैं। तुम्हें समझ नहीं आ रहा? असल में, वे तुम्हें यहाँ मरने के लिए छोड़कर जा रहे हैं, जबकि तुम्हें लग रहा है कि तुम्हें दुनिया का सबसे बड़ा तोहफा दिया जा रहा है।"

"अ…हाँ…हाँ।" डेनियल ने मुसकराते हुए कहा।

"और नहीं तो क्या! तुम सच में सोच रहे हो कि सरकार लक्षद्वीप को तुम लोगों के हवाले कर देगी? और तुम्हें लग रहा है कि तुम पाँच भाई राजाओं की तरह इन द्वीपों पर राज करोगे? तुम लोगों को एक मिनट में मसल दिया जाएगा, जबकि तुम्हारे आका, जो अभी यहाँ हैं, सुरक्षित ठिकानों पर चले जाएँगे।"

डेनियल खिल्ली उड़ानेवाली हँसी हँस रहा था।

"हरामखोरो! तुम लोगों में सुर्खाब के पर नहीं लगे हैं।" विक्रांत ने कहा और फिर हँसने लगा, साथ ही डेनियल की हँसी भी और तेज हो गई है—"तुम तो बलि के बकरे हो।"

मजहर ने अपनी कटार को म्यान से निकाला और विक्रांत के पीछे चला गया। उसके बाल पकड़े और कटार को विक्रांत के गले पर टिका दिया।

"अगर तुमने तुरंत हँसना बंद नहीं किया," उसने जंगलियों की तरह कहा, "तो मैं तुम्हें हलाल कर दूँगा!"

विक्रांत ने खान के गुस्से से लाल चेहरे को देखा, फिर आँख मारी।

पलक झपकते ही खान ने अपनी कटार विक्रांत के गले पर फेर दी और फिर उसे अपनी बगल में रख लिया।

□

47

बुधवार शाम, लक्षद्वीप

मिर्जा का जेट विमान वाहक पर उतरने की तैयारी कर रहा था, तभी पायलट ने उन्हें उनके खयालों से अचानक बाहर निकाला।

"सर, मुझे लगता है, आपको ये देखना चाहिए।" उसने कहा।

मिर्जा आगे झुके और खिड़की से बाहर देखा। विमान अब भी ऊँचाई पर था, लेकिन क्रूज लाइनर के सबसे ऊपर की छत पर अफरा-तफरी दिख रही थी और कम-से-कम दो बंदूकों की नली गोलियाँ उगल रही थीं।

"वहाँ ले चलो।" उन्होंने पायलट से कहा, "मुझे इसी समय उस मनहूस क्रूज के पास ले चलो!"

□

गोयल विमान वाहक पर बेसब्री से इंतजार कर रहा था। मिर्जा से फोन पर हुई बातचीत के बाद उसने जायसवाल से थोड़ी बातचीत की थी और फिर दूरबीन लेकर डेक पर आ गया था। उसने अपनी पैनी नजर जमा रखी थी और मार्को के आदमियों को घूमते-फिरते डेनियल, वैशाली एवं विक्रांत पर नजर रखते और बारी-बारी से उन्हें विमान वाहक की दिशा में भी देखते पाया था। हमेशा ही किसी-न-किसी भाड़े के सैनिक की नजर विमान वाहक पर रहती थी।

"किसी को भी बस, एक पल चाहिए होता है।" मिर्जा ने उससे कहा था। गोयल पलक झपकाए बिना दुआ में हाथ जोड़े तब तक देखता रहा, जब तक कि वह पल नहीं आ गया। आई.एम. फाइव डेक पर आए और मुनाफिक उनसे बात करने लगा, जबकि मारवन ने मार्को के हाथों में मौजूद क्रेट से उन्हें हथियार दिए। मार्को के आदमी देखने के लिए मुड़े, जबकि उनकी पीठ लगभग आधी विमान वाहक की तरफ थी।

गोयल ने दूरबीन को विक्रांत के चेहरे पर गड़ाया और जूम किया, जो

खान ने अपनी ग्लॉक जैसे ही विक्रांत के हाथों में थमाई, सबको लगने लगा कि कोई गड़बड़ है। आई.एम. आतंकियों की तरफ मुड़ते हुए खान ने ऑटोमैटिक फायरिंग से गोलियों की बौछार कर दी। गोलियों ने मुस्तफा और इब्राहिम कादिर के सीने को छलनी कर दिया, जबकि विक्रांत ने मार्को और उसके आदमियों पर गोली चला दी। विक्रांत के निशाने से बचने के लिए मार्को कूदा और मुनाफिक पर आ गिरा, जो धक्का लगते ही मारवन पर गिर पड़ा।

पानी के उस पार से उसे एकटक देखे जा रहा था। गोयल ने तुरंत अपनी जेब से फ्लैशलाइट निकाली, उसे जलाया, तीन से चार सेकंड तक उसे जलाए रखा और फिर बंद कर दिया। विक्रांत मुसकराया और आँख मारी, जबकि गोयल ने राहत की साँस ली।

वह नीचे की तरफ दौड़कर ऑफिसर्स रूम में गया, जहाँ नौसेना के कमांडर और कई अन्य अधिकारी विक्रांत और मजहर के बीच बहस को देख रहे थे। उन्होंने नजर घुमाई तो शायना को अपने कमरे में झाँकते देखा। उसने आँखों से उन्हें इशारा किया और फिर बाहर चली गई।

"क्या यही...रुको...हो क्या रहा है?" नौसेना के कमांडर ने आँखें फाड़-फाड़कर स्क्रीन को देखते हुए पूछा।

□

केवल डेनियल ने गौर किया कि खान की कटार की धार ने विक्रांत की चमड़ी को छुआ ही नहीं था और बमुश्किल एक इंच की दूरी से निकल गई थी। अगले दो सेकंड तक वैशाली से लेकर मार्को और उसके आदमियों से लेकर मुनाफिक, मारवन तथा उसके सैनिक विक्रांत की गरदन पर नजरें गड़ाए हुए थे। उन्हें लग रहा था कि खून का फव्वारा फूट पड़ेगा।

उन्हीं बेहद अहम दो सेकंड में खान ने अपनी कटार को विक्रांत के हाथों को बाँधनेवाली रस्सी पर रखा और रस्सी को काट दिया।

खान ने अपनी ग्लॉक जैसे ही विक्रांत के हाथों में थमाई, सबको लगने लगा कि कोई गड़बड़ है। आई.एम. आतंकियों की तरफ मुड़ते हुए खान ने ऑटोमैटिक फायरिंग से गोलियों की बौछार कर दी। गोलियों ने मुस्तफा और इब्राहिम कादिर के सीने को छलनी कर दिया, जबकि विक्रांत ने मार्को और उसके आदमियों पर गोली चला दी। विक्रांत के निशाने से बचने के लिए मार्को कूदा और मुनाफिक पर आ

गिरा, जो धक्का लगते ही मारवन पर गिर पड़ा।

मार्को के आदमियों की किस्मत इतनी अच्छी नहीं थी। विक्रांत की पिस्तौल से निकली गोलियों ने पाँच में से तीन के सीने को भेद दिया और वे रेलिंग के ऊपर से गिर पड़े। अन्य दो ने अपनी बंदूकों को ताना, लेकिन निशाना लगाने से पहले ही उनके सिर धमाके के साथ उड़ गए।

हैरान-परेशान जहाज पर सवार हर किसी ने चारों तरफ नजर दौड़ाई। सबसे पहले डेनियल ने शायना को विमान वाहक के डेक पर खड़ा देखा, जिसके हाथों में दरगुनोव स्नाइपर राइफल थी।

"मजा आ गया!" डेनियल ने खुश होते हुए कहा और इस बीच खान ने मौके का फायदा उठाते हुए उसके और वैशाली के हाथों को रस्सियों को काटकर खोल दिया। "नीचे लेट जाओ!" उसने वैशाली के कान में धीरे से कहा।

मुनाफिक ने मार्को को झटके से हटाया, मारवन को पकड़ा और डेक के दूसरे हिस्से की तरफ भागा।

"हमें कवर फायर दो!" उसने कुरैशी और शौकत असद से चिल्लाते हुए कहा, जिन्होंने तुरंत पोजीशन ली और बंदूकों को तान दिया। दनादन गोलियाँ दागते हुए वे पीछे की तरफ भागे और डेक पर लगी कुरसियों के पीछे छिप गए।

मार्को अपनी बंदूक ताने तेजी से आगे आया; लेकिन डेनियल ने खान के हाथ से कटार लेकर उसकी तरफ छलाँग लगा दी। दोनों नीचे गिर पड़े।

इस बीच विक्रांत ने अपने पैरों में बँधी रस्सियों को खोला और विक्रांत, वैशाली तथा खान रेंगते हुए कैफेटेरिया के भीतर चले गए। वे बीच में बने सजावटी फव्वारे के पीछे छिप गए।

"तुम जानते हो, वह जखीरा कहाँ है?" विक्रांत ने खान के कानों में ऊँची आवाज में कहा, जब वह मुनाफिक, मारवन, कुरैशी और असद पर गोलियों की बौछार कर रहा था।

"तुम जानते हो, वह जखीरा कहाँ है?" विक्रांत ने खान के कानों में ऊँची आवाज में कहा, जब वह मुनाफिक, मारवन, कुरैशी और असद पर गोलियों की बौछार कर रहा था।

"कौन सा जखीरा?" खान भी पलटकर चिल्लाया।

"साल '93 के हथियार और बम!"

खान ने विक्रांत की तरफ देखा। "उसकी चिंता मत करो।"

"क्या मतलब?"

"मुझ पर भरोसा रखो।" खान ने कहा, "पहले इस मुसीबत को खत्म करो।"

विक्रांत मान गया।

"वैशाली को यहाँ से निकालो!" उसने आदेश दिया, "तुम विमान वाहक पर जाओ। वे तुम्हारा इंतजार कर रहे होंगे।"

खान ने अपना हथियार विक्रांत को दिया और अपने सारे कारतूस डेक पर रख दिए। उसने अपनी तगड़ी बाँहों में वैशाली को सुरक्षित तरीके से समेटा और उसे खींचता हुआ दूर के कोने में ले गया, जहाँ गोलियाँ नहीं आ सकती थीं। विक्रांत ने दोनों राइफलों और पिस्तौल में गोलियाँ भरीं। ठीक उसी समय लड़ाकू विमान गरजता हुआ डेक के करीब आया। उसने आखिरी बार खान और वैशाली को देखा और उन्हें लाइफबोट की तरफ जाते देखा।

मुनाफिक आगे झुका और मारवन को धीरे से कुछ कहा, जिसने कुरैशी और असद को कुछ बताया। मारवन ने लड़ाकू विमान पर गोलियों की बौछार कर दी, जो दूर चला गया; जबकि असद और कुरैशी ने विक्रांत पर गोलियाँ बरसाईं, जिनसे बचने के लिए वह नीचे झुक गया।

फिर, लगभग एक साथ, चारों रेलिंग की तरफ भागे और उसके ऊपर से छलाँग लगा दी। मुनाफिक और मारवन ने दौड़ते हुए उस छोटी सी दूरी को पार किया और उस मालवाहक पर पहुँच गए, जिससे मारवन आया था और जो क्रूज लाइनर से कुछ ही दूरी पर लंगर डाले खड़ा था। कुरैशी की छलाँग छोटी पड़ गई, लेकिन किसी तरह वह रेलिंग को पकड़ पाया। हालाँकि असद क्रूज लाइनर की रेलिंग पर पहुँचता, इससे पहले ही शायना ने अपनी स्नाइपर राइफल के सधे हुए निशाने से उसकी दौड़ को बीच में ही खत्म कर दिया।

दूसरे छोर पर डेनियल और मार्को खतरनाक लड़ाई में उलझे थे। डेनियल ने खान की कटार की तेज धार से एक ही वार में मार्को के उजी के पट्टे को काट डाला, जो खड़खड़ाती हुई फर्श पर गिर पड़ी। मार्को ने अपनी ग्लॉक को निकालने की कोशिश की, तभी डेनियल ने उसकी कलाई पर किक लगाई, जिससे वह दूर जा गिरी। फिर डेनियल अपनी कटार लिये दौड़ा और मार्को ने एक ही वार में उसकी कलाई को पकड़ा और उसे मोड़ दिया।

डेनियल के हाथों की पकड़ ढीली नहीं हुई, लेकिन मार्को उसे रेलिंग तक ले

जाने में कामयाब रहा और उसे नीचे की तरफ झुका दिया। वह डेनियल को धकेलता रहा, जबकि डेनियल का आधा शरीर नीचे लटक गया। उसकी कटार मार्को के चेहरे से महज आधा इंच दूर थी।

"बहुत जान है तुझमें, हाँ!" मार्को ने डेनियल से कहा।

"भाड़ में जा तू!" डेनियल ने कहा। एक झटके में वह कटार को अपने करीब लाया और फिर तेजी से उसे अपने कंधे में घुस जाने दिया। अचानक आँखों में पड़े खून के छींटों ने मार्को का संतुलन बिगाड़ दिया और डेनियल पीछे की तरफ गिरा, जिससे वह रेलिंग को पार करता हुआ पलटा और अपने साथ-साथ मार्को को भी ले गया।

डेनियल के हाथों की पकड़ ढीली नहीं हुई, लेकिन मार्को उसे रेलिंग तक ले जाने में कामयाब रहा और उसे नीचे की तरफ झुका दिया। वह डेनियल को धकेलता रहा, जबकि डेनियल का आधा शरीर नीचे लटक गया। उसकी कटार मार्को के चेहरे से महज आधा इंच दूर थी। "बहुत जान है तुझमें, हाँ!" मार्को ने डेनियल से कहा।

पानी के उस पार गोयल, जो इस हाथापाई को अपनी दूरबीन से देख रहा था, ने दोनों को पानी में गिरते देखा। अगले तीन महीने तक जो कोई उसकी कहानी सुन ले, उसे यह बताने वाला था कि आज तक उसने कभी ऐसी तसवीर नहीं देखी थी।

'फर्नांडो ने हवा के बीचोबीच मार्को को कटार घोंप दी! वे जब गिर रहे थे, तभी उसने अपने कंधे से कटार को निकाला और उससे मार्को की गरदन को चीर दिया!' गोयल यही बताने वाला था।

मालवाहक पर मुनाफिक, मारवन और कुरैशी नीचे की तरफ भागने वाले थे। कुरैशी अपने दोनों आकाओं से आगे था और उसने उन्हें बचाने के लिए दनादन गोलियाँ दागीं। विक्रांत नीचे झुका, जबकि गोलियाँ उस फव्वारे में जा घुसीं। वह फिर बाहर निकला और जवाबी गोलीबारी की। दो गोलियाँ कुरैशी के सीने को चीर गईं, जबकि तीसरी ने उसके चेहरे के एक हिस्से को उड़ा दिया।

मुनाफिक ने मारवन की पिस्तौल को उसके खोल से निकाला और अगल-बगल निशाना साधे पोजीशन सँभाल ली। तभी आई.एन.ए. द्वीपरक्षक से तीन हेलीकॉप्टर गरजते हुए आते दिखे और उन्हें हर तरफ से घेर लिया। विमान से गिराई

गई रस्सी की सीढ़ी से मिर्जा नीचे आए। उनके हाथों में पिस्तौल थी। विक्रांत अपने छिपने की जगह से निकला और दौड़कर क्रूज लाइनर की रेलिंग की तरफ भागा। उस पार मौजूद बाप-बेटे के ठीक सामने आकर रुका।

पल भर के लिए किसी ने कोई हलचल नहीं की। वे सभी इंतजार करते रहे, जबकि हेलीकॉप्टर के पंखे घूमते रहे। विक्रांत ने मिर्जा को देखा, जो मुनाफिक से कुछ ही फीट की दूरी पर थे। उन्होंने उसे चैलेंज किया।

फिर मुनाफिक ने अपने हाथ नीचे किए और अपनी बंदूक को नीचे लुढ़क जाने दिया। मारवन ने पीछे पलटकर देखा और न चाहते हुए भी अपनी एम16 को नीचे फेंक दिया। दोनों हाथ ऊपर किए खड़े थे और नौसेना के कमांडो डेक पर नीचे उतरे। विक्रांत क्रूज लाइनर की रेलिंग पर चढ़ा और कूदता हुआ मालवाहक पर पहुँचा।

फिर मुनाफिक ने अपने हाथ नीचे किए और अपनी बंदूक को नीचे लुढ़क जाने दिया। मारवन ने पीछे पलटकर देखा और न चाहते हुए भी अपनी एम16 को नीचे फेंक दिया। दोनों हाथ ऊपर किए खड़े थे और नौसेना के कमांडो डेक पर नीचे उतरे। विक्रांत क्रूज लाइनर की रेलिंग पर चढ़ा और कूदता हुआ मालवाहक पर पहुँचा।

मिर्जा पिस्तौल लिये आगे बढ़े और मुनाफिक से एक फीट की दूरी पर आकर रुक गए। मिर्जा चुपचाप उसे घूरते रहे। उनकी आँखों में नफरत के शोले भड़क रहे थे।

मिर्जा उस दिन को याद कर रहे थे, जब विदेश मंत्रालय से इस पूरे मामले की शुरुआत हुई थी। उन्हें पाकिस्तान के उच्चायुक्त जाकिर अब्दुल खान के साथ हुई बातचीत याद आ रही थी, जिसमें विक्रांत सब्र खो बैठा था और राजनयिक के चेहरे पर मुक्का जड़ दिया था। उन्हें वे नौ साल याद आ रहे थे, जब शुरू से लेकर अब तक पाकिस्तान सरकार को पत्र लिखा जाता रहा, जिनमें 26/11 के पीड़ितों को न्याय की गुहार लगाई गई थी और वह एक बार फिर मुनाफिक एवं मारवन की गिरफ्तारी के बाद उस पूरी प्रक्रिया को अपनी कल्पना में दोहराए जाते देख रहे थे।

विक्रांत ने तो मिर्जा को 'भाड़ में जाओ' कहते सुन भी लिया था, जब उसके गुरु ने अपनी पिस्तौल तानी और मुनाफिक के चेहरे को बिल्कुल करीब से उड़ा दिया।

"नहींइइइइइ!" अपनी बंदूक को छलाँग लगाकर पकड़ने के दौरान मारवन गरजा।

विक्रांत आगे बढ़ा, मारवन के सामने आया और अपनी एम16 की पूरी क्लिप उसके जिस्म में उतार दी।

□

खान और वैशाली को जब विमान वाहक के डेक पर खींचकर लाया गया, तब कई लोग बेसब्री से उनका इंतजार कर रहे थे।

"गोली मत चलाना।" जायसवाल ने चीखकर कहा, "उस आदमी को गोली मत मारना!"

"बहुत हो चुका, अब बस करो।" नौसैनिक कमांडर जायसवाल पर गरजा, जब खान रेलिंग से जहाज पर आया और कई तनी हुई बंदूकों ने उसका स्वागत किया।

खान और वैशाली को जब विमान वाहक के डेक पर खींचकर लाया गया, तब कई लोग बेसब्री से उनका इंतजार कर रहे थे।

"गोली मत चलाना।" जायसवाल ने चीखकर कहा, "उस आदमी को गोली मत मारना!"

"जखीरा कहाँ है?" आई.बी. अधिकारी ने गरजते हुए पूछा।

खान डेक पर बैठ गया। वह बुरी तरह थक गया था। जायसवाल भीड़ को चीरकर आगे आया।

"अब बता दो, वह जखीरा कहाँ है?" उसने पूछा।

"खुदा की कसम!" थकान से चूर खान ने कहा, "जखीरे जैसी कोई चीज नहीं है।"

□

48

शुक्रवार सुबह, नई दिल्ली

मजहर खान फाइव स्टार होटल के सुइट की बालकनी में आया और सुबह की ठंडी हवा को अपनी साँस में भर लिया।

'माशाअल्लाह!' उसने मन-ही-मन कहा, 'लौटकर अच्छा लग रहा है।'

खान की कहानी ज्यादा अनोखी नहीं। यह उन सैकड़ों युवाओं जैसी ही है, जो मुंबई की गंदी बस्तियों में पले-बढ़े, जहाँ से कुछ आम वजहों के चलते अपराध की दुनिया में चले गए। खान के मामले में इसकी वजह उसकी नाराजगी थी।

खान की माँ एक खूबसूरत महिला थी और इलाके में होनेवाली लड़कियों की पार्टी में उसकी ही चर्चा होती थी। उसका बेटा जब चौदह साल का था, तब वह अपने से आधी उम्र के एक लड़के के साथ भाग गई। उसका पिता अपना आधा दिन भाँग पीकर गुजारता था और बाकी का आधा दिन अपने दस साल के बेटे अयूब से मारपीट कर, जब दोनों उसकी लत को पूरा करने के लिए पर्याप्त पैसा नहीं जुटा पाते थे।

खान इस दुर्व्यवहार को तीन लंबे सालों तक झेलता रहा, जब अपने गुस्से को वह एक स्थानीय जिम में रात के समय सबसे नजरें बचाकर कसरत करके निकालता था, जहाँ दिन के समय वह सफाईवाले के तौर पर क़ाम करता था। आखिर में एक दिन वह बुरी तरह टूट गया। एक रात, जब उसका पिता अयूब की तरफ क्रिकेट का बैट लेकर दौड़ा, तब खान, जो तगड़ा जवान बन चुका था, उसने बैट को छीना और अपने हाथों से ही उसके दो टुकड़े कर दिए।

"अगली बार तुमने हम दोनों में से किसी को हाथ भी लगाया," उसने अपने बाप के चेहरे पर फुफकारते हुए कहा, "तो इसी की तरह मैं तुम्हारी रीढ़ के टुकड़े कर दूँगा!"

इस धमकी से होश में आने की बजाय नशे की लत से दिमागी तौर पर भ्रष्ट हुए चुके खान के पिता को गुस्सा आ गया। वह अपने छोटे बेटे की तरफ लपका और खान के साथ ही उसका भी गला घोंटने की कोशिश की, जबकि खान ने एक ही झटके में अपने पिता का हाथ पकड़ा और उसके दो टुकड़े कर दिए। वह अयूब के साथ घर से निकल गया, जबकि उसका बूढ़ा बाप जमीन पर तड़पता रहा।

जैसा कि होना निश्चित था, कानून के हाथ खान तक पहुँचे और उसे एक रिश्तेदार के घर से पकड़ लिया गया, जहाँ वह छिपा था। उसे स्थानीय पुलिस स्टेशन ले जाया गया। उसका बाप एफ.आई.आर. दर्ज करने पर अड़ गया था और अपने बेटे को सलाखों के पीछे भेजने के लिए बेचैन था। जिस अधिकारी ने मजहर को गिरफ्तार किया था, उसे उस पर दया आ गई। उसने टूटे हुए घर के कई लड़कों को बिगड़ते देखा था और जानता था कि उन्हें बाल सुधार गृह में रखना इसका इलाज नहीं होता और उसे लग रहा था कि यह तगड़ा नौजवान, जिसका गुस्सा नाक पर रहता था, वह बाल सुधार गृह में जाने के महीने भर के भीतर किसी की जान ले लेगा।

उस अधिकारी ने अपने बड़े अधिकारियों से कहा कि उसे वह लड़का मिला ही नहीं और उसने विक्रांत से बात की, जिसके साथ वह पहले काम कर चुका था। विक्रांत, जो उस समय आई.बी. में था, उसने अपने मुंबई के एक मुखबिर को कहा कि वह खान को अपने साथ गोदाम में काम दिला दे, जहाँ वह समय-समय पर उस लड़के से मिलता रहता था। वह यह कहकर उसका हौसला बढ़ाता था कि वह कसरत करना जारी रखे और उसने यकीन किया कि वह अपने रास्ते से न भटके, जो उसकी उम्र में आसानी से हो सकता था। अगले चार साल के दौरान विक्रांत और खान दोस्त बन गए। खान उसी गोदाम में रहता था, जहाँ काम करता था, जबकि अयूब एक रिश्तेदार के घर रहता

उस अधिकारी ने अपने बड़े अधिकारियों से कहा कि उसे वह लड़का मिला ही नहीं और उसने विक्रांत से बात की, जिसके साथ वह पहले काम कर चुका था। विक्रांत, जो उस समय आई.बी. में था, उसने अपने मुंबई के एक मुखबिर को कहा कि वह खान को अपने साथ गोदाम में काम दिला दे, जहाँ वह समय-समय पर उस लड़के से मिलता रहता था।

और स्थानीय म्यूनिसिपल स्कूल में पढ़ाई करता था। खान हर महीने उस रिश्तेदार को पैसे भेजना नहीं भूलता था।

फिर अचानक ही एक दिन अयूब लापता हो गया। खान ने पूरे शहर में उसे ढूँढ़ा, लेकिन कहीं उसका पता नहीं चला। हालाँकि दो दिन बाद विक्रांत को आई.बी. के एक साइबर एक्सपर्ट का फोन आया।

"उस लड़के का वीडियो मिला है, जो कह रहा है कि वह इस दुनिया से जिहाद के एक बड़े मकसद के लिए जा रहा है। वह मुंबई का रहनेवाला है, इसलिए एक नजर देख लीजिए।" उस साइबर टेक्नीशियन ने कहा।

वे पूरी रात इस पर जबरदस्त बहस करते रहे, लेकिन आखिर में विक्रांत को हार माननी पड़ी। उसने खान को इसका पाठ पढ़ाया था कि कैसे आई.एम. मॉड्यूल की नजर में आए और आखिरकार मजहर उन पाँच युवकों में शामिल हुआ, जिन्हें चुना गया और ट्रेनिंग के लिए पाकिस्तान भेजा गया।

विक्रांत ने वीडियो देखा और अयूब को पहचान लिया।

वह आखिरी मौका था, जब किसी ने अयूब को देखा था। एक हफ्ते बाद मजहर खान ने विक्रांत को फोन किया और पूछा कि उससे मुलाकात हो सकती है या नहीं। विक्रांत तुरंत तैयार हो गया।

"अयूब उस इलाके के कुछ लड़कों के साथ उठता-बैठता था, जो आई.एम. से जुड़े थे।" मजहर ने विक्रांत को बताया।

"मैं उन्हें उठवा लूँगा!" विक्रांत ने उसे आश्वस्त किया।

खान ने इनकार कर दिया—"मेरी लड़ाई उनसे नहीं है। मेरी लड़ाई उन हरामखोरों से है, जो अपने झूठ से इस दुनिया के अयूबों को गुमराह करते हैं।"

पहली बार विक्रांत ने गौर किया कि खान अकसर आग उगलनेवाला शख्स नहीं, बल्कि खतरनाक ढंग से शांत है।

"तुम कहना क्या चाहते हो?"

"मैं जासूसी करना चाहता हूँ। मैं यहाँ उनके मॉड्यूल में घुस जाना चाहता हूँ और जितना ऊपर तक संभव है, जाना चाहता हूँ। मैं उन हरामखोरों की पूरी कड़ी को तबाह करना चाहता हूँ।"

वे पूरी रात इस पर जबरदस्त बहस करते रहे, लेकिन आखिर में विक्रांत को

हार माननी पड़ी। उसने खान को इसका पाठ पढ़ाया था कि कैसे आई.एम. मॉड्यूल की नजर में आए और आखिरकार मजहर उन पाँच युवकों में शामिल हुआ, जिन्हें चुना गया और ट्रेनिंग के लिए पाकिस्तान भेजा गया।

आई.एम. फाइव की गिरफ्तारी के बाद विक्रांत ने पूछताछ के बहाने खान से बात की और उन्होंने तय किया कि जब तक केस की सुनवाई न हो, तब तक वह जेल में ही रहेगा, ताकि जितनी जानकारी संभव हो, जुटा सके।

फिर जेल से भागने की घटना हुई और उस पल के बाद से ही मुनाफिक के आदेश पर मजहर और दूसरों के साथ अकसर मॉड्यूल का कोई-न-कोई जरूर रहता था। मजहर के पास कोई तरीका नहीं था कि वह विक्रांत से संपर्क करता और विक्रांत को भी इसका अंदाजा था। यही वजह है कि उसके लिए खुद क्रूज लाइनर पर जाना जरूरी था।

जहाँ तक विक्रांत की बात है, तो उसने किसी को भी मजहर के बारे में नहीं बताया था; क्योंकि वह नहीं चाहता था कि उसकी जान किसी भी तरीके से खतरे में पड़े। उसने मिर्जा को बताया था, वह भी उस वक्त, जब दोनों विमान वाहक पोत के ऑफिसर्स रूम से बाहर निकले थे और मिर्जा को देखकर लगा जैसे उनका होश उड़ गया।

"तुम कह रहे हो कि इतना कुछ हुआ और तुम्हारा एक आदमी उनके बीच था?" मिर्जा ने कहा और उनके लिए अपनी आवाज को धीमा रख पाना मुश्किल हो गया था।

विक्रांत ने कंधे उचका दिए थे।

"आखिरी वक्त में, याद है न?" उसने कहा था।

"लड़के···" मिर्जा कुछ बोलने वाले थे, लेकिन विक्रांत ने उन्हें मौका नहीं दिया।

"सर, प्लीज। हमारे पास समय नहीं है। मेरे लिए वहाँ पहुँचना और उससे संपर्क करना जरूरी है। उसके और फर्नांडो के साथ मिलकर मैं इसे खत्म कर सकता हूँ।" विक्रांत ने अपने गुरु से कहा था।

मिर्जा ने जवाब देने से पहले पूरे दो मिनट का समय लिया था।

"मुझे यहाँ कुछ गड़बड़ लग रही है।" आखिर में उन्होंने कहा, "कोई कदम मत उठाना, जब तक कि मैं यहाँ से संकेत न दूँ। हमें इस बात को निश्चित करना है कि हमने दोनों तरफ से इसे काबू में कर लिया है।"

अब जबकि वह बालकनी में खड़ा था, तब मजहर खान बरसों बाद मुसकराया था।

जब आधिकारिक तौर पर यह घोषित कर दिया गया कि ऑपरेशन नियंत्रण में है, तब विक्रांत, डेनियल, वैशाली और मजहर के साथ लंबी पूछताछ हुई, जो पूरी रात चली। विक्रांत से खान के बारे में कड़े सवाल किए गए। अखिलेश मिश्रा तो यहाँ तक कह गए कि विक्रांत ने इस बात का पहले खुलासा न कर गलती की है कि उसका एक आदमी उनके बीच था। इतना सुनते ही मिर्जा आपा खो बैठे थे।

"ठीक-ठीक बताना, जासूसी के क्षेत्र में तुम्हारा कितने बरसों का अनुभव है, मिस्टर फलाँ-फलाँ या जो भी आपका नाम है?" उन्होंने अपना चेहरा उस नौकरशाह के करीब लाते हुए बेरुखी से पूछा था। मिश्रा को समझ आ गया था कि इस मामले में उसका तजुरबा नहीं है; लेकिन कमरे में मौजूद हर आदमी जानता था कि उसका अहंकार उसकी सामान्य समझ पर हावी हो जाएगा। नौसेना के कमांडर बीच-बचाव करने ही वाले थे कि दरवाजे पर दस्तक हुई और शायना ने अंदर झाँककर देखा।

"हमने मालवाहक की तलाशी पूरी कर ली है।" उसने बताया।

"और?" नौसैनिक कमांडर ने विषय बदलने पर सुकून महसूस करते हुए पूछा। यहाँ तक कि मिर्जा भी मिश्रा से दूर चले गए और उसकी बात सुनने लगे।

मिर्जा ने जवाब देने से पहले पूरे दो मिनट का समय लिया था।
"मुझे यहाँ कुछ गड़बड़ लग रही है।" आखिर में उन्होंने कहा, "कोई कदम मत उठाना, जब तक कि मैं यहाँ से संकेत न दूँ। हमें इस बात को निश्चित करना है कि हमने दोनों तरफ से इसे काबू में कर लिया है।"
अब जबकि वह बालकनी में खड़ा था, तब मजहर खान बरसों बाद मुसकराया था।

"हमें तहखाने से दो डी.पी.वी. और गोताखोरी के सूट मिले हैं।" शायना ने कहा।

"भागने की योजना।" विक्रांत और मिर्जा ने एक साथ कहा।

"ठहरो, क्या?" वैशाली ने कुछ समझ न आने पर पूछा।

"डाइवर प्रोपल्शन व्हीकल, जिसका इस्तेमाल पानी के अंदर रास्ता तय

करने के लिए किया जाता है। उनके साथ साँस लेनेवाली गैस भी होती है। मान लो स्कूटर जैसा, लेकिन जो पानी के अंदर चले।" डेनियल ने उसे और उसकी ही तरह आश्चर्य से सुन रहे मजहर को समझाया।

"वेट सूट को पानी के अंदर पहना जाता है।" उसने आगे कहा।

"हमारे पास डी.पी.वी. हैं?" आई.बी. के अधिकारी ने पूछा।

"हमारे पास नहीं हैं।" नेवी के कमांडर ने कहा, "नेवी सील के पास होता है; लेकिन कई दूसरे देश मनोरंजन के उद्‌देश्य से उनका निर्माण करते हैं। वहाँ से हासिल करना आसान होता है।"

"वह उनके भागने की योजना थी।" विक्रांत ने कहा, "मुनाफिक और मारवन भागने वाले थे, जबकि दूसरों को मरने के लिए लक्षद्वीप में छोड़ जाते।"

"हरामखोर साले!" मजहर खान ने कहा।

बाकी की पूछताछ एकदम आराम से हुई और जल्दी ही मिर्जा और उनकी टीम, वैशाली, डेनियल एवं मजहर के साथ एक विमान में सवार हुई और दिल्ली पहुँची, जहाँ उन सभी को सरकारी खर्च पर बड़े-बड़े कमरों में ठहराया गया।

"मैं कहूँगा कि कई सारे सुइट दिए जाएँ।" विक्रांत ने अखिलेश मिश्रा से कहा, "हम में से कुछ को थोड़ी प्राइवेसी चाहिए होगी।" उसने डेनियल और वैशाली की तरफ देखा।

डेनियल मुसकराने लगा और वैशाली शर्म से लाल हो गई।

"हमारे पास नहीं हैं।" नेवी के कमांडर ने कहा, "नेवी सील के पास होता है; लेकिन कई दूसरे देश मनोरंजन के उद्‌देश्य से उनका निर्माण करते हैं। वहाँ से हासिल करना आसान होता है।" "वह उनके भागने की योजना थी।" विक्रांत ने कहा, "मुनाफिक और मारवन भागने वाले थे, जबकि दूसरों को मरने के लिए लक्षद्वीप में छोड़ जाते।" "हरामखोर साले!" मजहर खान ने कहा।

पी.एम.ओ. ने होटल की छत पर बने बार को भी बुक कर दिया और विक्रांत, मिर्जा, डेनियल, वैशाली, शायना, गोयल, जायसवाल तथा मनकामे, जो मुंबई से विमान से आए थे, उस शाम एक साथ इकट्ठा हुए। होटल मैनेजर को बता दिया गया था कि उन्हें किसी चीज की कमी नहीं होनी चाहिए।

थोड़े समय के लिए मजहर सबके आकर्षण का केंद्र था।

"क्या सच में कोई जखीरा नहीं है?" जायसवाल ने थोड़ी निराशा का संकेत देते हुए पूछा।

"अगर होगा भी तो मैं नहीं जानता कि वह कहाँ है!" मजहर ने कहा, "लेकिन मारवन ने हमें जो बताया, यह एक बहुत बड़ा झूठ है, जिसे 1993 में आई.एस.आई. में बैठे कुछ चालाक हरामखोरों ने गढ़ा था और उसे बरसों तक जिंदा रखा गया।"

"और वह लिस्ट?" गोयल ने पूछा।

"मारवन ने हमें दी थी। उसे हमें काफी हद तक जलाकर वैन में जान-बूझकर छोड़ देना था।"

"इससे क्या होता?" मनकामे हैरान था।

"सच में!" शायना बीच में बोल पड़ी, "इतनी जहमत उठाने की जरूरत क्या थी?"

"मैं बताता हूँ।" मिर्जा ने कहा, "क्यों नहीं? इससे पहले हम अपने ही पदचिह्नों का पीछा करते रहे और फिर उसने हमें पूरी तरह डराए रखा और उसका फायदा क्या हुआ? 'द्वीपरक्षक' के नेवल डाटाबेस तक पहुँचने का एक्सेस कोड। वे जानते थे कि वे लक्षद्वीप को कभी कब्जे में नहीं रख सकेंगे। प्लान यह था कि नेवी के सारे राज हमारे दोस्ताना मुल्क को लीक कर दिए जाएँ।"

"ऐसा प्लान, जो अपने ही मुँह के बल गिरा, जिसके लिए मजहर खान को जितना धन्यवाद दिया जाए, कम होगा।" टेबल के दूसरे छोर पर बैठे विक्रांत ने कहा। उसके साथ बैठे डेनियल और वैशाली ने पूरे जोश के साथ अपना गिलास ऊपर उठाया और सब उनके साथ शामिल हो गए, जबकि खान अपनी सीट पर बैठे-बैठे इधर-उधर देख रहा था और उसका चेहरा लाल हो चुका था।

"ऐसा प्लान, जो अपने ही मुँह के बल गिरा, जिसके लिए मजहर खान को जितना धन्यवाद दिया जाए, कम होगा।" टेबल के दूसरे छोर पर बैठे विक्रांत ने कहा। उसके साथ बैठे डेनियल और वैशाली ने पूरे जोश के साथ अपना गिलास ऊपर उठाया और सब उनके साथ शामिल हो गए, जबकि खान अपनी सीट पर बैठे-बैठे इधर-उधर देख रहा था और उसका चेहरा लाल हो चुका था।

पूरे ग्रुप ने देर रात तक पार्टी की। खान

और मिर्जा गोयल और जायसवाल को उनके सुइट तक सुरक्षित छोड़ने ले गए। खान और मिर्जा शराब को हाथ तक नहीं लगाते थे। डेनियल, विक्रांत और मनकामे उनके पीछे-पीछे हिलते-डुलते एकदम बेसुरे अंदाज में 'अब तुम्हारे हवाले वतन साथियो' गाते चल दिए। वैशाली और शायना काफी हद तक अपने होशो-हवास में थीं। दोनों उन 'लड़कों' पर हँसती चल रही थीं। डेनियल और वैशाली अपने सुइट में चले गए। शायना के लिए अलग कमरा बुक किया गया था और बाकी के 'लड़कों' के लिए तीसरा सुइट था।

और अगली सुबह मजहर खान और मिर्जा ही एकदम सवेरे जागे। मजहर के आधे घंटे बाद मिर्जा बालकनी में आए। दोनों ने साथ ही नमाज पढ़ी।

इसके बाद दोनों वहीं बालकनी में बैठे और चाय का लुत्फ उठाया।

"सबसे मुश्किल वक्त कब आया?" मिर्जा ने पूछा।

खान ने दूर देखते हुए कहा।

"संतरी को मारना।" उसने कहा, "जेल से भागते समय। वह भ्रष्ट था, गाली देता था। हद से ज्यादा सांप्रदायिक था। लेकिन उसे मारना नहीं चाहिए था।"

"तुम्हें मारना पड़ा।" मिर्जा ने धीरे से कहा।

"हाँ।" खान ने स्वीकार किया, "कुरैशी ने मुझे बताया कि मुझे उसकी हत्या करनी है। अगर मैं हिचकिचाता तो उनका भरोसा मुझ पर कम हो जाता। मैंने वही किया, जो मुझे करने को कहा गया। वह ऐसा काम था, जो मुझे अच्छा नहीं लगा।"

मिर्जा ने उसके कंधे पर अपना हाथ रखा।

"अगर जरूरत थी," उन्होंने हौले से कहा, "तो कुछ बुरे लोग आज तुम्हारी वजह से मारे गए।"

वह बातचीत तब तक चलती रही, जब तक कि बाकी सारे भी जाग नहीं गए और बालकनी में नहीं पहुँचे। हैंगओवर का असर किसी पर कम तो किसी पर ज्यादा था।

"मैं तुम सबको दो घंटे का वक्त देता हूँ, ताकि तुम सबके सामने लायक हालत में आ जाओ।" मिर्जा ने उनसे कहा, "हमें बस, एक आखिरी बात का ध्यान रखना है।"

"अरे हाँ," विक्रांत ने अपना सिर खुजाते हुए कहा, "पहले इस मुसीबत को खत्म किया जाए।"

□

49

शुक्रवार दोपहर, नई दिल्ली

मिर्जा और उनकी टीम का डेनियल और शायना के साथ प्रधानमंत्री कार्यालय परिसर में आयोजित एक विशेष समारोह में सम्मान किया गया। इस मौके पर पूरी कैबिनेट और सैन्य बलों के वरिष्ठ अधिकारियों के साथ-साथ पुलिस व खुफिया एजेंसियों के अधिकारी मौजूद थे। महाराष्ट्र के मुख्यमंत्री यशवंत प्रधान, राज्य के गृहमंत्री सुदर्शन रासकर, महाराष्ट्र के डी.जी.पी. परमजीत सिंह कालरा, मुंबई के पुलिस कमिश्नर वीरेंद्र सिन्हा और एन.आई.ए. चीफ टी. रंगास्वामी भी मौजूद थे।

प्रधानमंत्री परमेश्वर नायडू ने मिर्जा से हाथ मिलाया और काफी देर तक उसे थामे रखा।

"मुझे खुशी हुई, सर!" मिर्जा ने कहा, "बेहद खुशी हुई।"

देश के प्रधानमंत्री को दो दिन पहले लगभग ब्लैकमेल करने के बाद मिर्जा ने उनसे मुनाफिक को फोन करवाया और यह कहलवाया कि वे लक्षद्वीप को उसके हवाले करने के लिए तैयार हैं। इस तरह का छल करना जरूरी था, ताकि मुनाफिक को यह भ्रम हो जाए कि सबकुछ उसके काबू में है और जब मजहर अपनी पहचान को आखिर में जाहिर करता, तब आश्चर्य का प्रभाव सबसे अधिक होता।

"मैं एक घंटे में एक औपचारिक घोषणा करूँगा।" नायडू ने मुनाफिक से कहा था, "भरोसा जगाने के लिए मैंने सोचा कि मैं तुम्हें बता दूँ।"

उसके बाद मिर्जा नायडू के साथ बैठे और नेवल डाटाबेस के एक्सेस कोड की एक फर्जी सूची बनाई, जिसे अधिक समय की जरूरत पड़ने पर मुनाफिक को रोकने के लिए दिया जा सकता था। मुनाफिक ने अति आत्मविश्वास का दुर्लभ प्रदर्शन करते हुए आई.एम. फाइव को डेक पर बुला लिया और उन्हें भरोसा दिलाने का प्रवचन समय से बहुत पहले ही देना शुरू कर दिया।

मिर्जा ने जब शायना को फोन किया, तब उससे कहा कि वह विक्रांत और

डेनियल को मदद मुहैया कराने के लिए तैयार रहे और गोयल को संकेत देने का आदेश दिया। उन्होंने गोयल को मजहर खान के बारे में भी बता दिया था कि कहीं कोई बंदूकची कमांडो उस डबल एजेंट को गोली से न उड़ा दे।

नायडू विक्रांत के पास आए, जो वरदी में था और उसके सीने पर एक मेडल लगा दिया।

"पुलिस बल में फिर से तुम्हारा स्वागत है, एस.पी. विक्रांत सिंह!" नायडू ने मुसकराते हुए कहा और विक्रांत ने उन्हें सैल्यूट किया।

इसके बाद नायडू डेनियल के पास आए, जिसने उस मौके के लिए एस.पी.जी. के हेलीकॉप्टर से सेना की अपनी पुरानी वरदी को मँगवाया था।

"मेजर फर्नांडो," उन्होंने कहा, "तुमने वरदी उतारने के बाद भी देश की सेवा की। मैं एक सैनिक को इससे बड़ा सम्मान नहीं दे सकता।"

"मैं अपने आप को खुशकिस्मत मानता हूँ, सर!" डेनियल ने कहा।

नायडू उसके करीब आए।

"मैं इस बात से भी खुश हूँ कि मेरी बेटी को सही जीवनसाथी मिला है और जब जीवन के सबसे अहम फैसले की घड़ी आती है तो मैं अपने फिजूल के फैसले को नहीं थोपता।" उन्होंने प्यार से कहा।

"धन्यवाद, सर!" डेनियल ने दिल से कहा।

नायडू ने इसके बाद गोयल, जायसवाल, मनकामे और शायना को मेडल दिया।

"मैं अपने आप को खुशकिस्मत मानता हूँ, सर!" डेनियल ने कहा। नायडू उसके करीब आए। "मैं इस बात से भी खुश हूँ कि मेरी बेटी को सही जीवनसाथी मिला है और जब जीवन के सबसे अहम फैसले की घड़ी आती है तो मैं अपने फिजूल के फैसले को नहीं थोपता।" उन्होंने प्यार से कहा। "धन्यवाद, सर!" डेनियल ने दिल से कहा। नायडू ने इसके बाद गोयल, जायसवाल, मनकामे और शायना को मेडल दिया।

"मेजर, मैंने सुना है कि वहाँ जो बेहतरीन निशानेबाजी हुई, वह तुम्हारे कारनामे की लंबी लिस्ट की बस, एक मिसाल थी!" उन्होंने शायना से कहा, जो खुश हो गई।

सभी को मजहर की कमी खल रही थी और उन्हें लग रहा था कि उसे भी उनके साथ सम्मानित किया जाना चाहिए था। हालाँकि उन्हें यह एहसास भी हुआ कि ऐसा संभव नहीं था।

पी.एम.ओ. के लिए वे सभी जैसे ही होटल के लिए निकले, मजहर सबको गुडबॉय कर निकल चुका था। उसे एक अज्ञात जगह पर भेजा जा रहा था, जहाँ वह एक नई जिंदगी नई पहचान के साथ शुरू करने वाला था।

मजहर और विक्रांत ने एक-दूसरे को गले लगाया और विक्रांत ने मजहर के सारे कामों के लिए शुक्रिया अदा किया।

"तुम्हें एहसास है कि तुम हमेशा ही निशाने पर बने रहोगे?" विक्रांत ने पूछा।

"सच कहूँ, सर, तो अगर मैं उस क्रूज लाइनर पर भी मारा जाता तो मेरे लिए फख्र की बात होती।" मजहर ने कहा। दोनों जब जुदा हुए तो अपने आँसुओं को रोक नहीं पाए।

अब हर कोई यहाँ-वहाँ घुल-मिल रहा था। सब हाथ मिला रहे थे और मुसकरा रहे थे। नायडू और वैशाली एक कोने में बैठकर बातें कर रहे थे। मिर्जा दूर से देख रहे थे और सुकून महसूस कर रहे थे। उन्हें अभी बहुत दूर जाना था, लेकिन एक शुरुआत हो चुकी थी।

नायडू खड़े हुए। "देवियो और सज्जनो, आप सभी का चाय पर स्वागत है।" उन्होंने वैशाली का हाथ थामे सम्मानित अतिथियों से कहा।

प्रधान और रासकर नायडू के पास गए और उनसे कुछ बातचीत की, जिसके बाद वे निकल गए। प्रधान ने जाते-जाते विक्रांत की पीठ थपथपाई। कालरा और सिन्हा पहले ही जा चुके थे। रंगास्वामी नायडू से विदा लेने पहुँचे, तब नायडू ने कहा, "अरे, रंगास्वामी, कुछ देर हमारे साथ रुको, ठीक है न?"

पूरा ग्रुप नायडू के दफ्तर के भीतर इकट्ठा हो गया और सब ऑफिस के एक तरफ रखी बड़ी सी टेबल के इर्द-गिर्द बैठ

पूरा ग्रुप नायडू के दफ्तर के भीतर इकट्ठा हो गया और सब ऑफिस के एक तरफ रखी बड़ी सी टेबल के इर्द-गिर्द बैठ गए। मनकामे, जो सबसे आखिर में आया, उसने अंदर से दरवाजा बंद कर दिया और मिर्जा को इशारा किया, जो तुरंत वहाँ पहुँचे, जहाँ रंगास्वामी बैठा था और उसके सामने एक कुरसी खींचकर बैठ गए।

गए। मनकामे, जो सबसे आखिर में आया, उसने अंदर से दरवाजा बंद कर दिया और मिर्जा को इशारा किया, जो तुरंत वहाँ पहुँचे, जहाँ रंगास्वामी बैठा था और उसके सामने एक कुरसी खींचकर बैठ गए।

रंगास्वामी ने मिर्जा को देखा और फिर चारों ओर देखने लगा। डेनियल और नायडू कुरसी के दोनों तरफ खड़े थे और नायडू मिर्जा की कुरसी के पीछे खड़े थे, जबकि अन्य सभी आसपास इकट्ठा हो गए। किसी के भी चेहरे पर खुशी नहीं थी।

रंगास्वामी की त्योरियाँ चढ़ गईं। मिर्जा ने गहरी साँस ली।

"पी.एम. ने मुझे बताया कि जब वे चुने गए थे, तब उन्होंने एक आई.बी. अधिकारी से वैशाली का पता लगाने के लिए कहा था।" उन्होंने कहा।

"और?" रंगास्वामी ने पूछा।

"मैंने यह जरूरी नहीं समझा कि उनसे पूछूँ कि उस समय कौन था; लेकिन बाद में मैंने सोचा, आखिर कैसे जो बात पी.एम. के निजी सचिव को भी नहीं पता थी, वह मुनाफिक जानता था?"

रंगास्वामी के हाव-भाव बदल गए।

"उस समय तुम आई.बी. में थे।" मिर्जा ने कहा, "मैं भगवान् से मनाता हूँ कि मैं गलत निकलूँ; लेकिन तुम ही वह आई.बी. अधिकारी थे, जिससे पी.एम. ने पता लगाने को कहा था।"

"ठहरो!" रंगास्वामी ने फर्श की तरफ देखते हुए कहा।

"सब मिट्टी में मिला दिया, सर! इतने साल साथ काम करने के बाद!" मिर्जा गुस्से से काँप रहे थे। "उसने···उसने मुझे···मेरे भविष्य को बना दिया··· ईमानदारी की भी एक कीमत होती है, मिर्जा, और तुम्हारे आसपास हर कोई उसकी कीमत देता है।"

सब इंतजार में थे और उसे शब्द नहीं मिल रहे थे।

"उन लोगों ने···उन्होंने मुझे बताया कि वे उनके राजनीतिक प्रतिद्वंद्वी हैं। उन्होंने कहा वे···किसी तरह की राजनीतिक साजिश···"

"तो वह तुम ही थे!" नायडू ने आगबबूला होते हुए कहा, "मेरा मतलब है, इतना भरोसा करने के बाद···"

"तुम्हें कितने पैसे मिले?" मिर्जा ने पूछा।

रंगास्वामी घबरा गया।

"कितने?" मिर्जा ने सवाल दोहराया।

"पचास···पचास करोड़···"

"सब मिट्टी में मिला दिया, सर! इतने साल साथ काम करने के बाद!" मिर्जा गुस्से से काँप रहे थे।

"उसने···उसने मुझे···मेरे भविष्य को बना दिया···ईमानदारी की भी एक कीमत होती है, मिर्जा, और तुम्हारे आसपास हर कोई उसकी कीमत देता है।" रंगास्वामी ने बड़बड़ाते हुए कहा।

इससे पहले कि कोई कुछ समझ पाता, मिर्जा ने मुक्का पीछे खींचा और रंगास्वामी के जबड़े पर उसे जड़ दिया।

□

50

शुक्रवार शाम, नई दिल्ली

"तो, रॉ में जा रहे हो?" डेनियल ने अपने नथनों से सिगरेट के धुएँ को छोड़ते हुए पूछा।

विक्रांत भी अपनी सिगरेट के कश लगा रहा था।

"उम्मीद करते हैं कि हम किसी को मुक्का न जड़ दें!" उसने कहा और दबी हँसी हँसने लगा।

इससे पहले कि वे नायडू के दफ्तर से निकलते, नायडू ने मिर्जा और विक्रांत से कहा कि उन्होंने दोनों के लिए रॉ में पोस्टिंग की सिफारिश की है। उन्होंने डेनियल से भी कहा कि अगर वह कभी दोबारा सेना में शामिल होना चाहे तो हमेशा ही उसके लिए एक जगह होगी। मिर्जा भी मिर्जा ही थे। आधे घंटे बाद वह डेनियल को किनारे ले गए और उससे पूछा कि वह चाहे तो रॉ का बेशकीमती हिस्सा बनकर काम कर सकता है।

"हाँ, क्यों नहीं। कम-से-कम आपके गॉडफादर ने किसी दूसरे देश के राजनयिक को मुक्का नहीं जड़ा था!" डेनियल ने कहा और दोनों ठहाके लगाकर हँस पड़े।

"चलो दोस्तो, चलने का समय आ गया!" मिर्जा ने सबसे कहा।

दोनों ने अपनी सिगरेट बुझा दी और सभी दिल्ली के इंदिरा गांधी इंटरनेशनल एयरपोर्ट में दाखिल हुए। पी.एम. ने कुछ फोन किए थे और सी.आर.पी.एफ. के अधिकारी उन्हें सीधे अंदर ले जाने के लिए तैयार खड़े थे। उन्होंने अपना सामान जमा कराया और फ्लाइट की घोषणा होने तक उन्हें वी.आई.पी. लाउंज में इंतजार करने के लिए ले जाया गया। उन सभी के लिए बिजनेस क्लास की बुकिंग की गई थी, जिसका बंदोबस्त भारत सरकार ने किया था।

डेनियल और वैशाली ने कुछ समय तक साथ सफर करने का फैसला किया

था, ताकि एक-दूसरे को 'थोड़ा कम तनावपूर्ण माहौल' में जान सकें।

"इस बार क्रूज बिल्कुल नहीं।" डेनियल ने वैशाली से कहा था।

मिर्जा, विक्रांत और मनकामे मुंबई जा रहे थे, जहाँ मिर्जा और विक्रांत अपने बचे-खुचे काम को निपटाएँगे और फिर रॉ में चले जाएँगे। शायना सबको विदा करने के बाद पालम स्थित एन.एस.जी. मुख्यालय जाएगी, जहाँ उसे औपचारिक रूप से सम्मानित किया जाएगा। इस बीच गोयल और जायसवाल एन.आई.ए. के भोपाल ऑफिस जा रहे थे।

पंद्रह मिनट बाद भोपाल के विमान की घोषणा हुई। गोयल और जायसवाल ने सभी से हाथ मिलाया और विक्रांत के गले लगे।

"झगड़ा मत करना, लड़को!" वे जब आगे बढ़े, तब मिर्जा ने जोर से कहा।

इसके बाद कोयंबटूर के लिए डेनियल और वैशाली के विमान की घोषणा हुई। हाथ मिलाने तथा गले मिलने का एक और दौर चला, जिसमें विक्रांत को डेनियल और वैशाली ने एक साथ गले लगाया।

"तुम एक अच्छे आदमी हो, विक्रांत।" वैशाली ने प्यार से कहा, "ऐसे ही रहना।"

विक्रांत ने उसका कंधा दबा दिया।

"मैं तुमसे मिलने आऊँगा!" उसने वैशाली से कहा और अपनी दुर्लभ मुसकान बिखेर दी।

डेनियल की तरफ मुड़ते हुए उसने कहा, "तुम दोनों को देखकर मुझे खुशी होती है। मुझे लगता है, तुम दोनों ने सही चुनाव किया है।"

"चुनाव की बात करें तो..." डेनियल ने शायना की तरफ आँखों का इशारा करते हुए कहा।

विक्रांत ने बस, सिर हिला दिया। डेनियल पीछे हट गया।

"खुश हो जाओ, टूथपिक।"

"जिंदा रहना, मैडमैन डैन।"

डेनियल और वैशाली हाथों में हाथ डाले

*"तुम एक अच्छे आदमी हो, विक्रांत।" वैशाली ने प्यार से कहा, "ऐसे ही रहना।"
विक्रांत ने उसका कंधा दबा दिया।
"मैं तुमसे मिलने आऊँगा!" उसने वैशाली से कहा और अपनी दुर्लभ मुसकान बिखेर दी।
डेनियल की तरफ मुड़ते हुए उसने कहा, "तुम दोनों को देखकर मुझे खुशी होती है। मुझे लगता है, तुम दोनों ने सही चुनाव किया है।"*

'बाय-बाय' कहते हुए चले गए।

मनकामे सोफे पर पसर गया और मुंबई से अपने साथियों के शुभकामना संदेशों का जवाब देने लगा, जबकि मिर्जा पूरी दुनिया में फैले अपने जासूसों से फोन पर बातचीत में व्यस्त हो गए।

विक्रांत शायना की तरफ बढ़ गया।

"मैंने अब तक तुम्हें शुक्रिया नहीं कहा।" विक्रांत ने कहा, "तुमने स्नाइपर से क्या गजब का निशाना लगाया!"

शायना ने विनम्रता से हामी भरी।

"बस, जो कर सकती थी, वही किया।" उसने वैसे ही कह दिया।

विक्रांत ने गहरी साँस ली, लेकिन उसके कहने से पहले ही शायना ने कह दिया, "विक्रांत, मुझे माफ कर देना।" उसने बात छेड़ दी, "मुझे सच में···सच में बहुत दुःख है। मैंने उस वक्त तुम्हारा साथ छोड़ा, जब मुझे खुद यकीन नहीं था और फिर बस···मैं जानती हूँ कि तुम टूट गए थे और मैंने इस चाह में न जाने कितने दिन बिता दिए कि सबकुछ पहले जैसा हो जाता।"

विक्रांत ने उसे अपनी बात कहने का समय दिया।

"कोई बात नहीं।" आखिर में उसने कहा, "ठीक ही है। तुम्हें जो उस वक्त सही लगा, तुमने वही फैसला किया। हम सब ऐसा ही करते हैं। इसलिए, ठीक है।"

उसने उसके कंधे को थपथपाया।

"गुड लक!" उसने कहा, "मैं जानता हूँ कि तुम्हारे सामने एक शानदार कॅरियर है। मुझे समझना चाहिए। मैं तो रॉ हूँ।"

दोनों हँसने लगे। विक्रांत अपनी सीट पर लौटने के लिए मुड़ा।

"विक्रांत···" शायना ने सकुचाते हुए कहा।

विक्रांत उसकी तरफ मुड़ा।

"गुड लक!" उसने कहा, "मैं जानता हूँ कि तुम्हारे सामने एक शानदार कॅरियर है। मुझे समझना चाहिए। मैं तो रॉ हूँ।" दोनों हँसने लगे। विक्रांत अपनी सीट पर लौटने के लिए मुड़ा। "विक्रांत···" शायना ने सकुचाते हुए कहा। विक्रांत उसकी तरफ मुड़ा।
"क्या हम···मेरा मतलब है···अगर मैं मुंबई आ जाऊँ तो तुम मुझसे मिलोगे?"

"क्या हम···मेरा मतलब है···अगर मैं मुंबई आ जाऊँ तो तुम मुझसे मिलोगे?"

"शायना!" विक्रांत ने कुछ देर ठहरने के बाद कहा, "तुम्हें माफ करना एक बात है। तुम पर या किसी और पर फिर से भरोसा करना···इतना आसान नहीं होगा। मुझे माफ करना, पर इसे कहने का कोई और तरीका नहीं है।"

शायना समझ गई।

"कोई बात नहीं।" उसने कहा।

उसी पल मुंबई की फ्लाइट की घोषणा हुई।

शायना मिर्जा और मनकामे से हाथ मिलाने पहुँची, जिसके बाद वह विक्रांत के पास वापस आई।

"पंगे मत लेना!" शायना ने कहा।

"नहीं, तुम सुरक्षित रहना।"

"नहीं।" उसने पलटकर मुसकराते हुए कहा और चली गई।

विक्रांत ने मनकामे का हाथ पकड़ा और उसे स्मोकिंग जोन की तरफ ले गया।

"क्या मजाक है, लड़को?" मिर्जा गुर्राए।

"बस, एक आखिरी सिगरेट।" विक्रांत ने अपना पैकेट निकालते हुए कहा।

"भाड़ में जाओ, यार!"

□□□